Connie Palmen
Ganz der Ihre

Roman
*Aus dem Niederländischen
von Hanni Ehlers*

Diogenes

Titel der 2002 bei
Prometheus, Amsterdam,
erschienenen Originalausgabe:
›Geheel de Uwe‹
Copyright © 2002 by Connie Palmen
Nachweis der zitierten Literatur
am Schluß des Buches
Umschlagillustration: Tullio Zanovello,
›Die Sonne‹, 2003 (Ausschnitt)

Alle deutschen Rechte vorbehalten
Copyright © 2004
Diogenes Verlag AG Zürich
www.diogenes.ch
400/04/44/1
ISBN 3 257 06394 6

Inhalt

    Prolog   7
  I   Der Tod eines Verführers   29
 II   Die Pathologie des Theaters   89
III   Die Ökonomie der Schuld   189
IV   Der verlorene Vater   299
    Epilog   405

Prolog

I

Am Morgen des einundzwanzigsten Dezember 1999 zieht ein hagerer, verhuschter Mann in wachsender Panik an der Türglocke eines Hauses aus dem siebzehnten Jahrhundert an der Amsterdamer Herengracht. Der Mann heißt Benjamin Schwartz. Er ist mit Saar de Vries, der letzten Frau seines 1995 verstorbenen älteren Bruders Salomon, verabredet. Seit März treffen sie sich ein paarmal die Woche und unterhalten sich über Salomon und die Eltern von Salomon und Benjamin, Mosje Schwartz und Saar Schwartz-Flinker, über die Kindheit der Brüder in Amsterdam-Zuid und ihre Verstoßung durch den Vater. Saar de Vries sammelt seit Anfang 1997 Material für ihre Biographie von Salomon Schwartz. Daß sie die Verabredung vergessen haben könnte, sieht ihr nicht ähnlich, aber daran versucht Benjamin nicht zu denken, genausowenig wie daran, daß es der Todestag seines Bruders ist. Linkisch und schüchtern, wie er ist, weiß Benjamin Schwartz nicht so recht, was er tun soll, als sich auf sein Klingeln und Klopfen hin nichts regt. Minutenlang wartet er wie erstarrt, in der Hoffnung, daß sich alles von selbst geben wird. Dann beschließt er, bei den Nachbarn zu klingeln, dem Ehepaar Hulsman, dem Saar ihn vor zwei Wochen vorgestellt hat. Es ist Ellen Hulsman, die öffnet und in Benjamins bestürztes Gesicht blickt. Sie bittet ihn herein und macht ihm einen Kaffee. Obwohl sie sofort Schlimmes ahnt, als sie Benjamins Bericht hört, versucht sie ruhig zu bleiben und schlägt ihm vor, eine halbe Stunde bei ihr zu Hause zu warten. Es könne ja sein, daß Saar rasch eine Besorgung mache, zu irgend etwas fortgerufen worden sei, man könne ja nie wissen.

»Sie hätte eine Nachricht hinterlassen«, sagt Benjamin, und Ellen weiß, daß das zutrifft.

In der kommenden halben Stunde wählt Ellen einige Male Saars Telefonnummer und schickt ihr ein Fax, und die restliche Zeit lauschen sie und Benjamin gespannt, ob sie die schwere Eingangstür des Nachbarhauses auf- und zugehen hören – doch das geschieht nicht. Bevor Ellen die Polizei anruft, berät sie sich telefonisch mit ihrem Mann, und als auch der empfiehlt, Hilfe herbeizuholen, wählt sie die Nummer der nächstgelegenen Polizeiwache. Keine zehn Minuten später muß sie zwei Beamten verdeutlichen, wie ungewöhnlich es ist, daß ihre Nachbarin und Freundin eine Verabredung nicht einhält. Auf die Frage, ob Saar in letzter Zeit schwermütig oder gar selbstmordgefährdet gewesen sei, antworten Ellen und Benjamin gleichzeitig, nur bejaht Ellen, während Benjamin verneint.

Errötend entschuldigt sich Benjamin: »Hören Sie nicht auf mich«, stammelt er, »ich habe überhaupt keine Menschenkenntnis.«

Die Polizisten halten es für verfrüht, die Haustür aufzubrechen, und prüfen, wie sie sich auf anderem Wege Zugang zu Saars Wohnung verschaffen können. Über den Balkon auf der Rückseite des Hauses der Familie Hulsman gelingt es einem der beiden, auf das Vordach des Nachbarhauses und von dort auf den Balkon zu klettern, und dieser Polizist öffnet dann mühelos die Balkontüren und betritt das Schlafzimmer, wo er auf dem Bett den bekleideten Leichnam von Saar de Vries findet. Sie ist zu diesem Zeitpunkt bereits mehrere Stunden tot. Auf dem Nachttisch stehen ein leeres Pillenglas und eine halbvolle Flasche Johnnie Walker Black Label.

»Sie ist ihm nachgelaufen« ist das einzige, was Benjamin Schwartz herausbringt.

2

Eine Woche nach der Beerdigung von Saar de Vries werde ich ins Notariat Stigt & van Waaldonck bestellt. Der alte Herr Rutger van Waaldonck empfängt mich in seinem Büro, bietet mir einen Stuhl an und nimmt selbst hinter seinem Schreibtisch Platz. Während er mir sein Beileid ausspricht, ruhen seine Hände auf der vor ihm liegenden Akte, und mich durchfährt der Gedanke, daß Saar de Vries' papierner Korpus unter diesen geäderten Händen liegt und es väterlich und beschützend wirkt, diese Hände so auf ihrem Leben. Als er die Akte aufschlägt, fällt mein Blick auf ein Kuvert, auf dem mein Name steht, und ich erkenne sofort die Handschrift der Frau wieder, die ich dann und wann eine provokante These an die Tafel schreiben sah.

»Sie können den Brief in Ruhe zu Hause lesen«, hebt der Notar an, während er mir das Kuvert reicht, »er ist persönlicher Natur. Meine Aufgabe ist es, Sie über die Wünsche von Frau de Vries in Kenntnis zu setzen, wie sie mir am zwölften April dieses Jahres übermittelt und schriftlich fixiert wurden.«

Eine Stunde später stehe ich wieder draußen und bin, was ich nie sein wollte: die offizielle Biographin von Salomon Schwartz.

Amsterdam, 20. Mai 1999

Liebe Charlie,

wir sind uns nur wenige Male begegnet, und ich kann mir daher gut vorstellen, daß Du sehr verwundert warst, zu meinem Notar bestellt zu werden, um von ihm erfahren zu müssen, daß ich Dir das gesamte über Mon gesammelte Material zur Verfügung stelle. Es wird Dich vielleicht auch unangenehm berühren und Dir absonderlich erscheinen, daß ich mich über das Grab hinweg an Dich richte. Ich bin zwar fest entschlossen und fast glücklich über meinen Entschluß, aber es bleibt dennoch eine entfremdende Erfahrung, Briefe in einer Vergangenheitszeit zu schreiben, die noch vor mir liegt. Sei es, wie es ist. Ich bin mir über die außerordentlich unangenehmen, schmerzlichen und betrüblichen Seiten meines Abgangs vollkommen im klaren, und ich bedaure es mehr, als ich es Dir sagen kann, daß ich den Menschen, die mich lieben oder Freundschaft für mich empfinden, ein solches Leid nicht ersparen konnte.

Wahrscheinlich wirst Du denken, und viele andere mit Dir, daß ich ohne Mon nicht leben konnte, aber ich lebte schon vier Jahre ohne Mon, und das Leben war leerer und schwerer, doch es ging, man gewöhnte sich daran, wie man sich an alles gewöhnt. Möglicherweise denkt man auch, ich hätte all das über Mons Leben zusammengetragene Wissen nicht verkraftet, doch meine Liebe zu ihm und die Wahrheit über ihn waren für mich völlig eins, auch darin liegt also nicht der Grund für meinen Entschluß. Auf die Gefahr hin, im nachhinein noch pathetisch zu wirken, es ist letztlich die Wahrheit über mich selbst, mit der ich nicht in das neue Jahrhundert gehen kann und will.

Schade, daß Du mir bei meinen Vorlesungen in der Tat nie aufgefallen bist. Ich hätte Dich gern länger und besser gekannt. Als wir uns im Oktober 1998 zum erstenmal ausführlicher sprachen, erzähltest Du von Deiner Begegnung mit Mon im Zug nach Maastricht, wie Euer Gespräch über die gemeinsame Liebe zu Biographien verlief und darüber, wie seiner und Deiner Meinung nach eine ideale Biographie aussähe. Dein Buch über meinen Lehrmeister Isaac Spiegelman gehört zu den von mir besonders gehüteten Büchern. Du hast mir damals von Deiner Arbeitsweise erzählt, und dabei hast Du mir auch angeboten, Dein umfangreiches Archiv über Mon einzusehen, was ich großzügig und nett von Dir fand. Wie alle wirklich originellen Menschen fürchtetest Du keinerlei Konkurrenz. Irgendwie warst Du mir sofort sympathisch, und ich konnte einen gewissen Neid auf Dein Projekt kaum unterdrücken. Du warst so viel freier als ich. Aber was mich am meisten an Dir angezogen hat, war Deine Selbstsicherheit, die Dich in all den Jahren, in denen Du Mon auf diese eigenartige Weise kanntest, bleiben ließ, wer Du warst. Ein Fan, sagtest Du selbst, ein Fan, der von sich wußte, daß er ihm nicht zu nahe kommen durfte. »Ich habe mir immer gedacht: Wenn ich ihm zu nahe komme, verbrenne ich mich«, sagtest Du.

Gebranntes Kind sucht das Feuer. Ich war ein gebranntes Kind, und ich brannte mich erneut. Andere Frauen, mit denen ich mich unterhielt, sprachen davon, daß er sie verschlungen habe, daß sie von ihrer Liebe zu diesem Mann verzehrt worden seien, und wie ich stießen sie dabei selige Leidensseufzer aus.

Die vergangenen Jahre haben mich gelehrt, daß mir

die Souveränität, die Freiheit und das Talent fehlen, die es bräuchte, um Mons Biographie zu schreiben, und seit kurzem weiß ich auch, daß ich nicht genügend Zukunft habe. Glaub mir, es ist nicht ohne, mangelnde Autonomie bei sich festzustellen, zumal wenn man fast sein ganzes Leben davon ausgegangen ist, man verfüge über diese Qualität. Das neue Jahrhundert ist für viele eine Herausforderung, aber ich fühle mich alt und müde. Nun, da ich mich für ungeeignet befunden habe, an Mons Biographie zu arbeiten, habe ich ihn in gewissem Sinne zum zweitenmal verloren, und es fehlt mir an Zeit, Energie und Mut, mir ein anderes Ziel zu setzen.

Du dagegen hast die Freiheit und das Talent, ein Buch über Mon zu machen. Schreib es bitte so, wie es Dir im Oktober vor Augen schwebte, als Du Dich mit mir darüber unterhalten hast und mich die ersten Ansätze zu Ganz der Ihre *hast lesen lassen. Solltest Du nach seiner Fertigstellung zu dem Schluß kommen, daß darüber hinaus noch eine wissenschaftliche Biographie von Mon erscheinen sollte, was ich vermute, dann überlasse ich Dir die Wahl eines Biographen. Wie Du vom Notar gehört hast, wäre es mir lieb, wenn Du das in Absprache mit Rinus Dubbel, Mons Verleger und Verwalter seines literarischen Nachlasses, tun würdest.*

Bei dem Material, das ich Dir hinterlasse, findest Du eine Kassette und eine Diskette mit meinem Namen. An dem Text auf der Diskette habe ich, mit größeren Unterbrechungen, seit Mons Tod gearbeitet, und die Kassette habe ich in der Woche besprochen, als ich mich entschloß, aus dem Leben zu scheiden. Es steht Dir frei, alles nach Deinem eigenen Ermessen und Bedarf zu verwenden.

Von einem Wunsch hinsichtlich irgend etwas nach meinem Tod kann keine Rede sein, dafür freue ich mich viel zu sehr auf das Wortlossein, auf das Schweigen, auf das Nichts. Dennoch hoffe ich natürlich, mit einem hartnäckigen Restchen Eitelkeit, auf einen Platz im letzten Kapitel Deines Romans.

Alles Gute,
t. t.
Saar de Vries

3

Der Anblick der Pappkartons verdirbt mir jedesmal die Laune und macht mich mutlos. Wenn ich sie ansehe, kommt eine Wut in mir hoch, mit der ich nichts anzufangen weiß, und das schlägt dann rasch in Lustlosigkeit um. Der Inhalt der Kartons besteht aus vierzig Kassetten à 120 Minuten, acht Disketten und siebzehn Aktenmappen in vier verschiedenen Farben. Alles ist mit Etiketten versehen, auf denen in Saar de Vries' akkurater Handschrift Thema, Datum, die betreffende Person oder die Art der Dokumente angegeben sind. Mich ärgert die Sauberkeit der Handschrift, und das bedeutet, daß ich einen Zorn auf die Frau habe, der sie gehörte. Das stimmt. Aufgrund eines tief verwurzelten Mißtrauens verdächtige ich sie eines wohlbedachten, gemeinen Schachzugs. Dadurch, daß sie mir etwas gegeben hat, hat sie mich bestohlen. Seit ich im Besitz des Recherchematerials für die Biographie von Salomon Schwartz bin, habe ich keine Lust mehr auf mein eigenes Buch, und durch die Verfügbarkeit einer Fülle von Wissen, auf das ich nicht erpicht war, ist meine Neugierde auf ihn besudelt worden. Es ist zuviel. Die Geborgenheit der Beschränkung ist dahin. Erst jetzt merke ich, wie angenehm die Vorstellung war, daß da irgendwo in einem stattlichen Haus an der Herengracht jemand die langweilige Fleißarbeit machte, die eine traditionelle Biographie verlangt und zu der ich nicht die geringste Lust hatte oder habe. Es fehlt mir nicht an historischem Interesse, im Gegenteil, aber das finde ich in den landläufigen Biographien selten befriedigt. Urgroßeltern, Großeltern, deren Wohnorte, deren Status, deren gesellschaftliche Funktionen, deren weitverzweigte Nachkommenschaft und die zahllosen damit verknüpften Daten – es interessiert mich so gut wie gar nicht.

Jeder Charakter wird von der Geschichte modelliert. Je nachdem, wie man herangeht, kann die Beschreibung einer Person genügen, um ein ganzes Zeitalter heraufzubeschwören. Das geht von ganz allein. Sobald man sich in eine Seele vertieft, stößt man auf eine Kultur. Und es war die Seele von Mon Schwartz, die ich kennen wollte, und sei es nur, um das Rätsel seiner zerstörerischen Verführungskraft zu lösen.

4

Der Zug nach Maastricht fuhr von Gleis 2b des Amsterdamer Hauptbahnhofs ab. Es war ein rauher Dezembertag, und ich fuhr erster Klasse. In der Hoffnung, das Konferenzabteil in den zweieinhalb Stunden für mich behalten zu können, hatte ich die Türen hinter mir zugeschoben, einen Platz am Fenster eingenommen, demonstrativ meinen Mantel auf den Sitz gegenüber gelegt und meine Tasche auf den Sitz neben mich gestellt. Die kleine Tischplatte okkupierte ich mit der Biographie von Lenny Bruce, einer dicken Kladde, der neuesten Ausgabe von *De Amsterdammer*, einer Packung Zigaretten plus Feuerzeug sowie einem Apfel. Darüber hinaus vertraute ich auf meinen mürrischen Blick und den berühmt-berüchtigt durchdringenden Rauch von Gauloises.

Bis Utrecht ging es gut.

Ich schaute nach draußen – und da stand er, dieser geballte, dunkle Typ, die Hände tief in den Taschen seiner schwarzen Jeans, ein bißchen krumm, um den rauhen Wind und die Menschen abzuwehren, und sah mir unter dem Schirm einer Baseballkappe hervor direkt ins Gesicht.

Was man in Bruchteilen einer Sekunde nicht alles sieht und denkt. Mein Gesicht glüht vor Verlegenheit und Spannung, es läuft rot an, und ich weiß es, was das Ganze noch verschlimmert, und auch das weiß ich, aber wenn es erst mal angefangen hat, läßt es sich nicht mehr aufhalten. Und verdammt, ich hab den Blick von seinen Augen zu seinem Schritt wandern lassen, wieso mach ich das bloß, das ist unmöglich, aber ich mach das immer, unweigerlich, und währenddessen bringe ich diesen ewig plappernden Kopf nicht zum Verstummen, in dem sich mit der dröhnenden Lautlosigkeit der Beschwörung ein doppelzüngiges Mantra wiederholt: »Komm zu mir, bleib weg«, und das hört erst auf, als er die Türen aufschiebt, mit lautem Schniefen die Nase hochzieht und mit dieser gellenden, etwas zu überschwenglichen Stimme eher kreischt als sagt: »Das wird eine schöne Reise. Eine Frau, die Gauloises raucht, wo findet man die noch. Darf ich eine?«

Er hat sich von meinem Mantel nicht sonderlich beeindrucken lassen, hat ihn einfach vom Sitz genommen und sorgsam woandershin gelegt. Jetzt sitzt er mir gegenüber, unerträglich nahe, ich muß die Beine übereinanderschlagen, um eine Berührung mit seinen Füßen zu vermeiden, und es kommt noch schlimmer, er rückt mir noch näher, indem er sich, die Ellbogen auf die Knie gestützt, zu mir herüberbeugt und mich mit einer Batterie von Fragen bombardiert. Das wird er in den kommenden zwei Stunden ununterbrochen tun, Fragen stellen. Wohin fährst du? Was mußt du da machen? Bleibst du über Nacht dort? Bei wem? Woher kennst du den? Hast du was mit ihm? Wie alt bist du? Was treibst du so? Was war dein Vater? Und deine Mutter? Leben sie noch? Geschwister? Wie kommst du auf Lenny Bruce? Je einen Auftritt von ihm gesehen, eine

Show von ihm gehört? Hast du einen Freund? Wohnt ihr zusammen? Bist du ihm auch mal untreu? Wie oft macht ihr's miteinander?

Irgend etwas an der Art, wie er guckt, führt dazu, daß ich alle Fragen, so unverschämt sie auch sein mögen, beinahe rückhaltlos beantworte, aber gerade weil er so viel fragt, verstärkt sich bei mir das Gefühl, daß ich etwas verheimliche.

Er hat keine Ahnung, wer ihm da gegenübersitzt.

Er fragt nicht, ob ich ihn kenne.

Jeden Satz, jeden Buchstaben, den du geschrieben hast, habe ich in den vergangenen drei Jahren gelesen, müßte ich sagen, jedes Interview, das du gegeben hast, im Radio, im Fernsehen oder für eine Zeitung, habe ich gehört, gesehen, akribisch gelesen, habe ich aufgenommen, kopiert und archiviert, von allen Frauen, die du erobert hast, habe ich schätzungsweise drei Prozent hintenrum ausgehorcht, und zwei von ihnen brauchte ich nicht auszuhorchen, weil ich sie sehr gut kannte, zumindest dachte ich das, bevor sie mit dir in Berührung kamen und die eine zu so 'nem Puttchen wurde, das nur auf einen Anruf wartet und bereit ist, zu jeder Tages- und Nachtzeit in irgendein Hotelzimmer zu eilen, und die andere dir am liebsten gar nicht mehr von der Seite wich. Mit wachsender Bestürzung und Verachtung und unbegreiflichem Neid mußte ich mit ansehen, wie sich von dem Moment an, da sie dir begegnet waren, die eine von einer starken, selbständigen, geistreichen Frau in ein bösartiges, bedürftiges, krankes Wrack verwandelte und sich die andere zum erstenmal damit versöhnte, daß sie war, wer sie war. Für mich blieb niemand, den ich lieben konnte, denn die Frauen, die ich gekannt hatte, waren verschwunden. Was mit ihnen passierte, stieß mich ab und faszinierte mich, wie das eben so ist, und seither will ich wissen, woraus diese Macht besteht, diese Macht von Männern wie dir.

Aber das alles sage ich nicht.

Obwohl mein verschwiegenes Ich alles, was passiert, registriert und es bis in meine Lenden hinein schreit, daß dieser schwarze Mann Gefahr pur ist, zur Gegenwehr reicht das nicht aus, denn ich kann schon nicht mehr die Augen von ihm abwenden. Er ist kein schöner Mann (wenn man Hollywood zum Maßstab nimmt), aber nach einer Viertelstunde in seiner Nähe finde ich dieses unrasierte Gesicht toll, ist sein Blick der lebendigste, unruhigste, schärfste, den ich je auf mich gerichtet wußte, finde ich diesen kompakten kleinen Körper anziehend in seiner Beweglichkeit, und ich möchte, daß dieser freche Mund nie mehr aufhört, zu reden und zu fragen. Er bringt mich immer wieder zum Lachen, was mich schlapp und wehrlos macht, und weil er so in Fahrt ist, werde ich ruhig und ergeben, ein ideales Opfer.

»Ich geb einen aus!« ruft er, als wir auf dem Gang das Klappern vom Imbißwagen hören. Ohne mich zu fragen, was ich haben möchte, bestellt er zwei Becher Kaffee, zwei Baguettes mit rohem Schinken, zwei Dosen Bier und zwei Riegel Schokolade.

»Meine Freundin hier muß was essen, sie hat ihr Frühstück ausgelassen, wo doch jeder weiß, daß es außerordentlich ungesund ist, mit leerem Magen zu reisen«, sagt er zu dem jungen Mann, während der ein Fleckchen auf der Tischplatte sucht, wo er die Becher und Dosen abstellen kann.

»Mach mal ein bißchen Platz, Mäuschen«, sagt er, »denn so kann der Herr nicht ordentlich arbeiten. Und ein Steward hat auch seine Berufsehre, stimmt's, junger Mann? Bitte, der Rest ist für Sie«, sagt er, während er ihm einen Schein und ein paar Münzen gibt. Am Gesicht des jungen Mannes lese ich ab, daß es ein großzügiges Trinkgeld ist.

»Nett mit mir, was?« sagt Salomon Schwartz mit strahlendem Blick auf seine Käufe.

Es war die netteste Zugfahrt, die ich je gemacht habe, er war der netteste Mann, den ich je kennengelernt habe – und das war am ersten Dezember 1995.

5

Am Nachmittag des einundzwanzigsten Dezember 1995 befolgt der Zeitungsjunge von *De Amsterdammer* halb weinend den Rat des angeschlagenen Distribuenten und zieht mit einem zusätzlichen Packen Zeitungen los. Immer wieder wird sein Blick auf die Titelseite gelenkt, und es will ihm einfach nicht in den Kopf, daß es wahr ist, was die Schlagzeile verkündet. Unerträglich auch, länger als eine Sekunde auf das Foto von dem Mann zu sehen, dessen Tod er gleich in den Amsterdamer Kneipen verkaufen muß. Die Zeitung ist spät in Druck gegangen, und nun beginnt es bereits dunkel zu werden, als er auf sein Fahrrad steigt, um mit der furchtbaren Fracht seine Runde zu machen. Während er normalerweise gut zweieinhalb Stunden braucht, bis er seine Zeitungen an den Mann gebracht hat, verkauft er an diesem Nachmittag innerhalb einer Stunde die doppelte Menge und löst mit der Nachricht überall, wohin er kommt, sogar in den lautesten Kneipen, vorübergehend tiefe Stille aus. Die Menschen in den Lokalen kaufen sich je eine eigene Zeitung, damit sie dahinter wegtauchen und kurz mit dieser Nachricht und ihrem Entsetzen darüber allein sein können.

»Haben die Schweine ihn doch noch erwischt«, murmelt ein alter Mann an einer Theke.

6

Unter den fünfzehnhundert Menschen, die sich am Morgen des siebenundzwanzigsten Dezember 1995 auf dem Friedhof Voorbij de Brug versammelt haben, um Salomon Schwartz die letzte Ehre zu erweisen, befinden sich Dutzende von Frauen, die sich in den neunundvierzig Jahren seines Lebens auf die eine oder andere Weise um ihn bemüht haben. Manche von ihnen sind ihm nur ein einziges Mal begegnet und sprechen seinen Namen seither mit einem gewissen schmerzlichen Verlangen aus. Nur die Nüchternsten unter ihnen sind sich darüber im klaren, daß Mon ihren Namen vergaß, sobald er die Tür ihres Hauses oder ihrer Wohnung hinter sich schloß.

Fünf Frauen wissen, daß sie nicht zu dieser Gruppe gehören. Fünf Frauen wissen, daß mit ihm auch die besondere Art, wie allein er ihren Namen aussprechen konnte und wie sie sich gesehen und gekannt wußten, im Grab verschwindet. Saar de Vries, Lili, Schwester Monica, Judit Mendes da Costa und Cis Dithuys werfen eine Handvoll Sand auf den Sarg und begraben an diesem Wintertag mit Salomon Schwartz einen Teil von sich selbst.

Ich sehe sie dort stehen und beobachte sie. Und ich begreife, daß sie sich gewünscht haben, ganz im Leiden an ihrer Liebe zu diesem dunklen Mann aufzugehen.

Am Tag darauf kehre ich ans Grab zurück. Es ist mit Blumen und Kränzen überhäuft. Noch relativ gefaßt, lese ich die goldfarbenen Grüße auf den Kranzschleifen von seiner Frau, seiner Freundin, seiner Schwester in Gott, seiner Aktrine und seinem Diener. Danach weine ich um diesen Mann, wie ich nie um einen anderen geweint habe. Und dort am Grab fällt mir der einzige Weg ein, wie ich ihm näherkommen kann, ohne mich zu brennen.

7

Für den Roman *Ganz der Ihre* habe ich reichlich von Saar de Vries' Archiv Gebrauch gemacht, insbesondere von den Berichten, die sie auf Band gesprochen oder schriftlich fixiert hat, und den Aufnahmen der Gespräche, die sie mit Benjamin Schwartz, Schwester Monica, Hein und Vera de Waal, David Alexander und Lili geführt hat. Auch die Gespräche, die sie im Rahmen ihrer Recherchen zu *Die Pathologie des Theaters* und *Die Ökonomie der Schuld* aufgenommen hat, habe ich verwendet. Eine weitere wichtige Quelle für *Ganz der Ihre* stellen die Tonbandkassetten aus dem Nachlaß von Salomon Schwartz dar. Die erste datiert von 1976, die letzte vom November 1995, einen Monat vor seinem Tod. Auf den Kassetten sind Interviews und Gespräche festgehalten, die er für seine Kolumne TT in *De Wereld* und für seine Bücher *Briefe an Lilith, Teure Schwester in Gott* und *Briefe an Dr. Isaac Spiegelman* benutzt hat. Schwester Monica starb am 27. November 2001 mit einundachtzig Jahren. Ich habe sie leider nur wenige Male persönlich sprechen können, in der letzten kurzen Phase, als sie ans Bett gefesselt war, und ihr meine Pläne unterbreitet. Sie stimmte der Verwendung ihrer persönlichen Dokumente und der Tonbandkassetten zu, auf denen ihre Gespräche mit Salomon festgehalten sind. Die Kassetten umfassen insgesamt etwa achtzig Stunden Interviews, Gespräche, die Schwartz in *Teure Schwester in Gott* verarbeitete.

Mein Dank gilt vor allem Judit Mendes da Costa, meinen Freundinnen Catherina den Caem und Cis Dithuys, Lili, Bep A. und allen Huren, die sich mit mir über ihr Gewerbe unterhalten haben, Hendrik de Vries, Maria de Vries-Andriesse, Lies de Vries und Felix de Vries, Anna und Richard den Caem, Helen Spiegelman, Ellen und Joop Hulsman, Rinus Dubbel, Leonard Schragen, Koos Vierkant, David Alexander, Vera und Hein de Waal, Benjamin Schwartz sowie Schwester Helena für ihre Mitarbeit und die manchmal tagelangen Interviews.

I

Der Tod eines Verführers

»Ich glaube, daß uns letzten Endes Gram umbringt, Gram über die Welt und weil uns nicht geglaubt wird. Überaus lebenspendend dagegen ist, wenn anerkannt wird, daß man tatsächlich die Wahrheit kennt, die Wahrheit seines eigenen, faktischen Lebens.«

>   HAROLD BRODKEY,
>   Die Geschichte meines Todes

»His honesty with himself and about himself; his constant sense of the tragic and the comic; his appetite for pleasure; his fastidiousness; his generosity, not only with money – that was easy – but with his time; above all, I think, his courage. He had faults which could be maddening, such as being waspish and bigoted and fairly disloyal, as well as indiscreet. But he was also kind and forgiving and unspoiled by success and never rude unintentionally.«

>   DANIEL FARSON,
>   The Gilded Gutter Life of Francis Bacon

Schutz

Was mich am meisten bestürzte, war, wie sehr Freunde und Bekannte logen, wenn es darum ging, wann sie ihn zum letztenmal gesehen hatten. Lügen ist vielleicht zu hart ausgedrückt, nehmen wir also liebenswürdigerweise an, daß sie sich irrten. Wenn man nach den Zeitungen ging, hatte praktisch jeder, der sich interviewen ließ, den Abend vor seinem Tod mit ihm verbracht oder zumindest in der Woche, bevor er starb, ausführlich mit ihm geredet, gegessen, geschlafen oder in der Kneipe gehangen. Ich verstehe das schon, so ist es nicht, aber ich war doch wieder einmal verblüfft über die Kapriolen des Geistes. Unser Gedächtnis legt sich das Geschehene zurecht. Es gehorcht eher dem Wunschdenken als dem Verstand, und es ignoriert den Terminkalender.

Der Terminkalender ist der Tresor der Wahrheit. Wenn alles, was ich besitze, in Rauch aufginge, würde ich eher den Verlust meiner Terminkalender bedauern als den meines Fotoalbums oder der Tagebücher aus meiner Pubertät. Fotos und Tagebücher können lügen, Terminkalender nicht. Da steht Tag für Tag, Jahr für Jahr, wo man war, mit wem man an jenem Abend gegessen hat, in welcher Stadt, in welchem Restaurant – die unausweichlichen Fakten.

Gut eine Woche vor seinem Tod habe ich ihn neben mich

ins Auto gesetzt und bin mit ihm in den Süden des Landes, nach Gulpen, gefahren. Er sah blaß aus, er war hundemüde. Das Haus in Gulpen war uns vertraut, und Mon dachte, er könne dort ganz normal sein TT für diese Woche schreiben, so daß wir seine bleischwere Schreibmaschine einluden – aber aus dem Schreiben wurde nichts. Bei der Ankunft hat er sich ins Bett gelegt und ist nicht mehr aufgestanden. In *De Wereld* von der Woche stand: »TT ist krank.«

Bei unseren vorherigen Aufenthalten dort hatte er nichts lieber getan, als mit mir in den Ort zu gehen, um Einkäufe zu machen und mit jedermann ein Schwätzchen zu halten.

»Darauf kann ich mich die ganze Fahrt freuen, daß ich dann bei Frau Smeets ein Viertel Leber hole, ihr zusehe, wie sie diese im Süden immer etwas dickeren Scheiben schneidet, und dann diese unwiderstehliche Bemerkung von ihr zu hören bekomme, wie gut uns die Leber auf einem Schnittchen Weißbrot schmecken wird, mit dick Butter drunter und ein bißchen Salz und Pfeffer drüber«, sagte er dann. Vor allem dieses bißchen Salz und Pfeffer konnte ihn zu Tränen rühren. »Ich würde verrückt werden vor Kummer, wenn sie das irgendwann mal nicht mehr sagen würde«, sagte er.

Aber diesmal sprach er unterwegs kaum, und als wir in Gulpen waren, fragte er, ob es mir etwas ausmachen würde, ohne ihn einkaufen zu gehen. Er hatte auf nichts Appetit. Das Viertel Leber erwähnte er nicht einmal. Er verschlief den ganzen Tag. Am Ende der Woche versuchten wir einen Spaziergang zu machen, doch nach fünfhundert Metern bat er, ob wir umkehren könnten, er sehne sich nach seinem Bett.

»Herrlich«, sagte er, als er wieder unter der Decke lag, »herrlich.«

Es ist zwar lange her, daß ich meinen ärztlichen Eid abgelegt habe, aber ich wußte sehr wohl, daß irgend etwas nicht in Ordnung war. Das ist eine der furchtbaren Lehren der vergangenen Zeit. Man würde doch sagen, daß sich gerade eine Psychiaterin der Leugnungen, Verdrängungen, Maskeraden und aller anderen Fallen, welche die Seele der Wahrnehmung der Wirklichkeit stellt, damit wir sehenden Auges hineintappen, etwas bewußter ist, und man würde auch erwarten, daß sie sich und die anderen, die ihr lieb und teuer sind, vor einer solchen Täuschung behüten kann, aber ich konnte es nicht. Ich habe nicht sehen wollen, wie krank er war. Und es gab noch mehr, was ich nicht sehen wollte.

Es war im Mai 1993, am zwanzigsten. In meinem Terminkalender habe ich kein Wort dafür gesucht. Ich erinnere mich, daß mich davor ekelte, ihren Namen hinschreiben und sie so die restlichen acht Monate des Jahres in meiner Tasche mit mir herumtragen zu müssen, deshalb habe ich ein Kreuz durch das Datum gezogen, um es festzuhalten.

Ein Klient hat abgesagt, und ich komme unerwartet früher nach Hause, stehe vor der Tür und bekomme den Schlüssel nicht ins Schloß. Ich rufe seinen Namen. Ich ziehe an der Türglocke, klappe mit dem Deckel des Briefschlitzes, warte und rufe erneut seinen Namen. Es dauert eine Weile, bevor ich höre, wie er von innen den Schlüssel herumdreht. Er öffnet die Tür und zurrt noch an seinem Hosengürtel. Plötzlich sehe ich ihn, wie ich ihn noch nie zuvor gesehen habe: Ich finde ihn lächerlich, durch und durch lächerlich. Sie hält sich noch im Schlafzimmer versteckt, bis er sie ruft und sie ihm auf der Stelle gehorcht.

Wir hatten nur eine einzige Regel. Ich wollte nicht, daß er Frauen mit zu uns nach Hause nahm und in unserem Bett mit ihnen schlief. Das war das einzige, was ich ihm je verboten habe, ansonsten durfte er alles. Er würde das niemals tun, hatte er versprochen.

Und da steht er nun und zurrt an seinem Gürtel. Er grinst ein bißchen feige.

»Ich mach ab und zu mit Cis rum«, druckst er.

»Es interessiert mich nicht, wer sie ist, du treuloses, drekkiges kleines Aas«, schimpfe ich mit für mich ungewöhnlich großer Wut, »du wolltest es nie bei uns zu Hause tun, in unserem Bett, das hast du versprochen.«

»Das hab ich auch fast nie getan.«

»Fast nie! Was bist du doch für ein groteskes Klischee! Fast nie heißt, daß du es öfter getan hast.«

»Geh«, kommandiert er Cis.

Und sie geht.

Ich habe sie keines Blickes gewürdigt, weil sie keinen Blick wert war. Ob sie es war oder irgendeine andere, war mir egal. Auf ihn war ich wütend, weil er ein Versprechen gebrochen hatte, und auf mich, weil ich so hoch und heilig daran geglaubt hatte, daß er es auch wirklich nie tun würde.

Wie demütigend Erinnerungen sein können. Im Laufe jenes Abends, als ich in dem besudelten Bett an seiner Seite lag und mit aller Macht nicht an die Matratze zu denken versuchte, sickerten sie in mich ein, und erst da bekam jenes dunkle lange Haar, das ich einmal unter dem Kissen gefunden hatte, die Bedeutung, die ich seinerzeit damit hätte verknüpfen müssen, und auch jener schwarze Slip, der sich zwischen meiner Wäsche befunden hatte und der, wie ich mit Sicherheit wußte, nicht mir gehörte, und jener Streifen Lippenstift auf einem Handtuch, und jenes eine Mal, da er das Bett schon nach einem Tag frisch bezogen hatte, weil er Kaffee verschüttet habe, sagte er, wo ich doch wußte, daß er nie etwas verschüttete, gar nichts.

Einer der Gründe, weshalb Mon mich liebte, war, daß ich seiner Meinung nach keine Leugnerin war und nicht den Kopf in den Sand steckte.

»Meine Mutter und ich haben uns ein Leben lang darüber gestritten, wer von uns das größere Anrecht auf eine postnatale Depression hatte, und daher bin ich von einer Frau großgezogen worden, die mich nur ertrug, indem sie mich nicht sah, indem sie systematisch und grausam leugnete, was für ein Junge ich war«, sagte er und daß er deswegen einen Haß auf Fabulierer, Mythenmacher, Märchenerzähler, Lügner, Leugner und eingebildete Wesen entwickelt habe. Er dachte, ich sei nicht so, und das dachte ich auch.

»Das hast du ja dann auch zu deinem Beruf gemacht«, habe ich damals zu ihm gesagt, »du kannst jemanden gnadenlos demaskieren.«

Wir begegneten uns am ersten Januar 1990, auf der Silvesterparty von Hein und Vera de Waal. Ich kannte Hein und Vera schon eine Weile und war häufig bei ihnen, aber Mon Schwartz hatte ich dort nie getroffen, obwohl er, wie ich wußte, einer von Heins ältesten Freunden war. Als ich eines Abends einmal andeutete, daß ich schon neugierig auf den berüchtigten Freund sei, meinte Hein nur, daß dieser Einladungen zum Essen hasse und hereingeschneit komme, wann es ihm gerade passe. »Er bleibt nie länger als eine halbe Stunde, kommt immer irgendwoher und ist immer irgendwohin unterwegs«, sagte Vera.

Vera war 1988 einer Gesprächsgruppe beigetreten, der ich zu der Zeit schon einige Jahre angehörte. Wie ich hat sie eine eigene Praxis im Stadtzentrum, und sie wurde von unserem Lehrmeister Isaac Spiegelman eingeführt, damals 74 Jahre alt und unser aller Supervisor und Inspirator sowie Initiator der Gesprächsgruppe. Über Vera lernte ich auch ihren Mann kennen, mit dem sie schon zwanzig Jahre verheiratet war, Hein de Waal, der beim Fernsehen arbeitete.

Ich kannte das Schaffen von Salomon Schwartz, und ich glaube sogar, daß ich seinerzeit eigens wegen seines *TT* die *De Wereld* abonnierte, aber so ganz genau weiß ich das nicht mehr. Jedenfalls las ich ihn wöchentlich und freute mich immer auf den Donnerstag, weil dann *De Wereld* durch den Briefschlitz fiel und ich *TT* lesen konnte. Wahrscheinlich beschäftigte er mich schon in meiner Phantasie, vor allem weil Hein sich so liebevoll über ihn äußerte und unter schallendem Gelächter eine Anekdote nach der anderen über ihn erzählte. Sie kannten sich seit dem Gymnasium, und Hein war einer der wenigen, denen es gelungen war, die ganzen Jahre Kontakt mit ihm zu halten. Doch so amüsant all diese heiteren Geschichten über seinen Freund Mon sein mochten, sie wirkten auf die vorsichtige und ziemlich mißtrauische Frau, die ich damals war, auch als Warnung. Das waren die verzweifelten Abenteuer eines Erzprovokateurs, eines Flegels, eines Trunkenboldes, eines intelligenten, geistreichen Mannes mit äußerst scharfer Zunge und vor allem eines notorischen Frauenverführers.

»Er besteigt jede Frau, die ihm über den Weg läuft«, sagte Hein eines Abends und schielte verschmitzt zu Vera und mir herüber, um zu sehen, wie diese Äußerung bei uns ankam. »Und jetzt nicht so schockierte Gesichter machen, Mädels«, fügte er rasch hinzu, »ich zitiere ihn aus erster Hand.«

Wenn ich zum Sticheln aufgelegt war, habe ich schon mal zu Hein gesagt, daß dieser Schwartz meiner Meinung nach ein passionierter Frauenhasser sein müsse, aber Hein war der letzte, dem ich mit solchen Theorien kommen mußte, dafür war seine Achtung vor Mon zu groß. Jede psychologische Deutung seines Freundes war in seinen Augen zu banal, weil sie der vollkommenen Einmaligkeit eines Menschen wie Mon Schwartz nicht gerecht wurde.

»Er war schon als Junge mit niemandem zu vergleichen, rotzfrech und zugleich verlegen, ein Bündel zitternder Anspannung, als erwarte er ständig von allen Seiten Schläge und sei jederzeit gerüstet, sich vor ihnen wegzuducken. Schon damals weckte er bei seinen Klassenkameraden Respekt und Bewunderung, obwohl mehr als die Hälfte ihn für einen unausstehlichen Kotzbrocken hielt und die meisten Jungen insgeheim Angst vor ihm hatten. Aber die Bewunderung überwog. Es war ja so deutlich sichtbar, wie sehr er sich überwinden mußte, immer wieder das Maul aufzureißen und den selbstgefälligen Lehrern die Meinung zu sagen. Und das hat er behalten, dieses Rührende eines Jungen, der sich anscheinend ständig selbst Gewalt antun muß, um dann alle gegen sich in Harnisch zu bringen. Und dennoch habe ich es ihm zu verdanken, daß ich in Französisch und Deutsch das Abitur geschafft habe. Er hatte ein großartiges Sprachgefühl und ich nicht. Es war übrigens kein Vergnügen, von ihm unterrichtet zu werden, denn dabei wurde er zum Ebenbild seines Vaters. Er war extrem ungeduldig und ging in die Luft, wenn ich einen Fehler ein zweites Mal machte: ›Das kann doch nicht wahr sein, ich hab dir das gerade erst erklärt, du Trottel!‹ rief er dann. Es war ihm unbegreiflich, daß jemand, wenn man ihn einmal verbessert hatte, erneut denselben Fehler machen konnte, und ich spürte auch, daß er im Grunde seines Herzens Verachtung für Menschen empfand, die langsamer von Begriff waren als er.

Daß er bereit war, mir zu helfen, wunderte alle, aber er wollte unbedingt, daß ich bei ihm in der Klasse blieb, er wollte nicht ohne mich versetzt werden.«

»Was war es, das ihn mit dir verband?« fragte ich Hein, obwohl ich mir die Antwort selber denken konnte.

»Na, meine frappierende Intelligenz war es jedenfalls nicht«, sagte Hein lachend. »Mon gelang es im Nu, sich mit allen anzulegen, nur mit mir nicht. Er war mißtrauisch wie die Pest, aber ich lachte ihn einfach aus, wenn er mit irgendeiner idiotischen Beschuldigung daherkam, und das war genau das, was er wollte, denn dann sah er mich mit diesen schwarzen Augen verwundert an, schwankte kurz, ob er verärgert bleiben sollte, und fing dann lauthals an zu lachen. Die Erklärung für unsere Freundschaft ist wahrscheinlich ganz simpel: Ich war groß, und er war klein; bei uns zu Hause war es gemütlich, und sein Elternhaus war, falls ich dort überhaupt mal reinkam, eine Gefriertruhe; er fand es unheimlich spannend, daß mein Vater Schauspieler war, daß meine Mutter Klavier spielte und sang und daß Besucher bei uns ein und aus gingen. Ich glaube, er wäre am liebsten bei uns eingezogen. Seine Eltern hatten nur ein Radio, und hin und wieder durfte er, von Gottes Gnaden, *Met de Franse slag* hören, diese Musiksendung von Ben Levi, aber wir hatten ein echtes Grammophon, und meine Eltern waren beide ganz versessen auf Chansons. Vater liebte vor allem Léo Ferré und Mutter Piaf und Patachou. Mon holte mich jeden Morgen von zu Hause ab, damit wir zusammen zur Schule radeln konnten. Meistens kam er irrsinnig früh. Es ist vorgekommen, daß er klingelte, als noch keiner von uns aus dem Bett war. Kaum drinnen, war seine erste Frage an meine Mutter, ob sie bitte die Platte von Charles Trenet auflegen würde. Sie konnte ihm nichts abschlagen, denn meine Mutter war ein Schatz, und er tat ihr leid. ›Der hat es nicht leicht zu Hause, mit diesem tyrannischen Vater und dieser komischen Schachtel von Mutter‹, sagte sie. Sobald Mon die Stimme von Charles Trenet hörte, klarte sein nervös verzerrtes Gesicht völlig auf, und die tiefen Furchen in seiner Stirn verschwanden genauso wie alle anderen Zeichen der Anspannung.

Vergiß nicht, ich wog mit sechzehn schon mehr als neunzig Kilo, war fast einen Meter neunzig groß und überragte die halbe Portion um einiges. Wie groß mag er schon gewesen sein, einen Meter sechzig? Man kann es sich jetzt nicht mehr vorstellen, aber er war damals ein spindeldürres kleines Kerlchen. Manchmal verlangsamte ich ein wenig den Schritt, sonst hätte er nicht mehr mitgehalten, obwohl er noch recht schnell lief, mit dem Bein. ›Los, Kleiner, keine Müdigkeit vorschützen‹, kommandierte ich dann, das gefiel ihm. Er war ein Neurotiker reinsten Wassers und hatte Berührungsängste wie ein mißhandeltes Tier, aber ich nahm ihn jeden Morgen ein bißchen in die Klammer und rubbelte ihm mit den Fingerknöcheln über den Scheitel, wie starke Jungen das eben machen, und so konnte er es gerade ertragen.«

Er kam nach Mitternacht. In dem großen Haus von Hein und Vera saßen, standen und tanzten um die fünfzig Gäste zwischen vollen und leeren Champagnerflaschen und Platten mit Austern. Die dröhnende Stimme Heins verriet mir, daß er da war.

»Mon, du kleiner schwarzer Schmachtlappen, komm zu mir!«

Ich kannte ihn von Fernsehauftritten, aber als ich ihn jetzt leibhaftig sah, war es vor allem sein Gang, der mir die Kehle zuschnürte. Die meisten Menschen laufen mit dem Kopf, man sieht, daß sie vor allem das zur Schau stellen wollen, worüber sie am wenigsten verfügen, aber Salomon Schwartz, der mit seinem verkrüppelten rechten Fuß so viel Beachtung weckte, lief, als sei es das Normalste von der Welt, daß er ein Bein hinter sich her zog wie einen unwilligen Hund. Wie immer war er ganz in Schwarz gekleidet, trug eine dunkle Sonnenbrille und eine schwarze Baseballkappe und hatte schmutzigweiße, abgetretene Turnschuhe an den Füßen. Der Schnürsenkel von seinem rechten Schuh war offen. Ich hatte zum Essen Wein getrunken und um zwölf Uhr dann Champagner, sonst hätte ich es niemals gemacht – ehe ich mir dessen bewußt war, kniete ich vor ihm und band ihm den Schnürsenkel zu.

»He, he«, sagte er, »was soll das?« Ich spürte an der verhaltenen Bewegung des Fußes, daß er mich am liebsten mit einem gehörigen Tritt von sich weg befördert hätte.

»Du sollst doch nicht drüber fallen«, sagte ich, als ich mich wieder aufrichtete.

»Saar, das ist nun mein guter Freund Mon Schwartz«, sagte Hein. »Mon, das hier ist nun Saar de Vries.«

Mon streckte die Hand aus, wie nur er das konnte, er reichte sie einem nicht, sondern fuhr sie, den Ellbogen an die Rippen gedrückt, die Finger geschlossen, so gerade wie möglich aus. Ich mußte einen Schritt auf ihn zu machen, um ihm die Hand geben zu können, und unwillkürlich kam das Bild in mir auf, ich liefe in ein gezücktes Messer.

»Frohes neues Jahr, Dr. de Vries«, sagte Mon grinsend. »Meine traumatische Kindheit macht es mir unmöglich, Ihren Vornamen in den Mund zu nehmen, da es gut sein könnte, daß ich mich dann spontan über Ihr elegantes Schuhwerk erbrechen müßte, wenn ich Sie also duzen darf, tue ich das mit größtem Vergnügen, doch dann werde ich Sie, hm, mal überlegen, dann werde ich Sie Schutz de Vries nennen, denn eine Frau, die einem die Schnürsenkel zubindet, weil sie fürchtet, man könnte ins Straucheln geraten, ist mir ein größerer Schutz, als meine eigene Mutter es je war.«

Er nahm seine Kappe ab und machte eine leichte Verbeugung.

»Komm, Schutz«, sagte er gleich darauf in vertraulichem Ton, »ich glaube, wir zwei sollten uns mal gemütlich auf das Sofa dahinten setzen und über die Angelegenheiten der Seele reden, vor allem natürlich die meinen, aber von mir aus auch gern über deine. Du bist doch Psychiaterin, oder? Ich bin vernarrt in Psychiaterinnen, wußtest du das?«

Er hatte sich bei mir eingehakt, führte mich zu dem Sofa in einer Ecke des Zimmers und schrie den Leuten, die darauf saßen, schon von weitem zu, daß sie mal eben Platz machen müßten, weil dieser Dame unwohl geworden sei und sie dringend einen Sitzplatz benötige.

»Bitte einen Moment mitspielen«, flüsterte er mir zu, »auch wenn du es nicht gewohnt bist zu lügen.«

In der ersten Woche des Jahres 1990 hat er mich mit Blumensträußen, Ansichtskarten, Anrufen, teuren Geschenken und billigem, liebem Schnickschnack bestürmt. Jedesmal wenn er mir etwas schenkte, schrie er laut, welchen Preis er dafür bezahlt hatte, was ich entwaffnend und befreiend fand und worüber ich herzhaft lachen konnte. Er schenkte mir unter anderem Nietzsches gesammelte Werke, einen Meter Bücher, die ich bereits im Regal stehen hatte. Ich habe ihm das gleich gesagt, aber seine Enttäuschung brachte mich so in Verlegenheit, daß ich die Bücher gar nicht mehr anzufassen wagte. Sie standen in einer Ecke des Zimmers. Eines Tages sagte er: »Könntest du sie bitte umtauschen, sie machen mich so traurig.«

Trotz meines Verbotes rief er mich zu Hause an, während ich mit Klienten arbeitete, mittendrin oder auch in den zehn Minuten Pause, die ich, wie er wußte, zwischen den Sitzungen einlegte. Er führte mich jeden Abend in ein schickes Restaurant zum Essen aus, wählte den Wein und die Gerichte für mich aus und ertrug es nicht, wenn ich anbot zu bezahlen. Mit einem gellenden Verzweiflungsschrei quittierte er meine Mitteilung, daß ich Mittwoch abends verhindert sei, weil ich dann meinen festen Gesprächsabend mit befreundeten Kollegen hätte.

»Nimm mich mit«, flehte er, »um Himmels willen, laß mich nicht allein. Nimm mich als Fall mit, als Anschauungsobjekt für egal was, ich kann mit allem dienen: Bindungsangst, Verlassensangst, Selbstzerstörungstrieb, Hysterie, Exhibitionismus, krankhafter Narzißmus, Schuld- und Schamkomplex, Megalomanie und Minderwertigkeitsgefühle, mag es auch noch so verrückt sein, ich bin dein Mann, also nimm mich mit und stell mich deinen Freunden als deinen Lieblingspatienten vor, und dann versprech ich ihnen, daß ich mich bei jedem eine Stunde auf die Couch legen werde, gegen fürstliche Bezahlung natürlich, und sie die Zähne in Sally Auschwartz schlagen dürfen, den liebsten Neurotiker von Amsterdam.«

In der Woche darauf ist er bei mir eingezogen, eingezogen in jedem Sinne des Wortes, kann man wohl sagen, denn seit diesem ersten Tag des Jahres 1990 sind mein Haus und meine Gedanken nicht mehr ohne Mon Schwartz gewesen.

Judit

Von einem Tag auf den anderen war er weg, abgehauen wie ein Dieb in der Nacht, auf und davon. Keine Vorwarnung, keine Ankündigung, keine Androhung, kein dramatischer Streit, kein Abschiedsbrief, *nada*. Ich kam nach Hause, und der Kleiderschrank, in dem seine Sachen gehangen hatten, war leer, seine Schreibmaschine stand nicht mehr auf dem Schreibtisch, sein Terminkalender und seine Notizbücher lagen nicht mehr in der Schublade, aus dem Badezimmer waren sein Rasierzeug und sein Kulturbeutel verschwunden, und das war's. Die CDs und die Bücher, die er in der Zeit, in der er bei mir wohnte, gekauft hatte, standen noch da, und auch die Mappen mit den Kopien der TTs, die er hier schrieb, hatte er dagelassen, sowie auch alles, was ich ihm je geschenkt hatte: die Zeichnung von Melle, die silberne Spieldose mit *Parlez-moi d'amour*, den großen Plüschbären, den er Sally nannte, die schwarze Lederjacke, den schwarzen Mohairschal und die goldene Armbanduhr. Die hatte er also abgelegt, bevor er ging und die Tür hinter sich schloß. Daß er meine Geschenke dagelassen hatte, darunter habe ich sehr gelitten, das fand ich abscheulich. Vor allem die Armbanduhr. Damit gab er mir zu verstehen, daß er nicht eine Sekunde mehr an die Zeit mit mir erinnert werden wollte.

Ich konnte es zuerst nicht glauben. Das hatte was ganz Schäbiges. Es war, als hätte ein Fremder bei mir eingebrochen und mir alles mögliche geklaut, ihn inklusive. Und vielleicht erhoffte ich mir ja auch irgend so ein verrücktes Szenario, einen Einbruch oder ein Verbrechen. Alles war besser, als zu glauben, daß er mich auf diese unbarmherzige, feige Art verlassen hatte.

Ich glaube, daß ich einige Stunden lang völlig niedergeschmettert in einem Sessel gehockt habe, kaum noch fähig zu atmen, aber gerade das Atmen ist nun zufällig etwas, was wir gut gelernt haben, und komischerweise kamen mir immer wieder die Ratschläge des Sprechlehrers von der Schauspielschule in den Sinn, und damit parierte ich den ersten Schrecken. Konzentrier dich auf deinen Bauch, atme tief durch die Nase ein, laß die Luft bis in den Bauch hinunter, kurz innehalten, dann langsam durch den Mund ausatmen, gut so, und wieder von vorn. Danach hab ich Leonard angerufen, hab mich ins Bett gelegt und bin darin liegengeblieben, bis ich wieder zur Probe mußte – so etwa drei Wochen später. Ich war fix und fertig.

Es klingt schrecklich hart, aber als ich von seinem Tod hörte, empfand ich, glaube ich, auch einen Moment lang Erleichterung. Ich war tieftraurig und hoffte zugleich, daß mit seinem Tod eine Art Ruhe eintreten würde, daß ich aufhören würde, an ihn zu denken. Er war immer ein so durch und durch verlassener Mensch gewesen, daß er, nachdem ich ihn verloren hatte, zu niemandem mehr gehören durfte, fand ich, außer zum Tod.

Wir spielten an dem Abend eine moderne Bearbeitung von *Ödipus* im Pleintheater. Einer der Schauspieler war ausgefallen, seine Stimme war weg, deshalb hatten wir mittags einen weiteren Probedurchgang mit seinem Ersatzmann, und ich war also schon seit zwölf Uhr im Gange. Manche essen erst nach der Vorstellung, aber ich muß was im Magen haben, sonst kann ich mich nicht konzentrieren. Da es einigen anderen zum Glück auch so geht, gingen wir gemeinsam in das Bistro neben dem Theater, zu was Leichtem, mit vollem Magen spielt es sich nicht gut.

Wir waren die ersten von unserer Truppe, die es hörten. Daß es mich so mitnahm, lag auch an dem Zeitungsjungen vom *Amsterdammer*, der so erschüttert aussah, mit diesem Stapel bedrucktem Papier unter dem Arm und der furchtbaren Nachricht auf der Zunge, einer Nachricht, die er trotzdem kaum über die Lippen brachte und die er deshalb, natürlich um seine eigene Fassungslosigkeit zu überschreien, viel zu laut rief, so laut, daß ich mir die Finger in die Ohren steckte. Es war, als hätte ich es nicht gehört.

»Was?« fragte ich den Typ neben mir.

»Salomon Schwartz ist tot«, sagte der.

Obwohl die anderen selbst wie vor den Kopf geschlagen waren von der Nachricht, kümmerten sie sich doch vor allem um mich, und zurück im Theater war die ganze Truppe lieb und rücksichtsvoll. Sie fragten, ob sie Leonard anrufen sollten und ob ich denn spielen könne. Das hat mir schon gutgetan. Ich fühlte mich ihm wieder ein bißchen zugehörig. Natürlich wissen die gesamten Niederlande, was zwischen Mon und mir war, wie sehr ich ihn liebte und wie grausam er mich verlassen hat. Und zumal in der Theaterwelt kann man nicht viel geheimhalten. Wir tratschen durch die Bank, ich eingeschlossen. Das stieß mir erst unangenehm auf, als ich selbst zum Gespött des Theater spielenden Amsterdams wurde und die Gespräche stockten, sobald ich die Kantine betrat. Ich hab mich so geschämt, entsetzlich, vor allem anderen Frauen gegenüber. Verlassen zu werden ist demütigend. Noch immer überkommt mich auf der Straße manchmal das Gefühl, daß ich beschmutzt bin und ein Schildchen trage, auf dem steht: Das hier ist eine der Frauen, die von Mon Schwartz benutzt und weggeworfen wurden.

Selbstverständlich spielte ich an jenem Abend. Weitermachen gehört zum Beruf. Ich glaube, wir gaben eine der schönsten Vorstellungen. Jede dramatische Szene hatte eine zusätzliche Intensität, und mir war auch so, als ob das Publikum uns, oder zumindest mir, mit anderem Blick zuschaute. Weil meine Kollegen vor dem Auftritt so rührend um mich besorgt waren, fühlte ich mich doch irgendwie wie eine der Witwen von Mon Schwartz, und die Zuschauer betrachteten mich, glaube ich, auch so.

»Da steht Judit Mendes da Costa, sie war einmal seine Frau, und sie trauert um seinen plötzlichen Tod, aber sie ist Profi und spielt mit ihrer Trauer alle an die Wand.« So was in der Art müssen die Leute gedacht haben. Hoffe ich. Schließlich hatte sich die ganze Nation an unserem Wohl und Wehe weiden können, als wir noch zusammen gewesen waren, alle naselang hatten wir in den Klatschspalten von *Het Randstadnieuws* gestanden, und alle paar Monate erschien ein mehr oder weniger unsinniger Artikel in einem der Boulevardblätter – woran Mon übrigens seine Freude hatte. »Das gibt mir so ein herrliches Liz-Taylor-und-Richard-Burton-Gefühl«, sagte er.

Heute müßte ich mindestens einen Mord begehen, um genügend Nahrung für die Sensationslüsternen herzugeben, aber als Mon mich verließ, haben sie sich wie eine Meute blutrünstiger Hunde auf mich gestürzt. »Wird La Costa je wieder spielen?«, »La Costa ertränkt Kummer im Alkohol«, »Eifersucht wird Lulu zum Verhängnis«, von der Sorte waren die Schlagzeilen. Und ich bekam sie todsicher zu sehen. Alle bei uns lesen diesen Schund. Wird gleich am Erscheinungstag gekauft und blitzschnell durchgeblättert. Irgendeiner von uns steht immer drin. Als erstes sieht man sich die Fotos an. Sie sind zwar ohnehin meistens von zweifelhafter Qualität, aber zu solchen Berichten drucken sie dann auch noch Fotos ab, auf denen man aussieht, als läge man seit Monaten in der Gosse und gammelte vor sich hin. Woher sie die haben, weiß der Geier.

Ich bin nicht stolz darauf, daß ich in diesen Revolverblättern seinerzeit so schändlich über ihn hergezogen bin, aber in meiner Ohnmacht wußte ich mir nicht anders zu helfen. Das war meine Abrechnung mit ihm. Aber na ja, die hat er mir auch wieder zurückgezahlt.

Anfangs bekam ich furchtbare Wutanfälle. Da fühlte ich mich so von ihm verarscht, so mißbraucht und weggeworfen wie ein wertloses Ding. Es ist ein schreckliches Geständnis, aber ich habe in der ersten Zeit, nachdem er weg war, bis ins Detail Mordanschläge auf ihn geplant und mich an der Vorstellung geweidet, wie er mich in Todesangst anflehen würde, sein erbärmliches Leben zu schonen. Was ich natürlich nicht tat. Er mußte dran glauben, ohne Pardon, paff, peng! Und den in den letzten Zügen Liegenden überließ ich seiner neuesten Eroberung, die weinte, schrie und die den Rest ihres Lebens unter seinem Verlust leiden würde, genau wie ich.

Alles in allem hat meine Beziehung mit ihm nur kurz gedauert, vierzehn Monate und ein paar Tage, aber diese Zeit hat doch den Rest meines Lebens geprägt. Vertrauen ist etwas Einmaliges. Vertrauen kann nur einmal verletzt werden, danach ist es ein für allemal weg. Und man bekommt es nie wieder, egal, was man tut.

Mon hatte ein Faible für Schauspieler, er liebte alles, was mit Theater zu tun hat, die Bühne, die Garderoben, die Spiegel, die Schminke, die Plüschsitze und Samtvorhänge, er liebte das genausosehr wie ein Schauspieler. Sobald er das Theater betrat, wurde er ganz hibbelig vor Freude und Aufgekratztheit.

»Das größte Hurenhaus der Stadt!« schrie er immerzu und tanzte mit seinem Hinkebein durch die Gänge.

Mon konnte dir das Gefühl geben, daß er dich brauchte, daß er nicht eine Minute ohne dich sein konnte, und das unter vollkommener Wahrung seiner eigenen Freiheit. Nur dir wurden Ketten angelegt. Er mußte jederzeit wissen, wo ich steckte, und am liebsten hatte er mich im Theater, in dem protzigen Käfig, aus dem ich nicht herauskonnte und wo er mich jederzeit aufsuchen konnte, um uns bei den Proben zuzusehen oder mit uns Mittag essen zu gehen. Seine häufigen Besuche paßten nicht jedem, aber letzten

Endes wickelte er alle um den Finger, becircte sie, eroberte ihr Herz, brachte selbst den größten Griesgram zum Lachen, und dann war ihm sein dreistes Eindringen wieder verziehen. Es kam auch vor, daß er mit dreißig frischen Matjes und einer Flasche eisgekühltem Korenwijn auftauchte oder mit Schachteln voller kleiner Sahnewindbeutel, und dann lud er die ganze Truppe und auch den Pförtner und die Jungs von der Technik und die Mädchen von der Kantine dazu ein, die vergaß er nie.

Das erlebte ich bei Mon immer wieder, daß niemand ihm wirklich böse sein konnte und er mit allem durchkam. Auch bei mir. Einmal erwartet er mich, nachdem wir uns morgens gehörig gestritten haben, beim Nachhausekommen mit einem Päckchen in der Hand. Darin war ein wunderschöner Schal, aber noch bevor ich ihn ganz ausgepackt hatte, sagte er: »Mit diesem Geschenk hab ich dich endgültig am Wickel. Betrachte es ruhig als Bestechung.«

Um diese Eigenschaft habe ich ihn glühend beneidet, daß er die Leute, gleichgültig, in welchem Umfeld, versöhnlich und nachgiebig stimmte. Frauen wie mir passiert genau das Gegenteil. Einer Schauspielerin wird nie hundertprozentig geglaubt. Man denkt, daß alles mindestens zur Hälfte gespielt ist, dein Kummer, deine Angst, deine Verlegenheit, deine Unsicherheit, alles, auch deine Liebe. In der Hinsicht ist es ein Scheißberuf. Schließlich beginnst du's sogar selbst noch ein bißchen zu glauben, daß alles, was du tust, Mache ist, ein Spiel, ein ganzes oder halbes Zitat aus irgendeinem Stück, das du im Kopf hast, Teil einer Rolle, die du so gern gespielt hast, weil sie deiner Meinung nach gut zu dir paßte. Aus dem Grund suchen wir Schauspieler uns auch gegenseitig. Wir fühlen uns erst richtig geborgen und verstanden, wenn wir im Theater sind, untereinander. Denn wir wissen, daß es nicht so ist, wir wissen, daß wir spielen, wenn wir spielen, aber nichts vortäuschen, wenn wir spielen. Vortäuschen ist etwas, was du außerhalb davon tust, manchmal.

Er war ein Kuckucksjunges, immer wieder auf der Suche nach einem neuen Nest. Er flog hinein, machte es sich gemütlich und sperrte den Schnabel auf, und Männer wie Frauen wollten gleich auf den ersten Blick nichts lieber, als für diesen seltsamen Vogel zu sorgen, er hatte nun mal diese Wirkung auf andere. Du sahst ihm nicht an, daß er dich mit diesem hungrigen Schnabel völlig leerfressen würde. Er war permanent auf der Suche nach Familie, nach einer Gruppe, der er angehören konnte, nach Vereinigung, aber sobald er so eine Gruppe gefunden hatte, wollte er wieder weg. Er fand immer irgendwas, was wie Verrat aussah, oder stieß auf mangelnde Loyalität. Du konntest Mon einfach nicht ausreichend lieben, das war unmöglich. Und ihm genügte der kleinste Anlaß, um mit dir zu brechen.

»Wozu lebe ich überhaupt?« schrie er dann. »Ich bin umringt von Blödsinn faselnden Idioten.«

Es ist wieder mal eine Ironie des Schicksals, daß ausgerechnet Saar mir einige Monate später ein Pflaster auf meine Wunde gab und meine Wut beschwichtigte.

»Wer weggeht, kann nicht verlassen werden, und deshalb geht er weg«, sagte sie. Sie sagte es leise, beinahe flüsternd. Ich würde sie lieber nicht bewundern, aber ich tue es, denn diese Worte begleiten mich, und ich werde nie vergessen, daß sie mir diesen Satz gab, und auch nicht, wie sie dabei guckte. Sie wollte mir wirklich helfen, und das fand ich großmütig. Ich leugne nicht, daß ich Neid empfand, aber der galt vor allem ihren Kenntnissen, ihrem wissenschaftlichen Studium, ihrem Beruf, daß sie so viel darüber wissen konnte, wie jemand anders gestrickt ist, und dadurch vielleicht besser gegen die Marotten eines Mannes wie Mon gefeit war. Alles, was ich über die menschliche Art gelernt habe, habe ich aus den Theaterstücken, und das ist doch was anderes. Sie zeigen dir, wie schlecht, gut, treu oder untreu eine Person sein kann, aber nur selten wird erklärt, weshalb jemand so ist. Bei den Besprechungen der Figuren versuchen wir natürlich schon, einen Charakter zu ergründen: Warum tut Medea dies, und warum läßt sie jenes? Was ist das zwischen Don Juan und diesem Leporello? Und dann sagt der eine dies und der andere das, alles Schmalspurpsychologie und manchmal stinklangweilig, sich das anzuhören, weil jeder seinen eigenen Käse aufs Tapet bringt. Mon war auch mal bei so was dabei und sagte anschließend, beim Nachhausekommen, er habe selten in anderthalb Stunden soviel amateurhafte psychotherapeutische Hineininterpretation gehört.

»Irgendwie auch wieder goldig«, warf er dann ein, aber das war nicht wirklich so gemeint, denn Mon hatte eine heilige Ehrfurcht vor Wissenschaftlern und haßte alles Halbwissen. In der Hinsicht war er ganz wie sein Vater.

Eine Konfrontation mit Mon und Saar ließ sich nicht lange umgehen. Saars jüngere Schwester Lies ist nicht nur eine Kollegin von mir, sondern seit der Schauspielschule auch eine meiner besten Freundinnen, und Saar kam treu zu jeder Premiere der Stücke, in denen Lies mitspielte, ich begegnete ihr bei Geburtstagsfesten und wenn Lies zum Essen eingeladen hatte, ich kannte sie also und hatte ziemlichen Respekt vor ihr, denn ihr brauchtest du nicht mit einem Schwätzchen über das Wetter zu kommen oder darüber, wo du deine Unterwäsche kaufst, bei ihr ging's gleich ans Eingemachte, womit du gerade beschäftigt bist, was du gerne spielen würdest, welche Vorgeschichte du hast und warum du deinen Beruf liebst. Sie war ernst und gesetzt, und wir nannten sie manchmal scherzhaft »das Professorchen«, weil in dem kleinen Kopf so viel herumzugehen schien und dir nach einer Begegnung mit ihr immer irgendwas von dem, was sie gesagt hatte, haftenblieb. Sie war daher auch die erste, an die ich dachte, als es meinem Bruder so schlechtging, und für ihre Hilfe und ihre Diskretion bin ich ihr ewig dankbar. Felix war ein paar Jahre bei ihr in Therapie, und darum hab ich ihn gelegentlich beneidet. Saar war für mich jemand, zu dem ich aufschaute und dem ich dankbar war, denn meiner Meinung nach hat sie Felix gerettet, und deshalb kam ich mir doppelt bestohlen vor, als sich herausstellte, daß sie diejenige war, bei der Mon eingezogen war, denn ich verlor nicht nur ihn, sondern konnte mich auch nicht mehr an Saar wenden.

Beim nächsten Stück, in dem Lies und ich gemeinsam auftraten, würde sie mit Mon zur Premiere antanzen, soviel stand fest, denn sie galten als unzertrennlich, genau wie er und ich seinerzeit.

Das war bei *Opfer der Pflicht* von Ionesco. Die Premiere fand in Haarlem statt, am sechzehnten November 1990, zehn

Monate nach Mons Auszug. Ich hatte ihn seitdem nicht mehr gesehen, und ich hatte Lies gebeten, mit keinem Wort über ihn und ihre Schwester zu reden. Ich las aber schon jede Woche gespannt TT, in der Hoffnung, vielleicht doch noch eine verkappte Erklärung, eine verhüllte Entschuldigung oder eine heimliche Liebesbezeigung zu finden, wenn auch an eine vergangene Liebe. Ich habe einige TTs aufbewahrt, von denen ich vermute, daß sie teilweise von mir handeln, aber ich weiß nicht, ob ich mich darüber freuen soll. Ein Satz ist mir besonders im Kopf hängengeblieben: »Du bist zu schön, um Humor zu brauchen.« Ich bin mir sicher, daß der an mich adressiert ist, er hat das mehr als einmal wörtlich zu mir gesagt.

Bei einer Premiere leidet jeder unter Nervosität, aber ich hatte eine solche Höllenangst, daß ich am ganzen Körper zitterte. Eine halbe Stunde bevor der Vorhang aufgeht, ist jeder von uns ganz bei sich und achtet nicht groß auf die Anspannung der anderen. Du weißt zwar, wie es darum steht, daß der eine sich in eine Ecke verzieht und schweigt und der andere wie blöde auf und ab tigert, aber Kontakt, reden, beruhigen, beruhigt werden oder was auch immer will in diesem Moment keiner. Lies sah und verstand, daß es bei mir diesmal nicht nur das übliche Lampenfieber war, sondern daß mir der Gedanke zu schaffen machte, daß er im Zuschauerraum saß. Sie hat sich stumm hinter mich gestellt und mir Nacken und Schultern massiert, und als sie auf die Bühne ging, hat sie mir den Daumen nach oben gezeigt.

Ich hab keinerlei Erinnerung an die Vorstellung, ob es

gut lief oder schlecht, rein gar nichts. Um so schärfer erinnere ich mich an unser Wiedersehen, mein Gott.

Es war keine Mache, wirklich nicht, es war der totale Kurzschluß. Ich hatte mir vorgenommen, kühl und von oben herab zu tun, aber dann sehe ich ihn an der Bar stehen, den rechten Arm um ihre Mitte, und mein Magen wird zum Betonblock. Ich laufe hinter Lies her, ein bißchen betäubt, glaub ich. Danach geht alles sehr schnell. Er sieht mich und fängt an zu strahlen, als wenn nichts geschehen wäre, und dann ruft er zur Begrüßung: »He, da haben wir Judas Mendes da Costa!« Und von einer Sekunde zur anderen raste ich völlig aus, weine, kreische, kratze, trete und schlage auf ihn ein, das ganze klassische hysterische Getue, ich hab ihm sogar ein Glas Bier ins Gesicht geschüttet, und damit war diese durch und durch peinliche Klischeeszene vollkommen. *Virginia Woolf* vor versammelter Presse, meiner Familie, Freunden und Kollegen. Aber für mein Gefühl war das unaufhaltsam. Sie mußten mich von ihm wegziehen. Er sagte kein Wort, wehrte sich nicht, hielt nur die Arme um den Kopf. Später erzählten sie mir, er sei leichenblaß gewesen und seine Lippen hätten gezittert, aber er habe schon bald wieder Witzchen gemacht und alle zum Lachen gebracht. Da tat er mir auf einmal wieder schrecklich leid.

Schwester Monica

Er besuchte mich regelmäßig, mindestens einmal die Woche, aber es gab auch Phasen, in denen er jeden Tag anklopfte und wir eine halbe Stunde oder auch länger miteinander sprachen, und es ist vorgekommen, daß ich ihn monatelang nicht zu Gesicht bekam. Solange TT in *De Wereld* stand, wußte ich, daß ich nicht beunruhigt zu sein brauchte. Irgendwann tauchte er immer wieder auf, und unsere Gespräche nahmen ihren vertrauten Gang. In regelmäßigen Abständen hat er auch mitten in der Nacht vor der Tür gestanden, weil er einen Platz zum Schlafen suchte. Dann hatte er wieder einmal Hals über Kopf eine Freundin verlassen oder war die halbe Nacht herumvagabundiert und hatte zuviel getrunken. Er wußte, daß er jederzeit bei uns auf der Couch übernachten konnte. Ehe Schwester Helena und ich uns zum Morgengebet erhoben, war er schon wieder verschwunden, und im Laufe des Mittags wurde dann stets ein teurer Blumenstrauß geliefert. Sooft er auch kam, er versäumte nie, eine Spende in eine unserer Sammelbüchsen zu stecken, außer in die für die Mission, denn dazu fühlte er keine große Affinität. »Ich bin schon dem Elend im eigenen Land kaum gewachsen«, sagte er, »was soll ich da noch mit dem jenseits der Grenzen?«

Ich habe ihm wiederholt gesagt, daß das doch nicht

nötig sei, immer wieder Blumen und immer wieder etwas für die Armen. Doch er sagte, er wolle das lieber so beibehalten. »Aber das Gute im Leben ist gratis«, sagte ich zu ihm, »wie die Sonne, der Mond und das Firmament, das bedarf keiner Gegenleistung.«

»Am liebsten würde ich für alles bezahlen«, hat er darauf geantwortet. »Wenn ich dadurch, daß ich jeden Morgen einen Gulden in einen Schlitz einwerfe, die Sonne aufgehen lassen und zu ihrem strahlenden Erscheinen beitragen könnte, wäre mir das lieber, als daß sie umsonst aufgeht.«

Es dürfte eine Woche vor seinem Tod gewesen sein, daß er einen sehr erschöpften Eindruck machte, als er mich aufsuchte. Er keuchte ein wenig, als er hereinkam, und ich habe meine Besorgnis geäußert. Mir war sehr wohl bekannt, wie ungesund Salomon lebte, und ich habe ihn immer wieder auf seine schlechten Gewohnheiten hingewiesen. Rauchen, Trinken, Valium, das zehrt einen Körper aus, das ist Selbstmord auf Raten. Solche Tadel hatten jedoch nur einen Sinn, wenn sie mit der Bereitschaft einhergingen, zu verstehen, warum er sich derlei Übel zufügte.

»Sollten Sie sich nicht wieder einmal ein wenig zurückziehen«, habe ich ihn noch gefragt, »eine Weile zu sich kommen, sich eine Woche Ruhe gönnen, in einer Umgebung, in der andere für einen geregelteren Tagesablauf sorgen?«

Salomon führte ein hektisches Leben, obwohl er durchaus zu Ruhe und Besinnung fähig war, doch dazu bedurfte es bei ihm erst eines Anstoßes.

»Ich gehe nur, wenn Sie mitkommen«, sagte er, und damit brachte er mich doch wieder zum Lachen, so daß ich meine Beunruhigung nicht länger ernst nahm, leider.

»Beten Sie mal für mich, Schwester«, sagte er, als er über den Steg zum Ufer lief. Das sind die letzten Worte, die er zu mir sagte, und sie tun mir noch täglich in der Seele weh. Ich winkte ihm zum Abschied und antwortete etwas betroffen: »Aber das tue ich doch jeden Tag, Salomon.« Dadurch sagte ich nicht, was ich sonst immer sagte, wenn wir uns voneinander verabschiedeten: »Gott segne Sie, mein Junge.«

Lili kam mit der furchtbaren Nachricht. Sie war so fassungslos, daß ich von meinem eigenen Schrecken und Kummer abgelenkt wurde. Erst gegen Abend, als ich für seine Seelenruhe betete, habe ich um den Tod dieses armen, verzweifelten, lieben Mannes geweint.

»Er hat vielen Menschen Böses zugefügt, aber er war ein Sünder mit einer guten Seele«, habe ich zu Gott gesagt und Ihn gebeten, sich Salomons besonders anzunehmen, da es sich bei ihm um ein besonderes Schaf aus Seiner Herde handele.

»Er war einer Eurer Spione auf Erden«, habe ich zu Ihm gesagt.

Das ist ein Begriff des von mir in hohem Maße bewunderten Philosophen Søren Kierkegaard. Meines Wissens ist er der einzige Philosoph, der sich in seinem Denken mit Männern wie Salomon befaßt, mit den Vagabunden und Umherirrenden, mit verzweifelten Nachttieren wie ihm, die Unterschlupf bei Frauen wie Lili suchen, mit dem wandernden Juden, der durch die Stadt läuft und mit scharfem

Blick prüft, ob sich die Werke des Menschen noch in irgendeiner Weise mit den ursprünglichen Absichten Gottes vereinbaren lassen. Zahllose TTs lassen doch Salomons tiefreligiöses Wesen erkennen und auf welch originelle Weise er seinem Glauben Gestalt zu verleihen trachtete. »Menschen, die Gott abgeschworen haben, finde ich uninteressant«, schrieb er einmal, entsinne ich mich.

In meinem Freundes- und Bekanntenkreis gab es niemanden, der sich so gut im Alten Testament auskannte wie er. Ganze Abschnitte aus Genesis und Hiob kannte er auswendig, sowohl in Hebräisch als auch in niederländischer Übersetzung, die er nach eigenem Ermessen anpaßte, was er dann detailliert rechtfertigte. Dank Salomons Begeisterung und Anregung habe ich noch mit vierundsechzig Jahren angefangen, Hebräisch zu lernen. Daraufhin schenkte mir Salomon den Pentateuch mit Haftaroth. Meinen Namen und die Widmung an mich hatte er in Hebräisch geschrieben.

»Lassen Sie mich wissen, wenn Sie lesen können, was da steht«, sagte er mit diesem für ihn typischen neckenden Tonfall. Einige Wochen später wußte ich, was dort stand. Es war ein Satz aus Bereschit 49: »Auf deine Hilfe hoff ich, Ewiger!«

Er liebte es, über Gott zu sprechen, und er war außerordentlich lernbegierig. Doch er war wiederum zu unruhig und zu ungeduldig, um sich einen Philosophen wie Kierkegaard zu erschließen.

»Nach drei Sätzen schwirrt mir der Kopf, und dann werde ich leicht depressiv«, sagte er. Mit dreißig hatte er sich vorgenommen, nur noch Biographien und Autobiographien zu lesen und ganz ab und zu einen Roman, alles andere langweilte ihn zu schnell. Er überließ es mir, mich durch ein philosophisches Œuvre hindurchzuarbeiten, und ich mußte ihm anschließend erzählen, worum es darin ging. Dann bestürmte er mich mit Fragen, mit außergewöhnlich scharfsinniger Neugierde, und diese Fragen verhalfen mir wiederum zu einem noch größeren Verständnis der Texte, mit denen ich mich befaßte. Es war eigenartig, aber manchmal hatte es den Anschein, als genügten ihm wenige Worte, um das Wesentliche eines Buches zu erfassen.

So hat er mir Dutzende von Werken mit der Bitte geschenkt, ihn über den Inhalt zu informieren und Passagen anzustreichen, die für ihn lohnenswert waren oder in denen der Autor zusammenfaßte, um was es ihm ging. Ohne Salomon hätte ich niemals das wunderbare Buch von Gershom Scholem über Sabbatai Zwi gelesen, ein Buch, auf das Salomon besonders neugierig war.

»Schnell lesen, Schwester«, sagte er, »wenn mich nicht alles täuscht, dürfte Sie dieser falsche Messias ständig an jemanden erinnern, den Sie gut kennen.«

Wie von selbst ist aus unseren Gesprächen seine Idee erwachsen, *Teure Schwester in Gott* zu schreiben. Es begann mit einigen aufeinanderfolgenden TTs in *De Wereld*, und daraus entwickelte sich sein Plan für ein Buch. Er hat das damals mit mir besprochen, und in vollem Vertrauen auf seinen Ernst und seine Gewissenhaftigkeit habe ich ihm erlaubt, unsere Gespräche auf Band aufzunehmen, damit er sie zu Hause ausarbeiten und ausgestalten konnte. Neben der Bibel ist *Teure Schwester in Gott* ein Buch, an dem mir sehr viel liegt, das etwas aussagt, und das behaupte ich nicht aus Eitelkeit, denn ich weiß ja, wie Salomon mit der Realität verfahren ist. Es ist nicht mein Verdienst. Es steht zwar nichts in dem Buch, was ich nach meinem Empfinden nicht gesagt hätte, doch zugleich ist kein einziger Satz von mir. Durch dieses Buch habe ich besser zu verstehen gelernt, was schöpfen heißt, und das erhöhte nicht nur meine Bewunderung für Salomon, sondern ich betrachtete plötzlich auch die große Schöpfung und das, was dazugehört, mit anderen Augen. Im Anfang war die Erde wüst und wirr, steht in Genesis geschrieben, und Gott führt Ordnung darin ein, indem er Unterschiede zwischen dem einen und dem anderen macht, zwischen Himmel und Erde, zwischen Tag und Nacht, zwischen dem Wasser unterhalb des Himmelsgewölbes und dem Wasser oberhalb des Himmelsgewölbes, zwischen der Erde und den Meeren. Ich sage bewußt: Unterschiede *macht*. Ich habe nämlich von Salomon gelernt, daß es beim Denken und beim Schöpfen darum geht, Unterschiede zu machen. Er hatte dafür eine stehende Wendung. Er sagte immer: »Schöpfen heißt denken, und denken heißt unterscheiden.«

Das spielte eine immense Rolle in seinem Leben, wie sich ein Mensch von anderen unterscheiden kann und welcher Tribut dafür gezahlt wird, da ja ein jeder auch das Verlangen hat, zu anderen zu gehören und solche Unterschiede untereinander aufzuheben. Meine Gespräche mit ihm brachten mich darauf zurück, welches meine eigenen Beweggründe gewesen waren, mich für das Leben zu entscheiden, für das ich mich mit sechzehn entschied. Sein wohlmeinendes

Interesse und seine eindringlichen Fragen zwangen mich förmlich, mich mit meiner Kindheit und meinen Sehnsüchten auseinanderzusetzen, denn mit der einfachen Erklärung, ich hätte mich zu einem Leben berufen gefühlt, das ganz der Liebe zu Gott geweiht sei, gab er sich nicht zufrieden. »Quatsch!« rief er dann aus, aber auf eine Art, daß ich es ihm sofort verzieh, auflachte und dann in der Tat zu erforschen versuchte, was mich dazu bewogen hatte, einem Klosterorden beizutreten. Das sind schmerzliche Ergründungen der Seele gewesen, und es hat Momente gegeben, da ich Gott bei diesem geistigen Ringen zu verlieren fürchtete. Aber das ist zum Glück nicht geschehen.

Er hat an mir festgehalten.

Salomon sagte regelmäßig, daß es zwischen uns größere Übereinstimmungen gebe, als ich zu erahnen wagte. Anfangs sträubte sich alles in mir gegen diesen Vergleich. Es liegt ja wahrlich nicht auf der Hand, daß sich ein so berüchtigter und übel beleumundeter Mann in einer gottesfürchtigen Nonne wiedererkennt, die nie das Gesetz des Zölibats übertreten hat, während Salomons Ruf aufgrund seines notorischen Umgangs mit leichten Mädchen sowie seiner flüchtigen Ehen, raschen Scheidungen, zahlreichen und häufig grausam beendeten Verhältnisse doch mit einigem Makel behaftet war. Wer ohne Sünde ist, der werfe den ersten Stein – doch worin sollte ich einem Mann ähneln können, der ein so viel sündigeres Leben führte als ich?

Die Antwort steht in *Teure Schwester in Gott*. Obwohl mich das Buch vorübergehend verstört hat und mir mehr über mich erzählte, als ich je wissen zu wollen glaubte, ist Salomons Analyse für mich von einer tiefen Schönheit. Sie erklärt jedenfalls, warum ich immer eine so liebevolle Wärme für ihn empfand, denn wie jedes TT ist auch *Teure Schwester in Gott* in erster Linie ein erschütterndes Porträt einer suchenden, gepeinigten Seele.

Ich wurde 1920 als neuntes Kind in eine Familie hineingeboren, deren Kinderzahl fünf Jahre nach meiner Geburt auf acht Mädchen und vier Jungen angewachsen sein sollte. In der damaligen Zeit war für Frauen eine andere Existenz als die der Mutter, Großmutter und Urgroßmutter schier undenkbar. Frauen heirateten barsche Männer, die keine Ahnung von sanfter Liebe hatten, unter Schmerzen gebaren sie Kinder in endloser Folge, man gab ihnen viele Pflichten und wenig Dankbarkeit, sie arbeiteten von frühmorgens bis spätabends im Haus und auf dem Feld, und sie waren mit fünfundvierzig alt und verbraucht. Die einzigen Frauen, die ihr Leben mehr oder weniger selbst gestalten konnten, waren Nonnen. Zwei Schwestern meiner Mutter entzogen sich auf diese Weise der Mutterschaft und dem harten Dasein als Hausfrau und Bäuerin, ich hatte also Vorbilder in nächster Nähe. Meine Tante, Schwester Gertrude, hatte das spannendste Leben, denn sie war Missionsschwester und Krankenpflegerin. Alle paar Jahre einmal durften die Pater und die Schwestern ihre Familien in der Heimat besuchen, und dann verbrachte Schwester Gertrude einen Tag bei uns auf dem Bauernhof. Sie hatte Geschichten über das große, fremde Land Brasilien, über braune Kinder, Armut, Hütten, unheimliche Krankheiten, wilde Tiere, Urwälder, breite

Ströme, und, was ich am aufregendsten von allem fand, sie sprach dort eine andere Sprache.

»Sag noch mal ›danke‹, Tante Schwester, bitte«, scheine ich sie in einem fort gebeten zu haben, und dann sagte sie in diesem wunderschönen Portugiesisch ›*obrigada*‹, und mir zuliebe fügte sie noch einen Satz hinzu. Dann war ich entzückt über ihr Wissen. Stundenlang hing ich an ihren Lippen, für mich war sie die klügste Frau der Welt, und ich empfand einen Stolz auf sie, den ich als Kind zu meiner unsagbaren Betrübnis für meine eigene Mutter nicht aufbringen konnte. Für meine Mutter empfand ich bitteres Mitleid. Jeden Tag betete ich zu Gott um eine Erleichterung ihres Lebens und um viele Zeichen Seiner Liebe für sie, denn von meinem Vater brauchte sie diese nicht zu erwarten.

»War die Suche nach Gott nicht die Suche nach dem idealen Mann und dem idealen Vater, Mann und Vater in einem, wie nur Gott es für eine Frau sein kann?« fragt Salomon in einem seiner Briefe.

Es ist die bitterste aller Ergründungen gewesen, denn bejahte ich die Frage, würde ich Gott in Seiner Einmaligkeit und Unersetzlichkeit nicht gerecht, verneinte ich die Frage jedoch, würde ich in Seinem Angesicht lügen.

Salomon wußte, daß er mich mit solchen Fragen in eine Zwickmühle brachte, und es zeichnet ihn aus, daß er mich, sosehr es ihm auch gefiel, die Gewißheiten eines anderen durch geistige Bombenlegung zu erschüttern, niemals allein mit der Fragestellung hätte ringen lassen und mir in den Gesprächen Möglichkeiten eröffnete, wie ich das Dilemma lösen könnte. »Na los, Schwester«, sagte er dann,

»das Leben besteht nicht nur aus Entweder-Odern, manchmal ist es auch ein Und-Und.«

Mit diesem Und-Und meinte er, daß es möglich sei, persönliche Motive einzusehen, ohne deswegen den Glauben verlieren zu müssen, daß ich ruhig zugeben könne, in der Tat in Gott den idealen Mann und Vater gesucht zu haben. Und ihn fand.

Lili

De *Amsterdammer* geht immer an Wanda, und die liest ihn dann sofort, wenn sie Zeit hat, aber wenn sie gerade einen Kunden hat, klopft sie bei mir und gibt die Zeitung zuerst an mich. An dem Abend hatte ich gerade einen Kunden, und da hat Wanda draußen auf dem Gang gewartet, bis er weg war. Ich hab zwar an ihren Augen gesehen, daß sie geheult hatte, aber hier im Haus wird oft und viel geheult, deswegen hab ich mich nicht weiter darüber gewundert. Du denkst dann als erstes, daß sie wohl einen unangenehmen Kunden hatte, daß sie einer bedroht oder geschlagen hat, und du suchst automatisch das Gesicht ab, ob du irgendwelche roten Flecken entdeckst oder ein geschwollenes Auge oder 'ne kaputte Lippe. Sie hat nichts gesagt, konnte sie wahrscheinlich nicht, sie hielt nur die Titelseite vom *Amsterdammer* hoch. Na, und da wußte ich's. Ich heul schon seit Jahren nicht mehr. Aber sie fiel mir um den Hals und schniefte so ein bißchen vor sich hin. Sie ist ein liebes Kind, noch jung, und da hab ich sie eben ein bißchen im Arm gehalten. Dann hab ich die Vorhänge zugezogen und bin zum Boot von den Schwestern gegangen. Das heißt, anfangs ging ich, und dann bin ich immer schneller gerannt. Ich wollte auf einmal so schnell wie möglich bei Schwester Monica sein, um etwas fühlen zu können, glaub ich. Und bei der Schwester ist dann alles aus mir rausgebrochen, zum Glück. Manchmal hab ich mehr Schiß vor meiner Härte als vor ein bißchen Schmerz. Aber das mit Mon war viel, viel mehr als nur ein bißchen Schmerz. Und das machte mich dann eigentlich wieder wütend, wütend auf ihn, weil er schuld daran war, daß ich doch mein Herz an ihn gehängt hab, und weil er jetzt die Fliege gemacht hatte, ohne sich von mir zu verabschieden.

Ich könnte nicht mehr sagen, wann er zum erstenmal zu mir kam, ich lebe ohne Terminkalender. Aber ich war auf jeden Fall schon ein paar Jahre im Gewerbe und hatte zum erstenmal ein Fenster. Das hab ich seit Mitte der siebziger Jahre, und Mon hat mich ziemlich schnell entdeckt, so lange kennen wir uns also. Ich hab in einem Club angefangen, und er hat mir später erzählt, daß er nicht oft in Clubs ging, die lagen ihm nicht so. Auf der Straße fühle er sich frei, aber sobald er die Tür eines Bordells hinter sich zumache, komme er sich vor, als hätte man ihn in ein Kasperltheater eingesperrt, so was in der Art hat er mal gesagt. Versteh ich schon, so 'ne halbe Wahrheit. Er ging einfach am liebsten schaufenstern, das war's. Dafür war er bei den anderen Frauen schon bekannt, wie ich von ihnen hörte, als ich ein Fenster bekam.

»Mon Schwartz kommt bestimmt viermal am Abend vorbeigelaufen«, sagten sie, und einige gestanden auch offen ein, wie schade sie es fanden, daß er sich an dem Abend eine andere rausgepickt hatte. Sie mochten ihn. Er war ein guter Kunde, man konnte ihm trauen, er war großzügig, verlangte nicht zuviel, keine Abartigkeiten, und er unterhielt sich gern mit dir. Aber nicht über seine eigenen Probleme, sondern er war auf angenehme Weise neugierig auf dich. Er fragte dich nicht über andere Kunden aus oder so, sondern wollte wissen, wie du so bist, woher du kommst und was du für Träume hast, solche Sachen. Und Gott sei Dank hatte er keinerlei Bedürfnis, dich aus dem Milieu rauszuholen, um eine ehrbare Frau aus dir zu machen. Es gibt ja solche schleimigen Typen, die meinen, eine Frau wie du sei zu gut für die Prostitution. Das find ich verlogen.

»Du *bist* eine ehrbare Frau«, hat Mon mal zu mir gesagt.

Das hab ich nie vergessen, das fand ich sehr lieb.

Wann und wie oft er kam, war nicht berechenbar. Anfangs, nachdem er zum erstenmal bei mir gewesen war, kam er ganz oft, wir verstanden uns gut. Aber ich hab mir, was seine Treue betraf, nie Illusionen gemacht, denn Männer, die schaufenstern, bleiben nicht lange bei ein und demselben Mädchen, die sind ständig auf der Suche nach was Neuem, und manchmal auch einfach nur auf der Suche, und damit hat sich's. Dann genügt die Erregung beim Abwandern der Fenster, und mehr braucht's an dem Abend nicht. So ein Typ war Mon auch. Er hatte eine Nase für Huren und Hurenviertel, und ich glaube, daß er alle Straßen in allen Städten Europas, wo Mädchen im Fenster sitzen, abgegrast hat. Jedenfalls hatte er jede Hure in Amsterdam gehabt, die ihm gefiel.

»Nicht an die Scheibe klopfen«, hatten sie zu mir gesagt, »das mag er nicht.« Das war eine überflüssige Bemerkung, denn so eine bin ich nicht, ich muß mich eher anstrengen, hin und wieder aus meinem Buch aufzuschauen, wenn ich merke, daß einer langsamer geht oder zum zweitenmal innerhalb kurzer Zeit vorbeikommt. Dafür entwickelt man Antennen. Ich sag immer, die Lockarbeit überlaß ich meinen Beinen, denn den ganzen Abend und die ganze Nacht mit verführerischem Lächeln im Schaukasten zu sitzen, das ist nichts für mich. Ich lächle einem Mann erst zu, wenn ich mir so gut wie sicher bin, daß er reinkommt. Das ist eine Frage des Charakters und der Professionalität. Ich bin nun mal nicht die Sorte Frau, die es nötig hat, auf den ersten Blick sympathisch gefunden zu werden, im Gegenteil, mir ist es eigentlich lieber, daß der erste Eindruck etwas von Stolz und Härte vermittelt. Vielleicht möchte ich mir noch etwas aus dem normalen Leben bewahren, kann sein. Im normalen Leben ist nicht jede Frau käuflich, und ich möchte auch nicht für jeden käuflich sein. Hinter der Scheibe und drinnen hab ich das Sagen, auch wenn es vielleicht nicht so aussieht. Es ist eine Frage des Spiels, und meine Rolle darin ist die harte Hure, die erst auftaut, wenn der Kunde drinnen ist, und die dann eine für den Kunden erstaunliche Gutmütigkeit entfaltet, auf die er aber natürlich vollstes Recht hat, das weiß er, dafür bezahlt er ja.

Jetzt, wo ich schon so lange im Gewerbe bin, krieg ich öfter junge Mädchen unter meine Fittiche. Zuerst hatte ich überhaupt keinen Bock darauf, so 'n bißchen die erfahrene Prostituierte rauszuhängen, die den Kleinen alle Tricks beibringt, aber je älter ich werde, desto schneller entwickle ich Sympathien für die neuen Mädchen, vielleicht weil ich weichherziger geworden bin gegenüber dem Kind, das ich selbst einmal war.

»Sieh es wie kleine Theaterstücke, in denen du immer

die gleiche Rolle spielst«, hab ich inzwischen schon zu mancher unerfahrenen Maus gesagt, »zehn Minuten lieb, sanft, geil, nett sein für einen hübschen Grundbetrag und dann das Ganze auszudehnen versuchen, um mehr Geld rauszuholen. Das gehört zum Spiel, darin kannst du gut oder schlecht sein, das kannst du also auskosten.«

Geld ist alles, das weiß fast jeder Kunde, und ich sowieso. Ohne Geld wäre die Hurerei undenkbar. Bei Schwester Monica schäme ich mich nicht für das, was ich mache, aber daß ich es für Geld mache, das besorgt mir ihr gegenüber schon manchmal ein Gefühl der Unterlegenheit. Sie ist das genaue Gegenteil. Sie hat noch nie etwas für Geld gemacht und wird es auch nie tun. Deshalb ist sie so frei. Und gleichzeitig finde ich das naiv, ja, nicht ganz von dieser Welt. Dabei empfinde ich mich auch so, als wäre ich nicht ganz von dieser Welt, ich stehe ja doch irgendwie draußen, noch mehr als die Schwester, wenn's drauf ankommt. Man sagt zwar, Huren seien mittendrin im Leben, aber gerade das Leben klammern wir aus.

Mon war ein Kenner, in jeder Hinsicht. Ich war noch nie einem Mann begegnet, der so großes Interesse an uns hatte, an unserem Gewerbe und am Milieu. Der Sex war eher Nebensache. Meiner Meinung nach hatte er den besten Sex gewissermaßen schon hinter sich, wenn er schließlich hereinkam, und ich hatte ihn mehr als nur einmal im Verdacht, die Nummer nur durchzuziehen, weil er es seinem Ruf schuldig zu sein glaubte. Wie recht er hatte. Aber zum Kundentyp des Laberers zählte er für mich nicht. Von denen gibt's verschiedene Arten, nette und weniger nette.

Wenn es Stammkunden sind, mußt du ganz schön auf Draht sein, denn die nehmen keine Rücksicht darauf, daß du im Laufe eines Monats womöglich fünfzig solcher Geschichten im Kopf behalten mußt. Die kommen rein und fallen gleich mit der Tür ins Haus, sagen zum Beispiel, daß sie nun endlich diesen Buchhalter entlassen haben, und dann erwarten sie, daß du genau weißt, um welche Firma es geht, wie der Buchhalter heißt und welche Probleme es mit ihm gegeben hat. Oder sie sagen, daß Monique es so gerade eben nicht geschafft hat, und du weißt dann selbstverständlich Bescheid, daß seine jüngste Tochter Monique beim Abitur durchgerasselt ist. Nach dir erkundigen sich die meisten Männer nicht. Sie gehen davon aus, daß es über dein Leben wenig zu erzählen gibt, daß du vierundzwanzig Stunden am Tag in diesem schummrigen Kämmerchen eingesperrt bist, hinter der offenen oder verdeckten Scheibe, und daß du nichts anderes tust, als mit dem Hintern auf den roten Samtpolstern zu hocken und auf sie zu warten. Daß du jeden Samstag bei Albert Heijn einkaufen gehst oder, wenn auch nur sporadisch, Freunde besuchst, käme ihnen nicht in den Sinn, undenkbar, das wäre ja viel zu normal für dich. Und normal bedeutet bedrohlich. Denn wenn eine Hure normal wäre, könnten sie ihr Herz ja auch für wesentlich weniger Geld bei ihrer Sekretärin ausschütten, die ist nämlich richtig normal und kostet einen höchstens ein Essen in einem teuren Restaurant. Aber weil sie normal ist, begegnet man ihr eben auch am nächsten Tag um Punkt neun Uhr wieder, und dann sieht sie einen mit diesem Blick der ins Vertrauen gezogenen, angebaggerten Frau an, diesem Blick falscher Macht, auf den wir in unserem Leben verzichten können, und darauf sind wir stolz. Wir haben wirkliche Macht, gerade weil wir einen Mann nicht besitzen wollen, nachdem er mit uns gebumst hat. Mon wußte das. Deshalb liebte er uns.

Er fragte immer, was ich las, und im Laufe der Zeit brachte er mir Bücher mit, oft solche teuren, gebundenen, mit Leseband. Die Bücher, die Mon mir geschenkt hat, stehen bei mir zu Hause auf einem separaten Regalbrett, denn in jedes von ihnen hat er eine Widmung geschrieben. Die Briefe von Vincent van Gogh, die Briefe von Jan Hanlo, die Biographien von Marilyn Monroe, Sylvia Plath, Jerzy Kosinski und Anne Sexton, weil er fand, daß ich ihr ähnlich bin, also rein äußerlich, denn die Frau war noch 'ne Nummer verrückter als ich. Die Briefbücher und die Biographien waren genau das richtige, denn in einen Roman kannst du so sehr versinken, daß du mit dem Kopf nicht mehr bei der Arbeit bist, und das ist schon notwendig. Ich steh immer unter 'ner gewissen Spannung, wenn ich im Fenster bin, alles an mir ist auf die Arbeit ausgerichtet. Und so ein Briefbuch oder eine Biographie kannst du leicht mal eben zur Seite legen. Das hatte er kapiert, glaub ich.

So ist nach und nach diese Freundschaft entstanden. Er fand es schön, Bücher für mich auszusuchen, und kam immer öfter mal kurz zu mir rein, auch wenn er nichts wollte. Dann setzte er sich hinter mich, damit ich den Vorhang offenlassen konnte und er mich nicht am Kundenfang hinderte. Aber du weißt dann auch, daß es vorbei ist, daß für ihn die Spannung weg ist und er keine Lust mehr hat, mit dir zu bumsen. Einmal hab ich's ihm noch mit der Hand gemacht, *for old times' sake*, das war alles. Er hat trotzdem weiter bezahlt, obwohl ich das eigentlich nicht mehr wollte. Er hat mich auch für alle Stunden bezahlt, die wir uns über sein Buch unterhalten haben.

»Warum hast du mich ausgewählt?« hab ich ihn gefragt.

»Dafür habe ich drei Gründe«, sagte er auf seine knappe, überzeugte Art. »Erstens hast du mir mal erzählt, daß du es gern hast, wenn sich Verkehrsteilnehmer an die Regeln halten, wenn Fußgänger, Radfahrer und Autofahrer bei Rot stehenbleiben und mit der Hand oder dem Blinker anzeigen, in welche Richtung sie wollen. Das mache die Straße klar, fandest du. Klar, hast du gesagt, phantastisch. Für diese Antwort habe ich dich geliebt. Zweitens habe ich nie vergessen, mit welchen Worten du mich verabschiedet hast, als ich zum erstenmal bei dir gewesen bin. Du sagtest: ›So, jetzt bist du wieder für eine Weile ruhig.‹ Es ist seither kein Tag vergangen, an dem mir diese Bemerkung nicht kurz in den Sinn gekommen ist und mich für einen kurzen Moment getröstet und versöhnt hat. Drittens bist du die beste, schlauste, umgänglichste und belesenste Hure, die ich je kennengelernt habe.«

Briefe an Lilith wurde es. Ich fragte ihn, wieso er sich nicht einfach für *Briefe an meine Hure* entschieden hätte, und da sagte er: »Weil eine Hure nie die Deine ist.«

Das war eine tolle Antwort, fand ich, aber sie machte mich auch ein bißchen traurig.

C.

Ende September 1993, als die Blätter zu fallen begannen und sie das Verbot übertrat, sich in Saar de Vries' Straße aufzuhalten – sie wurde halbnackt vor deren Praxistür aufgefunden (wo sie eine brennende *Wereld* in den Briefschlitz zu stecken versuchte) –, wurde Catherina den Caem zum zweitenmal in ihrem Leben in die Amsterdamer Valeriusklinik eingewiesen, und von da an ging's rapide bergab. Als ich sie am zweiundzwanzigsten Dezember 1995 besuchte, um ihr von Mon Schwartz' Tod zu erzählen, hatte sie fünf Einweisungen hinter sich und gehörte damit zur Riege der zahlreichen Drehtürpatienten in dieser Stadt. Es ist bei allen die gleiche Geschichte: Jemand wird in psychotischem Zustand eingewiesen, bekommt Medikamente gegen die Psychose und wird meist nach etwa drei Wochen wieder nach Hause geschickt, wo er, so die ausdrückliche Anweisung, die Medikamente weiter einnehmen soll; doch um einzusehen, daß es ohne Medikamente erneut schiefgehen wird, braucht es gesunden Menschenverstand, und gesund ist der Verstand eben nicht mehr.

Bei Catherinas erster Einweisung hatte sich der behandelnde Psychiater vom Krisenteam in einem kurzen Gespräch mit Cis Dithuys und mir über Auffangmöglichkeiten in ihrem Lebensumfeld informiert. Es ging darum, ob sie guten Kontakt mit ihren Nachbarn habe, ob sie Angehörige habe, auf die sie sich stützen könne, ob wir als Freundinnen in der Lage seien, ein Auge auf sie zu haben, gegebenenfalls im Wechsel rund um die Uhr, wenn es Anzeichen für eine neuerliche Entgleisung gebe. Soweit wir wußten, hatte sie kaum Kontakt mit ihren Nachbarn, war Einzelkind, ihre Eltern lebten geschieden, der Vater mit neuer Frau in einer Villa in Belgien und die Mutter in einem kleinen Ort an der Côte d'Azur, und, ja, wir als Freundinnen glaubten schon, daß wir uns um sie kümmern könnten, das hätten wir schon öfter getan. Sowohl Cis als auch ich waren damals noch optimistisch, wir dachten, daß es sich wieder legen würde, daß es nur ein vorübergehender Zusammenbruch sei und wir bei ein wenig guter Betreuung binnen weniger Wochen oder notfalls Monaten die Catherina zurückhaben würden, die wir kannten.

Doch die Catherina haben wir nie mehr zu sehen bekommen.

Die Frau, die mir im Gemeinschaftsraum der Klinik gegenübersaß und sich unbeteiligt anhörte, daß Mon Schwartz einen Tag zuvor plötzlich gestorben sei, war zehn Kilo schwerer als die gertenschlanke Frau, mit der ich mich vor zwanzig Jahren angefreundet hatte, und ihre immer noch anmutige Haltung hatte durch ihre bleischweren Gebärden, die Trägheit ihrer Bewegungen und die Steifheit ihrer Gliedmaßen etwas geradezu Karikatureskes. Ihr Augenaufschlag (früher wach, schnell, aufmerksam und voller Verständnis) war hohl, leer, schleppend und müde. Ihr Gesicht war aufgedunsen, und sie hatte dunkle Ringe unter den Augen.

»Das wußte ich«, sagte Catherina mit steifer Zunge, »das wußte ich schon vor Wochen.«

»Aber es ist erst gestern passiert«, sagte ich mit einem Anflug von Gereiztheit.

»Den Termin habe ich gewählt. Einundzwanzig ist die Spiegelzahl von zwölf. Dann lösen sie sich gegenseitig auf, und es bleibt nichts von ihm übrig, denn die Tage dieses Jahrhunderts sind auch bald gezählt, und dann ist es, als hätte es ihn nie gegeben. Keine Zahl, kein Leben. Null, Null, Null für eine große Null.«

Mit Verrückten kann ich nicht so gut. Ich fühlte wieder einen gewaltigen Unmut in mir hochsteigen, und am liebsten hätte ich ihr eine runtergehauen, um sie normalzuschlagen, zurück in ihr altes Leben, zurück zu einem Moment, bevor sie sich dafür entschieden hatte, in den Wahnsinn abzugleiten, denn ich hielt halsstarrig an dem Glauben fest, daß es einen Moment gegeben hatte, da sie das Ganze bewußt in Angriff genommen, die Schleusen geöffnet und sich dafür entschieden hatte, so zu werden.

Meine Wut legte sich aber nach wenigen Augenblicken, denn mir war schon klar, daß der Weg zurück blockiert war, daß Wahnsinn zwar von bestimmten Wünschen, Willensäußerungen oder Experimenten ausgehen konnte, daß die Entscheidung für diese Rolle aber letztendlich wirklich den Kopf verwirrte und die Botenstoffe im Gehirn endgültig auf falsche Pfade lenkte. Ich hatte inzwischen genug über Neurotransmitter und Hormone gelesen, um zu wissen, daß ich es mit einer Kranken zu tun hatte und Catherina in ihrem weiteren Leben nur noch einen Beruf ausüben würde, nämlich den der Patientin. Und ich war beschämt, weil ich sie in der letzten Zeit kaum noch besucht hatte und diesmal aus übler Neugierde zu ihr gegangen war, weil ich sehen wollte, wie sie auf den Tod des Mannes reagierte, der in den vergangenen Jahren ihre alles absorbierende Obsession gewesen war.

Zum erstenmal begegnet sind wir uns in der Einführungswoche für Studienanfänger im Fach Literaturwissenschaft an der Universität Amsterdam. Das war im Sommer 1979. Sie war älter als die meisten anderen. Das Durchschnittsalter lag bei neunzehn, ich war zwanzig, sie fünfundzwanzig. Sie war schön, gepflegt, dünn, trug ein hellblaues Kostüm und hatte die dunkelblonden langen Haare zu einem Knoten gewunden und aufgesteckt. Mit der Unerbittlichkeit junger Erwachsener, die gerade das elterliche Nest verlassen haben und sich für alles andere, aber bloß nicht für Leute interessieren, die sie auch nur im entferntesten an ihre Eltern erinnern, beachtete die Gruppe sie kaum. Es schien sie nicht zu stören. Pünktlich erschien sie jeden Tag zu den Aktivitäten, die ein Gremium aus älteren Studenten geplant hatte, beteiligte sich an Spielen und Ausflügen, die selbst uns hin und wieder albern vorkamen, und schloß sich uns an, wenn wir am Ende des Tages in eine Kneipe zogen oder mit einem Stück Pizza in der Hand einen Park bevölkerten. Während wir uns einfach ins Gras fallen ließen, breitete Catherina unbeirrt eine Zeitung, ihre Jacke oder eine seelenruhig in der Mitte durchgetrennte Tragetasche auf dem Gras aus, bevor sie sich setzte, Beine geschlossen und Rücken gerade wie eine Amazone. An ihrer Pizza knabberte sie wie an einem Keks. Viel sagen tat sie nicht. Sie erweckte den Eindruck, als höre sie den hin und her gehenden Gesprächen mit aufrichtigem Interesse zu, fühle sich aber nicht veranlaßt, sich einzumischen oder als Ältere aufzuspielen, die dem Gespräch unter Jüngeren eine andere Wendung zu geben versucht, indem sie so dann und wann eine Bemerkung macht, die alle aufhorchen läßt. Nur Fragen stellte sie ab und zu. Und immer nannte sie dabei den Namen desjenigen, an den sie die Frage richtete.

Wie viele Erstsemester die Fakultät für Allgemeine Literaturwissenschaft in dem Jahr zählte, weiß ich nicht genau, aber man hatte uns von höherer Seite in Studiengruppen eingeteilt, und in meiner Gruppe waren wir zu sechzehnt. Die ersten fünf Tage der Einführungswoche verbrachten alle eingeschriebenen Literaturstudenten im Kollektiv, aber die beiden letzten Tage waren dafür vorgesehen, die jeweils eigene Gruppe kennenzulernen.

Man hatte irgendwo auf der Veluwe ein Schloß für uns gemietet. Im Bus dorthin bekamen wir einen Zettel in die Hand gedrückt, aus dem zu ersehen war, wer mit wem das Zimmer teilen würde. Komischerweise merkt man sich immer gerade den Namen eines Außenseiters. Und Catherina stand bei mir. Über den dritten Namen mußte ich länger nachdenken, dazu konnte ich mir kein Gesicht vorstellen, was ein schlechtes Zeichen war. Eigentlich hatte ich gehofft, mit Eva, Annet, Jessica oder Christien in ein Zimmer zu kommen, denn zu denen hatte ich schon Anschluß gefunden.

»Catherina, Charlie, Cis« stand da, demokratisch in der alphabetischen Reihenfolge unserer Vornamen.

»Wer ist Cis?« fragte ich Monique, die neben mir saß. Sie wußte es auch nicht.

Das Organisationsgremium der Einführungswoche hatte sich ausgedacht, daß wir uns jeweils zu zweit für eine Stunde an einen selbstgewählten Ort im Schloß oder irgendwo auf dem Gelände darum herum zurückziehen sollten, um uns darüber auszutauschen, wer wir waren, woher wir kamen und was unsere Interessen, Hobbys, Ziele waren. Anschließend sollten wir im Wirtszimmer des Schlosses nicht uns selbst, sondern den anderen der Gruppe vorstellen. Man hatte schon eine Liste gemacht, wer wen aufs Auge gedrückt bekam. So lernte ich Catherina kennen.

»Soll ich anfangen, oder willst du lieber, Charlie?« fragte sie, als wir uns auf einer Holzbank unter einer Trauerweide niedergelassen hatten.

»Mir wär's lieber, wenn du anfängst«, sagte ich. Im Geiste rüstete ich mich schon, eine Bemerkung darüber zu machen, daß sie einen dauernd beim Namen nannte, wenn sie einen ansprach. Ich würde das in eine Frage kleiden, das klang weniger hart. Aber als Catherina erst mal losgelegt hatte, vergaß ich meine Irritation und lauschte eine halbe Stunde lang fasziniert ihrer Geschichte, die sie mir ohne nennenswertes Stocken, Zögern oder Innehalten vortrug, so als habe sie das Ganze irgendwann schon mal aufgeschrieben und trage es mir nun vor.

»Du bist die geborene Erzählerin«, sagte ich bewundernd, als sie nach dreißig Minuten auf ihre goldene Armbanduhr sah, abrupt abbrach und sagte, ihre Zeit sei um und sie wolle nun gern meine Geschichte hören.

»Eine Phantastin, würde meine Mutter sagen«, sagte sie zu mir, und ich wollte schon kichern, wie ich das auch bei ihrer Geschichte etliche Male gemacht hatte, aber da war etwas in ihrem Gesicht, was mich davon abhielt.

Nachdem ich ihre Geschichte gehört hatte, mochte ich sie plötzlich, und als wir ins Schloß und zu den anderen zurückkehrten, fühlte ich mich privilegiert, weil ich vermutlich neben der außergewöhnlichsten Frau unseres Semesters herging, solche Frauen waren aus der Mode gekommen.

»Ich find's jammerschade, daß du deine Geschichte nicht selbst erzählen kannst«, sagte ich zu ihr, »und ich weiß eigentlich nicht so recht, wie ich dich den anderen vorstellen soll.«

»Meine Geschichte wird sich nicht sonderlich von denen der anderen unterscheiden, Charlie«, sagte sie in trockenem, gleichgültigem Ton, »für alle in der Gruppe ist *Die Literatur* Hobby, Lieblingsbeschäftigung oder Hauptzeitvertreib, und das Gros der Gruppe träumt natürlich davon, Schriftsteller zu werden – nur sind alle ein Jahrzehnt jünger als ich und haben ihre Träume noch nicht an den Nagel gehängt, oder es fehlt ihnen noch am seligen Mut der Hoffnungslosen, zuzugeben, daß sie diesen Traum hegen.«

»Aber alles, was du über dein Elternhaus erzählt hast, über deine Mutter und so.«

»Das gehört dazu, Charlie, zerbrochene Träume haben auch ihre Ursachen.«

»Soll ich das auch alles erzählen?«

Ihre Geschichte und ihre eigenartige, trocken-komische Art zu erzählen hatten mich so für sie eingenommen, daß ich hoffte, es würde ihr lieber sein, wenn das alles unter uns bliebe, aber Catherina wäre nicht Catherina, wenn sie nicht ohne das leiseste Zögern gesagt hätte, daß sie damit keinerlei Probleme habe, daß sie mir nichts erzählt habe, woraus sie irgendein Geheimnis machen wolle.

Auf Enttäuschungen reagiere ich gemein. »Du sagst dauernd meinen Namen, auch bei andern tust du das. Warum?«

»Tu ich das, Charlie? O ja, jetzt hör ich's. Das nervt bestimmt, Charlie, ich werde von jetzt an darauf achten, und heute nacht werde ich darüber nachdenken, warum ich es tue. Morgen beantworte ich dir deine Frage.« Sie hielt einen Moment inne, sah mich forschend an und sagte dann: »Und dann such ich die schönste Lüge für dich aus, okay, Charlie?«

Ich glaube, nichts charakterisiert sie besser, als wenn ich gestehe, daß ich mir in den darauffolgenden Wochen und Jahren manchmal sehnlichst gewünscht habe, sie würde wieder einmal meinen Namen aussprechen.

»Catherina meint, eine der wenigen unter uns zu sein, die hundertprozentig davon überzeugt sind, daß sie niemals Schriftstellerin werden. Bei uns übrigen dürfte der Prozentsatz etwas geringer sein, schätzt sie. Sie weiß auch, warum. Sie ist für Einsamkeit nicht geschaffen, sagt sie. Auch dafür kennt sie die Ursache. Sie kam im Dezember 1953 in Bloemendaal als ältere Hälfte eines eineiigen Zwillings zur Welt, aber ihre Schwester war bei der Geburt schon seit mehreren Stunden tot. Seither kann sie nicht mehr allein sein. Der Tod von Catherinas Schwester hat die Ehe ihrer Eltern zerstört und schließlich zu deren Scheidung geführt. Ihr

Vater war froh und glücklich über die Tochter, die ihm geblieben war, und ihre Mutter hörte nicht auf, sich nach der Tochter zu sehnen, die nicht mehr vorhanden war. Catherina glaubt zudem, daß ihre Mutter insgeheim stolz darauf gewesen war, die ganze Angelegenheit schön ökonomisch und hygienisch mit einem Wurf hinter sich zu bringen, den Zirkus damit vom Hals zu haben, aber dennoch die (damals für bewußt und modern gehaltene) Idealzahl von zwei Kindern erreicht zu haben. Was genau sie mit ›dem Zirkus‹ meinte, hat Catherina nicht näher erläutert, aber es sei schon so, daß ihre Mutter ihr das Fehlschlagen dieser ökonomischen Transaktion (zwei zum Preis für eins) ihr Leben lang nachgetragen habe, sagt sie.«

Wir hatten jeweils fünf bis zehn Minuten Zeit, um denjenigen, mit dem wir gesprochen hatten, vorzustellen, und ich erzählte noch von Catherinas besonderer Vorliebe für Biographien (die ich mit ihr teilte) und Lyrik (die ich nicht mit ihr teilte) und von ihrem Studium in Amerika (ein *writer's course* an der New York University) und nannte ihre niederländischen Lieblingsautoren: Cora Blinker, Herman Zeils, Frank van der Geek und Mon Schwartz (alle ziemlich abseitig). Aus dem eifersüchtigen Bedürfnis, sie wenigstens vorübergehend besser zu kennen als alle anderen, verschwieg ich die abscheulichen Details der Beziehung zu ihrer Mutter, die in ihrem Bericht zwar ganz beiläufig herausgekommen waren, mir aber in der Seele weh getan hatten, vielleicht gerade weil sie darüber sprach, als handelte es sich um ganz selbstverständliche seelische Mißhandlungen. Und ich sagte auch nichts von dem systematischen sexuellen Mißbrauch durch einen Bruder ihrer Mutter, womit ich übrigens, auch wenn ich weniger besitzergreifend gewesen wäre, meine liebe Mühe gehabt hätte, weil ich das Wort »sexuell« damals nicht, ohne rot zu werden, aussprechen konnte.

Es war weniger mein Beitrag über Catherina als vielmehr Catherinas Beitrag über mich, der dafür sorgte, daß auch die übrigen ihre Meinung änderten und sie plötzlich mit anderen Augen sahen. Irgendwie bezauberte ihre Art zu erzählen, man mußte ihr einfach zuhören und sie ansehen und merkte dabei, daß sie allmählich etwas Unwiderstehliches für einen bekam. Nicht nur, daß sie über eine natürliche Anmut verfügte, die zu der Zeit keine einzige Frau mehr zu besitzen schien, sie hatte auch trockenen Humor (wobei das Geistreiche ihrer Bemerkung sie selbst völlig kalt ließ), gepaart mit einer so selbstverständlichen Aufrichtigkeit, daß eine Art Schockwirkung bei den Zuhörern eintrat, ein Schreck, der einen nicht lauthals lachen, sondern vorsichtig und verschämt kichern läßt. Erst hinterher, als alle dran gewesen waren, fiel mir noch etwas auf: Bei allen war, als sie zu sprechen begannen, ein Anflug von Verlegenheit, Unsicherheit oder Nervosität zu bemerken gewesen, aber bei ihr nicht.

»Auch Charlie entzieht sich der Geißel eines zu stark belastenden Traums«, so begann sie ihre Geschichte, »denn Charlie will nicht Schriftstellerin werden, sondern Biographin. Sehr vernünftig, wenn man von sich selbst meint, keine Phantasie zu besitzen, beziehungsweise, und das läuft vielleicht auf denselben Irrglauben hinaus, wahre Liebe zu dem zu empfinden meint, was man ja wohl Realität nennt. Nun denn, zu Charlies Realität gehört auf alle Fälle, daß sie im

Schlachtmonat geboren ist, und zwar in einem Teil unseres Landes, wo man auch tatsächlich noch im November schlachtete, und in ihrer Erinnerung natürlich immer genau an ihrem Geburtstag und direkt vor ihrer Nase. Es fragt sich, ob es sich hierbei um Realität oder um Phantasie handelt, aber es ist ein wunderbar blutiges Bild, und wahrscheinlich verleiht Charlie, indem sie auf diese Weise die Greuel ihres Geburtstags schildert, einem Teil ihrer Seele Ausdruck. Womit ich nur sagen möchte, daß die Phantasie oft mehr über die Realität aussagt, als es die Realität selbst vermag.«

Sie war ironisch, sie war überragend, und ich sah alle dasselbe denken wie ich, als ich mit ihr unter der Trauerweide gesessen hatte: Wenn das keine Schriftstellerin ist, wer dann?

Cis, mit der wir an dem Abend das Zimmer teilen sollten, wurde von einem heftig stotternden, überaus sympathischen Jungen namens Harold vorgestellt. Das Stottern ist das einzige, woran ich mich dabei erinnere und daß Harold vor allem Schwierigkeiten mit der Aussprache ihres Namens hatte, so daß ellenlanges Gezischel wie von einer Schlange seinen Bericht durchsetzte. Und da war irgendwas mit ernsthaften Ambitionen auf filmischem Gebiet und daß sie nicht so recht wußte, was sie sich überhaupt von der gewählten Studienrichtung erwartete. Sie war eine burschikose, schöne Frau mit sehr kurzem Haar, ausdrucksvollen Augen und sanfter, dunkler Stimme, mit der sie Harold ein wenig tonlos vorstellte und sich dabei eine herrliche rhetorische Frage stellte: »Wieso denk ich bloß immer, daß stotternde Menschen Genies sind?«

Im nachhinein betrachtet, hat vor allem Cis bei der ersten Vorstellungsrunde nichts von dem preisgegeben, was sie am meisten beschäftigte, doch wir sollten im Laufe der Jahre viel übereinander erfahren, denn in unserem Zimmer begann in jener Nacht eine außergewöhnliche Freundschaft zwischen der unendlich offenherzig wirkenden Catherina, der introvertierten, geheimnisvollen Cis und mir, eine Freundschaft, die bis zu dem Tag dauern sollte, da Salomon Schwartz in unser Leben trat und eine von uns die fixe Idee entwickelte, sie hätte in ihm jemanden gefunden, dem sie so nah sein konnte wie einst ihrer Schwester, hautnah. Und nachdem sie, wie ihre Mutter ihr an den Kopf geworfen hatte, ihre jüngere Schwester in der Gebärmutter aufgefressen hatte, schien es, als wolle sie nun Salomon Schwartz verschlingen oder von ihm verschlungen werden. Jedenfalls war einer von ihnen zuviel auf dieser Welt.

II
Die Pathologie des Theaters

»Was läßt sich schon Sinniges über ›die Realität‹ sagen? Ja, der Zug geht dann und dann, aber damit hat sich's auch schon. In dem Stil könntest du stundenlang weitermachen. Realität. Der kannst du sogar entfliehen, scheint's.«

BART CHABOT, Broodje halfom

»Ich glaube, ich bin ein Phantasieprodukt.«

CHRISTA MAERKER,
Marilyn Monroe und Arthur Miller.
Eine Nahaufnahme

Schutz

Wahrscheinlich habe ich zu lange die Signale ignoriert, die mir sagten, daß ich etwas tat, was ich im Grunde meines Herzens ungehörig finde, und ich weiß ja nur zu gut, wie sehr einem verdrängtes Unbehagen zu schaffen machen kann. Aber erst als ich eines Tages mit frischem Blick auf meinen Schreibtisch schaute und sah, was sich da alles stapelte, Archivmaterial von Gemeinden im Norden des Landes, Kopien von den Dokumenten, die sich beim RIOD gefunden hatten, Krankenblätter von Ärzten und den verschiedenen Krankenhäusern und die unzähligen ausführlichen Briefe, die ich auf meine Anfrage nach Informationen über und von Angehörigen der Familien Schwartz, Flinker, Himmelstein und Gersbach aus Israel und den Vereinigten Staaten erhielt, erst da wußte ich, warum mich jedesmal rasende Kopfschmerzen befielen, wenn ich mein Wissen über Mons Familie wieder um etwas erweitert hatte: Was da lag, war das Werkzeug für eine Biographie von Mon, aber ich wußte inzwischen weit mehr über Mons historischen Hintergrund, als er selbst je gewußt hatte. Immer wieder schob ich das Gefühl von mir, daß das ihm gegenüber nicht fair war, daß ich mich in letzter Zeit zu jemandem entwickelt hatte, den er der Illoyalität beschuldigt hätte, und das bezahlte ich mit Kopfschmerzen, die mich beim Lesen behinderten und sich erst nach mehreren Stunden wieder legten – mit Hilfe von reichlich Saridon und zu meiner unbeschreiblichen Erleichterung. Daß ich trotz der Migräne arbeitete und weitermachte, kann ich mir nur so erklären, daß der Wunsch, ihm ganz nahe zu bleiben, größer war als mein Anstand. Und da schlauen Sündern immer eine Rechtfertigung für ihre Sünden einfällt, legte ich mir zurecht, daß ja gerade Mon meine Ansichten darüber, was anständig ist und was nicht, gehörig angekratzt hat. In den Jahren mit Mon habe ich eine Gleichgültigkeit gegenüber den Werten aufgebaut, zu denen ich erzogen wurde, die ich nie für möglich gehalten hätte. Es hat zwar durchaus etwas Erfreuliches, wenn man sich hin und wieder selbst in Erstaunen setzen kann, doch häufiger fürchte ich, daß Anstand zu mir paßt und ich für ein etwaiges provozierendes Verhalten mit einem viel zu ängstlichen Charakter ausgestattet bin. Für Mon waren seine Dreistigkeit und seine Fähigkeit, eigene Normen aufzustellen, notwendige Rebellion, furioses Aufbegehren gegen eine Umgebung, die er als heuchlerisch empfand, aber eine solche Notwendigkeit lag bei mir nicht vor.

»Anstand ist was für ängstliche Menschen«, sagte er und daß in seinen Augen vieles, was gemeinhin als Anstand gelte, eine Form angepaßten Verhaltens sei, mit dem niemandem gedient sei, außer all denen, die genauso angepaßt seien, und das seien nun wirklich die letzten, zu denen er gehören wolle. Die seien für ihn Inbegriff all dessen, was er verachte.

Es gibt etliche Handlungen, die aus Sicht der Allgemeinheit als verabscheuungswürdig, verachtenswert, schäbig und unanständig gelten, obwohl jeder brave Christ sogar – oder vielleicht sollte ich sagen, gerade – mit der Bibel in der Hand die größte Mühe hätte, sie als Sünden zu definieren,

schrieb er in *Briefe an Lilith*.

In seiner Vergangenheit zu stöbern befriedigte nicht nur meinen Wunsch, noch mehr über ihn zu erfahren, es war auch spannende Recherchearbeit, die meinem Forscherdrang, der Freude an der Aufdeckung von Zusammenhängen und Mustern entgegenkam. Das sind für mich die Spannungsmomente und die Leidenschaften, die meinem Beruf zugrunde liegen.

»Du hättest Detektivin werden sollen«, sagte Mon einmal.

»Aber das bin ich doch schon«, erwiderte ich.

»Ja«, sagte er, »und noch dazu *hardboiled*.«

Das war ich mehr, als er ahnen konnte. Er glaubte, ich bezöge das nur auf meinen Beruf, auf das Gespür, das man darin entwickelt, für Fehlleistungen, Widersprüche, das Verräterische spontaner Einwürfe, Versprecher, Sprechpausen, für die signifikanten Kosenamen, mit der der Liebste bedacht wird und die mehr über den aussagen, der sie sich ausdenkt, als über den, für den sie erdacht werden.

Den Missetäter suchen hab ich das auch schon mal genannt.

Im Gespräch mit dem Betroffenen erhält man immer Hinweise auf eine Missetat im buchstäblichen Sinne, etwas, was an ihm verbrochen wurde, und er hat nun Hilfe gesucht, um herauszufinden, wer ihm was, wann und wie angetan hat. Dem Opfer wurde irgend etwas genommen, es weiß oft gar nicht mehr, was es war, weil es schon so lange mit dem Mangel lebt. »Das gestohlene Gut(e)« ist ein Kapitel in *Die Ökonomie der Schuld* überschrieben, denn es wird immer so erfahren, daß das, was einem genommen wurde, etwas Gutes war. Der Klient kann sich meist weder daran erinnern, um welchen kostbaren Besitz es sich handelte, noch, wer der Missetäter war, weil es in neun von zehn Fällen jemanden betrifft, den er so sehr geliebt hat, daß es zu schmerzlich wäre, der Tatsache ins Auge zu sehen, daß ihm diese geliebte Person Böses zugefügt hat. Oder er hat fälschlicherweise einen Unschuldigen im Visier. Im dramatischsten Falle ist er selbst der Unschuldige, dem er lebenslänglich erteilt hat.

Der Spruch meines Vaters, daß weichliche Ärzte faule Wunden machen, ist eine der Regeln, die ich in meinem Leben verinnerlicht habe. Mit einem Großteil meiner Klienten habe ich aufrichtiges Mitgefühl, aber längst nicht mit allen, und weder bei der einen noch bei der anderen Kategorie vertraue ich auf den sanften Ansatz. Die Hindernisse, die Menschen im Leben erfahren und die sie dazu veranlassen, zu glauben, sie könnten nicht das Leben führen, für das sie sehr wohl ausgerüstet wären, sind auch häufig Konstruktionen, um das Leben von sich fernzuhalten, um Talente nicht umsetzen und Ideale nicht verwirklichen zu müssen, um ein hehres Selbstbild aufrechtzuerhalten, das niemals an der Realität gemessen zu werden braucht, weil ein anderer für das eigene Unvermögen verantwortlich gemacht wird. Frauen und Männer, die sich aus dem immensen Angebot einen Partner ausgewählt haben, bei dem sie zu kurz kommen, weil er ihnen systematisch Zärtlichkeit, Begehren, Anerkennung, Unterstützung, Lob und grundlegendes Interesse vorenthält, können bequem an dem Idealbild festhalten, daß sie selbst reichlich mit allen diesen Qualitäten ausgestattet seien, bei ihrem Lebenspartner aber nicht damit zum Zuge kämen. Es kostet einige Mühe, ihnen ersichtlich zu machen, daß sie womöglich von der Unausgefülltheit in der Beziehung profitieren, da das irreale Selbstbild für sie ein ungleich wertvollerer Besitz ist als die dürftige Realität eine Last. Häufig erfahre ich anhand der Klagen über den Partner mehr über meinen Klienten als aus der Schilderung seiner ureigenen Erlebnisse und Gedanken. Meine Bücher und Artikel haben dazu beigetragen, daß ein Großteil meiner Klientenschaft aus Menschen besteht, die sich eigentlich zum Schauspieler, Schriftsteller oder Maler berufen fühlen oder überzeugt sind, irgendein anderes fabelhaftes Talent zu besitzen, das nur nicht zur Entfaltung kommt, weil jemand in ihrer direkten Umgebung ihnen Steine in den Weg gelegt hat beziehungsweise legt. Es hat dann schon etwas Niederträchtiges, diesen Männern und Frauen vor Augen zu führen, daß man nicht einer nie vorhandenen Fähigkeit beraubt werden kann, daß man ihnen zwar möglicherweise irgendein anderes Gut genommen hat, es sich dabei aber selten um das Talent zu einem großen Künstler, Bühnenschauspieler, Filmstar oder Schriftsteller handelt, denn meiner Erfahrung nach erblühen solcherlei ungestüme Talente gerade unter dem Einfluß größeren Widerstands. Niemand, der von Kind auf von jedermann so akzeptiert wurde, wie er ist, verspürt das Bedürfnis, sich anders darzustellen und andere damit zu unterhalten.

Jede Analyse zielt darauf ab, zu verhindern, daß die Wirklichkeit allzusehr vernebelt wird. Real zu werden ist doch das Tor zu einem Leben, in dem man nicht fortwährend zwischen nagenden Schuldgefühlen und einer schwelenden, verbotenen Wut auf vermeintliche Schuldige hin- und hergerissen wird. In der Praxis frage ich nicht zuerst danach, was jemand empfunden hat, sondern was genau geschehen ist. Fakten: Wer kam als erster herein, wo hast du gestanden oder gesessen, was hat deine Mutter wörtlich gesagt, und wie oft hat sie das wiederholt, wie alt warst du, und wie alt war dein Vater oder deine Mutter damals. So versuche ich herauszufinden, wieviel Wirklichkeit wahrgenommen wurde und welche Szenen in der Realität letztlich Anlaß für die Umwandlung in ein verinnerlichtes Drama und den imaginierten Vater und die imaginierte Mutter waren. Durch diese Herangehensweise habe ich entdeckt, daß es für jenes immer gleiche, eingeschliffene, jederzeit wiederholbare Szenario der empfundenen Tragödie oft nur wenig wirklich dramatischen Materials bedarf.

»Manchmal frage ich mich, wer von uns beiden die Menschen mehr liebt, du oder ich«, hat Mon einmal gesagt. Und das mit einem Ernst, der mir noch heute ganz gegenwärtig ist, wohl weil er mir Angst einjagte, Angst vor der Wahrheit dessen, was er mir zwar noch als Zweifelsfall unterbreiten wollte, was für ihn aber eigentlich keine Frage mehr war. Er hatte sich die Antwort schon selbst überlegt, und die Antwort fiel negativ für mich aus.

»Ich liebe sie zumindest länger«, habe ich damals schnippisch entgegnet, aber durch diesen Seitenhieb habe ich nie erfahren, was er mir hatte sagen wollen. Ich erinnere mich so genau daran, weil es einer der wenigen Momente ist, an die ich mit Bedauern zurückdenke. Der Worte wegen, die er hätte sagen können und die durch mein Zutun im Verborgenen blieben, wo ich doch jetzt, außer seinem Körper, am allermeisten seine Worte vermisse. Denn kein anderer auf der Welt hätte das zu mir sagen können, diese Worte, die ich nie zu hören bekam.

Weil ich nichts mehr zu verlieren habe, wage ich ganz offen zu gestehen, daß ich mich beim Anhören der Geschichten meiner Klienten etliche Male gelangweilt und geärgert habe. Aus meiner Supervision sollte ich eigentlich gelernt haben, daß Langeweile und Verärgerung etwas mit der eigenen Befindlichkeit, der eigenen Vergangenheit zu tun haben, und ich habe auch versucht, sie mir auszutreiben, indem ich mich selbst unter die Lupe genommen habe, aber ganz gelungen ist es mir nie. Man hat es nun mal mit reichlich vielen Egomanen zu tun, die in Bezug auf ihre eigenen Verletzungen hyperempfindlich sind und blind für die Gefühle anderer. Seit ich Mon kannte, bin ich tatkräftiger geworden, und ich habe manche Therapien zeitiger beendet oder abgebrochen und den Klienten an einen Kollegen mit größerer Empathie und Geduld verwiesen.

Mon war einer der wenigen wahrhaft Verzweifelten, die ich gekannt habe, doch wahre Verzweiflung sieht man nur in anderem Gewand, in diesem oft clownesken, überdrehten, amüsanten, charmanten, grenzüberschreitenden Verhalten, das jemand bis zur Perfektion entwickelt hat, um trotz der Verzweiflung leben zu können. Aber diese Vollblut-Entertainer, diese Meister des Als-ob, bekommt man als Psychiater erst zu sehen, wenn sie ihr eigenes Talent gründlich satt haben, und dieses Halts werden sie nur dann überdrüssig, wenn ihnen bewußt wird, daß er sie von etwas abhält, was ihnen ein noch größeres Bedürfnis ist, als sich in ihrem Als-ob-Verhalten zu offenbaren, nämlich, sich wahrhaft zu offenbaren. Deshalb haben viele dieser Theatralen Angst vor einer Analyse: Sie fürchten, ihr Talent zum Spielen und Verbergen zu verlieren, demzufolge nichts Wertvolles mehr zu besitzen und dann wirklich zu verzweifeln.

Es ist sicher vor allem dem unbesoldeten schauspielerischen Talent meiner Mutter zu verdanken, daß meine Schwester zum Theater ging und ich mich auf das Drama der theatralischen Persönlichkeit spezialisierte. Daher habe ich mein Buch *Die Pathologie des Theaters* meiner Mutter gewidmet, und sie war so stolz auf diese Errungenschaft, daß sie so ungefähr eine ganze Auflage aufkaufte und unter ihren Freundinnen verteilte. Da ist ihr wohl doch die Pointe des Buches entgangen, fürchte ich.

Schauspieler machen Schauspieler. Was sie besonders auszeichnet, ob sie nun professionell arbeiten oder nur im familiären Rahmen agieren, ist, daß sie ohne Ansehen der Person spielen, daß sie kaum einen Blick für ihr Publikum haben, denn das sitzt im Dunkeln. Dahin gehört es auch.

Der Schauspieler möchte gesehen werden, aber nicht sehen. Anonymität ist die Eigenschaft des Publikums, und der Schauspieler hat alles dafür getan, selbst aus dieser Anonymität herauszutreten.

Ich glaube, daß der Keim für jeden Kummer im Ungesehensein, im Nichtvertrauen, in der Nichtbeachtung des mitleidenden Kindes liegt, das in einem fort die Botschaft aussendet, daß alles, was es tut, dazu gedacht ist, den Eltern eine Freude zu machen oder, wenn das nicht gelingt, die Eltern zu erzürnen, denn jede Reaktion ist besser, als den Blick entbehren zu müssen, mit dem gesehen wird, wer man ist und was man eigentlich bezweckt.

Bei mangelnder Anerkennung tritt eine unerträgliche Anonymisierung des Kindes auf. Es hat das Gefühl, daß nichts, was es tut, wirklich zählt, als sei es austauschbar, charakterlos, als habe es nichts Eigenes, wofür man es lieben könnte. In der Finsternis versagter Liebe werden unsere Stars geboren.

Auch Mon.

Abtreibung nach der Geburt, nannte er es.

Hauptkritik an *Die Pathologie des Theaters* war, daß ich mich mit meiner Theorie über das Drama der theatralischen Persönlichkeit vorwiegend auf Biographien, Autobiographien und Tagebücher internationaler Berühmtheiten stütze und so gut wie gar nicht auf niederländisches Material oder auf Fälle aus meiner eigenen Praxis.

Ich konnte sie nicht gut vertragen. Es war nämlich genau die Kritik, die ich selbst formuliert hätte und der ich mit meinem Vorwort einen Riegel vorzuschieben versucht hatte, in dem ich das von mir aufgezeichnete psychische Drama als ein von kulturellen Einflüssen losgelöstes Konzept einer bestimmten Art von Persönlichkeit darstelle. Das soll nicht heißen, daß es keine kulturellen Unterschiede gäbe, aber für ein solches Konzept sind sie unerheblich. Das muß universelle Gültigkeit besitzen, und da hat man es dann mit einer überbesorgten, unsicheren, nervösen, sehr anwesenden Mutter und einem physisch oder emotional abwesenden Vater zu tun und nicht mit einer überbesorgten niederländischen, amerikanischen, spanischen, katholischen Mutter und einem abwesenden jüdischen, surinamischen, deutschen, schwarzen oder gelben Vater.

Mon wohnte zu der Zeit, als das Buch erschien, schon seit etwa sieben Monaten bei mir und war mir eine große Stütze, da er an Kritik in der Presse gewöhnt war und ich nicht. Er heulte nie mit den Wölfen, verteidigte mich auf Gedeih und Verderb und nahm mit dieser begehrenswerten Boshaftigkeit so manchen Kritiker auseinander, sei es, weil er ihn oder sie persönlich kannte oder weil er so viel vom Fach verstand, das er liebte.

»Ich kenne den Burschen, nimm's dir nicht zu sehr zu Herzen. Er hat ein mißratenes Gesicht, schon seit zwanzig Jahren einen halbfertigen Roman in der Schublade und ist alles andere als unterhaltsam. Hör zu, Journalisten bilden grundsätzlich eine Masse, sie sind zu vielen, eine Position, die manche anstreben, für die andere sich aber insgeheim für zu herausragend halten, und vor denen mußt du dich in acht nehmen. Außerdem sind sie Lohnsklaven, Hörige, denn sie arbeiten für einen Chef, für ein festes Einkommen und für eine Zeitung mit bestimmten Statuten und kommerziellen Interessen, also mit irgendeiner Form von Zensur, etwas, dem sie sich auch zu beugen haben. Hinzu kommt, und das ist das wichtigste, daß sie grundsätzlich parasitär sind, immer abhängig von etwas Vorausgehendem, einer Wirklichkeit außerhalb von ihnen, auf die sie reagieren, seien es die Neuigkeiten des Tages oder so ein Buch von dir, das in die Läden kommt. Je stärker sich ein Journalist seiner Gebundenheiten an Berufsgruppe, Geld, Status und Wirklichkeit bewußt ist, desto mehr liebt er seinen Beruf, und desto besser ist er. Du kannst froh sein, daß du jemand bist, an dem Kritik geübt werden kann, denn das bedeutet, daß du ein ungebundener einzelner bist, der mit einer Aktion, der Schaffung neuer Wirklichkeit, andere zu einer Reaktion antreibt.«

Ich wandte noch ein, daß es aber durchaus zutreffe, daß sich meine Analyse zu neunzig Prozent auf die Lebensgeschichten ausländischer Berühmtheiten stütze.

»Wo hättest du es sonst hernehmen sollen?« sagte er. »Niederländer bringen keine Stars hervor und demnach auch keine Biographien. Die tödliche Kombination aus protestantischer Knickrigkeit, sogenannter Nüchternheit und gräßlicher Selbstzufriedenheit macht es, daß die Biographie hier nur so gerade eben ein anerkanntes Genre ist. Du mußt großzügig sein, eine grenzenlose Neugier besitzen und einen anderen aufrichtig für etwas bewundern können, was er kann und du nicht, um die Hingabe aufzubringen, die eine Biographie verlangt. Oder du mußt hassen können, aber wahrer Haß erfordert auch eine gehörige Portion Liebe und Interesse für die andere Person.«

Mon wußte, wovon er sprach. Er vereinte alles, was er

liebte, in dem einen Fach, dem Journalismus, und er kannte seine Gebundenheiten.

»Erstens bin ich ein verstoßenes Kind, also suche ich nach einer Ersatzfamilie, und da ist man bei einer Zeitung richtig aufgehoben, denn da arbeiten lauter nette Leute. Zweitens möchte ich in meinem Leben viel, viel Geld haben und gigantische Beträge verschwenden können und fürchte mich zu sehr vor künftiger Armut, als daß ich ohne festes Einkommen leben könnte, also bin ich ein glücklicher Lohnsklave. Und drittens wurde mir in meiner Kindheit immer heimtückisch untersagt, auf das zu reagieren, was ich um mich herum passieren sah, also habe ich es mit größtem Vergnügen zu meinem Beruf gemacht, lauthals Kommentare zu einer Wirklichkeit abzugeben, von der ich mich umgeben weiß.«

Am liebsten würde ich Mons Biographie mit der Geburt von TT beginnen lassen, dem Tag, an dem er die Form findet, in der er sich für den Rest seines Lebens heimisch fühlen wird und in der er alles vereinen kann, was ihn fasziniert.

»Zum erstenmal in meinem Leben war ich beinahe glücklich«, sagte er über diesen Tag.

Das war im Oktober 1976, er war dreißig, verkrachter Student der Geschichte, seit seinem einundzwanzigsten Lebensjahr Theater- und Filmrezensent für *Alert*. Er hatte ein Theaterstück geschrieben, *Hiob*, das 1974 vom Theaterensemble Vooruit aufgeführt und überall verrissen worden war, trug sich mit dem Plan, eine Biographie von Georges Simenon zu schreiben, und grübelte seit Jahren darüber, auf welche Weise er kritischen Journalismus, biographische Neugierde und literarisches Schreiben unter einen Hut bringen könnte.

»Ich war in New York«, erzählte er, »es war mein letzter Tag dort. Das Flugzeug nach Amsterdam ging abends gegen acht, und ich bin noch mal bei meiner Lieblingsbuchhandlung Shakespeare & Co. vorbeispaziert, nicht unbedingt, um was zu kaufen, denn alle Bücher, die ich haben wollte, hatte ich mir schon am Tag davor besorgt, sondern eher, um mich von dem Ort zu verabschieden, an dem ich so viele schöne Stunden zugebracht hatte. Als erstes springt mir ins Auge, daß ein Teil des Schaufensters, in dem am Vortag noch die verschiedensten Bücher lagen, nun vom Werk ein und desselben Autors eingenommen wird. Die meisten Bücher kenne ich, aber es ist eines darunter, das mir aus unerfindlichen Gründen entgangen war, und das liegt ganz vorn, in einem hohen Stapel. Im nachhinein betrachtet, war dort meine Zukunft aufgetürmt. Es war das Buch eines Mannes, den ich maßlos bewunderte und den ich als junger Student oft mit dem Wunsch gelesen hatte, er möge mein Vater sein oder mein Vater möge wenigstens etwas mehr von diesem verfeinerten Geist an sich haben. Ihm war am Abend davor der Nobelpreis zuerkannt worden, und Shakespeare & Co. ehrte ihn mit der opulenten Auslage für die hohe Auszeichnung. Saul Bellows *Herzog* war der Wendepunkt in meinem Leben. Es kam mir endlos vor, bis das Flugzeug endlich abhob und ich mit dem Lesen beginnen konnte. Ich wartete, bis es ruhig wurde und die Stewardessen die Lichter löschten, und während sich die anderen Passagiere verrenkten, um eine Haltung zu suchen, in der sie etwas Schlaf finden konnten, saß ich kerzengerade, knipste das Lämpchen über meinem Kopf an und las in aller Stille und Einsamkeit, hoch in der Luft über dem Atlantischen Ozean: *Herzog*. Noch heute kann ich mich physisch an die hektische Erregung erinnern, als mein Blick auf das Wort *mental letter* fiel. Moses Herzog tat etwas, was ich schon mein ganzes Leben lang, tagaus, tagein, vom frühen Morgen bis zum späten Abend tat: mentale Briefe schreiben an Gott und jedermann, aber vor allem an meine Eltern.«

Es kam etwas Ruhiges und Glückliches über Mon, wenn er von seiner Bekanntschaft mit Moses Herzog während des Fluges von New York nach Amsterdam erzählte. Das war ein Moment in seinem Leben, den er hochhielt, und er fügte manchmal hinzu, daß er das jetzt endlich aufschreiben müsse, denn dieses wiederholte und häufige Erzählen verschleiße die Geschichte und vielleicht auch seine Freude und er wisse doch, daß Schreiben die Dinge bewahren könne.

»Erscheint es dir nicht ein bißchen jämmerlich«, fragte er einmal, »daß dies nun einer der schönsten Momente in meinem Leben war, in einer New Yorker Buchhandlung einen mitteldicken Roman zu finden?«

Wenn er so eine Frage stellte, veränderte sich sein Gesicht. Der entspannte Ausdruck, den es gehabt hatte, wich gequälten Zügen, und seine schwarzen Augen nahmen das tierhaft Furchtsame eines Menschen an, der erwartet, jeden Augenblick einen Schlag ins Gesicht zu bekommen. Diese Veränderung des Gesichts nahm ich häufiger bei ihm wahr, und sie weckte mein Mitgefühl.

Mit der etwas zu großen Eilfertigkeit der Frau, die dem Leiden ihres Geliebten so schnell wie möglich ein Ende machen möchte und damit auch ihrem eigenen Mitleid, antwortete ich, daß nichts Jämmerliches daran sei, daß der Moment alle Zutaten des Glücks in sich trage, daß Glück sehr häufig darin bestehe, sich auf die Zukunft zu freuen, weil man sich mächtig genug fühle, ihr persönlich Gestalt verleihen zu können. Ich wollte ihn zu dem Moment zurückführen, bevor er sich jämmerlich gefunden hatte, und daher fragte ich weiter, was sich ihm als Möglichkeit offenbart habe, als er auf die Idee mit dem mentalen Brief gestoßen sei.

»Mir schwirrte der Kopf vor lauter Möglichkeiten«, sagte er erleichtert. »Schwester Monica hatte mir schon so oft vorgeschlagen, meinen Eltern einen Brief zu schreiben, sie konnte sich in ihrer unendlichen Güte nicht vorstellen, daß der Hilfeschrei eines Kindes bei Eltern auch durchaus nicht auf fruchtbaren Boden fallen könnte und daß ich so einen Brief zwar gerne geschrieben, aber niemals gewagt hätte, ihn abzuschicken, weil ich eine neuerliche Zurückweisung in Form des totalen Ausbleibens irgendeiner Reaktion absolut unerträglich gefunden, ja schlimmer noch, weil ich das nicht überlebt hätte. ›Kein Vater und keine Mutter werden doch das aufrichtige Flehen des eigenen Kindes ignorieren können‹, sagte sie noch, die gute Seele. ›Oh, die meinen schon‹, habe ich zu ihr gesagt, aber daß es so viel Grausamkeit gab, konnte sie einfach nicht glauben, das sah ich ihr an. Als ich *Herzog* las, dachte ich an das Gespräch mit ihr zurück und daran, wie sehr ich mich solchen guten Menschen wie Schwester Monica gegenüber immer für die

Schlechtigkeit meiner Erzeuger schämte. Und auf einmal wußte ich, wie ich es zu machen hatte, daß ich die Hunderte ungeschriebener Briefe tatsächlich schreiben, mir aber die Demütigung der Leugnung und Nichtbeachtung ersparen würde, indem ich sie nicht persönlich adressierte und versandte, sondern aus dem Privatesten, was es auf dem Gebiet des geschriebenen Wortes gibt, dem Brief, eine offene, öffentliche, für jedermann lesbare Angelegenheit machte.«

»Rache?« bemerkte ich.

»Und ob«, sagte Mon grinsend. »Der totale Krieg, nicht mehr und nicht weniger.«

»Muß angenehm gewesen sein«, sagte ich, »nach so vielen Jahren der Machtlosigkeit die Waffe zu finden, mit der du dich zur Wehr setzen konntest, etwas, mit dem du zeigen konntest, daß du dich nicht geschlagen gabst und sie dich nicht unterkriegten.«

»Zum erstenmal in meinem Leben war ich beinahe glücklich.«

Noch in der Luft hatte Mon bereits gewußt, unter welchem Nenner er den Lesern seine Briefe präsentieren würde, und vom ersten Moment an waren der Titel seiner Schöpfung und der Name seines Alter ego für ihn eins.

»Als ich auf *TT* kam, war das, als würde ich neu geboren. Es ist mir immer unbegreiflich geblieben, wieso mir meine Eltern Initialen aufgehalst haben, die für sie doch niemals assoziationsfrei gewesen sein können und tiefen Widerwillen hervorrufen mußten. Sie haben mir doch verflixt noch mal den Namen ihres Feindes gegeben und mich dann auch so behandelt, wie einen Erzfeind. Nun wählte ich mir einen neuen Namen in Form reiner Initialen, das T, das ein feiner, schützender Buchstabe ist, so ein Schirm, unter dem man sich schön zu zweit unterstellen kann, und zugleich ein Buchstabe, der die Bedrohlichkeit des noch unfertigen Galgens und des unvollendeten Kreuzes hat. In Gedanken war ich schon dabei, ein ππ zu machen. Es ging ganz schnell, wahrscheinlich, weil ich im Geiste schon den Brief begann, um den für mich eigentlich alles ging, den Brief an meinen Vater. Ich erinnerte mich an einen Moment aus meiner Kindheit, ich dürfte so zehn, elf gewesen sein, als ich mich ihm vorsichtig genähert hatte, in seinem geheiligten Zimmer, einem Ort, der für meinen Bruder und mich verbotenes Terrain war, und mir das seltene Glück zuteil wurde, ihn bei guter Laune anzutreffen. Er saß, in sich hineinlachend, über einem Brief und war gerade dabei, seine Unterschrift darunterzusetzen. Er sah mich einen Augenblick unwillig an, aber dann siegte seine Eitelkeit über seinen Unmut. ›Hör dir das mal an‹, sagte er und las mir den Brief vor. Es war ein außerordentlich gemeines Schreiben, in dem er einen Historikerkollegen beschimpfte und eines der Werke dieses Mannes höhnisch als amateurhaftes, populistisches, antisemitisches, wissenschaftlich unverantwortliches Geschwafel abtat. ›Und jetzt kommt das Allerschönste‹, sagte mein Vater mit boshaftem Auflachen, ›ich unterzeichne diesen Brief wie alle meine Briefe ungerührt mit t.t. Weißt du, was das heißt? Das heißt *totus tuus*, das ist Lateinisch für ganz der Ihre, eigentlich ganz der Deine, aber das ist mir zu platt.‹ Ich dürfte das wohl nur halb verstanden haben, aber was mir in Erinnerung geblieben ist, ist das Gefühl, von meinem Vater ins Vertrauen gezogen worden zu sein und einen der raren Momente der Freude mit ihm geteilt haben zu dürfen. Erst später begriff ich, weshalb es ihm ein solches Vergnügen bereitete, einen herablassenden Schmähbrief mit t.t. zu unterzeichnen.«

Einige Monate nach seiner Rückkehr aus New York, im Februar 1977, wird Salomon Schwartz im Büro von David Alexander empfangen, Chefredakteur der renommierten Wochenzeitung für linke Intellektuelle: *De Wereld*. Er hat eine Probe von dem bei sich, woraus sein erstes TT werden soll, einen Brief an Georges Simenon. Salomon Schwartz, der schon immer zu den Journalisten von *De Wereld*, dem Kreis um den damals schon legendären David Alexander, den Intellektuellen im allgemeinen aufgeblickt hat, hat seinen ganzen Mut zusammennehmen müssen, um Kontakt mit Alexander aufzunehmen, und er wird seiner Nervosität nur deshalb Herr, weil er diesmal fest davon überzeugt ist, eine ideale Variante journalistischer Fiktion gefunden zu haben. Der Brief an Simenon ist scharfsinnig, ironisch, geistreich und von beeindruckender Ernsthaftigkeit, und Salomon weiß, daß er etwas Gutes in der Hand hat. Daß er Simenons *Brief an meine Mutter* (1974) zum Ausgangspunkt nimmt, ist nicht nur Ausdruck der Bewunderung, sondern dient ihm auch der Reflexion über die sogenannte hohe und niedere Kultur und stellt eine programmatische Grundsatzerklärung für das dar, was er mit TT beabsichtigt.

Es ist das erste Mal, daß er David Alexander persönlich begegnet, was man schon als verwunderlich bezeichnen kann, da sie im gleichen Alter sind, als erstgeborene Söhne von Überlebenden der Konzentrationslager den gleichen

Hintergrund haben, beide seit Jahren einen gewissen Ruhm als Journalisten und Schürzenjäger genießen und sogar äußerlich einige Übereinstimmungen aufweisen. Es ist, als hätten sie einander bis zu diesem Tag im Jahre 1977 intuitiv gemieden, weil sie fürchteten, auf ein Gegenüber zu treffen, das ihnen allzusehr ähnelte und deshalb irgendwann einmal zu ihrem Feind werden würde.

»Das erste, was ich dachte, war, daß meine Eltern irgendwo in einem dunklen Verschlag meinen Zwillingsbruder vor mir versteckt gehalten hätten«, erzählte David über diese erste Begegnung, »und zwar den schlechten kleinen Bruder, den aggressiven, erzneurotischen Knirps, der eingesperrt werden mußte, weil er mit seiner maßlosen, blindwütigen Destruktivität alle ins Verderben reißen würde, den mißgestalteten kleinen Bruder auch, der seinen Eltern die Demütigung angetan hatte, nicht der perfekte *Ben bechor*, der Erstgeborene, zu sein, und der sich mit einem unwilligen Fuß durchs Leben schleppte und allein dadurch schon überall tiefe Spuren hinterließ. Es war großartig, ihn kennenzulernen, und zugleich machte es etwas Schmerzliches in mir los, das ich lieber mit dicken Schrauben in meiner Seele festgeschraubt gelassen hätte. Ich kann nicht mal genau beschreiben, was es war, eine Mischung aus Mitleid und Erleichterung, glaube ich, weil ich weniger schlecht dran war als er. Und wahrscheinlich war auch Neid im Spiel, denn das, wodurch er schlechter dran war als ich, machte ihn auch außergewöhnlicher, brillanter. Eins wußte ich aber sofort: TT war eine Goldgrube. Der Brief an Simenon war ein Glanzstück, und ich habe erst Jahre später begriffen, daß er auch von Mon selbst handelte. Aus professioneller Warte wäre ich ein Idiot gewesen, wenn ich ihn nicht ohne Zögern genommen hätte, und das war das letzte, was ich mir vorwerfen lassen wollte. Im nachhinein betrachtet, wäre es aber für uns beide besser gewesen, wenn ich mich doch wie ein Idiot verhalten und mir dieses journalistische Gold hätte entgehen lassen.«

Noch leidenschaftlicher äußerte sich Mon über sein erstes Treffen mit dem Mann, der ihm so sehr ähnelte, allerdings durchblickte er besser, was ihn von David Alexander weggehalten hatte und was ihn anzog, als er ihm dann so nahe kam.

»Die kolossale Ehrfurcht, die ich vor David gehabt hatte, war wirklich fehl am Platz, denn ich sah einen Mann vor mir, der mir eigentlich ein bißchen ähnelte, nur verstand er es besser zu verbergen, was mit uns Jungs danebengegangen war. Er trug Brille, Anzug, Schlips und Kragen, und ich war noch zu sehr von seiner Erscheinung beeindruckt, um das zu durchschauen, zu sehen, daß er sich lediglich anders verkleidete, während wir das gleiche zu verhüllen hatten. Er hatte sich dafür entschieden, zumindest den Eindruck zu wecken, ein angepaßter Mensch zu sein, ein erwachsener Mann mit Kindern und mehreren Exfrauen, ein Mann, der hinter einem Schreibtisch sitzt und aufgrund seiner Stellung Macht über andere hat, der darüber urteilen darf, ob du gut genug bist, zu seinem Clan zu gehören, oder nicht. Ein gezähmter, domestizierter Wolf, daran erinnerte er mich noch am meisten. Brav, anhänglich und fügsam, solange du ihn streichelst und ihm das Futter bringst, das er am liebsten mag, und eine reißende Bestie, wenn sich daran auch nur das Geringste ändert. Es stimmt, ich liebte ihn von dem Moment an, da ich ihm die Hand gab, aber mir lag auch ein beklemmendes Gefühl auf der Brust, eine unheilvolle Ahnung, wie es zwischen uns ablaufen würde. Ehrlich gesagt war ich voller Verehrung, fast schon verliebt – und todbang. Abgesehen von meinem Vater habe ich keinen Mann so sehr geliebt wie David Alexander, und beide haben mich auf genau dieselbe Art und Weise verraten.«

Am Mittwoch, dem sechzehnten Februar 1977, erschien das erste TT in *De Wereld*, drei Seiten besondere Prosa, worin sich der eine Mann an den anderen Mann richtet und ihm seine Bewunderung und seine Erkenntnisse mitteilt. *Brief an Georges Simenon* war der Beginn einer Reihe von einzigartigen Dokumenten der niederländischen Literatur, einer Reihe, die am Tag von Mons Tod gut fünfzehnhundert Briefe umfassen sollte. Salomon Schwartz hatte das Empfinden, als sei der Riegel vor seiner Seele entfernt worden, und er sah unzählige Möglichkeiten, sich in TT an die Welt zu richten. Mit seinem scharfsinnigen und originellen Blick auf Literatur, Politik, Film, Fernsehen, Theater, Psychologie und Religion und seinen bewegenden Plädoyers für die, die anders waren, die am Rande der Gesellschaft standen, die Sündenböcke, setzte er ein Denkmal, und das erkannte die heimische Kritik auch vom Erscheinen des ersten TT an mehrheitlich so an. Die schönsten Briefe aber sollten die an seine Nächsten sein, an die Menschen, von denen er sagte, daß er sie panisch zu lieben versuche.

Judit

Ehrlich gesagt kam man gar nicht drum rum, alle redeten von dem Buch, und ich fühlte mich doppelt ausgeschlossen, weil ich mich nicht an den Gesprächen beteiligen konnte. Alles war noch so frisch, es tat noch so weh. Schließlich hab ich dann aber doch meinen Stolz über Bord geworfen und Lies gebeten, mir ein Exemplar zu besorgen, und noch am selben Tag hab ich mit dem Lesen angefangen. Es ist gar kein so dicker Schinken, aber ich hab gut zwei Wochen gebraucht, bis ich es durchhatte. Ich mußte immer nach ein paar Seiten oder manchmal schon nach ein paar Sätzen aufhören, weil es mir zuviel wurde. Das war nicht nur Mißgunst, denn den andern ging es auch so. So viel Wahrheit machte uns fix und fertig. Es schlaucht ganz schön, wenn du dich so in schriftlicher Form wiederfindest, wenn du deine familiären Verhältnisse und wie du als Kind darauf reagiert hast, erkennbar beschrieben siehst. Und was dich auch irgendwie aushöhlt, ist die Erkenntnis, daß du weit weniger allein und demnach auch weit weniger einzigartig bist, als du dachtest. Das ist tröstlich und ärgerlich.

Als ich das Buch zuschlug, wußte ich auf alle Fälle eines ganz genau, nämlich daß Mon nun seine höchstpersönliche Psychiaterin in Reichweite hatte und noch dazu eine, die sich ganz auf solche treulosen Männer wie ihn verlegt hatte.

Wir waren gerade in der Probenphase für *Endstation Sehnsucht* von Tennessee Williams, das sie in ihrem Buch analysiert. Dadurch haben wir es anders gespielt, wie ein Stück, das von uns handelt, von uns Spielern, wie sie es nennt. Lies hielt sich während der Leseprobe sehr zurück. Insgeheim war sie aber mächtig stolz, daß ihre Schwester ein Buch geschrieben hatte, über das alle sprachen und das Einfluß auf das Stück hatte, mit dem wir uns gerade befaßten, aber sie wollte sich das nicht anmerken lassen. Außerdem merkte sie sehr wohl, daß ihre Schwester nicht nur unsere Spielart des Stücks beeinflußte, sondern in uns allen etwas verändert hatte. Wir sahen einander mit anderen Augen. Wir teilten ein Drama. Das stärkte unseren Zusammenhalt, obwohl es uns auch irgendwie peinlich war, was natürlich mit einer gehörigen Dosis ironischem Gefrotzel weggebohnert werden mußte.

»Bist auch nie richtig gesehen worden, hm?«

Als ich ihr Kapitel über Don Juan las, wurde ich ziemlich argwöhnisch, denn ich konnte mir nicht vorstellen, daß sie das geschrieben hatte, ohne Mon zu kennen. Lies schwor mir, daß Saar und Mon sich auf einer Silvesterparty zum erstenmal begegnet seien, daß sie sich nie zuvor gesehen hätten und daß ihre Schwester das Manuskript dem Verlag gegeben habe, lange bevor sie sich kennenlernten. Ich glaube Lies, ich hab sie noch nie bei einer Lüge ertappt.

»Dann hat sie ihn gekannt, bevor sie ihn kennenlernte«, sagte ich.

»Das gibt's«, sagte Lies, »ich kannte dich auch, bevor ich dich kennenlernte.«

Lies ist doch ein Schatz. Ich hab ihr viel zu verdanken, auch, daß ich wieder mit Mon in Kontakt kam und wir einander schließlich wieder in die Augen sehen konnten, obwohl Saar da, glaube ich, auch eine gewisse Rolle gespielt hat, aber darüber denke ich lieber nicht zu lange nach, denn ich möchte ihr nun auch wieder nicht zu sehr verpflichtet sein. Sie hat meinem Bruder geholfen, und sie hat mit ihrer Weisheit meine Seele erleichtert, das ist nicht wenig, aber sie hat mir auch das Herz gebrochen, indem sie mir Mon genommen hat, und das werd ich wohl nie so ganz abschütteln können, so versöhnlich bin ich nun mal nicht.

Alle sind im Laufe der Zeit dazu übergegangen, sie Schutz zu nennen, aber ich bin immer bei Saar geblieben.

Es ist blöd, du siehst es vor deinen Augen passieren, und immer noch denkst du, daß bei dir alles ganz anders laufen wird.

Er hing oft in den Kneipen und Restaurants ums Pleintheater herum, aber er hatte mich noch nie angesprochen. Es klingt idiotisch, und keiner glaubt's einem, wenn man es sagt, aber ich war zu verlegen, um selbst auf ihn zuzugehen und ein Gespräch mit ihm anzufangen. Sobald er irgendwo hereinkam, blieb ich sitzen, wo ich saß, und rührte mich nicht mehr vom Fleck. Wenn ich mal mußte, verkniff ich es mir, weil ich mich nicht traute, quer durch den Raum zur Toilette zu gehen, denn dann riskierte ich, daß er mich vorbeilaufen sah, und allein schon bei dem Gedanken starb ich fast vor Nervosität. Jeder kannte ihn, von seinen Kritiken und seinem *TT* her, er war berüchtigt für seine scharfe Zunge und seine wache Intelligenz, und ich fürchtete, daß ich nichts zu erzählen hätte, daß ich ihn langweilen und er mich nach wenigen Sätzen strohdumm finden würde, denn dessen bezichtigte er die Menschen in seinen Kritiken oder Briefen mit der Regelmäßigkeit eines Uhrwerks. Es war offensichtlich, daß er viel vom Theater und von Schauspielern hielt, aber seine Kritiken waren oft nicht gerade mild, und schwache schauspielerische Leistungen prangerte er gnadenlos an. Was er von mir hielt, wußte ich nicht, denn er hatte nie über ein Stück geschrieben, in dem ich aufgetreten war. Ich hatte mordsmäßigen Respekt vor ihm und fühlte mich animalisch zu ihm hingezogen. Er war weiß Gott nicht gutaussehend oder so, aber ich fand ihn geil, spannend und attraktiv. Genau der Typ Mann, auf den ich immer abfahre: eine ungute, verrückte und gefährliche Bekanntschaft, wie eine Geliebte über einen treulosen Schuft wie Byron bemerkte, so einer von der Sorte, eine Mischung aus dominantem Macho und frechem kleinem Jungen, aus Despot und quengelndem Dreikäsehoch, aus Teufel und Engel, na ja, immerhin ein Mann, auf den auch andere Frauen scharenweise flogen, denn nie saß er allein, und er ging jeden Abend mit einer Frau zur Tür hinaus, die wie ein Schoßhündchen hinter ihm herdackelte.

Es fing total verkehrt an. Oder besser gesagt: Ich fing total verkehrt an, und diesen Fauxpas hab ich nie vergessen können. Er auch nicht, fürchte ich. Manchmal glaube ich, er blieb nur bei mir, um sich ein für allemal für diese eine Bemerkung zu rächen, um sie mir auf grausame Weise heimzahlen zu können.

Achtundzwanzigster Oktober 1988. Im Pleintheater

wurde *Die Möwe* von Čechov gegeben, ich spielte im nahe gelegenen De Rand, eine Rolle in der freien Produktion eines jungen Regisseurs, ging aber nach jedem Auftritt in den »Kater«, weil ich wußte, daß ich dort meine Freunde treffen würde, die in *Die Möwe* mitwirkten. Ich kann nach dem Spielen unmöglich direkt nach Hause gehen, denn an Schlafen ist in den ersten Stunden sowieso nicht zu denken, wegen des Adrenalins, glaub ich. Nach zwei Gläsern Weißwein geht's dann meistens, dann werd ich plötzlich furchtbar müde und sehne mich nach meinem Bett. Ein paar Abende hintereinander hatte ich Mon Schwartz bei Hedda Tol sitzen sehen, von der ich nicht sonderlich viel halte, eine geborene Wichtigtuerin, eine, die immerzu Theater spielt, und ich glaube, es war meine Geringschätzung ihr gegenüber, die mir den Mut gab, mich in seine Nähe vorzuarbeiten. Wenn er's ein paar Abende lang mit so 'ner unnatürlichen Schnepfe aushält, wird's ihm mit mir bestimmt besser gefallen, so was Ähnliches hab ich damals gedacht. Das ehrt mich nicht, aber an dem Abend betrat ich den »Kater«, sah sie, Mon war nicht da, setzte mich zu ihr und hab mich hinterlistig bei ihr eingeschmeichelt, ihr Komplimente für die Rolle der Mascha gemacht, gefragt, wie es sei, mit dem und dem zu arbeiten, kurz, so lange aufrichtiges Interesse gemimt, bis ich aus den Augenwinkeln Mon durch den ledernen Türmantel hereinkommen sah. Er steuerte gleich auf den Tisch zu, an dem wir saßen, und sie flog ihm um den Hals, was er überhaupt nicht leiden konnte, das sah man ihm an, er wußte gar nicht, was er mit dem Körper sollte, der sich da um ihn schlang. Sie ist tadellos erzogen, mußte mich ihm also wohl oder übel vorstellen, und da sie viel zu ichbezogen und daher blind für die Motivationen anderer ist, durchblickte sie nicht, was ich vorhatte, und tat das ohne den leisesten Argwohn, weswegen ich mich später wiederum schuldig gefühlt habe, das schon.

Es ist diese schreckliche Verlegenheit, die mich das sagen ließ, da bin ich mir ganz sicher, dadurch trumpfe ich immer so groß auf und bin so betont herausfordernd. Außerdem beging ich den großen Irrtum, zu denken, daß er, der Provokateur par excellence, eine besondere Vorliebe für Provokateure haben würde. Der seelische Hieb, den ich ihm verpaßte, sollte verführerisch wirken, und das hat komischerweise auch funktioniert, aber ich weiß, daß es das Dümmste war, was ich je zu ihm gesagt habe. Er hat es mir ein ganzes Jahr lang nachgetragen.

Er stellte mir in seinem typischen Stakkato eine Reihe von Fragen, hintereinanderweg, und als er bei der Frage anlangte, ob ich einen Freund hätte und ob ich noch mit ihm schliefe, sagte ich: »Ganz schön frech für so 'n unansehnliches, lahmes Kerlchen.«

Er war völlig perplex. Und ich war sogar noch stolz darauf und betrachtete es als Sieg, daß ich ihn sprachlos gemacht hatte. Er erwiderte nichts, drehte sich von mir weg und sprach Hedda an. Mit der hat er sich noch etwa 'ne Viertelstunde unterhalten, und dann hat er sich wieder mir zugewendet und, während er sich erhob, gesagt: »Komm mit.«

Das war's.

Wir sind zu mir gegangen, ich war hypernervös, verschüchtert und selig.

Als wir miteinander schliefen, als er in mich kam und

mich bumste, sagte er in Stößen: »Wenn du mich noch einmal unansehnliches, lahmes Kerlchen nennst, zerstör ich dein Leben.«

Ich höre es noch.

Eine Woche später ist er mit seinen paar Habseligkeiten bei mir eingezogen. Als erstes hab ich ihm einen schönen Schreibtisch gekauft, damit er seine Schreibmaschine nicht jedesmal wieder wegstellen mußte. Gott, ich hätte ihm alles kaufen wollen, so verliebt war ich, ich war noch nie in meinem Leben so verliebt wie in diesen Mann, nicht davor und nicht danach. Er war auch in mich verliebt, er kam jeden Tag mit Geschenken an, Kleider, Schmuck, er wollte, daß ich schön aussah. Alles, was er kaufte, war teuer, und immer schrie er, noch bevor ich es ganz aus dem Geschenkpapier herausgewickelt hatte, was es gekostet hatte.

»Zweihundertachtundneunzig Gulden neunundneunzig!«

»Ein Schnäppchen! Runde hundertfünfundsechzig Gulden.«

»Das ist Armani und der Preis daher um so absurder! Vierhundert Gulden und fünfundzwanzig Cent dazu!«

Das war schon gewöhnungsbedürftig, denn er machte es auch, wenn andere dabei waren, und ich war mit dem Grundsatz meines Vaters groß geworden: »Über Geld und Sex redet man nicht, die hat man«, und da brauchte ich eine Weile, bis ich es nicht mehr schockierend und ordinär fand und nur noch darüber lachen mußte.

Was er mir schenkte, paßte perfekt. Kein Mann hat das je für mich getan, Kleider ausgesucht und gekauft, ohne daß ich dabei war. Er schaffte gleich in der ersten Woche neue, professionelle Töpfe an und stellte meine alten zum Sperrmüll raus, das sei unnützer Studentenplunder, sagte er. Später kaufte er noch Anrainergeschirr, wie er das nannte.

Kochen war noch nie mein Fall, ich aß meistens im Restaurant oder holte mir was Fertiges beim Chinesen, aber Mon war ein fabelhafter Koch, der bereitete große Menüs zu, mit Suppe oder gebeiztem Lachs vorweg und danach ganze Enten, gefüllte Wachteln, Lammkeulen und immer irgendeine spezielle Sauce dazu. Für ihn sei das was Herrliches, sagte er, das Überlegen, das Einkaufen, das Zubereiten, das mache ihm alles Spaß, bis auf das Essen selbst, das sei ihm am wenigsten wichtig. Jeder Tag war ein Festtag, und ich schwebte auf Wolke sieben. Das einzige, was ich ihm als Gegenleistung geben konnte, war meine Schönheit, die er jeden Tag rühmte, und Unterhaltung. Ich steppte, spielte und sang für ihn. Er strahlte, wenn ich das Akkordeon hervorholte und alle möglichen Schnulzen und Schlager für ihn sang und spielte, Johnny Meijer, deutsche Gassenhauer aus den zwanziger und dreißiger Jahren, Brecht-Lieder, französische Chansons. In den Momenten liebte er mich am meisten, das sah ich, und er war mein Lieblingspublikum.

Er verhielt sich, als hätte er schon immer bei mir gewohnt, so einfach und reibungslos lief das. Er schwang Handbesen und Kehrschaufel, wusch die Wäsche, machte das Bett und war meistens guter Laune, er brachte mich immer zum Lachen. Außerdem war es so gemütlich, einen Mann im Haus zu haben, der auf der Schreibmaschine tippt, der, einem den nackten Rücken zugekehrt, ganz in sich versunken seine Worte zu Papier bringt und einem dann einige Stunden später stolz einen Brief vorliest. Ich fand sie immer glänzend und hab ihn ausführlich dafür gelobt, denn auf Lob konnte er nicht verzichten.

»Wie findest du's? Ist es ein schöner Brief? Bist du ergriffen? Mußtest du über den und den Satz lachen? Geistreich bin ich, hm?«

Er konnte das Verhalten von Menschen unheimlich gut durchschauen, er verstand sie oft besser als sie sich selbst, glaube ich. *TT* war an wirklich existierende Menschen adressiert, und es war Literatur. Egal, um wen es ging, Mann oder Frau, tot oder lebend, wenn es ein lobender Brief war, war ich höllisch eifersüchtig auf den Adressaten, dann wünschte ich mir inständig, er würde mir so einen Brief schreiben, damit ich mal erfuhr, was er nun wirklich über mich dachte. Schmerzhaft und beinahe unerträglich wurde die Eifersucht, wenn er einen Brief an jemanden schrieb, den ich kannte, an eine Schauspielerin, die er für eine Rolle bewunderte, oder an eine Frau, die ein Buch geschrieben hatte, das ihn beeindruckte. Am Anfang hab ich so ein Buch einmal direkt nach ihm gelesen und es gewagt, zu ihm zu sagen, daß ich überhaupt nicht verstehen könne, was er daran gefunden habe, daß ich es für romantisches Gesülze hielte, stilistisch mies, Ton aufgesetzt.

Das hätte ich nicht tun sollen.

»Engstirnige Aktrine«, hat er da zum erstenmal gesagt. »Du denkst grau, unfertig, billig, klein und zickig.«

Diese »Aktrine« hat er später in einem seiner Briefe verwertet, und damit ist sie dann ins Wörterbuch gelangt. Ich habe es als eine Art Spitznamen angenommen, denn ich fand die Wortschöpfung wirklich toll, aber es verstärkte bei mir die ohnehin schon permanente Angst, daß ich irgendwann bei ihm durchfallen würde.

Nach etwa drei Monaten hat er aufgehört, mich zu lieben. Es begann damit, daß er mich unvermittelt anfuhr, wegen einer Bluse, die zu weit offenstand, so daß er hineinsehen konnte, wegen neuer Unterwäsche, die ich gekauft hatte und die er nuttig fand, oder weil ich nackt vom Badezimmer ins Schlafzimmer lief. Dann blaffte er mich an, daß ich so nicht im Haus herumlaufen könne, mit nacktem Busen, auf einmal war nichts mehr gut, und es schien, als gefiel ihm nur noch mein Kopf, während er meinen Körper von Tag zu Tag abstoßender fand. Auf die Dauer erschrak ich sogar, wenn er mich im Bett unverhofft berührte, wenn er die Hand auf meine Seite legte oder mir damit über den Po strich. Sobald er sich umgedreht hatte, fühlte ich dann mit meiner Hand, wie es sich dort gerade für ihn angefühlt haben mußte, ob da auch keine Speckfalten waren, ob mein Bauch an dem Tag vielleicht gerade zu rund war, aber man kann mit der eigenen Hand nicht so tun, als wäre es die Hand von jemand anders, man kann sich nicht selbst so betasten.

Er hat es noch ein einziges Mal versucht, eines Abends, im Bett. Er faßte meine Hand und legte sie auf sein Geschlecht.

»Zu was hast du denn die Händchen sonst?« sagte er grob.

»Nicht nur dazu, dich zu befriedigen«, sagte ich.

»Doch, natürlich«, sagte er, aber er schämte sich auch ein bißchen. Er hat uns dann mit einem Witz aus der unbehaglichen Situation herausgeholfen.

»Weißt du, wovon Hedda Tol Hornhaut an den Händen hat? Sie befriedigt ausverkaufte Häuser.«

Ich lachte darüber, aber wider Willen.

Danach hat er kein einziges Mal mehr mit mir geschlafen, und auch geküßt hat er mich nicht mehr. Er streichelte mich hin und wieder oder strich mir mit der Hand durchs Haar, das war alles. Kurze Zeit später fand ich ein Päckchen Kondome, zwischen den CDs und Videokassetten versteckt. Ich schaute jeden Tag nach, ob eines heraus war. Das erste verschwand, als wir gerade aus einem Urlaub in Südfrankreich zurück waren. Er sagte, er gehe mit einem Schriftsteller essen, irgendwo in Baarn, er wolle ein TT über dessen Buch schreiben. Das machte er meistens, daß er ein kurzes Interview mit einem Autor, Regisseur oder Schauspieler führte, über den er schreiben wollte.

Kaum war er zur Tür hinaus, checkte ich die Schachtel Kondome.

Es tat sehr, sehr weh, ich hab lange geweint, aber ich war auch auf eigenartige Weise gefaßt, beinahe beruhigt. Einige Monate später bin ich dann meinerseits mit einem andern ins Bett gegangen. Mon und ich haben kein Wort darüber verloren, dazu war ich zu feige und er auch. Er blieb bei mir, das war das wichtigste, fand ich. Das Päckchen Kondome blieb manchmal einen ganzen Monat lang unangerührt, aber viel länger nicht.

Wir lachten, sangen, tanzten, aßen zusammen und luden oft Freunde zum Essen zu uns ein. In den Monaten, in denen ich abends spielte, wußte ich, daß er mit anderen Frauen zusammen war, und damit mir das nicht so sehr weh tat, versuchte ich, vollkommen im Spielen aufzugehen oder mich in meinen Bühnenpartner zu verlieben und für die Dauer des Stücks mit ihm anzubändeln. Das geht relativ leicht, wenn man zusammen auftritt und durchs Land reist. Meiner Liebe zu Mon tat das keinen Abbruch. Mon konnte keiner das Wasser reichen, das stand fest. Unterdessen brütete Mon über der Idee zu einem Theaterstück, in dem ich die Hauptrolle spielen sollte und er auch für sich selbst eine Rolle vorgesehen hatte. Einmal selbst auf der Bühne zu stehen war ein Herzenswunsch von ihm. Er hatte schon ein mißglücktes Theaterstück auf dem Konto und mindestens die Hälfte der Theater spielenden und Theaterstücke schreibenden oder inszenierenden Niederlande gegen sich aufgebracht, aber das machte ihn nicht gerade behutsamer, im Gegenteil. Er liebte es, wenn andere sich ärgerten.

»Besser als nichts«, sagte er. Oder er fragte mich, wen er denn jetzt mal für mich auf die Palme bringen solle.

»Was ist denn so schön daran, gehaßt zu werden?« hab ich ihn mal gefragt.

»Haß ist verhohlenes Lob«, sagte er.

Sosehr mich solche Sätze auch beeindruckten, ich brauchte immer eine Weile, bis ich sie richtig aufnehmen und verstehen konnte. Deshalb ging ich nie auf sie ein. Ich bat auch nie um eine Erläuterung, denn er konnte es nicht ausstehen, wenn jemand schwer von Begriff war.

Ein Moment, den ich von diesen anderthalb Jahren in ganz besonderer Erinnerung bewahre, ist der, in dem er weinte, oder fast geweint hätte, um ehrlich zu sein. Wir sprachen über ein TT, und ich fragte ihn, wie es dazu gekommen sei, daß manche ihn sogar mit TT ansprachen.

»Sie können mich ja wohl kaum ss nennen, denk ich mir.«

Das kam leicht zynisch heraus, aber er fuhr in ernsterem Ton fort und sagte, daß es von ihm wahrscheinlich ein Akt des Protests gegen seine Eltern gewesen sei, die ihn Salomon genannt und ihm damit abscheuliche Initialen aufgehalst hätten. Ich fragte ihn daraufhin, ob er etwas über die Familien seiner Eltern wisse, über deren Väter und Mütter oder deren Geschwister.

»Kaum etwas«, sagte er.

Wahrscheinlich sei es gar nicht böse gemeint gewesen, äußerte ich, es liege ja nahe, daß seine Eltern ihm den Namen eines Verwandten gegeben hätten, eines Vaters oder Bruders oder Cousins vielleicht, um ihn auf diese Weise fortleben zu lassen, in meiner Familie trügen alle nach dem Krieg Geborenen den Namen von einem, der nicht überlebt habe, ich sei nach der Mutter meines Vaters benannt, die sie in Sobibor ermordet hätten. Er hörte zu und sagte nichts. Ich sah etwas in seinem mittlerweile so vertrauten Gesicht, was ich noch nie darin gesehen hatte, das Schimmern einer Öffnung, einer Chance, etwas, was mich anstachelte weiterzusprechen.

»Es ist also keine Schikane gewesen, sondern ein Ausdruck der Stärke deiner Eltern«, sagte ich. »Sie haben sich nicht angepaßt, sie haben sich nichts verbieten lassen von der Geschichte, von dieser greulichen Vergangenheit. Sie müssen gedacht haben: Wenn wir ihn nicht Salomon nennen können, haben sie uns schon wieder unter der Knute.«

Da brach etwas in seinem Blick, und er unterdrückte ein Schluchzen, das tief aus seiner Brust kam. Er stand auf und ging zur Toilette. Im Vorübergehen wuschelte er mir kurz mit der Hand durchs Haar.

»Lieb von dir«, sagte er.

Nach etwa fünf Minuten kam er völlig wiederhergestellt zurück.

»Sobibor, das wiegt schwer«, rief er.

Die Pathologie des Theaters fällt schon fast auseinander, so oft hab ich hineingeschaut. Auf beinah jeder Seite hab ich einen oder mehrere Absätze dick angestrichen oder Ausrufezeichen an den Rand gemacht. Nur so konnte ich es lesen. Das Anstreichen und An-den-Rand-Schreiben ist eine Art Dampfablassen, eine wortlose Entgegnung auf Sätze, die Eindruck machen. Man schreit ja nicht beim Lesen, aber es hat Momente gegeben, in denen ich das am liebsten getan hätte. Am merkwürdigsten finde ich, daß ich mir einfach nicht merken kann, was da steht. Jedesmal, wenn ich das Buch aufschlage, kommen mir diese angestrichenen Passagen neu vor, und dann werde ich aufs neue von dieser Wahrheit überrollt.

Sie hat das schon gut erkannt.

Offenbar muß erst jemand alles schwarz auf weiß zusammenstellen, bevor man sich über das klar wird, was man schon weiß, ohne sich dessen wirklich bewußt zu sein. Durch die Gespräche mit den anderen, die das Buch lasen, erfuhren wir untereinander viel über unsere jeweiligen Hintergründe, und es stellte sich heraus, daß ihre Analysen haargenau zutrafen, da konnte einem schon fast unheimlich werden. Beinahe jeder von uns kam demnach aus so einer Familie, wie in dem Buch beschrieben, mit einer ehrgeizigen, frustrierten, überbesorgten, ängstlichen, ostentativ präsenten Mutter und einem unerreichbaren, abwesenden Vater. Das mit dem abwesenden Vater war wirklich frappierend, ich glaube, es war nur einer unter uns, der überhaupt noch seinen Vater hatte und nennenswerten Kontakt mit ihm, alle anderen hatten ihren Vater kaum gekannt oder hatten eine emotional gestörte Beziehung zu ihm. Und dieser eine, ich werde seinen Namen nicht nennen, ist bezeichnenderweise ein miserabler Schauspieler.

»Maskierte Liebe« heißt eines der Kapitel in *Die Pathologie*, und das ging mir nahe. Demnach war es also doch Liebe, die erstickende Fürsorglichkeit meiner Mutter genauso wie das Flüchten meines Vaters. Ist es nicht genau das, was man am liebsten glauben möchte, daß sehr wohl Liebe im Spiel war, auch wenn sie manchmal gar nichts zu taugen schien?

Passagen wie diese hier sind für mich kompliziert, ich lese sie wieder und wieder und meine sie dann auch zu verstehen, aber kurz danach bring ich die Einzelheiten schon nicht mehr zusammen:

Anonymität ist die Eigenschaft des Publikums, und der Spieler hat für sein Teil alles getan, um aus der Anonymität herauszutreten und öffentlich zu werden. Damit schafft er sich ein Publikum, einen anonymen Wahrnehmer seines Verhaltens. Das Wesen des Dramas der theatralischen Persönlichkeit liegt in der Umkehrung des Dramas ihrer

Kindheit: Während sie durch den Blick der ersten, wichtigen, geliebten Personen in ihrem Leben anonymisiert wurde, dreht sie nun die Welt um, wird selbst öffentlich und macht den Blick und die Liebe der anderen anonym.

Die Lektüre von *Die Pathologie* war für mich ein um so größeres Drama, weil ich auf einmal nicht nur Mons Verhalten besser verstehen konnte, sondern auch, warum ich zwangsläufig auf einen Mann wie ihn abfahren mußte. Wenn ich das Buch gelesen hätte, bevor ich Mon kennenlernte, hätte ich mich vielleicht nicht so krankhaft in ihn verliebt oder wäre anders mit dieser Beziehung umgegangen, mit etwas mehr Verständnis für seine und meine Grenzen und Unzulänglichkeiten. Erst durch *Die Pathologie* erkannte ich, wie ähnlich wir einander waren, und das hatte ich in der Zeit mit Mon nie wahrhaben wollen. Was nach Saar de Vries' Ansicht auch gar nicht so absonderlich ist. Die weibliche Rolle im Drama ist nun mal eine andere als die männliche, obwohl dem Spiel ein und der gleiche Kummer zugrunde liegt. Wenn du das nicht weißt, siehst du's auch nicht, und da will's dir nicht ohne weiteres in den Kopf, daß das Begehren dieses einen, die übertriebene Treue, Bemühtheit, Anhänglichkeit, Zugewandtheit und die grenzenlose Bereitschaft, alles für diesen Mann zu tun, auf das gleiche zurückzuführen ist wie bei ihm die Treulosigkeit und die Unfähigkeit, einen dauerhaft zu lieben.

Was mir auch nicht so recht in den Kopf wollte, das waren die Übereinstimmungen zwischen mir und den anderen Frauen, die irgendwann mal für kürzere oder längere Zeit Mons Frauen gewesen waren, und ich konnte mir den

Gedanken nicht verkneifen, daß Saar dem Szenario, das sie von uns Spielern skizziert hatte, doch wohl selbst auch nicht entgehen konnte, daß sie doch auch etwas von den Frauen haben mußte, die sie beschreibt und die geradezu dazu verdammt sind, sich auf Liebesbeziehungen mit Männern einzulassen, die wahre Liebe kaum ertragen können und alles daransetzen werden, den anderen zu anonymisieren.

Insgeheim hoffte ich sogar, daß Saar genauso war wie die anderen, die sich an Mon verloren hatten, und daß sie genauso darunter leiden würde. Da können sie alle noch so sehr behaupten, es gäbe keine Schadenfreude, wenn man erst einmal so grausam von einem Mann verlassen wurde, spuckt man schon andere Töne.

Schwester Monica

Gelegentlich nehme ich wieder einmal mein altes Adreßbüchlein zur Hand und lasse mich von Traurigkeit durchströmen, indem ich es unter S aufschlage und mir die zahllosen durchgestrichenen Adressen von Salomon Schwartz ansehe. Die Zahl der Häuser, in denen er gewohnt hat, ist so groß wie die Zahl der Jahre, die wir miteinander befreundet waren, vierundzwanzig insgesamt, die Hotels nicht mitgerechnet, in denen er bisweilen notgedrungen Zuflucht suchte, weil er eine Freundin Hals über Kopf verlassen hatte. Salomon war ein irrendes Schaf, im wahrsten Sinne des Wortes. Oft sah ich, wenn er über den Steg aufs Boot zugelaufen kam, schon an seiner Haltung und seinem Gesicht, daß er wieder eine Beziehung gelöst hatte und mir eine neue Adresse brachte. Seine gesamte Physis strahlte dann die Bravour und Frechheit eines ungezogenen Jungen aus, dem es wieder einmal gelungen war, jemand anderen unglücklich zu machen. Wiewohl ich mich oft gefragt habe, ob es ihm wirklich bewußt war, welchen Kummer er den Frauen bereitete, die er verließ. Es war, als habe er nie glauben können, daß ihn jemand wahrhaftig liebte, als habe er bei den Frauen, die sich seiner doch oft voller Zärtlichkeit und mit aufrichtiger Sorge annahmen, immer ein anderes Motiv vermutet als die selbstlose Liebe.

Er hat mich vielen Freundinnen vorgestellt und stand dann prompt am nächsten Tag wieder vor der Tür, weil er platzte vor Ungeduld und Neugierde auf mein Urteil. Soweit ich mich erinnern kann, fand ich nahezu alle Frauen sympathisch, obwohl eine wie die andere in seinem Beisein verschüchtert wirkte und beeindruckt von seiner ostentativen, starken und vielfach auch lautstarken Präsenz. Oft war er provozierend in seinem Bemühen, der mitgebrachten Freundin vor Augen zu führen, daß er mit einer Religiosen über alles reden konnte.

»Kürzlich noch bei den Huren gewesen, Schwester?« sagte er dann betont leger und vergewisserte sich mit klammheimlichem Vergnügen, daß er seiner neuen Geliebten damit einen Schock versetzt hatte. Es tat seine Wirkung, denn für so manche seiner Freundinnen war mit dieser Bemerkung die Hemmschwelle durchbrochen, und sie kamen in großer Zahl zu uns, um sich Rat zu holen, wie sie nur mit diesem komplizierten Mann leben sollten. Als hätte ich eine Gebrauchsanweisung für den Umgang mit Salomon in meinem Büfett versteckt. Wenn sie mir in ihrer Ratlosigkeit einen Besuch abstatteten, war es meistens bereits zu spät, und er hatte sich mir gegenüber schon manches Mal abfällig über sie geäußert. Im Verlassen war er wenig originell, muß ich sagen, das vollzog sich immer nach dem gleichen Muster.

»Die Schauspielerin weiß es noch nicht, aber ein weiterer Sommer ist nicht mehr drin«, sagte er dann, ohne die geringsten Skrupel oder gar Mitgefühl zu zeigen. Im Laufe unserer Freundschaft habe ich eingesehen, daß es keinerlei Sinn hatte, sich für die jeweils Betroffene einzusetzen, denn wenn Salomon erst einmal die Achtung vor der Frau verloren hatte, mit der er gerade zusammenlebte, ließ sich da nichts mehr kitten. Leider bedurfte es nicht viel, um seine euphorischen Verliebtheitsgefühle in eine gewisse Verachtung umschlagen zu lassen. Er begann jedes Verhältnis mit den besten Absichten, davon bin ich überzeugt, aber allzurasch verlor er seine Leidenschaft und das sexuelle Interesse an der jeweiligen Frau, und dann machte er sich wieder auf die Suche nach der nächsten.

»Ich kann nicht mit, und ich kann nicht ohne«, beschrieb er das Dilemma.

»Haben Sie es denn einmal ohne versucht?« habe ich ihn irgendwann gefragt, und darauf sagte er, daß für ihn jede Stunde, die er in Einsamkeit zugebracht habe, ein regelrechtes Grauen gewesen sei, weil er binnen zehn Minuten in völlige Verwirrung über sein Leben geraten sei.

»Ich kann nicht allein sein«, sagte er.

In den Gesprächen, die wir für *Teure Schwester in Gott* führten, sind wir regelmäßig auf das Zölibat zurückgekommen, auf die Fähigkeit, eine gewisse Zeitspanne in Einsamkeit zuzubringen, und den Willen, sei es auch nur für kurze Zeit, den Verlockungen der profanen Welt der Eitelkeit und des Prunks zu entsagen. Durch diese Gespräche über gerade diesen Aspekt des religiösen Lebens habe ich eine Seite an Salomon kennengelernt, die mir weniger gut gefiel und auf die ich ihn zum Glück hinweisen konnte. Im tiefsten Inneren war er ein lernbegieriger Mensch, ein Mensch, der danach strebte, besser zu werden, dem näher zu gelangen, was wir Vollkommenheit nennen, und daher konnte ich ihn, wenn er eine Grenze überschritt, auch ohne Scheu darauf hinweisen und ihm sagen, warum er das meiner Ansicht nach tat.

An der Hartnäckigkeit, mit der er zu ergründen versuchte, worin das Wesen der Fähigkeit zu Einsamkeit und zölibatärem Leben liegt, ließ sich für mich gut ablesen, daß Salomon Respekt davor hatte, doch in dem Moment, da er Respekt empfand, das ist die Crux, begann es zugleich in ihm zu toben, dann brach ein zerstörerischer Zynismus los, mit dem er seine eigene Bewunderung zunichte zu machen versuchte. Nicht, daß Sie mich falsch verstehen, ich beantwortete seine Fragen nach bestem Wissen und Gewissen, ohne damit auf Bewunderung, gleich welcher Art, aus zu sein, ich sprach in aller Aufrichtigkeit über etwas, was mir überhaupt nicht schwerfällt, was eher einem Bedürfnis entspricht, als daß ich mich einer Disziplin unterwerfe. Ich liebe das Leben, so wie ich es führe, in Konzentration auf und vollständiger Hinwendung zu Gott. Wenn ich das Salomon gegenüber aussprach, sah ich, daß er ein wenig unruhig hin und her zu rutschen begann, und auch in seine Fragestellung schlich sich eine Heftigkeit, die mich zum einen beunruhigte, zum anderen jedoch meine Streitlust anfachte. Dadurch ist eines dieser Gespräche, an das ich mich noch erinnere, als wäre es gestern gewesen, ziemlich eskaliert. Es ist alles auf Band festgehalten, und ich habe mir danach oft vorgestellt, in welcher Absonderung er diese Gespräche abhörte und bearbeitete. Ich komme deshalb darauf, weil unsere Diskussion in leicht abgewandelter Form in *Teure Schwester in Gott* gelangt ist, durch die Salomon zeigt, daß er sie in erster Linie als Instrument für eine unbarmherzige Selbstanalyse genutzt hat, und zwar auf eine Art und Weise, die mich mit großem Respekt erfüllt, denn er kämpfte hart darum, in seinen Liebesbeziehungen menschlicher zu werden.

Das bewußte Gespräch schlug in dem Moment um, als Salomon mit zwar etwas gespielter, aber nichtsdestoweniger beängstigender Entrüstung ausrief: »Hoho, Schwester, so kann ich es auch, Sie führen ja schlicht und ergreifend eine Scheinehe!«

Ich erinnere mich noch der tiefen Zerrissenheit, die ich damals empfand, weil ich ihm das mit der Bemerkung heimzahlen wollte, daß er ja mit seinen Partnerinnen nie etwas anderes als Scheinehen geschlossen habe, und weil ich mich gegen diese verletzende Bezichtigung verteidigen wollte, mit der er völlig hinwegsah über das heilige Bündnis, das ich eingegangen bin und niemals gebrochen habe. Welche psychologischen Mutmaßungen man auch immer ins Feld führen mag, das Wort Scheinehe ist für einen Menschen, der eine Beziehung zu Unserem lieben Herrn Tag für Tag als Segen und tiefe Wahrheit erfährt, einfach gänzlich fehl am Platze.

»Damit, daß Sie eine Falschheit zwischen mir und Gott unterstellen, verletzen Sie meine Integrität«, habe ich so beherrscht wie möglich gesagt, wohl in dem Versuch, unser beider aufgewühlte Gemüter zu beruhigen.

»Aber es kommt nur von einer Seite, Schwester«, sagte er in demselben alterierten Ton, »Sie weihen sich Gott vollkommen, aber weiht Gott sich auch Ihnen? Sie sagen, daß Sie sich nie allein fühlen, weil Sie sich immer begleitet wissen, aber ist Gott das auch bekannt, und wenn ja, wie bekommen Sie das je heraus? Gar nicht, natürlich. Sie müssen Ihr ganzes Leben lang so tun, als würden Sie geliebt. Wenn ich mal einen Moment den Anwalt des Teufels spielen darf, dann sind Sie doch mit einem literarischen Phantom verheiratet, mit einer Figur aus einer Erzählung, die man als wahr betrachten kann oder eben nur als Erzählung – und mehr ist es wahrscheinlich auch nicht –, also etwas von Menschen Gemachtes, etwas Geschaffenes, eine Fiktion. Und um diese Argumentation konsequent weiterzutreiben, könnte man Sie demnach mit dem Fan von jemandem vergleichen, dem Sie in der Realität niemals begegnen werden. Wo ist da noch der Unterschied zwischen der Liebe zu Holden Caulfield oder Winnie the Pooh und der Liebe zu Gott?«

Es passiert mir in Gesprächen mit den Menschen des öfteren, daß ich ab einem gewissen Zeitpunkt meine liebe Mühe mit ihrer mangelnden Beschlagenheit auf theologischem, philosophischem oder sonstigem erkenntnistheoretischen Gebiet habe. Wie oft mußte ich nicht schon in meinen täglichen Gebeten um Vergebung für die schändliche Ungehaltenheit und Hoffart bitten, die mich in dem Moment überkommen, wenn andere meinen, mich einer Inkonsistenz in meinem Glauben überführen zu können, einer vermeintlichen Leugnung der von ihnen hochgepriesenen Realität und Rationalität oder, was vielleicht die gröbste Beleidigung ist, der Naivität, zumal doch häufig genau das Gegenteil der Fall ist und der Angriff vielmehr die Naivität der Fragesteller ans Licht bringt. Sie sind es, die nur einen winzigen Bruchteil der theologischen Betrachtungen gelesen haben und sich in ihrer Verwunderung über das religiöse Leben lediglich von den moderneren Schriften leiten lassen, davon ausgehend, daß wir Religiosen von neuen Entwicklungen in der Theologie und von den zeitgenössischen Glaubensansätzen nichts mitbekommen haben. Wo wir diese Bücher doch, in einem Leben der Konzentration, des Studiums und der Kontemplation erzogen, ebenso lesen und besser als ein Laie erkennen können, ob es sich dabei um neuen Wein in alten Schläuchen handelt oder um einen tatsächlichen Wandel in der Glaubensauffassung, einen Wandel, der eher Widerspiegelung einer sich verändernden Welt ist als eines sich verändernden Gottes, denn Er bleibt Sich immer gleich.

»Mein lieber Salomon Schwartz«, habe ich darauf mit möglichst verhohlenem Sarkasmus geantwortet, »ich weiß nicht, welche unseligen Schriften Sie in letzter Zeit dazu nachgeschlagen oder mit angefeuchtetem Finger flüchtig durchgeblättert haben, um dieses Thema bei mir aufzuwerfen, aber Sie beleidigen mit dieser suggestiven Bezichtigung meine Intelligenz und damit meinen Glauben. Denken Sie denn wirklich, daß sich ein bewußt lebender Katholik keine Rechenschaft darüber gibt, daß er sein Leben gemäß der Überlieferung der Schrift und des Wortes lebt? Und denken Sie auch nur eine Sekunde, daß ich an dem Tag, als ich mein Gelübde ablegte, etwas anderes anstrebte, als mich im Wort mit dem Heiligen Wort zu verbinden, mit dem Wort Gottes und Gottes Worten? Jede Ehe, auch die profane, besteht darin, daß man dem anderen das Wort gibt. Und auch Sie legen jedesmal, wenn Sie in Liebe eine Beziehung eingehen, ein Gelübde ab, auch Sie verbinden sich im Wort mit einem anderen, allein – verzeihen Sie mir, wenn ich das sage – Sie fühlen sich offenbar nicht strikt an Ihr Wort gebunden und brechen anschließend jedes Versprechen und damit die Liebe. Wer seinem Wort nicht getreu ist, ist auch untreu in der Liebe, und ich würde mir wünschen, daß Sie Ihr Wort genauso hochhielten wie ich das meine.«

Die Stille, die daraufhin eintrat, war schmerzlich, um so mehr, da ich fühlte, wie meine Wut zunahm und ich sündigen Genuß an der Ereiferung verspürte, eine Lust, mit der ich von Kindesbeinen an behaftet bin, und eine der Schwächen, die ich zeit meines Lebens versucht habe in den Griff zu bekommen, leider mit wechselndem Erfolg. Gott möge es mir vergeben, aber Salomons Niedergeschlagenheit löste in mir einzig und allein das um so stärkere Verlangen aus, meine Auffassungen weiter zu verteidigen, so tief hatte er mich offenbar gekränkt.

»In der heutigen Zeit stellen die Menschen so immens hohe Erwartungen an das Gefühlsleben«, fuhr ich in etwas ruhigerem Ton fort, »und dabei geraten die Versprechen ins Hintertreffen. Ich würde es umkehren und das Versprechen, das man einem anderen gibt, sei es nun Gott oder ein Mitmensch, als den Akt der Liebe betrachten wollen und die Gefühle an sich als an das Geben dieses Wortes gebunden. Sie gehen dem nicht nur voraus, sondern erwachsen zum Teil auch daraus. In der Ehe verspricht man, einander zu lieben, das ist ein Akt, für den man sich stets aufs neue entscheidet und einsetzt. Das Zölibat ist ein Charisma, das heißt eine Gabe Gottes, auf daß wir Ihn von ganzem Herzen lieben und Ihm frei dienen können, ohne gleichzeitig eine Verbindung im Weltlichen zu haben, eine Verbindung, deretwegen wir uns aufteilen müßten und die unser Herz spalten würde. Sie sehen, wir sind im Gegensatz zum Postulat der sexuellen Freiheit, das in den sechziger Jahren gepredigt wurde, der Meinung, daß Sexualität den Menschen auch unfrei machen kann, und ich muß leider sagen, Salomon, daß Sie mir ein treffendes Beispiel dafür abzugeben scheinen. Es könnte nämlich sein, daß das, was Sie dazu veranlaßte, meine Integrität anzuzweifeln, Neid auf das Maß der Freiheit war, das ich mir meiner Meinung nach erworben habe, was Sie, als vermeintlich freier Geist, wurmt. Sollte dem so sein, tröste ich mich mit der Erkenntnis Kierkegaards, daß Neid eigentlich versteckte Bewunderung ist und aus einer unglücklichen Selbstbehauptung resultiert.«

Nach dieser Tirade überkam mich mit einem Mal tiefe Müdigkeit. Salomon sah mir das offenbar meiner plötzlichen Blässe wegen an und zeigte sich besorgt. Ohne etwas zu sagen, erhob er sich und holte mir ein Glas Wasser aus der Küche.

»Nimm und trink«, sagte er.

Dann zog er ein wenig verlegen eine Rolle Pfefferminz aus seiner Hosentasche und gab mir eines.

»Nimm und iß«, sagte er.

Da war alles wieder gut.

An jenem Abend habe ich um Vergebung für die Sünde der Ereiferung und die Sünde der Hoffart gebetet. Es war falsch und unbesonnen, Salomon Untreue und Neid vorzuwerfen, und es war hochmütig, mich über ihn zu erheben. Sein Vertrauen in mich war meinem Vertrauen in ihn vollkommen gleich. Trotz seiner Unzulänglichkeiten kann ich ihn nicht anders denn als einen Mann sehen, der mit seelischen Nöten kämpfte, wobei die Untreue Folge einer Beschädigung seiner Seele war und nicht einer angeborenen charakterlichen Unzuverlässigkeit, die ihm seine gesamte Kindheit hindurch von seiner Mutter vorgeworfen wurde. Ich habe in meiner seelsorgerischen Praxis feststellen können, daß man das Kind bekommt, das man befürchtet, daß die Schlechtigkeit, welche die Eltern dem Kind zuschreiben, vielfach die Schwäche ist, die sie selbst in ihrer armen Seele mit sich herumtragen.

Für eine meiner Sünden vergaß ich an jenem Abend zu beten, wahrscheinlich, weil ich mir noch gar nicht bewußt war, daß ich sie begangen hatte, und erst am nächsten Morgen bemerkte ich beim Erwachen an einer für mich ungewöhnlichen Unruhe, daß mir das Gespräch mit Salomon angst gemacht hatte, daß meine Wut auch ein Versuch gewesen war, den Zweifel zu übertönen, den er mit seinen Worten in mir gesät hatte. Das Wort »Scheinehe« hallte mir durch den Kopf. Zweifel gehört zwar zu einem kontemplativen Leben dazu, doch man gewöhnt sich nie daran. Jegliche Form des Zweifels geht an die Wurzeln meiner Existenz, und dann fühle ich mich von Gott geprüft, und je älter ich werde, desto schwerer ertrage ich es, von Ihm vor Gericht geladen zu werden. »Nimm mich nun auch einmal so, wie ich bin«, sage ich dann zu Ihm, wiewohl das eitel und vergebens ist, denn ich weiß, daß wir unsere Prüfungen bestehen müssen und daß eine schwere Zeit vor mir liegt, wenn ich meine Seele aufs neue auf die Kraft meines Glaubens hin untersuchen muß.

Am nächsten Tag stand Salomon mit einem Blumenstrauß vor der Tür.

»Vergeben Sie mir, Schwester«, sagte er.

Er erzählte, daß er nachts über unser Gespräch nachgedacht habe und die Entscheidungen, die ich in meinem Leben getroffen hätte, respektiere, daß ihm aber jede Form von Respekt zugleich schmerzhaftes Mißtrauen einflöße.

»Alle Menschen, für die ich in meinem Leben Achtung empfunden habe, haben mich tödlich verletzt«, erklärte er, und daß er daher nicht mehr imstande sei, jemanden zu bewundern, ohne zugleich nach Argumenten zu suchen, wie sich diese Bewunderung untergraben ließe.

»Es ist eine Empfindung, die ich mir wünsche«, fuhr er fort, »aber sobald ich sie habe, möchte ich sie loswerden.«

»So geht es Ihnen wohl mit mehreren Empfindungen, scheint mir«, entgegnete ich schroff.

»O Gott«, stöhnte er, »Sie sind mir immer noch böse.«

»Im Gegenteil«, log ich, ohne das Theatralische seines Ausrufs zu beachten, »ich muß Sie um Vergebung bitten, denn ich habe Dinge zu Ihnen gesagt, die ich bedaure. Ich habe mich Ihnen gegenüber hochmütig verhalten und Ihnen womöglich den Eindruck vermittelt, ich hätte kein Vertrauen in Ihre charakterliche Güte, aber das habe ich schon.«

Wir haben an jenem Mittag unser Gespräch über das Zölibat fortgesetzt, beide auf der Hut vor einer neuerlichen Auseinandersetzung, wodurch es wahrscheinlich zu unser beider Unzufriedenheit verlief. Gegen Abend nahmen wir Abschied voneinander, beide betrübt.

»Gott segne Sie, mein Junge«, sagte ich, und da drehte er sich auf seinem guten Bein noch einmal zu mir um.

»Morgen werde ich Ihnen ein TT geben, mit dem ich Ihren Segen zu verdienen hoffe«, sagte er und stapfte hinaus ins Dunkel.

Er muß dieses *TT* noch in der Nacht geschrieben haben. Aus dem Kloster haben Schwester Helena und ich die Gewohnheit beibehalten, sehr früh zum Morgengebet aufzustehen, und so fand ich schon um halb sechs den Brief, den Salomon vorsichtshalber unter der Tür hindurchgeschoben hatte, statt ihn in den offenen Briefkasten am Ufer zu werfen.

Nach dem Beten las ich dieses *TT*, und es kostete mich die größte Mühe, nicht darüber zu weinen, mit meinem ohnehin schon so wankelmütigen Herzen. Aus dem Brief sprach eine solche Demut, und er war so aufrüttelnd in seinen Erkenntnissen, daß er mich in ehrfürchtiges Staunen versetzte und ich nur Hochachtung haben konnte vor dem unendlichen Mut, der dazugehörte. In der Literatur war ich regelmäßig auf den Terminus Madonna-Hure-Komplex gestoßen, aber erst durch diesen Brief Salomons habe ich verstanden, was es bedeutet, daran zu leiden, und daß es tatsächlich ein Leiden ist. Mit bösem Willen könnte man seinen Seufzer, daß auch für ihn im Grunde nur eine zölibatäre Ehe zum Vorstellbaren gehöre, als reine Rhetorik abtun, mit der ein liederliches, zügelloses Leben schöngeredet werden soll, aber ich glaube, was er schreibt.

Voller Scham, Angst und Unruhe verließ ich Ihr sicheres Schiff und ging durch die Nacht, auf der Suche nach einer Befreiung, die, wie ich wußte, nur flüchtiger Natur sein konnte. Gerade weil Sex in meiner Erlebniswelt mit Flüchtigkeit verbunden ist, müssen die Frauen, die für meine Verlangen in Frage kommen, käuflich, austauschbar und professionell sein, wir werden einander also lie-

ben wie in einem Einakter, in dem sich beide Akteure an die strengen Vorschriften des Szenariums gebunden wissen. Das ist der Vertrag. Jede Assoziation des Sexes mit wahrer Liebe, Intimität, Ausschließlichkeit, Freiwilligkeit, Treue und einer langfristigen Beziehung, das heißt dem, was normale Erwachsene vielleicht mit der Sexualität assoziieren, ist mir fremd und ruft sogar einen leichten Widerwillen in mir hervor. Sobald eine Frau in meinem Leben auch nur die geringste Sonderstellung zu erwerben droht und ich die Vermutung hegen könnte, am Beginn einer aufrichtigen Liebe oder Freundschaft zu stehen, wird es mir unmöglich, sie weiterhin sexuell zu begehren oder körperlich zu lieben, ohne dabei tiefen Ekel vor mir selbst und vor ihr zu empfinden. In gewissem Sinne teile ich also mit Ihnen die Einsicht in die Notwendigkeit der völligen Ausklammerung des Sexuellen in einer Liebesbeziehung, Schwester, und vielleicht sind sogar unsere Beweggründe dafür, Liebe und Sex nicht miteinander verknüpfen zu wollen, weniger weit voneinander entfernt, als Sie ahnen: Diese Gefühle miteinander zu kombinieren hieße unserer Erfahrung nach, zwei Welten zusammenzuführen, die einander nach dem Leben trachten, und das würde bedeuten, daß eine dieser Welten ins Hintertreffen geraten würde und wir uns nicht mehr in vollem Umfang unserem Ideal oder der Vorstellung von unserem Ideal widmen könnten. Es wird besudelt von einer Realität, die wir offenbar insgeheim fürchten oder verachten. Das Ideal ist per definitionem einzigartig, unersetzlich und einmalig, und die Realität ist vielfältig, wechselvoll und wiederholbar. Sie weihen Ihr Leben dem Einen, Gott, und ich weihe das meine der Einen, die ich nie erreichen konnte, Der Mutter, Der Frau schlechthin.

In den darauffolgenden Wochen war ich den Prüfungen des Zweifels unterworfen, wobei ich mich durch die Schriften Kierkegaards gestützt wußte, der sich auskennt mit der Verzweiflung, welche ein Verhältnis zu Gott mit sich bringen kann. Salomon traf mich so manches Mal an meinem Schreibtisch an, den er mit den Werken des dänischen Philosophen übersät sah. Man merkte ihm an, daß er sich für den Zustand, in dem ich mich befand, verantwortlich fühlte, und manchmal munterte er mich mit Scherzen und Späßen auf. Zum Beispiel mit Nonsenseliedchen wie: »Schwester Monica singt im Gedankenchor mit Søren Aabye Kierkegaard«, was er hübsch gereimt klingen ließ, denn ich hatte ihn gelehrt, wie man den Namen des Philosophen auf dänisch ausspricht. Ein anderes Mal setzte er sich mit seinem Kassettenrecorder mir gegenüber und stellte mir Fragen, um herauszubekommen, womit ich rang.

»Was spukt Ihnen am meisten im Kopf herum?« fragte er mit mitfühlendem Interesse.

»Das Wort, das Sie für meine Verbindung mit Gott benutzten«, antwortete ich, »das Wort: Scheinehe. Seltsamerweise verspüre ich – ohne übrigens an der Existenz Gottes zu zweifeln – hin und wieder eine tiefe Angst, daß ich mein Leben womöglich nicht der Wahrheit geweiht habe, sondern dem Schein, einem schönen Schein zwar und dem höchsten, der sich denken läßt, aber dennoch. Der Glaube ist und bleibt ein Glaube und keine Wissenschaft, das heißt, wir suchen nicht nach Beweisen in der Wirklichkeit, sondern verhalten uns zu einem Mysterium. Gott ist keine Hypothese. Vergessen Sie nicht, daß das religiöse Leben in erster Linie daraus besteht, Vorstellungen zu hegen, die unserer Meinung nach eine andere Wahrheit zum Gegenstand haben als zum Beispiel, ob es draußen regnet oder nicht. Wenn wir von Gut und Böse sprechen, ziehen wir nicht das Bild von Himmel und Erde heran, wie sie wirklich existieren, sondern wählen das Bild von Himmel und Hölle, exzeptionellen Orten, von denen, wie Sie ja auch wissen, niemand je wiederkehrte, um uns zu erzählen, wie es dort ist, und das dürfte auch nicht sein. Es geht nicht um Mallorca oder Mexiko. Es sich vorstellen zu können, das heißt glauben, aber aufgrund dieses Fehlens von konkret Greifbarem ist der Glaube auch diffizil, zerbrechlich und Zweifeln unterworfen. Glauben wider besseres Wissen, sagen wir gelegentlich, aber es ist genau andersherum, Glauben heißt, vom Besseren wissen und daran festhalten, sowohl am Besseren unser selbst als auch am Besseren des anderen. Ich muß Ihnen glauben und Sie mir. Bei Ihnen muß ich mich doch nicht irreführen lassen von dem, was Sie mir oft vorspiegeln, daß Sie ein von haltloser Sinnlichkeit geleiteter Mensch seien, oder?«

»Ich sinnlich? Eine Flasche Johnnie Walker ist sinnlicher als ich.«

»So meine auch ich. *Neschome* nennen Sie es, Geist sagen wir, oder Seele. Und Sie haben Ihre Seele erforscht und kommen immer wieder auf Ihre Kindheit zurück, was Sie deutlicher erkennen läßt, aus welcher Motivation heraus Sie das Leben leben, das Sie leben, doch ich bin nicht in einer

Tradition erzogen, in der man die Ursachen dafür, wer man ist, allein in der Erziehung und der Haltung unserer Eltern gegenüber uns Kindern sucht. Damit haben wir uns kaum beschäftigt, das kam alles erst später, als ich mich schon dem Studium widmen konnte, da machten sich die Menschen in meiner unmittelbaren Umgebung scharenweise an ihre Selbstfindung.

In einer so großen Familie wie der, in der ich aufwuchs, erhielt man kaum individuelle Aufmerksamkeit, da erzog man sich eher gegenseitig, als daß man durch Vater und Mutter gelenkt wurde. Ich habe daher zum Zeitpunkt meiner Berufung keinerlei Bezug hergestellt zwischen mir selbst, meinen Eltern, der Familie, aus der ich stamme, und meinem Wunsch, ein gottgeweihtes Leben zu führen. Das hätte ich nicht statthaft gefunden. Nach einer Erklärung für die Berufung zu suchen wäre ein Widerspruch in sich. Im nachhinein bin ich mir aber schon der Umstände bewußt geworden, unter denen ich meine Entscheidung traf. Zu Beginn dieses Jahrhunderts gab es für ein im ländlichen Brabant geborenes Mädchen nur wenige Möglichkeiten, sich dem Althergebrachten zu entziehen und ein besonderes Leben zu führen.«

»Haben Sie diesen Wunsch nach einem außergewöhnlichen Leben nie als Ablehnung Ihrer Mutter oder zumindest der Art, wie sie lebte, interpretiert? Sie mußten als Sechzehnjährige den Kontakt zu Ihren Eltern, Ihren Geschwistern abbrechen, gingen freiwillig hinter Schloß und Riegel und entschieden sich für ein kinderloses Leben. Glauben Sie nicht, daß das auch dazu diente, sich Ihrer Familie und Familie im allgemeinen zu entziehen?«

Ich habe ihm gesagt, daß ich mit Wärme, Liebe und Mitleid an meine Eltern zurückdächte und daß ich mich, wenn überhaupt, wahrscheinlich einem Leben hätte entziehen wollen, mit dem ich meinerseits wiederum Mitleid bei anderen hervorgerufen hätte, schlimmstenfalls bei meinen eigenen Kindern.

»Den Wunsch, ein gottgeweihtes Leben zu führen, habe ich später bei Kierkegaard beschrieben gefunden als die Entscheidung dafür, in Anbetung und Demut dem Außerordentlichen zu dienen, und falls sich darin Ehrsucht verbergen sollte, dann in der Tat in der Ablehnung des gewöhnlichen Lebens, das einer Frau zu meiner Zeit zubedacht war, und in der Entscheidung für das außergewöhnliche Leben einer Nonne.«

»Es war ja vielleicht auch um einiges leichter, Mitleid mit einem Mann am Kreuz zu haben als mit Ihren Eltern?«

»Wie wenig Sie doch manchmal verstehen, Salomon. Selbst den Christus am Kreuz habe ich nie als Mann gesehen, sondern als eine Darstellung des Leidens Gottes und der Menschen.«

»Aber glauben Sie denn nicht an Christus?«

»Jedenfalls nicht so, wie Sie meinen.«

In solchen Momenten unserer Gespräche erfaßte Salomon eine nervöse Aufgeregtheit, und gerade in solchen Momenten, wenn ein gieriger Blick in seine Augen trat und er am liebsten weitergefragt hätte, gab ich ihm dann zu verstehen, daß es für diesen Tag genug sein müsse. Er hat mir gelegentlich unterstellt, daß ich ihn damit ärgern wolle.

»Gerade wenn's spannend wird, brechen Sie ab«, sagte er.

»Eben darum«, habe ich darauf gesagt.

Anfang der neunziger Jahre bemerkte ich an Salomon eine Veränderung, und mit einem Mal hörte ich ihn in ganz anderen Worten über eine seiner Eroberungen sprechen. Hatte er es früher nicht lassen können, bereits in der ersten Phase des Kennenlernens Randbemerkungen zur Persönlichkeit der jeweiligen Frau anzubringen und sie zugleich zu rühmen und zu verspotten, war er, was diese Frau betraf, diskreter und äußerte sich geradezu umsichtig über sie. Normalerweise stellte er mir eine neue Freundin bereits in den ersten Wochen, nachdem er sie kennengelernt hatte, vor, aber diesmal hielt er sie im Hintergrund, als wollte er mir demonstrieren, daß er keineswegs von meinem Urteil abhängig sei. So kam es, daß ich Schutz erst kennenlernte, als Salomon schon gut acht Monate bei ihr wohnte, und auch erst dann erfuhr, daß ihr eigentlicher Vorname Saar war, weil sie mir als Kennenlerngeschenk ihr Buch über das Theater mitbrachte. Mon hatte beschützend einen Arm um die Schultern dieser kleinen, nervösen Frau gelegt. Ich war davon ausgegangen, daß Mon bei ihr Schutz gefunden hätte, aber nun konnte ich mit eigenen Augen sehen, daß sie auch seinen Schutz genoß, und es tat mir gut, das zu sehen. Nie zuvor hatte ich beobachten dürfen, daß Mon das Vermögen besaß, einem anderen Schutz zu bieten, doch seine ganze Haltung drückte aus, daß diese Frau bei ihm das liebevolle Erbarmen geweckt hatte, das für mich Kennzeichen wahrer, barmherziger Liebe ist. Ich habe daraufhin spontan nach einem kleinen Geschenk für sie gesucht und fand ein Skapulier mit einem Bildnis des heiligen Christophorus, der das Jesuskind auf den Schultern trägt, auf der einen und den Worten »Gott schütze Dich« auf der anderen Seite.

Lili

Am Anfang merkte ich, daß ich nach diesen Gesprächen mit Mon manchmal ganz traurig war, und das machte mich unsicher, und weil ich Unsicherheit schlecht ertrage, nahm ich es ihm übel und hab ihn dann gebeten, mich 'ne Weile in Ruhe zu lassen. Hör zu, hab ich gesagt, ich bin immer glücklich und zufrieden gewesen mit der Anschafferei, und ich glaub, ich bin nicht sonderlich erpicht darauf, herauszukriegen, warum ich hier gelandet bin. Ich mein, wozu sollst du ewig in deiner Vergangenheit rumrühren, wenn du zufrieden bist mit dem, was du geworden bist. Da hat er zu mir gesagt, es sei bestimmt nicht seine Absicht gewesen, mich unglücklich zu machen, aber ich müsse selbst mal hören, was ich da gerade gesagt hätte, daß ich glücklich und zufrieden sei mit der Anschafferei und mit dem, was ich geworden sei.

»Und wenn du nicht anschaffst«, fragte er, »bist du dann auch glücklich? Und bist du deiner Meinung nach auch jemand und nicht nur etwas geworden?«

»Weniger«, hab ich geantwortet und daß es im Milieu leichter für mich sei als außerhalb davon. Eh ich mich versah, war wieder der Aufnahmeknopf von seinem Kassettenrecorder gedrückt, und wir waren mitten in einem Gespräch über den Unterschied zwischen den beiden Welten. Über das Milieu zu reden rief bei mir zweischneidige Gefühle hervor, denn einerseits lernte ich zwar gern was von Mon, und es tat auch gut, mal alles rauszulassen, aber andererseits wurde ich auch das Gefühl nicht los, daß ich Geheimnisse ausplauderte, die ich eigentlich besser für mich behalten hätte.

»Du läßt aber auch nicht locker«, hab ich bei dem Mal zu ihm gesagt. »Nachher liegt mein ganzer Klumpatsch auf der Straße, und ich bin meine Kunden los.«

»Ich würde damit aufhören, wenn ich nicht die Vermutung hätte, daß dich dieses Buch unter Umständen ein bißchen glücklicher machen könnte«, hat er da gesagt.

»Ach, Mon«, sagte ich, »ich fürchte, du bist der einzige, den ein Buch besser, glücklicher und reicher machen kann.«

»Laß uns noch mal über die Notwendigkeit der Geheimhaltung reden«, sagte er. »Könnte das vielleicht etwas mit Scham zu tun haben?«

Früher sagten die Leute bei uns, jemand sei kein echtes Kind, und es hat sehr lange gedauert, bevor ich begriff, wie das zu verstehen war. Ich dachte, es sagte etwas über meinen Charakter, daß ich nicht echt sei, und nicht, daß ich unehelich geboren war, das begriff ich erst, als ich schon über zwanzig war. Meine Mutter wollte mit keinem Wort über meinen Vater reden. Er hat sie im Stich gelassen, als sie mit mir schwanger ging, und sie sagt, daß er abgehauen ist, ohne eine Adresse zu hinterlassen, und daß sie nie mehr was von ihm gehört oder gesehen hat. Sie war neunzehn. Falls sie je Fotos von ihm hatte, hat sie die zerrissen, ich weiß also nicht, wie er aussah. Das einzige, was ich nach langem

Quengeln und Bitten über ihn erfuhr, ist, daß er John heißt, daß ich ihm wie aus dem Gesicht geschnitten bin und daß er ein bildschöner Schuft und Weibernarr war, und sie sagte, daß bestimmt eine Horde von Halbbrüdern und Halbschwestern von mir herumliefen, denn sie sei garantiert nicht die einzige gewesen, die auf seinen Charme hereingefallen und schwanger sitzengelassen worden sei. Als Kind hab ich daher bei jedem blonden Mädchen oder Jungen gedacht, es sei vielleicht ein Schwesterchen oder Brüderchen von mir, bis ich dann mal bei ihnen zu Hause gewesen war und mit eigenen Augen sehen konnte, daß sie ganz normal einen richtigen Vater hatten und daß er mir nicht ähnlich sah. Ich hab das noch heute ein bißchen, aber das Suchen nach meinem Vater und seinen Kindern legte sich, als meine Mutter heiratete und mit dem Mann drei echte Kinder bekam, so daß ich also durch meine Mutter mit echten Halbschwestern und einem echten Halbbruder bereichert wurde. Und einem Stiefvater. Bis ich zehn war, trug ich den Namen meiner Mutter, dann bekam ich seinen Nachnamen. Komischerweise hatte ich dadurch die Vorstellung, daß ich nun für immer von meinem leiblichen Vater abgeschnitten sei, daß er mich nun nie mehr würde finden können, weil man mich hinter einem Namen hatte verschwinden lassen, den er nicht kennen und den er also auch nicht im Telefonbuch nachschlagen konnte.

»So, jetzt bist du respektabel«, sagte mein Stiefvater, als ich in seinen Paß eingetragen wurde.

Mon bog sich vor Lachen, als ich ihm das erzählte.

In der Schule wurde ich ausgestoßen. Ich hatte keine Ahnung, was das Wort »Hurenbalg« bedeutete, aber daß es nichts Gutes war, stand für mich fest, und intuitiv erfaßte ich auch, daß ich besser nicht zu meiner Mutter ging, um zu fragen, was die Kinder – vor allem natürlich die Mütter dieser Kinder – damit meinten, denn ich vermutete, daß das Wort etwas Schlechtes über meine Mutter sagte und ihr das weh tun würde. Diese Assoziation: sechziger Jahre gleich sexuelle Freiheit oder Toleranz, die geht für mich daher überhaupt nicht auf. 1963, ich war zehn, wurde ich Hurenbalg geschimpft, weil ich die Tochter einer Frau war, die jung und unverheiratet Mutter geworden war, und weil kein Vater vorhanden war, der mich zu einem echten Kind hätte machen können. Aber meine Mutter arbeitete ganz normal in einer Wäscherei, und ich hab sie in meinen ersten acht Lebensjahren nie mit einem Mann gesehen. Nur ab und zu ging sie mal abends aus, und dann wurde ich zu einer Freundin von ihr gebracht, das war alles. Erst durch die Verdächtigungen und Anspielungen von meinem Stiefvater hab ich meine Mutter zum erstenmal mit Sex in Verbindung gebracht.

»Auf die paß mal schön auf, die ist genauso früh dabei wie du«, sagte er zu ihr, und meine Mutter reagierte dann geschmeichelt und beschämt, lachte ihn lieb an und legte den Finger auf die Lippen.

Sie tat alles für ihn. Ich glaube, sie hatte sich keine großen Chancen mehr ausgerechnet, einen Mann zu finden, der bereit sein würde, sie zu heiraten und obendrein noch das Kind von einem andern in Kauf zu nehmen. Wir waren zehn Jahre lang aufeinander angewiesen gewesen, ich hatte sie gehabt und sie mich, aber seit er zu uns gezogen war, mußte sie ihre Aufmerksamkeit verteilen, und diese Verteilung fiel sehr zu seinen Gunsten aus.

Ein oder zwei Monate vor der Geburt ihres ersten Kindes, meiner Halbschwester Rosa, fing er damit an, um mich herumzuscharwenzeln. Meine Mutter war hochschwanger, und er kam wohl nicht auf seine Kosten, und da stand er dann eines Nachts bei mir am Bett. Er flüsterte, ich solle still sein, Papi würde sich jetzt mal zu mir kuscheln. Papi, mein Gott. Ich nannte ihn weder Papi noch Papa, Paps, Pa, Vater oder was auch immer, ich konstruierte meine Sätze anfangs immer so, daß ich das umgehen konnte, aber je länger er blieb, desto schwerer wurde das, und da bin ich schließlich auf die Lösung gekommen, ganz schnell und halb gemurmelt »Herr Vater« zu sagen, wobei ich das »Herr« ziemlich verschlucken mußte, denn es trieb meine Mutter zur Weißglut. Im Kopf und auch mit dem Mund hab ich nie ohne das »Herr« davor »Vater« zu ihm gesagt, nicht ein einziges Mal in meinem Leben. Ich weiß so gut wie gar nichts mehr von diesen ersten nächtlichen Besuchen, ich glaub, dafür war ich zu verängstigt und entsetzt. Was ich noch am deutlichsten in Erinnerung habe, ist dieses Geflüstere in mein Ohr und das Wort »Papi«. Das hasse ich bis heute. Kunden müssen in normalem Ton mit mir reden und von meinen Ohren wegbleiben, und ich denke nicht dran, irgendwen »Papi« zu nennen, worum ich übrigens häufiger gebeten werde, als du denken würdest, denn jede Menge Männer mutieren vom starken Max zum lispelnden kleinen Kind, sobald sie erst mal nackt und wehrlos auf dem Bett ausgestreckt liegen und du sie ein bißchen streichelst.

Am nächsten Tag fuhr er mit mir in die Stadt und kaufte mir ein Kleid. So wenig ich noch von dem ersten Mal im Schlafzimmer weiß, so genau erinnere ich, wie ich mich fühlte, als er bei C&A mit mir die Kleiderständer abging und sagte, ich dürfe mir etwas aussuchen, was mir gefalle. Obwohl ich in solchen Sachen überhaupt nicht clever war, durchblickte ich genau, was in dem Moment passierte, daß ich bestochen wurde, daß mein Schweigen erkauft wurde und daß ich für den Rest meines Lebens verloren sein würde, wenn ich mich jetzt nicht widersetzen würde, wenn ich nicht trotzig, rebellisch, widerspenstig, dickköpfig, mutig oder Gott weiß was sein und dieses Geschenk laut schreiend ausschlagen würde. Aber ich traute mich nicht. Gelähmt vor Unentschlossenheit stand ich mit drei völlig bescheuerten Kleidern – die ich ausgewählt hatte, ohne überhaupt einen Blick darauf zu werfen – in der Ankleidekabine und konnte mich nicht überwinden, meine eigenen, warmen, sicheren Kleider aus- und diese schon von vornherein beschmutzten Sachen anzuziehen, die ich unter faulen Umständen bekam. Es muß eine Weile gedauert haben, denn auf einmal zieht mein Stiefvater mit einem Ruck den Vorhang auf. Er fragt ungeduldig, ob sie passen. Ich sag, daß ich sie noch gar nicht anprobiert hab. Er will in die Kabine reinkommen und mir helfen, meine Kleider auszuziehen, aber mir bricht der Schweiß aus, und ich sag, daß ich das allein kann, daß er draußen bleiben soll. Und da war für mich Feierabend.

»Das Ende deiner Kindheit«, sagte Mon.

Meine Mutter staunte, zum erstenmal hatte mein Stiefvater freiwillig Geld für mich ausgegeben, aber falls sie sich etwas dabei gedacht haben sollte, dürfte er das zerstreut haben.

»Jetzt, wo ein Kleines von uns dazukommt, soll sie ruhig öfter mal was extra haben, sonst gibt's noch böses Blut«, sagte er zu ihr. Was so weh tat dabei, noch heute, wenn ich daran zurückdenke, war dieser selige Blick von meiner Mutter, so ein Blick von wegen »siehst du, es wird alles gut, er hat dich auch wirklich lieb, und wir werden noch eine normale, echte, schöne Familie wie alle anderen«. Ich weiß noch immer nicht, ob ich darüber lachen oder weinen soll.

Es fing an, als ich zwölf war, und es hat gedauert, bis ich von zu Hause wegging, mit achtzehn. Mon hat oft herauszubekommen versucht, was ich empfand, wenn er nachts zu mir kam, aber ich hab überhaupt nichts empfunden. Sobald er meine Türklinke runterdrückte, wurde in meinem Kopf automatisch ein Schalter umgedreht, und ich war nicht mehr da.

»Hast du je einen Zusammenhang hergestellt zwischen dem Mißbrauch deines Stiefvaters und der Tatsache, daß du Hure geworden bist?« fragte Mon.

»Na und ob«, hab ich gesagt, »ich war schon 'ne Hure, bevor ich überhaupt wußte, was das ist, und als ich von zu Hause wegging, bin ich buchstäblich vom einen Bordell ins nächste gezogen, so empfand ich das.«

»Und deine Mutter?« fragte Mon immer wieder.

Es hat geraume Zeit gedauert, bis ich darüber mit ihm reden konnte.

Mit Mon zu reden, das hatte irgendwie was Besonderes. Er konnte Fragen stellen, die sich gar nicht wie Fragen anhörten, sondern eher Kommentare waren, die für mich ein ganz neues Licht auf die Sache warfen. Oft bestanden sie darin, daß er mich auf die Worte aufmerksam machte, die ich benutzte und mit denen ich seiner Meinung nach etwas verriet, ohne mir darüber bewußt zu sein.

»Du hättest Psychiater werden sollen«, hab ich gelegentlich zu ihm gesagt.

Zum Beispiel, als er das mit dem zweigleisigen Leben anbrachte, wie er es auch in *Briefe an Lilith* verwendet.

Seit Du zum erstenmal den Schalter in Deinem Kopf umgedreht hast, wie Du es nennst, scheint es, als laufe Dein Leben zweigleisig ab, als lebtest Du zwei Leben in einem, wobei diese beiden Leben gar nicht so schwer in ein und derselben Person miteinander zu vereinbaren sind, obwohl sie sich nie gleichzeitig manifestieren können. Der modische Gebrauch des Wortes schizophren für jede Form von Verhalten, das irgendwie ambigue ist oder gar eine gewisse Gespaltenheit verrät, ist mir zuwider, und ich würde lieber von zweigleisigem Leben sprechen. Ein Terminus, den ich dem Verkehr entlehne, und das nicht ohne Grund, denn Du bist die erste Hure in meinem Leben, die sich für klaren Verkehr ausgesprochen hat, womit Du auf das Verhalten von Fußgängern, Radfahrern und Autofahrern anspieltest, aber für mich wird das immer als der schönste und treffendste Ausdruck für das Verhältnis zwischen der Prostituierten und ihrem Kunden in Erinnerung bleiben. Das ist klarer Verkehr.

Ich glaube, daß er zum erstenmal darauf kam, als ich ihm zu erklären versuchte, wieso es mir schwerfiel, über meine Mutter zu reden. Ich sagte, daß es mich traurig mache, über sie zu reden, weil ich, wenn ich etwas Negatives über sie zu berichten hätte, im selben Moment, auf einem parallel dazu verlaufenden Gleis, etwas ganz Positives über sie würde sagen wollen, und da es unmöglich sei, gleichzeitig etwas Negatives und etwas Positives zu sagen, hielte ich lieber den Mund.

»Wenn ich zum Beispiel sagen will, daß sie in den ersten Jahren meines Lebens eigentlich sämtliche Beachtung für sich beanspruchte mit ihren Weinkrämpfen und es unerträglich fand, wenn ich mal über irgend etwas weinen mußte, dann kommt mir im selben Moment das Bild in den Sinn, wie sie sich spätabends, nach einem harten Arbeitstag, leichenblaß vor Müdigkeit und mit Schmerzen in Rücken und Armen, noch an die Nähmaschine setzt, um mir einen Rock zu nähen, damit ich beim Schulausflug am nächsten Tag hübsch und ordentlich ausseh, und der ist auch schon ein Luxus, für den sie sich mir zuliebe krummlegt.«

»So was nennt man nun Loyalitätskonflikt«, sagte Mon.

»Ich dachte immer, das hätte was mit zwei Menschen zu tun, zwischen denen man sich schwer entscheiden kann«, sagte ich und kam mir sehr helle dabei vor.

»Das denken alle«, sagte er daraufhin, »aber ich glaube, es funktioniert anders, ich glaube, daß sich die schlimmste Form von Loyalitätskonflikt zwischen dir und dir abspielt, und das bedeutet in diesem Fall, daß du dich nicht zwischen einer bösen, vernachlässigten Lili und einer liebevollen, verwöhnten Lili entscheiden kannst, denn wenn du das tust, klappst du zusammen, oder, wie die Amerikaner es viel exakter ausdrücken, *you fall apart.*«

Das meinte ich, als ich sagte, daß Mons Fragen keine Fragen waren, sondern eine Art Ampeln, die plötzlich an einer Straße in deiner dir so bekannten Stadt aufgestellt worden sind, wo du sie noch nie gesehen hast und wo du nun auf einmal vor Rot stehst und halten mußt. Und so, wie ich bin, halte ich prompt.

»Was guckst du denn so?« fragte er. »Warum sagst du nichts mehr? Die Kassetten sind unheimlich teuer, hörst du, und sie laufen einfach weiter, und für einen einsamen Mann ist es ziemlich gräßlich, sich nachher in seinem finsteren Dachkämmerlein mutterseelenallein dieses endlose, tödliche Schweigen einer schönen Frau anhören zu müssen.«

»Stell's ab.«

»Nein, nein, Lili, ich flehe dich an, mach weiter, denk nach, ich vertraue blind auf deine famose Intelligenz, gib mir recht, sag, daß es wahr ist, sag, daß dir das noch nie jemand zu bedenken gegeben hat, daß du, ich wiederhole es noch einmal, daß du an einen Scheideweg gelangst, wenn du von deiner Mutter sprichst, weil du lieber sterben würdest, als der bösen Lili Vorfahrt vor der treuen, lieben Lili zu gewähren!«

Er kreischte das in so überspanntem Ton, so gekünstelt und gespielt sehnsüchtig, daß ich lachen mußte, so ein weinerliches, betrübtes Lachen, und glaub mir, ich kenne das aus dem Milieu, es gibt kein besseres Gleitmittel für die Wahrheit und 'nen Ständer als einen Scherz. Kurz entspannen und das bleischwere Gewicht abladen und mal eben zeigen, daß du genausogut über das ganze Elend lachen kannst.

»Jetzt geraten wir aber arg auf die Verkehrsschiene«, sagte ich.

»So gehört es sich auch. Ein Schriftsteller braucht nun mal seine Metaphern, um die Sache ein bißchen besser zu begreifen und auf den Nenner zu bringen.«

Ich mach das auch heute noch, ich denk immer noch mit Mons Worten.

Meine Wahl fiel auf Den Haag, weil ich wußte, daß mein Stiefvater die Stadt haßte und ihn keine zehn Pferde dorthin bringen würden, und wohin er nicht ging, ging auch sie nicht mehr. In den ersten Monaten konnte ich bei einer Cousine meiner Mutter wohnen. Zu meinen Eltern hatte ich gesagt, daß ich mir eine Anstellung als Verkäuferin suchen und mit dem verdienten Geld eine Abendschule besuchen würde, wenn möglich die Realschule. Das hatte ich auch wirklich vor, aber es ist anders gekommen. Kaum einen Monat nach meinem Auszug war ich schon bei Bep. Sie hat mich von der Kasse im Modehaus Modern weg ins Bordell geschleppt. Sie war schon etwas älter, aber ich mußte sie immerzu ansehen, so außergewöhnlich fand ich sie. Alles, was sie machte, wie sie ging, wie sie sich umsah, wie sie einkaufte, strahlte eine starke Arroganz aus. Kerzengerade und in den extravagantesten Mänteln streunte sie zwischen den Kleiderständern hindurch, ein kleines bißchen zu mollig, um an eine Ballettänzerin zu erinnern, aber schon mit so einer Haltung. Langes, schwarzes Haar, straff zu einem Pferdeschwanz nach hinten gekämmt, hoch erhobenes

Kinn, gerade Schultern, stolzer Rücken und ein strammer, aber eleganter Gang. Sie sah aus wie eine schicke Zigeunerin.

»Wieviel springt denn hier so raus, Mädchen, pro Woche?« fragte sie, nachdem ich ihr schon ein paarmal beim Kauf der teuersten Blusen aus dem Sortiment behilflich gewesen war und sie mich dabei ungeniert von Kopf bis Fuß taxiert hatte.

Ich sagte ihr, was ich die Woche verdiente.

»Das kannst du bei mir an einem Tag kriegen«, sagte sie, »wenn du gut bist, und du könntest 'ne verdammt Gute werden, das darfst du Bep glauben, die hat 'n Riecher dafür.«

Das war das erste Mal in meinem Leben, daß jemand was in mir sah und darauf vertraute, daß ich in irgendwas gut sein konnte. Ich hab nicht mal so getan, als hätte ich keine Ahnung, wovon sie sprach. Gleich am nächsten Tag ging ich zu der Adresse, die sie mir gegeben hatte, und da war die Sache gebongt.

Als ich reinkam, war ich sofort hin. Es war kuschlig warm und gemütlich. Bep lief wie eine Königin herum, und ich sah zum erstenmal, daß sie auch lächeln konnte. Im Modehaus Modern war ihr ab und zu mal so 'n dreckiges Lachen rausgekullert, aber hier zauberte sie für jeden Mann, der an der Bar saß oder den sie an der Tür begrüßte, ein überraschend zärtliches Lächeln auf ihr Gesicht, das mich, wenn mich einer so ansähe, nur so dahinschmelzen lassen würde. Sie tat das, ohne dabei ihre Strenge zu verlieren, und das ist wirklich 'ne reife Leistung, denn die meisten Frauen werden unweigerlich kindisch, wenn sie sich sanft geben, und nur wenige bringen es fertig, sanft und trotzdem stark zu sein. Und genau das braucht man in diesem Metier.

Ein paar Stunden später ging ich mit meinem ersten Kunden nach oben und machte genau das, was ich immer gemacht hatte, ich drehte den Schalter um.

»Die ist Profi, das hab ich auf den ersten Blick gesehn«, hat Bep angeblich zu einem der anderen Mädchen gesagt.

»Und warst du das auch bei deinem ersten Kunden?« fragte Mon.

»Ich weiß nichts mehr davon«, mußte ich gestehen. »Alle Mädchen, die ich im Milieu kennengelernt hab, bis auf ganz wenige Ausnahmen, erinnern sich an ihren ersten Kunden. Und diese Ausnahmen sind, das ist mir später aufgegangen, allesamt Mädchen, bei denen zu Hause was Ähnliches abgelaufen ist wie bei mir. Für sie war ihr Vater, Bruder, Onkel der erste Kunde. Nach dem ersten beginnen die vielen Männer in deinem Kopf allmählich zu verschwimmen.«

»Oder einander zu gleichen.«

»Ja, das ist vielleicht dasselbe.«

»Mußtest du noch viel lernen?« fragte Mon, ohne auf Details auszusein.

»Ich glaub schon, eigentlich alles. Ich hatte doch keinen Schimmer, wie man 'nen Kunden zu mehr als nur dem Normalprogramm animierte und was ›französisch‹ ist und der ganze Rest. Bei ihm war ich ja nie aktiv gewesen. Wenn ich nach dem geh, woran ich mich erinnere, muß ich wie eine Tote dagelegen haben, ohne je ein Wort zu sagen, ich hab nur darauf gewartet, daß es vorbei ist. Und wenn er meine Hand packte und ich irgendwas damit machen sollte, dann gehörte die Hand nicht mehr zu mir, und ich machte es, ohne daß mein Kopf wußte, was ich da machte.«

»Du warst da, und du warst nicht da«, sagte Mon. »Aber wie war das, als du im Bordell angefangen hast?«

»Wenn der Schalter umgedreht war, wurde es eher so was wie Theater spielen«, sagte ich.

»Und du spielst das gern?«

»Ja, da steckt 'ne große Macht drin.«

Bep behauptete allen Ernstes, daß sie es neun von zehn Malen nicht wirklich mit einem Mann gemacht hätte.

»Spielen, spielen, spielen«, rief sie immer wieder, »Theaterspielen ist alles, Mädchen! Sobald du die Tür hinter dir zumachst und ›Schatz‹ zu einem sagst, hast du schon gelogen, und die Komödie hat begonnen.«

Sie habe einen Trick, sagte sie, auf den so gut wie alle Männer reinfielen, beziehungsweise sie steckten ihn rein. »Das Fäustchen«, nannte sie diesen Trick, und ich mußte jedesmal laut lachen, wenn sie davon erzählte: »Sie kamen im Fäustchen, und ich lachte mir ins Fäustchen.«

So ganz abgenommen hab ich ihr das nicht, und ich glaub nach wie vor, daß die Zahl ein bißchen hoch gegriffen war. Sie sagt, daß sie aufgehört hat, als die Männer gewiefter wurden und schneller durchschauten, daß sie ein Fäustchen machte. Das kam ihrer Meinung nach durch die Pornos.

»Zu meiner Zeit gab's auf dem Gebiet nicht viel mehr als die Ansichtskarten, die du auf dem Jahrmarkt schießen konntest, mit 'nem Paar nackter Titten und 'nem frech rausgestreckten Hintern in aufreizendem Höschen, aber heute kriegen sie jede Menge Anschauungsmaterial zu dieser oder jener Stellung und kommen mit ihrer Wunschliste zu den Huren. Ich bin doch nicht der Weihnachtsmann. Und von hinten funktioniert das mit dem Fäustchen nicht, denn da starrt der Typ nur drauf, wie sein Hannes rein- und rausgeht, und heutzutage wollen sie ja nichts lieber als das. Früher konntest du ihnen noch weismachen, du fändst sie so toll, daß du sie gern vor dir sehen wolltest, und dann hast du ihnen noch mal lieb in die Augen geschaut, über den Kopf gestreichelt, überschwengliche Komplimente gemacht, und die Sache war geritzt, aber heutzutage stehn sie schon wieder draußen, bevor du überhaupt mitgekriegt hast, ob sie braune oder blonde Haare hatten, fett oder mager, jung oder alt waren.«

»Wie ging das denn, mit dem Fäustchen?« fragte mich Mon.

»Na, ganz einfach, du hast so getan, als wenn dich der Typ so geil machte, daß du selbst Hand an dich legen wolltest, und in die hattest du dann schon etwas Gleitmittel getan, und da hast du ihn dann reingelotst.«

»Machst du das manchmal so?«

»Manchmal ja, wenn ich schon so einige hinter mir hab und 'nem Kunden anseh, daß ich bei ihm leicht damit durchkomm.«

»Keine Schuldgefühle danach?«

»O Gott, nein, kein bißchen. Nein, Bep hat recht, du lachst dir buchstäblich ins Fäustchen, weil du die Geschichte ohne großen Aufwand erledigt kriegst und den Kunden trotzdem rundum zufrieden wieder auf die Straße rausläßt.«

»Du führst so jemanden ja ganz schön an der Nase herum.«

»Aber das mach ich doch immer, das ist doch mein Beruf.«

So wie ich nur halb glaubte, was Bep darüber behauptete, wie oft sie es auf die Art machte, als sie noch selbst angeschafft hat, konnte Mon kaum glauben, daß ich nie gewußt hab, ob meine Mutter etwas davon mitkriegte, was mein Stiefvater mit mir anstellte.

»Vielleicht, vielleicht auch nicht«, antwortete ich immer, und das war die reine Wahrheit, denn ich wußte es einfach nicht.

»Sogar in der Beziehung klammerst du dich an die Zweigleisigkeit«, sagte Mon, »denn ich fürchte schon, daß du dich vor der Wahrheit schützt.«

Nichts habe darauf schließen lassen, daß meine Mutter es wirklich gewußt habe, erzählte ich ihm. Mag sein, daß sie so ihre Vermutungen hatte, aber wahrscheinlich konnte sie es gar nicht zulassen, daß auch nur der geringste Zweifel in ihr aufkam. Denn wenn sie die Wahrheit gekannt hätte, hätte sie mich doch erlösen müssen, dann hätte sie ihn doch vor die Tür setzen müssen, den Vater ihrer echten Kinder, den Mann, der jetzt ihr ein und alles war, für den sie durchs Feuer ging, den sie anbetete, oder?

Erst nachdem wir für *Briefe an Lilith* wochenlang geredet hatten, erzählte ich Mon, wie das damals gewesen war, als ich zum erstenmal meine Tage kriegte und zu meiner Mutter ging, um sie um Geld für Monatsbinden oder Tampons zu bitten. Ich war gerade vierzehn geworden, und sie hatte mich schon ein paar Jahre davor, kurz nach der Heirat mit meinem Stiefvater, zur Genüge über das Wie und Was aufgeklärt. Sie hatte damals dazugesagt, daß das nichts sei, weswegen man sich schämen müsse, ich bräuchte also kein Geheimnis daraus zu machen, so wie sie als junges Mädchen, als sie ein gutes Jahr lang vor allen versteckt habe, daß sie ihre Periode hatte, und mitten in der Nacht aufgestanden sei, um die Lappen, die sie sich in die Unterhose stopfte, heimlich auszuwaschen und unter ihrem Bett zum Trocknen auszulegen, bis ihre Mutter sie dann eines Tages entdeckt habe. Mit dieser Geschichte im Hinterkopf ging ich also ein wenig stolz und darauf brennend, sie ins Vertrauen ziehen zu können, zu meiner Mutter und erzählte ihr, daß es soweit sei. Sie machte plötzlich ein ganz ängstliches Gesicht.

»Dann wollen wir mal kurz beim Doktor vorbeischauen«, sagte sie zu meiner großen Verblüffung.

»Aber ich bin doch nicht krank«, sagte ich, »ich hab einfach nur meine Tage gekriegt.«

Darauf sagte sie, daß sie es für vernünftiger halte, wenn ich sofort die Pille nehmen würde, denn sonst würde mir die Menstruation schon bei den nächsten Malen genauso bös zu schaffen machen wie ihr, und sie wolle mir ersparen, daß ich mich zwei, drei Tage im Monat vor Schmerzen winden würde, nach außen hin aber immer so tun müsse, als wäre nichts, nein, solche Schmerzen müßten nicht sein, und mit der Pille würde ich fein raus sein, die würde mich von allen Schmerzen befreien.

»Und das hast du geglaubt?«

»Ja und nein.«

In einem der *Briefe an Lilith* ist ein Abschnitt, den Mon mir vorgelesen hat, bevor er in *De Wereld* erschien. Das machte er weiß Gott nicht mit allem, was er schrieb, und daher war mir gleich alles klar, als er mit seinen fünf vollgetippten Seiten ankam. Es hatte was Feierliches, wie er dastand und beinahe verlegen sagte, daß er mir etwas vorlegen wolle, etwas Hypothetisches, zu dem er mein Urteil hören wolle.

»Natürlich«, sagte ich in dem Ton, den ich mir Kunden gegenüber angewöhnt hab, so 'n Ton, mit dem du zu verstehen gibst, daß in der Welt oder im Bett nichts passieren kann, was dich wundert oder aus der Fassung bringt, so 'n Ton, mit dem du jemanden einlädst, mit dir mitzugehen, und mit dem du gleichzeitig zu verstehen gibst, daß du nicht zu haben bist. Später, nach seinem Tod, ist mir das nachgegangen, daß ich so überheblich reagiert hab, wo er doch so lieb dastand mit diesen Papieren unterm Arm. Ich hätte ihm besser gleich zu verstehen geben sollen, wie groß er mich in dem Moment gemacht hat, dadurch daß er mich ernst nahm, dadurch daß er mich eine Stimme haben ließ. Ich hätte ihm also eigentlich gern gezeigt, daß ich ihn in dem Moment unheimlich geliebt hab.

Du bist acht, und bis zu diesem Moment in Deinem Leben bist Du ganz Deiner Mutter ergeben, die Dir zu verstehen gibt, daß sie Dich braucht, und die gleichzeitig Signale aussendet, daß Du, Deine Geburt, ihr junges Leben zerstört hast. Es muß für ein Kind außerordentlich verwirrend sein, ständig die doppeldeutige Botschaft zu erhalten, eine unersetzliche, geliebte Plage zu sein, die tägliche, lebendige Erinnerung an ein Verlassenwerden, an dem ein Teil von Dir, Dein Vaterteil, mitschuldig ist.

An diesen Teil klammert sie sich zugleich, weil er für sie auch das einzige ist, was von ihm blieb. Mit einem außergewöhnlichen Maß an fordernder Aufmerksamkeit und erstickender Fürsorge überschüttet, wie sie einem Kind zuteil werden, das bei einer ungewollten Mutter aufwächst, stellst Du schon einen Teil Deiner selbst auf ein zweites Gleis, einen Aspekt, der vernachlässigt wird und ungesehen bleibt, eine Seite von Dir, die Du als Last für die bekümmerte Frau betrachtest, die Deine Mutter ist. Alles, was sie sein darf, darfst Du nicht mehr sein, ein Kind. Das Kind, das Du weggestellt hast, ist ein Kind wie alle anderen, hilflos, abhängig, böse und ängstlich. Zwischen zwei sich gegenseitig ausschließenden Botschaften der Liebe und der Verachtung gefangen, setzt Du Dein junges Leben daran, diesen Botschaften ihre Gültigkeit zu nehmen und die unzweideutigen Beweise für Deine vorbehaltlose, eindeutige Liebe zu ihr zu liefern, um damit zugleich zu zeigen, wer Du bist, jemand, der einfach nur geliebt werden muß. Das hattest Du verdient. Am Tag, als Dein Stiefvater in Dein Leben tritt, wird Dir klar, daß Deine Chancen verspielt sind. Innerhalb von nur vier Jahren beraubt er Dich der zwar widersprüchlichen, aber dennoch unverzichtbaren Aufmerksamkeit Deiner Mutter, des Namens, mit dem Du einen letzten Lebensfaden zu Deinem Vater zu besitzen glaubtest, und Deiner sexuellen Freiheit und Integrität. Letzteres hat die weitestreichenden Konsequenzen. Dadurch, daß er Dich zu seiner Frau macht, bist Du keine Tochter mehr, weder von Deiner Mutter noch von Deinem Stiefvater. Für das weggestellte Mädchen, ein Kind, das geliebt zu werden hatte, weil es ein Kind war, ist der Weg zurück ein für allemal abgeschnitten. Von nun an kannst Du Dich nur noch verstecken und im Verborgenen leben.

Ich hab mir das noch relativ ruhig angehört, aber danach wurde mir ganz komisch, als ob ich in Ohnmacht fallen müßte oder in einen tiefen Schlaf gesogen würde, und es schien unmöglich, gegen diesen Sog anzukämpfen.

»Und? Und? Wie findest du's?« hör ich Mon wiederholt fragen, aber irgendwie ist er unnatürlich weit weg. Es kommt mir noch heute seltsam vor, aber was mich aus dieser dumpfen Betäubung herausbringt, ist helle Wut.

»Verdammt noch mal, worauf willst du eigentlich hinaus?« schreie ich Mon an. »Auf die Art bleibt ja überhaupt nichts mehr von mir übrig. Ich kann es mir nicht erlauben, auch nur eine Sekunde Mitleid mit dem Kind zu haben, ich darf nicht weich werden, dann kann ich nicht mehr arbeiten.«

Mon hat mir später erzählt, daß mir die Tränen aus den Augen geströmt sind, während ich ihn wütend anfunkelte, aber davon hab ich gar nichts mitgekriegt. Ich hab bestimmt fünf Minuten lang auf ihn eingeschimpft, und er hat mich gelassen. Als es vorbei war, hat er mich in die Arme genommen, und ich bin eingeschlafen. Als ich mitten in der Nacht wach wurde, saßen wir noch genauso da. Aus Angst, mich aufzuwecken, hatte er nicht gewagt, sich zu rühren. Es dauerte eine ganze Weile, ehe er auf den Beinen stehen konnte, denn sie waren völlig taub, weil er mehrere Stunden lang in dieser verkrampften Haltung dagesessen hatte. Ich hab ihm die Beine und die Arme massiert, das war das einzige, wie ich ihm vermitteln konnte, daß er für mich der liebste Mann war, den ich je kennengelernt hab, und der einzige, der mir je das Gefühl gegeben hat, daß an mir überhaupt was war, was sich zu kennen lohnte.

C.

Vielleicht haben Freundschaften es ja so an sich, daß man zuallerletzt einige versteckte Gemeinsamkeiten beieinander entdeckt. Sie kommen nämlich erst in dem Moment ans Licht, da man an etwas teilhat, was man für eine typische Eigenart des anderen hielt. Im Spätsommer 1979 und in den ersten Jahren an der Universität betrachteten Catherina, Cis und ich einander als völlig verschiedenartige Wesen, und wir hätten unmöglich formulieren können, was uns über die schon fast pathetische, leicht schwärmerische Vorliebe für die Eigenarten der anderen hinaus miteinander verband. So hatten Catherina und ich es schon bald aufgegeben, etwas an Cis' Kleidungsstil verändern zu wollen, und uns darauf verlegt, amüsierte Bewunderung dafür zu hegen, anstatt uns einzumischen. Tag für Tag kam sie mit schweren Knobelbechern in den Vorlesungssaal gestampft, herausstaffiert in mehr oder weniger militärischer Kluft, Luftwaffen-Overalls, dem grünen Outfit der Landstreitkräfte, graugrünen Khakihemden, steifen, verfilzten Fliegerjacken oder der gefleckten Tarnkleidung, mit der sich Soldaten höchstens in einem herbstlichen niederländischen Wald unsichtbar machen konnten. Sie trug Schirmmützen, Krawatten, Schals und Schlabberpullover, sie trug alles, womit sie verhüllen konnte, daß sie eine Frau war, außer einer

Maske. Cis' Gesicht war unverkennbar das Gesicht einer Frau, mit ebenmäßigen Zügen, glatter, blasser Haut und einem großen Mund mit klassisch geschwungenen Lippen.

»Du siehst aus wie 'ne falsch gecastete Grace Kelly mit 'ner Nebenrolle in MASH«, hat Catherina mal zu ihr gesagt.

»Dann laß ich morgen eben meinen Bart stehen«, entgegnete Cis nur trocken.

Erst Jahre später, als wir eine nervöse und aufgeregte Cis zu einem Kongreß über Transsexualität begleiteten, wo wir alle drei krampfhaft versuchten, nicht wegzusehen, als uns blutige Dias von den einzelnen Schritten einer Geschlechtsumwandlung (von Mann zu Frau) gezeigt wurden, und später vor der Klotür warteten, bis die Brechlaute aufhörten, um eine schweißgebadete, völlig fertige Cis in eine Kneipe zu lotsen, erst da wurde Catherina und mir klar, wie tief ihr Wunsch ging, nur ja nicht zu sein, was sie war. Sie hatte uns einige Monate vor dem Kongreß errötend und befangen über ihre Entdeckungsreise in die Welt der Transsexualität informiert, über die Einzelsitzungen bei einem Psychiater, die sie seit einem halben Jahr hatte, über die Gesprächsgruppe, an der sie einmal die Woche teilnahm – und in der sie übrigens vor allem Männern begegnete, die Frauen werden wollten –, über die Zweifel, die sie quälten, und über den Rat ihres Psychiaters, den Kongreß zu besuchen, damit sie sich anhören konnte, was der kompetenteste Chirurg auf diesem Gebiet zum konkreten Aspekt ihres Wunsches zu sagen hatte. Sie hatte auch ganz offen erzählt, daß man sie bis dahin als unverbesserlichen Zweifelsfall diagnostiziert und noch nicht einmal als geeignete Kandidatin für eine Hormonbehandlung eingestuft hatte.

»Man betrachtet mich als Klientin, die Probleme mit ihrer Geschlechtsrolle hat und nicht mit ihrem Geschlecht.«

Catherina und ich hatten ihr verlegen und verblüfft zugehört.

»Wenn es nur um die Rolle geht, kannst du doch einfach weiterspielen«, sagte ich.

»Und mich nie echt fühlen?« hatte Cis traurig entgegnet.

Als wir uns kennenlernten, fuhr Cis gleich total auf Catherina ab, das war unübersehbar. Die heftige Verliebtheit hielt mehrere Monate an, und Catherina ging damit auf die ihr eigene mühelose und lakonische Art um, ohne Cis etwas vorzugaukeln, und unzweideutig in bezug auf das, was sie wollte und was nicht.

»Sex ist nicht drin, Cis, aber ich möchte dich gern immer um mich haben, du bist die beste Leibwache, die sich eine Frau wünschen kann«, flachste Catherina. »Zum Geburtstag schenk ich dir ein Maschinengewehr.«

Cis begnügte sich mit der Beschützerrolle und wich Catherina kaum von der Seite. Störrisch und verschlossen stand sie hinter oder neben ihr, eine als Krieger verkleidete Frau neben einer fragilen Dame in altmodischem Kostüm. Auch als ihre Verliebtheit langsam nachließ und sie sich zur aggressiven Verführerin mauserte, die eine Studentin nach der anderen aufriß, wobei es ihr den größten Spaß machte, gerade die mannstollen rumzukriegen, die es faustdick hinter den Ohren hatten, blieben Catherina und sie während der Vorlesungen unzertrennlich, selbst wenn eine von Cis' jüngsten Eroberungen vorbeikam und sehnsüchtig um ihre Aufmerksamkeit heischte.

»Wie funktioniert das denn im Bett, mit all diesen Damen?« hatte Catherina Cis eines Abends freiheraus gefragt, weil sich Catherina nun mal alles zu fragen traute.

»Sie sind richtige Frauen, ich nicht«, hatte Cis mit ihrer sanften, tiefen Stimme geantwortet, »zumindest sag ich mir das. Ich liebe sie, als wenn ich ein Mann wäre, ich denke mir mich als geschlossen, als jemanden ohne Öffnung und mit etwas, was nicht da ist.«

So, wie ich später alles las, was über Psychosen, manische Depressivität und Schizophrenie zu finden war, weil ich verzweifelt versuchte, Catherina zu verstehen, so vertiefte ich mich Mitte der achtziger Jahre in die Literatur über Sexus und Geschlechterrolle und über die Sehnsucht nach einem anderen Körper, um vielleicht Cis' zweiflerische Niedergeschlagenheit lindern zu können. Ich war von uns dreien der Bücherwurm, die eifrigste und begeistertste Studentin und diejenige, die sich auf fleischliche Lüste am wenigsten einließ. Vom ersten Studientag an wußte ich, daß ich meine Examensarbeit über das eigenartige Genre der Biographie schreiben würde, und dafür nahm ich die Geringschätzung eines Teils der Studenten und den Sarkasmus von ein paar Dozenten gern in Kauf. Die Biographie war das ungeliebte Kind der Literaturwissenschaft, und in diesem vermaledeiten Genre fand ich meine Zuflucht. Erst Jahre später erkannte ich, daß sich unser dreier Leben in diesem Punkt überschnitten, daß Catherina, Cis und ich alle drei einen Weg gefunden hatten, wie wir verschwinden konnten, die eine in der Geisteskrankheit, die andere im falschen Fleisch und ich in den Geschichten über fremder Leute Leben. »Chacathci« wurden wir in der Uni hinter vorgehaltener Hand genannt, und das gefiel uns. Wir fanden schon damals, daß es entfernt an Kamikaze erinnerte oder zumindest das Bild von einem Chor von Unheilsgöttinnen wachrief. Wir lachten darüber und fühlten uns stark in unserer Troika, die kraft unserer Freundschaft in der Tat dazu imstande gewesen wäre, Unheil auf andere herabzurufen. Daß auch das Umgekehrte zutreffen und unser Leben von Unheil heimgesucht werden konnte, kam uns nicht in den Sinn.

Im Gegensatz zu Cis und mir, die das mit der magischen Kraft unserer Verbindung nicht so wörtlich nahmen, war es Catherina durchaus ernst damit, aber weil sie bei allem diesen typisch lakonischen Ton anschlug, bekamen Cis und ich das erst spät mit. Anfang der achtziger Jahre gab es etliche Frauen, die sich stolz Hexe nannten, und Catherina war eine davon. Für mich hatte Hexe eine ausgesprochen negative Konnotation, und ich konnte daher nie recht verstehen, wieso sich Catherina dieser Gruppe anschloß, zumal es, wie ich fand, überhaupt nicht zu ihr paßte, Mitglied irgendeines Vereins sein zu wollen. Daß die Hexe und die Hure im zweiten feministischen Zeitalter zu Galionsfiguren der Frauenpower ausgerufen wurden, verstand ich (als Irrtum) schon, aber nicht, daß jemand unter einer Galionsfigur fahren wollte. Bei den anderen Frauen, die sich selbst zur Hexe deklarierten (nicht aber bei meiner Freundin), sah ich, daß sie das aus einem Gefühl tiefer Unsicherheit, Minderwertigkeit und Machtlosigkeit heraus taten. Und wer magische Kräfte zu besitzen glaubt, dichtet sich eine scheinbare Macht an, eine Macht, die auf keinerlei wirklichem Vermögen oder Talent beruht.

Für die Hilfsmittel, deren sich Catherina bei ihrer Hexerei bediente, konnte ich mehr Sympathie aufbringen, wenn auch mit leisem Lächeln. Sie las aus der Hand, legte Karten, hatte sich (anhand eines populärwissenschaftlichen Ratgebers in Taschenbuchformat) darin ausgebildet, die Geheimnisse der Handschrift zu entschlüsseln, wußte alles über Astrologie und Zahlenmystik, kurz, sie befaßte sich ungeniert mit okkulten Praktiken, denen im wissenschaftlichen Umfeld entrüstete Mißbilligung und Verachtung gewiß waren. Cis und ich liebten Catherinas Eigensinn so sehr, daß wir unseren intellektuellen Standesdünkel rasch überwanden. Und dann ließen wir uns mit großem Vergnügen abendelang ausführlich Hand, Himmel, Feder und Schicksal von ihr lesen. Auf die Dauer konnten wir ganze Pseudogespräche über die Einzigartigkeit meiner Sonnenlinie und die außergewöhnliche Höhe des Mondberges in der fleischigen Hügellandschaft von Cis' linker Hand führen, ulkten unter Verweis auf ihre Saturnlinie über Catherinas Familie und verstummten manchmal, wenn sie uns ganz ernsthaft mahnte, in der zweiten Monatshälfte ja die Tür verschlossen zu halten und drinnen zu bleiben, weil der Mars dann im Skorpion stehen oder uns wer weiß was für eine sonstige Planetenkonstellation für Unfälle und Konflikte empfänglich machen würde. Laut Catherina waren Cis und sie den Sternen nach zu einer gewissen inneren Zerrissenheit verdammt, denn bei ihnen wimmelte es von doppelten Wasserzeichen – Zwillingen, Fischen –, und ein nebulöser Neptun sorgte dafür, daß sie sich niemals in einer festen Form zu Hause fühlen würden. Ich glaube, daß Cis und ich damals beide dachten, diese Analyse treffe zwar gewiß auf

Cis zu, aber beim besten Willen nicht erkennen konnten, inwiefern sie auf die schrecklich ausgeglichene Catherina anwendbar sein sollte.

»Charlie könnte es bei ihren Ambitionen zu einigem bringen und uns weit hinter sich lassen«, konnte sie in einer Mischung aus Stichelei und Ernst zu Cis sagen, »denn sie ist vom Himmel her so monoman wie eine Muschel.«

Es begann mit ihrem Haar. Catherina erschien nie anders als mit aufgestecktem Knoten zur Vorlesung. Die einzige Frivolität, die sie sich diesbezüglich erlaubte, war eine biedere Schleife, die sie hin und wieder darauf befestigte. Am ersten warmen Frühlingstag 1986, ein Jahr bevor Cis und ich Examen machten, tauchte sie jedoch plötzlich mit offenem Haar und in einem luftigen, jugendlichen Kleidchen auf. Wir waren verblüfft, denn ohne Knoten war sie uns bisher nur während gemeinsam verbrachter Ferien direkt nach dem Aufstehen begegnet, und ihre Art, sich zu kleiden (die ewigen Kostüme), hatten wir wegen Catherinas konsequenter Gediegenheit schon von jeher exzentrisch gefunden.

Freundschaften sind von Natur aus konservativ. Weil es unter Freunden nun mal so sein muß, daß man sich am Abend voneinander verabschiedet und dann (wie es sprichwörtlich heißt) wochenlang nicht zu sehen braucht, um beim Wiedersehen das Gefühl zu haben, man sei erst gestern noch zusammengewesen, erwarten wir vom anderen insgeheim Unveränderlichkeit.

»Was bist du auf einmal flatterig«, knurrte Cis.

»Heut abend geh ich mit euch essen«, sagte Catherina strahlend. »Wir feiern den Frühlingsanfang und unsere immerwährende Freundschaft. Zieht euch was Hübsches an, denn wir machen auf schick.«

Sie hatte nie ein Geheimnis daraus gemacht, daß sie von ihrem Vater einen großzügigen monatlichen Zuschuß bekam und darüber hinaus frei über die Zinsen aus einem kleinen Vermögen verfügen konnte, das ihr bei der Scheidung ihrer Eltern überschrieben und von einem Finanzberater der Familie angelegt worden war. Ihr Vater hatte ihr eine Wohnung an einer der kleinen Grachten gekauft, und sie ging freigebig mit ihrem reichen Einkommen um, ohne daß wir sie je bei Exzessen ertappt hätten.

»Ein Vorzug schuldiger Eltern«, sagte sie jedesmal, wenn sie Cis und mich damit verwöhnte, daß sie unsere Kinokarten bezahlte oder uns freihielt, wenn wir irgendwo etwas trinken oder eine Kleinigkeit essen gingen.

An diesem Abend lud sie uns ins Restaurant Exzellent ein, ließ Sekt und teure Weine auffahren, legte dem Pianisten fünfundzwanzig Gulden auf den Flügel, damit er ihre Lieblingsmelodien spielte, trug ein für ihre Verhältnisse ungewöhnlich aufreizendes Kleid mit tiefem Dekolleté, schenkte Cis und mir eine gebundene Gesamtausgabe der Gedichte von Gerrit Achterberg und trug uns einige von Dutzenden Gedichten vor, die sie in den vorangegangenen zwei Wochen wie im Rausch geschrieben hatte. Sie war quirlig und aufgedreht, und wir ließen uns Sand in die Augen streuen, weil sie so fröhlich und glücklich wirkte.

»Bist du verliebt oder so?« fragte Cis sie an jenem Abend ein wenig beklommen.

»Ja«, antwortete sie strahlend, »in das Leben.«

Eine Woche später erhielt ich aus Südfrankreich einen

Anruf von einer beunruhigten Anna den Caem, Catherinas Mutter.

Vier Jahre davor, im Sommer 1982, waren wir in Catherinas altem Citroën DS singend zur Stadt hinausgefahren, drei Wochen Frankreich vor uns. Cis' Zelt lag im Kofferraum, der ansonsten hauptsächlich von Catherinas unverschämt großem Koffer ausgefüllt wurde. Wir hatten alle drei einen Führerschein, Cis und ich hatten uns mit Nebenjobs genügend Urlaubsgeld verdient, und wir fühlten uns chacathci. Endziel unserer Tour sollte Biot sein, ein sogenanntes Künstlerdorf in der Nähe von Valbonne, wo Catherinas Mutter ein Haus besaß und den größten Teil des Jahres lebte. Cis und ich waren ihr noch nie begegnet, aber aus Catherinas Erzählungen hatten wir das Bild von einer distanzierten, kühlen, ja sogar ein wenig grausamen Frau gewonnen, die sich an der Tochter, die ihr geblieben war, nicht sonderlich erfreuen konnte.

»Wenn meine Mutter mich ansah, sah sie jemanden, der nicht da war«, sagte Catherina dazu, »sie sah die andere, verschwundene Hälfte. Mich hat sie nie wirklich gesehen. Von frühester Kindheit an war ich Meisterin im Verbergen, Champion im Versteckspielen, Virtuosin im lautlosen Gehen. Ich stellte mir vor, ich sei ein schwebendes Wesen, und eine Zeitlang habe ich mir eingebildet, ich könne fliegen und eine Treppe hinuntergehen, ohne die Stufen zu benutzen. Gott sei Dank habe ich nie wirklich ausprobiert, ob das auch so war. Seit sie mich dann einmal gezwungen hat, in ein viel zu heißes Bad zu steigen, habe ich selbst die Regie über meinen Körper übernommen und jede weitere

Berührung von ihr abgewehrt. Ab meinem neunten oder zehnten Lebensjahr hat sie meinen Körper nicht mehr nackt gesehen, und seither war auch keine Rede mehr von zärtlichen, fürsorglichen körperlichen Berührungen. Gottlob, denn wer dich nicht streicheln kann, kann dich auch nicht zwicken, dich an den Haaren ziehen oder dir unter dem Vorwand, dir liebevoll, so von Mutter zu Tochter, die Haare bürsten zu wollen, mit einer etwas zu harten Bürste gerade eine Spur zu grob über die Kopfhaut kratzen. Tja, und auffälligerweise zeichnen sich Kinder, die sich unsichtbar machen, dadurch aus, daß sie selbst alles sehen, ihrem Blick entgeht nichts. Ich machte die Ärmste total nervös, weil ich sie den ganzen Tag ansah, als wisse ich etwas über sie, was sie lieber geheimhalten wollte, und das traf natürlich auch zu. Ich wußte, daß sie mich nicht wirklich liebhatte und ihr viel daran lag, diese abscheuliche Wahrheit vor ihrem breiten Bekanntenkreis, vor mir, vor meinem Vater und wahrscheinlich noch am meisten vor sich selbst verborgen zu halten. ›Sieh mich doch nicht so an!‹ Hunderte Male durfte ich diese flehentliche Bitte hören. Ich triezte sie mit meinem Blick direkt in Richtung Nervenzusammenbruch. Und den bekam sie dann auch regelmäßig. Hinzu kam, daß mein Vater sich insgeheim an diesen Triezereien weidete, weil er selbst zu ängstlich und zu feige war, meiner Mutter zu widersprechen und damit womöglich ihr sensibles, labiles Gemüt aus dem Gleichgewicht zu bringen oder schlimmstenfalls gar ihrer zerbrechlichen, kränklichen Konstitution Schaden zuzufügen. Sein einziger aktiver Beitrag zur Schikaniererei meiner Mutter bestand darin, daß er felsenfest und vor allem unverhohlen auf die Schärfe meines Blicks und meine hellseherischen Gaben vertraute. ›Sag, wie wird denn der heutige Tag, Cathy?‹ fragte er morgens, bevor er ins Büro aufbrach, immer so laut, daß meine Mutter es hören konnte, und dann sagte ich ihm, ob er an dem Tag gute oder schlechte Geschäfte machen würde. Es bewahrheitete sich immer, wie ihr natürlich verstehen werdet.«

Weil ich zu der Zeit gerade vom dämonischen Talent Picassos fasziniert war, hatten wir uns auf meine Bitte hin einige Tage in der Umgebung von Mougins und Vallauris aufgehalten, hatten die Villen besucht, in denen er gewohnt hatte, die Museen, in denen Werke von ihm hingen, die Cafés und Restaurants, wo er mit Freunden getrunken und gegessen hatte, und waren durch die Landschaften gefahren, die er in noch unberührtem Zustand gesehen haben mußte. Das Gepäck, das ich mitschleppte, bestand vornehmlich aus Büchern, darunter zwei Biographien Picassos und ein autobiographischer Bericht von Françoise Gilot über ihr Leben mit dem Künstler.

Abends, in der Intimität unseres gelbliches Zeltes, erzählte ich meinen Freundinnen, was ich aus den Büchern erfahren hatte, und erklärte, was mich so an diesem andalusischen Don Juan fesselte. Ich wußte damals noch nicht, daß ich ein Phänomen studierte, mit dem ich es in meinem späteren Leben noch zu tun bekommen würde.

»Die eine Biographie heißt: *Picasso. Les femmes, les amis, l'œuvre*«, erzählte ich, »und genau um dieses Knäuel geht es. Wie ein wundersamer roter Faden zieht sich durch sein Leben, daß er mit jeder neuen Frau eine Veränderung in seinem Werk zustande bringt, stilistisch einen völlig neuen

Weg einschlägt, sich neue Freunde dazu sucht, durch Kleidung ein neues Image kultiviert, sich anders ernährt. Aber um etwas in seinem Stil verändern zu können, muß er das Vorhergehende restlos zerstören, die Frau, wohlgemerkt, als erstes, dann folgt der Verrat der Freunde. Verführen, um zu zerstören, heißt sein Leben, und zerstören, um etwas Neues schaffen und weiterhin verführen zu können.«

»Du mißtraust dem Charme«, sagte Catherina, »das ist dein Skorpion. Aber dafür, daß du so taktlos bist, kannst du eigentlich auch noch recht charmant sein«, fügte sie mildernd hinzu.

»Vielleicht ist sie ja neidisch auf Charme«, sagte Cis leise.

»Ach wo«, entgegnete ich, »ich bin nicht neidisch auf Charme, ich bin auf nichts Zauberisches neidisch. Charisma, Charme, Intuition – für mich haben all diese sogenannten unerklärlichen Kräfte was Billiges.«

Cis warf mir einen bösen Blick zu. Ich gelte als taktlos, und das bin ich auch. Cis strafte mich mit ihrem Blick nicht zu Unrecht für die hinterhältige Kritik an Catherina.

»Charisma, Charme, Intuition«, sagte ich daher in dem Bemühen, etwas wiedergutzumachen, »sind Begriffe, mit denen suggeriert wird, jemand besäße geheime Kräfte, und ich glaube nicht an geheime Kräfte, ich glaube an Absicht, Willen, bewußte Entscheidung und somit an Schuld. Charisma ist überhöhte Freundlichkeit, Machtgier und Beredsamkeit, gepaart mit einem auffallenden Äußeren; Charme ist das Verführerische von Menschen, denen man ansehen kann, daß sie selbst mit spielender Leichtigkeit zu verführen sind, und Intuition ist ein aufmerksamer Blick in Verbindung mit einem scharfen Verstand. Das ist es also, womit unsere Catherina so reichlich ausgestattet ist.«

»Wieso befaßt du dich so intensiv mit einem Ladykiller wie Picasso?« fragte Catherina, die mein Seitenhieb nicht getroffen zu haben schien.

»Weil ich wissen möchte, warum sich eine Lady killen läßt«, sagte ich.

»Du hast Angst«, sagte sie darauf ganz ernst, »du hast Angst, daß du irgendwann einmal unter der Liebe zu einem Mann leiden könntest.«

Danach sahen wir einander ein wenig betrübt an, lächelten und schwiegen.

»Die haben wir alle drei«, murmelte Cis eine Stunde später im Dunkeln, und es dauerte einige Sekunden, bis ich das richtig zuordnen konnte.

»Wirst du dich gut mit meiner Mutter verstehen!« sagte Catherina an einem der Abende. »Sie verehrt Picasso, und auf ihrem eigenhändig buntgestrichenen Couchtisch stapeln sich die Kataloge. Na ja, ihr werdet es ja morgen selbst sehen können, denn die Wände ihres kleinen Paradieses, wie sie es nennt, sind mit künstlerischen Produkten von ihr übersät, die sogar Leute, die noch nie ein Museum von innen gesehen haben, an die verzerrten Frauenporträts des berühmtesten Künstlers des zwanzigsten Jahrhunderts erinnern. Schamgefühle angesichts eines derart weit getriebenen Epigonentums sind ihr übrigens völlig fremd. ›Dieser kleine Mann inspiriert mich!‹ ruft sie dann aus, und sie schreckt auch nicht vor einem Satz zurück wie: ›Jede Kunst beginnt mit Nachahmung.‹«

So erfuhren Cis und ich ganz nebenbei, daß wir am nächsten Tag nach Biot aufbrechen würden. Bevor ich in meinen Schlafsack kroch, gab ich Catherina vorsichtig zu verstehen, daß mir ein wenig graute vor der Begegnung mit einer Frau, von der ich nicht gerade ein vorteilhaftes Bild hatte.

»Mach dir keine Sorgen«, sagte sie mit schläfriger Stimme, »jedermann ist hingerissen von meiner Mutter, und meine Mutter ist hingerissen von jedermann, und mir spielt sie das schon ein Leben lang glänzend vor.«

Wenn man Catherina kannte und ihre Mutter zum erstenmal sah, traf es einen regelrecht wie ein Schock. Die Silhouette der Frau, die uns am Ende einer ansteigenden Auffahrt erwartete, erinnerte so sehr an die Frau, die den Citroën mit etwas überbetonter Könnerschaft unter dem Feigenbaum parkte, daß wir uns vergewissern mußten, ob Catherina auch wirklich noch am Steuer saß und nicht sie es war, die dort hinten stand. Als wir auf sie zuliefen, nahm das maßlose Erstaunen bei Cis und mir noch zu. Mochte die eine auch doppelt so alt sein wie die andere, die Frauen, die einander herzlich (aber außerordentlich ungeschickt) umarmten, waren einander wie aus dem Gesicht geschnitten. Alles an ihnen war unterschiedlich, und doch war alles gleich. Sie waren genau gleich groß, gleichermaßen rank und schlank, und ihre Gesichter waren (wenn auch bei der einen etwas faltiger als bei der anderen) praktisch identisch. Ihre Haltung, ihre Gebärden, ihr Lachen, ihre Stimmen, ihr Blick, es war kein wesentlicher Unterschied festzustellen. Das einzige, was sofort als verschieden auffiel, war das persönliche Drum und Dran, ihre Frisuren und ihre Kleidung.

Der strenge Knoten und die gediegene Biederkeit der Twinsets (die sich in diesem Sommer lediglich in der Beschaffenheit des Materials verändert hatten), womit Catherina zum Ausdruck brachte, daß sie entschiedene Meinungen hatte, ständig wechselnden Moden abgeneigt war und die Kultivierung von Jugendlichkeit haßte, fanden ihren Gegenpol in der Erklärung, die ihre Mutter mit ihrem Äußeren ablegte. Frau den Caem trug ihr halblanges Haar, das genau die gleiche kastanienbraune Farbe hatte wie das Catherinas, nur daß hier und da ein paar Silberfäden darin schimmerten, offen und wie in den sechziger Jahren toupiert, so daß es ihr in wilder Mähne vom Kopf abstand. Auch ihre Kleidung erinnerte an die Hippiezeit: Um die Hüften gewickelt ein Tuch mit Batikmotiven, darüber ein ärmel- und formloses gestricktes Westchen aus grober Baumwolle, diverse Perlenschnüre um den Hals und eine Reihe silberner Armbänder am rechten Handgelenk.

»Anna«, sagte sie und gab uns klimpernd die Hand.

In dem Sommer waren wir eine gute Woche bei Anna den Caem zu Gast. Sie war freundlich, fröhlich, eitel und oft unfreiwillig komisch, weil sie im Gespräch jede Menge Ausdrücke und Redewendungen benutzte, gegen die wir, im Studentenmilieu für Hunderte von sprachlichen Geboten und Verboten sensibilisiert, alle drei so allergisch waren wie andere gegen den Stich einer Biene. Die einzige, die darauf noch gelegentlich mit einem »Anna« (sie durfte nicht Mama oder Mutter sagen), »so was sagt man doch nicht!« reagierte, war Catherina. Cis und ich beließen es bei vielsagenden, spöttischen Blicken, die wir einander zuwarfen, wenn wir sie sagen hörten: »Catherina ist sehr empfindlich. Das hat sie von mir, ich bin auch so eine empfindliche Frau«, oder: »Ich bin verletzlich, und das versuche ich auch zu zeigen«, »Ich bin einfach ein komischer Mensch«, »Ich liebe spirituelle Menschen«, »Wie kommt eine so unkonventionelle Frau wie ich zu einer so konservativen Tochter?« Sie sagte »Hallöchen«, wenn wir morgens draußen am Frühstückstisch erschienen, sie sprach von Kaffeechen, Teechen, Kleidchen, Pflänzchen, sie sagte Leib, wenn sie Körper meinte, und was immer man auch zu sich nahm, sie mußte versichern, daß es eine Köstlichkeit war, sei es nun eine himmlisch erfrischende Crème de Menthe oder eine herrliche Verveine, nach der wir bestimmt ein erquickendes Nickerchen machen könnten.

Jeden Abend entführten Cis und ich Catherina zu einem langen Spaziergang in der Umgebung von Biot, weil sie ihrer Mutter sonst nicht von der Seite wich.

»Nun bin ich doch fast dreißig«, sagte sie, »aber kaum befinde ich mich in ihrer Nähe, hänge ich ihr am Rockzipfel wie ein quengelndes kleines Kind. Ich kann es einfach nicht lassen, alles zu tun, um ihre Liebe zu gewinnen, wo ich doch weiß, daß das zum Scheitern verurteilt ist.«

»Aber ihr geht unheimlich nett miteinander um«, sagte Cis. »Meiner Meinung nach hat sie dich bestimmt lieb.«

»Es fühlt sich unecht an«, sagte Catherina.

»Ich weiß nicht so recht, wie ich es sagen soll, Charlie«, sagte Anna vier Jahre später von Südfrankreich aus, »aber ich mache mir Sorgen um Cathy, ich fürchte, sie hat wieder so eine Phase.«

Ich wußte nicht, was sie damit meinte, unterbrach sie aber nicht, weil sie gehetzt klang und ich mir sicher war, daß ich im Laufe des Gesprächs schon zu hören bekommen würde, was unter »so eine Phase« zu verstehen war, und weil ich plötzlich ganz viele bange Vorgefühle hatte. Anna hatte morgens einen Anruf von Harry Ronselmans, dem Finanzberater der Familie, erhalten, der ihr berichtet hatte, daß Catherina in den vergangenen Wochen große Summen von ihrem Konto abgehoben habe. Ronselmans erhalte automatisch eine Kopie aller Kontoauszüge Catherinas, das hätten Richard (Catherinas Vater) und sie bei ihrem ersten Zusammenbruch damals so geregelt. Einzig und allein um ihre Tochter zu beschützen, keineswegs um sie zu kontrollieren, sie sei ja schließlich eine erwachsene Frau mit eigener Verantwortung, doch während solcher Entgleisungen müsse Catherina vor sich selbst beschützt werden, und daher auch dieser Anruf, sie wolle mich und Cis bitten, mal nach dem Rechten zu sehen.

»Wir wissen nämlich aus Erfahrung, daß sie nach so einer wilden Zeit ein bißchen trübsinnig werden kann und die Neigung hat, sich zurückzuziehen und zu vernachlässigen. Sie war schon immer ein Mädchen mit extremen Stimmungsschwankungen«, fuhr sie fort, »von himmelhoch jauchzend nach zu Tode betrübt; nach der Pubertät änderte sich das, da wurde sie eher ein bißchen starr, zu starr und zu streng, wenn du mich fragst, aber in den letzten Jahren hat sie sich doch wohler gefühlt, nicht, Charlie? Sie machte einen stabilen Eindruck, als sei sie endlich einmal zufriedener mit sich und müsse nicht mehr alles zur gleichen Zeit haben und machen und erleben.«

»Was hat sie denn?« fragte ich.

»Doktor Spiegelman sagt, sie ist eine gesunde, intelligente junge Frau, nur daß sie die Veranlagung hat, stimmungsmäßig leicht aus dem Gleichgewicht zu geraten. Ich habe ihn mal gefragt, ob das etwas mit Schizophrenie zu tun habe, weil ich mütterlicherseits ein Tantchen hatte, über das solche Geschichten kursierten, ungeklärte Todesursache und viele Verworrenheiten zu ihren Lebzeiten, und ich habe selbst auch schon mal einen kleinen Zusammenbruch gehabt, aber Doktor Spiegelman hat mir verboten, dieses Wort zu benutzen. Er sagte, meine Tochter strebe sehr nach Originalität und Einzigartigkeit, und mit einer Diagnose, also indem man einem Menschen einen medizinischen Stempel aufdrücke, liefere man ihm manchmal einen Freibrief dafür, auf passive Weise einzigartig sein zu können und seine außergewöhnlichen Talente guten Gewissens zu vergeuden, denn dafür sei Krankheit der ideale Weg. ›Sie besitzt alles, um auch ohne Schizophrenie eine ganz besondere Frau zu sein‹, hat er damals zu mir gesagt, und das habe ich nie vergessen.«

Ich habe noch oft an dieses Telefongespräch gedacht. Damals hatte ich zum erstenmal ein Vorgefühl, daß unsere Leben anders verlaufen würden, als wir es in der Geborgenheit unserer Freundschaft hatten ahnen können, und zum erstenmal begegnete mir auch in einem Satz die Prägnanz der Weisheit, die so charakteristisch war für den Mann, der in naher Zukunft eine so wichtige Rolle für mich spielen sollte.

III

Die Ökonomie der Schuld

»Da er nichts ist, besitzt er nichts.«

    Jean-Paul Sartre,
    Saint Genet, Komödiant und Märtyrer

»In der dritten Person setzte sie ihren Bericht fort: ›Die kleine Coco spürte ihre Abneigung und war verletzt. Sie kam vor Hunger beinahe um, doch als sie die Eier sah, schüttelte sie den Kopf und sagte, sie möge keine Eier, sie verabscheue sie geradezu, obwohl sie in Wahrheit liebend gern weichgekochte Eier aß. Nach diesem ersten Kontakt war es ihr ein Bedürfnis, zu allem, was man ihr anbot, nein zu sagen, zu den Tanten, zu ihrer gesamten Umgebung, zu einem neuen Leben.‹«

    Axel Madsen, Chanel.
    Die Geschichte einer emanzipierten Frau

Schutz

Sogar meine Freunde trauen mir zu, daß ich die Bezüge auf TT in *Die Pathologie des Theaters* aufgenommen hätte, nachdem er bei mir eingezogen war und noch rasch vor Erscheinen des Buches, aber dem ist nicht so. In solchen Momenten muß ich die Bürde meiner Verschlossenheit tragen. Bevor ich TT kennenlernte, habe ich stets für mich behalten, wie sehr er mich faszinierte und wie groß meine Bewunderung für ihn war, so als handelte es sich um eine verbotene Liebe, eine Liebe, die rein und unberührt bleiben würde, solange ich mich nicht öffentlich zu ihr zu bekennen brauchte. Manche Klienten treiben eine solche Verheimlichung bis ins Extreme, und dabei geht es dann oft um irgendeinen obskuren Schriftsteller, einen in Vergessenheit geratenen Roman, einen unbekannten Maler, also immer um irgend etwas aus dem Bereich der Kunst, das im Prinzip für jedermann zugänglich ist, vom Klienten jedoch als persönliche Entdeckung, ja wenn das Ganze obsessiv wird, fast schon als eigene Schöpfung betrachtet wird. Hinter dieser Verheimlichung verbirgt sich eine große Angst davor, die Bewunderung teilen zu müssen, weil das Teilen dem Verlust des Liebesobjekts gleichgesetzt wird. Das Liebesobjekt ist dabei weniger die begehrte Sache oder die bewunderte Person, als vielmehr die Identifikation damit. Es gibt auch Männer, die ihre allzu hübsche Frau am liebsten zu Hause einsperren, weil sie die Blicke anderer als Diebstahl von etwas empfinden, was ihnen gehört und auf sie abstrahlt: die Schönheit ihrer Frau. Damit ist es verwandt.

Ich habe mich nie in dem Glauben gewiegt, TT für mich allein zu haben, das wäre irrsinnig gewesen, dafür war er das öffentliche Eigentum zu vieler Menschen, die ihn lasen und bewunderten; was ich mir aber schon einbildete, war, daß ich ihn auf eine andere Art verstand als seine übrigen Bewunderer. Das ging schon mit dem Titel, *TT*, los, der in mir die Erregung des Verstehens auslöste. Damit, daß er seine geistigen Briefe unter diesem Nenner summierte, ließ Salomon Schwartz durchblicken, daß er sich über die persönliche Natur seines Werkes im klaren war, aber auch darüber, was einen Schriftsteller im allgemeinen charakterisiert. In der Zeit, als ich mit meinen Recherchen für *Die Pathologie des Theaters* begann, war ich auf alles aus, was mir helfen würde, meine Annahmen zu bestätigen. Bis dahin war ich vor allem auf die Bühnenkunst fixiert gewesen und hatte mich um verwandte Künste kaum gekümmert. Ich wußte auch nicht, ob meine Analyse auf andere Formen der Unterhaltung gleichermaßen zutreffen könnte. Überdies hatte sich die Auffassung meines Vaters auf mich übertragen, daß Musik und Literatur zu den hehren Künsten gehören, und da wäre es mir schon fast frevelhaft vorgekommen, wenn ich mir erlaubt hätte, die Literatur unter dem Blickwinkel des Entertainments zu betrachten. Die gleiche Scheu mußte ich beim Verschlingen all dieser Biographien überwinden, die mein Vater zweifellos mit der süffisanten Bemerkung abgetan hätte, ich vergeudete meine Zeit mit

Lesefutter. Daß man ja eine Untersuchung anstellt, ist dann eine wunderbare Rechtfertigung für den Genuß, ein Posten, der das Schuldgefühl mindert. Ich konnte mir immer weismachen, daß ich Biographien las, weil ich eine Studie über die theatralische Persönlichkeit anfertigte, und nicht, weil mir das Genre gefiel. Aufgrund der Arbeiten von Salomon Schwartz habe ich damals auch angefangen, Schriftstellerbiographien zu lesen. In *Die Pathologie des Theaters* schreibe ich, daß ich dem Autor großen Dank für seine Entscheidung schulde, seine fiktiven Briefe unter dem Titel *TT* zu veröffentlichen, denn erst dadurch hätte ich begriffen, daß es zu den Charakteristiken der theatralischen Persönlichkeit gehöre, sich so zu verhalten, als sei sie einem ganz gewidmet, und daß das geschriebene Wort dem Leser wie nichts anderes vorgaukeln könne, es gehöre allein ihm – etwas, was ich später in *Die Ökonomie der Schuld* die Illusion persönlichen Eigentums genannt habe.

Natürlich habe ich Mon schon am Abend unseres Kennenlernens erzählt, daß ich ihn in meinem Buch erwähne. Es machte ihn verlegen, und deshalb posaunte er es laut herum.

»Ich komme im Buch von der Frau Doktor vor! Ich bin offiziell ein Fall, sie behandelt mich in einer Studie über Verrückte und Neurotiker!«

In Wahrheit war er geschmeichelt und gerührt, und er wollte, daß ich ihm an Ort und Stelle, mitten auf dem Fest, jeden Satz auswendig zitierte, in dem er vorkam.

»Laß hören, laß hören!« schmetterte er vor versammelter Runde.

»Schauspieler«, sagte ich in übertrieben gedämpftem Ton, »beruhig dich erst mal ein bißchen.«

»Ein Theater mach ich, was? Aber du magst mich doch, oder?«

»Ja, ich glaube schon.«

»Na, dann rück mal raus mit all den netten Sachen, die du über mich geschrieben hast. Mit rund fünfzig Seiten würd ich mich schon zufriedengeben.«

So ruhig wie möglich erklärte ich ihm, wieso und wie mich das *totus tuus* auf Gedanken gebracht hatte, und verriet ihm, welche Analyse ich mit seiner Wahl dieses Titels und der Form des offenen Briefes verband.

»Sag mir, wenn ich zu weit gehe mit meinen Deutungen«, sagte ich, »denn ich kenne dich nicht persönlich, und das einzige, worauf ich mich stützen kann, sind deine TTs und ein paar Interviews, die ich gelesen oder im Fernsehen gesehen habe. Was allen, also auch mir, daran auffällt, ist, daß du unweigerlich auf deine Eltern kommst, als könntest du keinen Brief schreiben und kein Interview geben, ohne sie zu erwähnen. Meine Analyse ist denn auch ganz simpel und naheliegend: Jede Aussage, die du in der Öffentlichkeit machst, ist eine Botschaft an deine Eltern, und welchen Inhalt diese Botschaft hat, besagt voll und ganz der Titel deines Hauptwerks. Mit jeder öffentlichen Äußerung versuchst du deinen Eltern zu verdeutlichen, daß dein Leben ihnen gehört, daß es sich ganz um sie dreht und ganz ihnen gewidmet ist.«

Mon sagte nichts und starrte zu Boden. Sein Schweigen weckte bei mir plötzlich ein Gefühl der Beschämung.

»Das beobachtet man bei verstoßenen Kindern des öfteren«, schob ich noch stotternd hinterher, »je schlechter ein Kind behandelt wurde, desto schwerer kann es sich von seinen Eltern lösen.«

»Nichts gekriegt, alles geben wollen«, hörte ich Mon leise murmeln.

»Oder sich immer noch holen wollen«, sagte ich zu schnell, weil ich so erleichtert war, daß er wieder etwas sagte.

»Bist du immer so *ad rem*, Schutz de Vries?« sagte er und richtete sich ruckartig auf. Ich hörte, daß die Theatralik in seine Stimme zurückkehrte, und das erleichterte mich, obwohl ich wußte, daß er mich damit wieder in die Position der Zuschauerin versetzte, die er amüsieren wollte, um sie damit von sich fernzuhalten.

»Nein, nein, ich bin ein aggressionsgehemmter, kopfgesteuerter, bedächtiger Mensch, der wenigstens den Anschein erwecken möchte, daß er nur Wohlüberlegtes von sich gibt, aber das hier kommt so schnell heraus, weil ich das Ganze schon vor geraumer Zeit durchdacht und niedergeschrieben habe, so daß ich mich bei meinen Reaktionen nur noch selbst zu zitieren brauche.«

»Hör zu, ich geh uns jetzt mal eben was einschenken, und daß du mir in der Zwischenzeit ja mit Zähnen und Klauen meinen Platz neben dir auf dem Sofa verteidigst, denn der Gedanke an die körperliche Nähe eines anderen Mannes ist mir unerträglich, und wenn ich zurückkomme, wiederholst du mir noch einmal Wort für Wort und quälend langsam, was du da gerade über mich vorzubringen hattest, denn das war so deprimierend, daß ich es sofort verdrängt habe.«

Er erhob sich vom Sofa und steuerte auf den Tisch mit den Getränken zu. Als er sich ein paar Schritte von mir entfernt hatte, drehte er sich um und kreischte: »Und wenn du recht hast, heirate ich dich!«

Am meisten kann man als Psychiater für Klienten bewirken, an deren inneren Schmerz man rührt. Das geschieht manchmal ganz unerwartet, durch eine Frage oder eine Bemerkung, und es kann dem Betroffenen sehr weh tun, doch wenn er diesen Schmerz schon lange für sich behalten hat, ist es für ihn eine Erleichterung, ihn herauszulassen. Damit ist er zwar nicht verschwunden, aber er kehrt von nun an als etwas zurück, über das man verfügen kann, als persönliches Eigentum. Er wurde geäußert und ist damit zu einem realen Wert geworden. Man merkt das an der Reaktion des Klienten, dem Weinen folgt oft ein Auflachen oder zumindest ein tiefer Seufzer, als sei eine schwere Arbeit verrichtet.

Auch in einer Liebesbeziehung spielt das mit.

Ich glaube, daß ich in jener Neujahrsnacht 1990 an Mons inneren Schmerz rührte und er mich in dem Moment zu lieben begann. Mein dummer Stolz ließ mich nicht sehen, daß es sich andersherum genauso verhielt oder daß es bei mir vielleicht schon lange davor passiert war, beim Lesen von TT. Die einzige Entschuldigung, die ich für meine Blindheit anführen kann, ist, daß ich mich zu sehr an einseitige Beziehungen gewöhnt hatte und dadurch die Kehrseite der Medaille nicht mehr lesen konnte.

Auch wenn es in der Psychiatrie anders ist als bei einem normalen Arzt, weil eine gewisse Sympathie für den Klienten ja doch die Behandlung beeinflußt, so ist das Verhältnis von professioneller Warte aus an sich einseitig. Ein Mensch mit psychischen Problemen sucht Hilfe beim Psychiater, und der Psychiater bietet dem, der darum bittet und dafür bezahlt, Hilfe, indem er ihm mit seinen Fertigkeiten, seinem Wissen, seiner Empathie und seiner Professionalität zu Diensten steht. Es ist nicht Sinn der Sache, daß es andersherum abläuft, daß man als Psychiater etwa den anderen mit dem eigenen Elend behelligt, von sich aus Kontakt zu ihm aufnimmt oder mal kein Geld dafür nimmt, daß man ihm zur Verfügung steht.

Erst als ich Mon kennenlernte und mit ihm zusammenlebte, wurde mir bewußt, wie sehr mir dieser Einbahnverkehr entgegenkam. Eine Zeitlang habe ich mir noch einreden können, es sei eine berufliche Deformation, die sich im Laufe der Jahre eingestellt habe und sich wieder beheben lasse, aber nach und nach begann ich einzusehen, daß die Deformation der Berufswahl vorangegangen war, daß ich mich für diesen Beruf entschieden hatte, weil ich kein besonderes Talent für ausgewogene Verhältnisse mitbringe, für das Geben und Nehmen, das die Liebe erfordert. Das zu erkennen hat meine Liebe zu Mon bestimmt und sie auch gerettet, glaube ich.

»Wir lieben uns mit all unserem Unvermögen«, beschrieb er es.

Später sagte er mir, er habe mir recht gegeben, um mich heiraten zu können, und ich hätte ja auch recht gehabt, aber nicht ausreichend. Er erzählte mir die Geschichte, wie er eines Tages ins geheiligte Arbeitszimmers seines Vaters vorgedrungen war und dieser ihm einen Brief vorlas und ihm erklärte, wofür die Unterschrift t. t. stand.

»Erst Jahre nach unserem Bruch wurde mir klar, was dieses t. t. wirklich für ihn bedeutete«, sagte er, »wieviel Leid sich verbarg hinter all diesen Büchern, Schmähschriften und

Pamphleten, die er schrieb, und all diesen gespenstischen Polemiken, die er führte, worauf zum Schluß keiner mehr ernsthaft einging, weil seine Kollegen ihn mehr und mehr als Querulanten betrachteten, als einen, der um des Streits willen Streit suchte, einen, der es genoß, Feindseligkeit zu wecken und anderen Angst einzuflößen. Er liebte es, gefürchtet zu werden, er mißtraute allen Gefühlen, die nicht Haß ähnelten. Für ihn muß das t. t. unter diesen böswilligen Briefen und Schimpfkanonaden eine Art Grundsatzerklärung gewesen sein. Er sagte damit, daß er den brutalsten, abscheulichsten Anschlag auf sein Leben und seine Person überlebt hatte und nicht beabsichtigte, so etwas je wieder hinzunehmen, sondern daß er sich ganz der Verfolgung, Aufscheuchung, Kritisierung, Demütigung, Beleidigung und Demaskierung derer widmen würde, die er als Bande falscher Propheten in Journalismus, Literatur, Wissenschaft und Geschichtsschreibung sah. Das war einer der wenigen Momente, da ich mich in Gedanken wieder mit ihm versöhnte und für einen Augenblick mit einem Gefühl der Bewunderung an ihn denken konnte, wegen der grimmigen Ironie, die er in diese Briefunterschrift legte, und der verbissenen Kraft und Hingabe, die darin steckten, daß er seine vermeintlichen und oft selbst geschaffenen Feinde verfolgte. Ganz der Ihre, haha, unter einem Brief deines Mörders.«

»Wenn du ihn so beschreibst, muß ich unwillkürlich an TT denken.«

»Aber ich bin doch gar nicht darauf aus, mir Feinde zu machen! Was mir an meinen Eltern so gegen den Strich ging, war, daß nie, nie, nie freundlich von Menschen gesprochen wurde. Immer dieser geringschätzige, abfällige, paranoide Ton, keiner taugte etwas, die ganze Welt wimmelte von Antisemiten und Bösewichten, die es auf sie abgesehen hatten, und ich spürte als kleiner Junge, daß das nicht stimmen konnte und daß dieses konsequente Niedermachen, Verachten und Herabwürdigen anderer im Grunde ein Defizit bei meinen Eltern offenbarte. Meine Eltern, das war ein Zweiergespann aus Haß und Mißtrauen, das letztlich nur halten konnte, wenn sie sich auch geschlossen gegen ihre eigenen Kinder wandten.«

»Nichts verbindet so sehr wie ein gemeinsamer Feind«, sagte ich.

Das Sondieren eines semantischen Feldes ist etwas, was ich von Dr. Isaac Spiegelman gelernt habe.

»Laß dir ruhig von einem bereits gehobenen Schatz helfen«, war seine Devise, und dieser Schatz war die Sprache. Charlie Bleeker hat gut daran getan, ihre Biographie dieses begabten, gebildeten Mannes ganz auf diesen einen Aspekt zu konzentrieren, Spiegelmans sprachliches Talent. Sie hat ihr Buch *Helen* [zu deutsch *Heilen*] genannt, ein Wort, bei dem er ins Schwärmen geriet, wie er selbst sagte, und alle, die ihn persönlich kannten und wußten, daß seine Frau Helen hieß, verstanden die Doppeldeutigkeit dieses »Schwärmens«. *Helen* war für ihn eine Lebensaufgabe, und in seinen Vorlesungen benutzte er häufig das Bild von einem in der Mitte durchgerissenen Brief, den man zur Hälfte im Abfall gefunden hat.

»Wenn ich in besonders heiterer Verfassung bin, also sagen wir mal, wenn ich mich am ehesten mit so 'nem bösen

Spaßvogel wie Groucho Marx verwandt fühle, sehe ich unsere Psyche als einen durchgerissenen Brief«, sagte er dann mit diesem betörenden deutschen Akzent, »und wir versuchen diesen Brief ganz zu lesen, das ist menschlich, dafür sind wir ja schließlich neugierig, vor allem, wenn es sich hier um ein Schreiben handelt, in dem es um uns geht. Also lesen wir diese halben Sätze und versuchen ganze Sätze daraus zu machen. Wie machen wir das? Indem wir die Worte, über die wir verfügen, mit Worten kombinieren, über die wir nicht verfügen, und Leerstellen mit Vermutungen auffüllen. Es gehört zu unserer Menschlichkeit, daß wir in unseren Vermutungen zwiespältig sind und wissen, daß Sätze durch eine häßliche oder eine schöne Bemerkung über uns vervollständigt werden können. Ein guter Analytiker wird versuchen, schlüssige Sätze daraus zu machen, denn ein schlüssiger Satz kommt der Wahrheit am nächsten.«

Charlie Bleeker beschreibt Spiegelmans Leben anhand der Rolle, welche die Sprache für ihn spielte: das Deutsche und das Hebräische seiner Kindheit, die Schriftsteller, mit denen er in einer intellektuellen Familie groß wurde, wie ihn, nach eigenem Bekunden, seine Deutschkenntnisse im Lager retteten und wie er schließlich die Sprache als das Kapital einer Persönlichkeit betrachtete, als die Quelle, die uns einen anderen Menschen zu kennen ermöglicht. Ich erinnere mich, daß ich ihre Biographie aufschlug und mir gleich auf der ersten Seite die Tränen kamen. Das hatte sicher etwas mit der Wirkung seiner noch jugendlichen Handschrift auf mich zu tun, aber es war auch etwas anderes. Charlie Bleeker hat aus den nachgelassenen Aufzeichnungen Spiegelmans eine Seite ausgewählt, auf der er gleichsam seine Seele zu kartieren versucht. Als ich das sah, wußte ich, daß ich eine gute Biographie in Händen hielt: Wer aus den Unmengen an Papier dieses eine Blatt auswählte, um es auf der ersten Seite seines Buches abzudrucken, bewies, wie tief er die Persönlichkeit Spiegelmans durchdrungen und wieviel er von ihm verstanden hatte, von seinem Schmerz, seiner Güte, seinem inneren Ringen und seinem sehnlichen Wunsch, einen zerrissenen Brief vollständig lesen zu können.

Der Unterschrift nach datiert das Schema von Ende der fünfziger Jahre. Spiegelman hat eine Linie zwischen den beiden Polen seines Charakters gezogen, die er umschreibt als: »Der Mann, der zerbrechen will«, und: »Der Mann, der heilen will«, und auf der Linie Zwischenstadien eingetragen, denen er Namen von Freunden und Autoren zugeordnet hat, welche diese Aspekte seiner Persönlichkeit beeinflußt haben.

Der Zerstörer und Heiler bewegt sich zwischen Nietzsche und Babel.

Während ich darauf schaute, erinnerte ich mich an etwas, was Spiegelman bei einem unserer Mittwochabende zu einem Kollegen sagte, der ihm gebeichtet hatte, daß ihm immer wieder angst und bange werde von seiner schäumenden inneren Wut und er davon überzeugt sei, daß er zu einem Mord fähig wäre, während niemand in seiner Umgebung auch nur die geringste Ahnung von diesem heimlichen Toben in seinem Kopf habe, das wisse er, und deswegen fühle er sich schuldig, weil es ihm dadurch so vorkomme, als wahre er immerfort den Schein und mache der ganzen Welt etwas vor.

Spiegelman sah ihn an, hielt den Kopf ein wenig schräg und sagte: »Aber du tust es doch nicht, oder? Nur die Sanftmütigen fürchten sich vor ihrer eigenen Aggression und Zerstörungswut.«

Als ich Mon das einmal erzählte, reagierte er erschrocken. »Wirklich? Hat Spiegelman das gesagt?« fragte er mit leichter Panik in der Stimme. »Dann gehöre ich nicht zu den Sanftmütigen, denn ich hab mich noch nie vor meinen eigenen Aggressionen gefürchtet, im Gegenteil, ich habe jede aufkeimende Mordlust immer jubelnd als Zeichen psychischer Gesundheit und weiteren großen Fortschritt auf dem Weg zu einem glücklicheren Leben begrüßt.«

»Möchtest du denn zu den Sanftmütigen gehören?«

»Nicht vor meinem Fünfundsechzigsten«, sagte er.

Der erste *Brief an Dr. Isaac Spiegelman* erschien im Dezember 1990 in *De Wereld*, und im nachhinein betrachtet bildet die Reihe der *Briefe an Dr. Isaac Spiegelman* den Auftakt für den *Brief an meinen Vater*. Daß er sich mit meinem Lehrer traf und ihn interviewte und anschließend diese fünf TTS über ihn schrieb, war seine Methode, sich Zugang zu einem Teil meiner Welt zu verschaffen und ihr damit das Bedrohliche des Unbekannten zu nehmen. Bis dahin hatte er es mir jeden Mittwochabend, bevor ich zur Gesprächsgruppe ging, schwergemacht. Das eine Mal eröffnete er mir haarklein, mit wem er den Abend verbringen würde. »Ich habe für die Dame, die ich nachher über ihren verblüffend guten Debütroman interviewen werde, einen Tisch im Casanova reservieren lassen, da weiß sie gleich, woran sie ist. Ich werde sie natürlich ausgiebig verwöhnen, mit einem

Gläschen Champagner vorweg, und danach lasse ich so einen schönen 1985er Barolo bringen, den haben wir neulich auch dort getrunken, der hat dir doch so gut geschmeckt. Kleine Teller Pasta als *primi*, etwas zartes Lamm als *secondi*, wie hört sich das an? Wird mich leicht seine zweihundert Gulden kosten, aber was ist das schon für tausend Gulden Spaß und ein druckfertiges Manuskript für einen *Brief an eine junge Schriftstellerin*, in dem ich natürlich ganz lässig, aber dick aufgetragen, Rainer Maria Rilke zuzwinkern werde, damit sie nur ja alle wissen, daß ich nicht von der Straße bin, und die junge Dame mir natürlich ewig dankbar ist, weil sie sich noch nie so gut verstanden gefühlt hat wie von dem scharfsinnigen, aber gerechten Analytiker TT.«

Ein anderes Mal sagte er, daß es ihm nicht gutgehe und er an diesem Abend vielleicht einen Herzanfall bekommen werde.

»Meinst du nicht, daß du ganz einfach eifersüchtig bist?« sagte ich an einem dieser Abende zu ihm.

»Na und ob!« jubelte er.

»Auch wenn ich dich durchschaue, du verdirbst mir doch ein wenig meinen Abend«, sagte ich daraufhin.

»Das ist doch auch meine Absicht«, erwiderte er strahlend, »wenn ich nicht eifersüchtig wäre, würde ich dafür sorgen, daß du unbeschwert, ohne eine Spur von nagenden Schuldgefühlen aus dem Haus gingst und nicht eine Sekunde darunter leiden würdest, daß du mich allein zurückgelassen hast, während du dich anschließend drei Stunden lang tiefschürfend mit deinen gelehrten Freunden unterhältst und das auch noch vollauf genießt. Nein, nein, so läuft das bei uns nicht.«

Ohne groß darüber nachgedacht zu haben, platzte ich in dem Moment damit heraus, daß ich Isaac und Helen Spiegelman zum Essen zu uns einladen würde. Ich sagte das in einem Ton, als hätte ich das schon seit langem vorgehabt, und als ich in Mons erstauntes Gesicht blickte, fand ich es unbegreiflich, daß ich nicht früher darauf gekommen war.

Isaac und Helen Spiegelman besuchten uns an einem Freitagabend im Herbst 1990. Mon war den ganzen Tag nervös umhergelaufen und hatte sich bei jedem Gericht gefragt, ob es auch was für die alten Leute sei.

»Bist du dir sicher, daß sie nicht koscher essen? Ist so eine Lammkeule nicht viel zu mächtig für sie? Suppe vorweg und Grießpudding als Nachspeise, ist das nicht viel zu gutbürgerlich?«

Ich konnte ihn in allen Punkten beruhigen, da ich Spiegelmans Geschmack kannte und wußte, daß wir ihm an diesem Abend seine Lieblingsspeisen vorsetzten.

»Wieso bin ich so nervös, Schutz?« rief Mon eine Stunde vor ihrem Kommen verzweifelt aus. »Ich werde todmüde von mir selbst.«

»Na, raus damit«, sagte ich.

»Angst vor Respektspersonen?« piepste er.

»Er ist im Alter deines Vaters«, sagte ich, »möglich, daß du insgeheim denkst, Männer dieses Alters hätten es auf dich abgesehen, wären alle so wie dein Vater und wollten nichts mit dir zu tun haben.«

»Klingt akzeptabel, aber vielleicht ist es noch viel beängstigender, womöglich zu der Entdeckung zu kommen, daß es Männer dieses Alters gibt, mit dem Lager und dem ganzen elenden Gelump hinter sich, die trotzdem nett, intelligent, mitfühlend, weise und liebevoll sind, die alles sind, was mein Vater nicht war, das fänd ich dann wieder so traurig für mich.«

»Fürchtest du, Isaac könnte deinen Vater gekannt haben?«

»Das fürchte ich, aber ich würde es mir auch wünschen.«

»Na, das wär's dann wohl«, sagte ich.

»Wieso?«

»Ambivalente Gefühle machen dich immer nervös.«

»Wenn ich dich nicht hätte...«, sagte er.

»...dann hättest du eine andere«, ergänzte ich seine eigene Redewendung.

Mon hat mal zu mir gesagt, daß die Bekanntschaft mit den Spiegelmans zu den wichtigsten Begegnungen in seinem Leben gehört hat. Er war schüchtern wie ein zwölfjähriger Junge, als er an diesem Abend dem so viel älteren Mann die Hand schüttelte und ihn umsichtig zu einem Platz am Tisch führte, ihm den Spazierstock abnahm und diesen in seiner Nähe an die Wand lehnte. Der Stock war das einzige, was hätte verraten können, daß Spiegelman sechsundsiebzig war, denn er stand dem jüngeren Mann, der ihm gegenübersaß und vom ersten Moment an an seinen Lippen hing, als wollte er mit den Geschichten Isaac Spiegelmans einen großen Teil des zwanzigsten Jahrhunderts verschlingen, in Lebendigkeit, Schalkhaftigkeit und Scharfsinn in nichts nach. Helen Spiegelman sagte wenig, erfreute sich aber sichtlich an dem, was sich zwischen den beiden Männern abspielte, und von Zeit zu Zeit tauschten wir einen leicht melancholischen Blick des Einverständnisses, denn die unverhüllte Begierigkeit Mons rührte jeden, der seine Geschichte kannte.

»Adoptiert mich!« rief Mon aus, als sich Isaac und Helen Spiegelman anschickten, nach Hause zu gehen, und das machte diesen schönen Abend herzzerreißend, denn als Helen mit ihren schlanken Händen die seinen umfaßte und zu ihm sagte, daß ihm ihr Haus jederzeit offenstehe, war Mon wieder einmal erschlagen vor Glück, weil geschehen war, wovor er sich gefürchtet und wonach er sich zugleich gesehnt hatte.

Von diesem Abend an hat Mon Isaac Spiegelman regelmäßig besucht, bis zu dessen Tod im Oktober 1994. Die Idee, ihn für ein *TT* zu interviewen, hatte er bereits, als er die Tür hinter den Spiegelmans schloß.

»Du hast doch nichts dagegen«, sagte er, »wenn er dann auch ein bißchen mir gehört, oder?«

»Ich teile ihn gern mit dir«, sagte ich, und das entsprach auch der Wahrheit, aber andererseits hoffte ich, daß das Tauschgeschäft aufgehen und Mon mich infolge des Umgangs mit Spiegelman in Zukunft mit seiner Eifersucht verschonen würde.

»Sie wird das doch wohl wirklich so gemeint haben, daß ich jederzeit in ihrem Haus willkommen bin? Ich möchte am liebsten gleich morgen zu ihm, und dann fange ich den ersten Brief mit seiner Geschichte darüber an, wie er sich gegen den Diebstahl des Wortes ›heilen‹ zur Wehr gesetzt hat, das er sein Leben lang geliebt hat. Es muß in seinen Ohren ja wohl anders klingen als in unseren. Ich finde es scheiße, du nicht? So schwülstig. Na ja, es geht um die Erläuterung, die fand ich klasse, und die hat mich an etwas erinnert, was mal jemand über meine Initialen zu mir gesagt hat, deswegen ist mir seine Geschichte besonders nahegegangen. Hast du das gesehen, wie angeschlagen ich war? Ich hätte am liebsten geheult, aber ich hab's mir verkniffen. Jetzt mußt du sagen: Gut so, großer Junge.«

»Du meinst, als er vom Hitlergruß sprach?«

»Natürlich«, sagte Mon ungeduldig, weil er sofort verstanden werden wollte. »Er erzählte doch, daß er sich sehr stark der Wurzeln dieses Wortes ›heilen‹ bewußt gewesen sei und sich daher weigerte, sich um alle irgendwie damit verbundenen Bedeutungen bestehlen zu lassen, nur weil ein megalomaner Idiot in Nachahmung Caesars und aus einer sogenannt dichterischen Vorliebe für die Alliteration, die vulgärste unter den Stilfiguren der Reimerei, darauf bestand mit ›Heil Hitler‹ gegrüßt zu werden. Ich fand es so rührend, daß er sagte, es mache ihn immer so ruhig, wenn er an den Ausdruck ›eine heile Welt‹ denke, weil er wahrscheinlich als Kind von einer Welt geträumt habe, in der alles in Ordnung sei. Du weißt, daß ich mit Idealisten und Weltverbesserern nichts am Hut hab, aber wenn mir einer begegnet, wird mir dennoch ganz weh ums Herz, so sehr wünsche ich mir, ich wäre ein verständnisvoller Mensch. Jetzt mußt du sagen: Aber das bist du doch!«

»Aber das bist du doch.«

»Wirklich?«

Mon nimmt Dr. Spiegelmans Weigerung, ein Wort durch die Geschichte in den Schmutz ziehen zu lassen, zum Auftakt seines ersten Briefes an ihn. Er erzählt darin, wie er selbst einmal von jemandem darauf hingewiesen wurde, daß die Initialen seines Namens durchaus auch aus einem Akt des Widerstandes heraus gewählt worden sein könnten.

Für Sie gehörte der Klang des Wortes »Heil« in eine Welt, in der Sie eine Aufgabe für sich sahen, ein Leben, in dem Sie sich dafür einsetzen könnten, andere zu heilen, die Wunden derer schließen könnten, die beschädigt waren, die seelische Zerrissenheit lindern könnten und Menschen, die Heil von Ihnen erwarteten, zu einer gewissen Gesundung verhelfen könnten. Ihr Vater war ärztlicher Direktor einer Heilanstalt, Sie haben das Wort also nicht nur täglich gehört, sondern es auch mit dem Ort verbunden, an dem Sie Ihren Vater wußten und an dem er die Autorität besaß, die Sie ihm, wie es alle Kinder tun, in blinder Bewunderung und Liebe beimaßen. Ihre Weigerung, das Wort »heilen« einer Geschichte von Mord und Vernichtung, und damit der Schuld, preiszugeben, hat mich tief beeindruckt. Das erinnerte mich an einen Abend vor einigen Jahren, an dem mir auf beinahe identische Weise ein Moment des Trostes gespendet wurde, weil mir jemand eine andere Interpretationsmöglichkeit dafür eröffnete, daß sich meine Eltern dafür entschieden hatten, mich Salomon zu nennen und mir damit – in der Nachkriegszeit – Initialen aufzuhalsen, die sie fortwährend an ihren Feind erinnert haben müssen. Was ich bis dahin für extreme Grausamkeit meiner Erzeuger gehalten hatte, für Ablehnung von meinem ersten Lebenstag an, wurde durch eine kleine Bemerkung plötzlich zum Anlaß für Mitleid und Bewunderung. So wie Sie sich nicht eines Wortes berauben lassen wollten, in dem für Sie nur Gutes angelegt war, hätten meine Eltern sich erneut um ihre Freiheit beraubt gefühlt – so suggerierte die Frau, mit der ich an jenem Abend sprach, selbst Tochter Überlebender –, wenn sie ihrem erstgeborenen Sohn nicht den Namen hätten geben können, den sie allen anderen Namen vorzogen, weil dieser Name die Geschichte einer anderen Zeit in sich barg, einer Zeit, in der die Welt noch heil war und die Initialen ss unschuldig und frei von Schmutz.

Isaac Spiegelman hat mich vom Beginn meines Studiums an ermuntert, über das Fach zu schreiben. Er sagte, daß er sich immer freue, wenn er alle paar Jahre einmal einen Studenten begrüßen dürfe, den er von Herzen gern für die Praxis verlorengehen sehe, weil er einen Forscher in ihm erkenne.

»Jetzt glaubst du noch, daß du nichts lieber möchtest, als Menschen dadurch zu helfen, daß du dir ihre Geschichten anhörst und mit ihnen redest«, hat er eines Tages zu mir gesagt, »aber ich glaube, daß ich dir nur dann ein guter Betreuer sein werde, wenn ich dich in bezug auf dich selbst enttäusche und dir zu der Entdeckung verhelfe, daß du genauso gern allein im Kämmerlein sitzt und schreibst. Und es obliegt mir, dafür zu sorgen, daß diese Enttäuschung nicht allzu schmerzlich für dich ist, indem ich dich davon überzeuge, daß wir Menschen wie dich dringend benötigen, Denker, Theoretiker, Forschernaturen, die uns zeigen, wie ein Plot konstruiert sein kann, Erkunder der Sprache, die uns lehren, wie wir besser zuhören können.«

Natürlich traf es mich wie ein Schlag, weil ich in seiner Bemerkung versteckte Kritik an meinem spröden Umgang mit anderen Menschen witterte. Ich habe ihn daraufhin gefragt, welche Beobachtungen ihn dazu bewogen hätten, mich zum Schreiben zu animieren.

»Das sage ich dir erst, wenn du soweit bist«, antwortete er, »aber ich kann dir schon jetzt verraten, daß ich lange niemandem mehr begegnet bin, der so zuhören kann wie du, so auf die Worte konzentriert, mit solchen Antennen dafür, was die Sprache selbst über die versteckten Geheimnisse der Seele preisgibt.«

Danach fragte er mich, was ich am liebsten studiert hätte, wenn ein Medizinstudium nicht möglich gewesen wäre, was mich ein wenig aus dem Konzept brachte, weil meine Entscheidung schon so lange zurücklag, und als ich mich räusperte und ihm mit leicht heiserer Stimme antwortete, sah er mich an, lächelte mitfühlend und nickte.

»Eben«, sagte er, »Philosophie. War deinem Vater das nicht recht?«

Die ersten Ansätze zu *Die Ökonomie der Schuld* datieren schon aus der Zeit meiner Lehranalyse, aber ich fühlte mich damals noch zu unerfahren, um das Buch schreiben zu können. Ich besprach meine Ideen jedoch ausführlich mit Isaac und war nach wenigen Gesprächen von seiner aufrichtigen Bewunderung überzeugt.

»Das ist eine enthüllende Entdeckung«, sagte er, »und seit du mich auf dieses Phänomen aufmerksam gemacht hast, höre ich ganz anders auf das, was die Leute sagen, und sehe, daß es auch für das Deutsche gilt. Du mußt das unbedingt fortsetzen und gründlich untersuchen, und dann mußt du noch den Mut finden, darüber zu schreiben, denn wenn etwas Quelle der Scham ist, dann Geld, sowohl Geld zu haben als auch keines zu haben.«

Seine Begeisterung war so ansteckend, daß ich weitergemacht und die Übereinstimmungen zwischen den semantischen Feldern der Ökonomie und der Psychologie erkundet und kartiert habe. Bis zu einem gewissen Grad war ich mir darüber bewußt, daß das ein Versuch war, die Welt meines Vaters, die Welt des Geschäftslebens und des Geldes, meiner eigenen Welt näherzubringen, doch das Projekt nahm mich schon bald so sehr in Anspruch, daß ich meine eigenen Beweggründe und Motive hin und wieder vergaß. Innerhalb kürzester Zeit hatte ich eine umfassende Bestandsaufnahme von aus der Wirtschaftssprache entlehnten Wörtern und Wendungen gemacht, die Klienten und Freunde benutzten, um ihre psychische Befindlichkeit oder die Natur ihrer Intimbeziehung auszudrücken. Sie sprachen von mitzählen und sich lohnen, von ineinander investieren und Nutzen aus einer Beziehung ziehen, sie sprachen von Einsatz und Lohn, von Vermögen und unzureichender Ausstattung, von Bereichern und Ausbeuten, von Pleiten und alten Hypotheken, davon, daß einer immer die Zeche bezahlen müsse oder der eine mehr als der andere von einer Beziehung profitiere, sie sprachen von dem Wunsch, jedermann für sich zu gewinnen, außer dem einen, den sie schon für sich gewonnen hatten und dem sie das ständig heimzahlen wollten. Außer aus der Praxis bezog ich meine Bilder auch aus der Literatur und wurde zu einer Buchhalterin der Sprache von Schuld und Sühne, Preisgeben und

Bewahren, Hinnehmen und Fordern, Gelten und Vergelten, seelischem Bankrott und persönlichem Tribut; ich wurde zu einer Kennerin bestimmter Typen, der Nassauer, Geizhälse und Verschwender, der Schnorrer und Kaufsüchtigen und solcher, die für alles herhalten mußten; ich studierte die Geschichte des Geldes, des Opfers und der baren Münze, und ich war selbst immer wieder verblüfft über die Übereinstimmungen, über die Möglichkeit, die eine Sprache über die andere zu schieben. So dient die Sprache, mit der man den Haushalt einer Gesellschaft beschreibt, zugleich dazu, eine persönliche Partnerschaft zu charakterisieren. Doch um darüber ein Buch schreiben zu können, mußte ich zuallererst meinem Vater ein Sühneopfer bringen, und dazu war ich noch nicht imstande.

Nach dem Erscheinen von *Die Pathologie des Theaters* war Isaac Spiegelman der erste, der mir gratulierte und mich daran erinnerte, daß es nun Zeit für das nächste Buch sei.

»Glaubst du, daß ich schon soweit bin?« fragte ich.

»Dafür wird das Buch selbst sorgen«, sagte er. »*Die Pathologie des Theaters* ist eine Ode an deine Schwester und eine Verbeugung vor deiner Mutter, und in *Die Ökonomie der Schuld* wirst du Verständnis für die Welt deines Vaters aufbringen und deine Mutter dadurch noch mehr lieben.«

»Ich dachte immer, *Die Ökonomie* würde ganz von der Welt meines Vaters handeln.«

»Gehört das Wort ›Sorge‹ denn nicht zur Ökonomie der Schuld?«

Judit

Als ich schon etwa acht Monate mit einem Techniker vom Theater liiert war, ging mir auf, wie abhängig mich Mons Unverläßlichkeit gemacht hatte. Leonard war ein paar Jahre jünger als ich, ruhig, kräftig gebaut, attraktiv und vom Herumwuchten bleischwerer Lampen bärenstark. Kaum zur Tür herein, hob er mich hoch und trug mich, ohne etwas zu sagen, eine Runde durch die Wohnung, meistens Richtung Schlafzimmer, wo er mich aufs Bett legte und mit Ruhe und Bedacht auszog, was ich, als er es zum erstenmal machte, für einen Mangel an Leidenschaftlichkeit hielt, doch schon bald konnte ich mir nichts Schöneres mehr vorstellen, und mir wurde klar, daß dieses Übereinanderherfallen wie zwei ausgehungerte wilde Tiere gespielte Leidenschaft war, eine Szene aus einem schlechten Theaterstück, eine Szene, die ich schon diverse Male gespielt hatte, wenn ein Liebhaber unverhofft mitten in der Nacht bei mir klingelte oder mich ein Schauspielerkollege in der Garderobe an die Wand preßte oder zwischen den Kulissen in einen Vorhang wickelte, mich bei den Haaren packte, mir den Kopf nach hinten riß und mich hart und schmerzhaft auf den Mund küßte.

Leonard war ein schweigsamer Mensch, den nichts so leicht nervös machte, und deshalb hatten ihn alle im Theater gern um sich und zogen ihn schnell ins Vertrauen. Er hörte zu und nickte und kam nicht immer gleich mit einem Kommentar oder gutgemeinten Ratschlag, wenn man ihm sein Herz ausgeschüttet hatte, sondern stellte meistens eine Frage, die einem half, die Dinge von einer anderen Seite zu betrachten. Weil er handwerklich so geschickt und dazu hilfsbereit war, wurde er zum begehrten Helfer der Schauspieler bei Umzügen, Umbauten, Maler- und Klempnerarbeiten.

Leonard war überall dabei, sah alles und hörte alles, war aber unheimlich diskret und verkniff sich ein Urteil. Dadurch wußte er so einiges über unsere Verliebtheiten, Affären, Seitensprünge und gescheiterten Lieben – von einem aber wußte er alles, und dieser eine war Mon Schwartz.

Mon, der nie einen Führerschein besessen hatte, hatte Leonard gleich, als sie sich zum erstenmal begegneten – das war 1974, während der Proben zu Mons Theaterstück *Hiob* –, vorgeschlagen, sein Privatchauffeur, Privatklempner, Privatmaler, Privattischler, kurz sein Privater zu werden.

»Du willst, daß ich dir gehöre?« hatte Leonard gefragt.

»Ja«, hatte Mon grinsend geantwortet, »natürlich gegen fürstliche Entlohnung.«

»In Ordnung«, hatte Leonard gesagt.

»Warum?« habe ich ihn mal gefragt.

»Verliebt«, hat Leonard da ganz frank und frei bekannt, »einfach total verliebt in diesen Mistkerl.«

Wie so viele Frauen vor mir hatte ich, als ich mit Mon zusammen war, sowohl Schwester Monica als auch Leonard regelmäßig in Beziehungsfragen zu Rate gezogen, und Leonard hatte ich sogar oft nachts angerufen und gefragt, ob er wisse, wo sich Mon herumtreibe, wo er ihn zuletzt gesehen habe, mit wem er da zusammengewesen sei und ob er ihn womöglich noch in der Nacht in irgendeiner anderen Stadt abholen müsse. Solche Anrufe erfüllten für mich eher den Zweck, daß Leonard mich mit seiner ruhigen Stimme besänftigen oder mit seinem trockenen Humor zum Lachen bringen konnte, als daß ich wirklich etwas in Erfahrung brachte, denn der treue Vasall stellte sich immer dumm und rückte mit nichts heraus.

»Geh schlafen«, sagte er dann, »Mon taucht doch immer wieder auf!«

Oder: »Steigerst du dich da nicht ein bißchen zu sehr hinein, Judit?«

Oder: »Wieso fragst du das alles? Muß er morgen früh den Müll rausstellen? Wenn das so ist, komm ich gern eben vorbei.«

Und wie viele Frauen vor mir rief ich als erstes Leonard an, als Mon mich verlassen hatte, und bat ihn, zu mir zu kommen. Er kam sofort, obwohl er am Telefon gleich gesagt hatte, daß er nichts für mich tun könne.

»Wenn du von mir erwartest, daß ich mit Mon rede, solltest du das jetzt offen eingestehen, denn dann kann ich dir gleich sagen, daß ich das nicht tun werde. Also raus damit.«

Natürlich hoffte ich auf Vermittlung, auf Hilfe, auf jemanden, der Mon davon überzeugen würde, daß er auf der Stelle zu mir zurückkehren mußte, doch das verschwieg ich Leonard, ich sagte nur, daß ich seelisch völlig am Ende sei und das Ganze einfach nicht verstehen könne und daß ich so gern mit einem Freund von Mon reden wolle, der das ja bestimmt schon öfter miterlebt habe und es vielleicht besser verstehe.

Er kam und sah mich als Wrack.

»Es wird dir nicht gefallen«, sagte er, »aber du bist nicht die erste Frau, die ich in diesem Zustand erlebe. Wahrscheinlich kann ich nur Dinge sagen, die es noch schlimmer machen, denn du wirst mich jetzt sicher fragen, wieso er das getan hat, und das weiß ich nicht, ich weiß nur, daß es ihm kein bißchen leid tut, daß er keinerlei Schuldgefühle hat und nicht krepiert vor Gewissensbissen, Mon leidet also unter keiner der Höllenqualen, die du ihm in deiner Wut an den Hals wünschst, ja schlimmer noch, er genießt es sogar, daß er Verstörung und Kummer ausgelöst hat, weil er im Grunde seines Herzens ohnehin nicht glaubt, daß sie echt sind. Er kann sich einfach nicht vorstellen, von einer Frau oder sonstwem so sehr geliebt zu werden, daß dieser Mensch nicht mehr ohne ihn sein kann. Es ist nicht deine Schuld, es liegt an ihm.«

»Aber hat er mich denn nie geliebt?« schniefte ich.

»Er war doch sehr in dich verliebt, oder?«

»Anfangs ja.«

»Wolltest du denn an einem Mann festhalten, der dich weniger liebte als am Anfang? Ich dachte eigentlich immer, es sollte so sein, daß man sich immer mehr liebt und nicht weniger. Warum warst du mit weniger zufrieden?«

»Weniger war für mich immer noch genug.«

»Wieso schätzen sich manche Frauen nur so gering ein?«

»Weil wir euch nicht so viel wert sind.«

»Moment, Moment«, sagte Leonard sanft, »bitte nicht

alle über einen Kamm scheren. Versuch doch lieber mal, dich selbst etwas besser zu verstehen, anstatt immer nur Mon verstehen zu wollen. Frag dich doch mal, wieso du einen Mann liebst, der dir den Eindruck vermitteln konnte, du seist es nicht wert, geliebt zu werden.«

Leonard war es, der mich von Mon wegriß, als ich ihm im Theatercafé an die Gurgel ging, und der mich an dem Abend und in der Nacht über meine Scham hinwegtröstete. Ich hatte seit zehn Monaten nicht mehr mit einem Mann geschlafen, und seine Art zu lieben erregte mich so sehr, daß ich ihn auf einmal mit ganz anderen Augen sah und mich schlagartig in ihn verliebte. Mich über den Sex in einen Mann zu verlieben war für mich neu, denn ich hatte eigentlich immer gedacht, daß in der Liebe Geist, Talent und Charakter für mich ausschlaggebend wären, und hatte Sex als etwas betrachtet, was man mit jedem haben und sich überall holen könnte. In den darauffolgenden Wochen löcherte ich Leonard mit Fragen über seine Beziehungen zu anderen Frauen vor mir und litt, während ich ihm zuhörte, unter einer rasenden Eifersucht auf alle, mit denen er je das Bett geteilt hatte, darauf, wie und wo er sie geliebt hatte, und auf die Begierde, die sie in ihm und er in ihnen geweckt hatte. Zum erstenmal seit Monaten waren meine Gedanken nicht ständig bei Mon. Ich dachte an Leonard und den Sex, den wir hatten. Ich fühlte mich nicht mehr verlassen und traurig, sondern war geil und voller Verlangen.

»Ich bin sehr in dich verliebt, Judit«, hatte er gesagt, »aber wenn du einen Keil zwischen Mon und mich treibst, verlasse ich dich.«

Es fiel mir ungeheuer schwer, Leonard völlig zu vertrauen, obwohl ich keinerlei Anlaß hatte, es nicht zu tun. Er hielt alles, was er versprach, besuchte mich, wann immer er konnte, ließ in seiner Wohnung Post, Kontoauszüge, Rechnungen und Quittungen offen auf dem Tisch liegen und gehörte überhaupt zu jener Sorte Menschen, denen man gleich ansieht, daß sie unmöglich lügen können. Anfangs dachte ich, es sei eine Art eingeschliffenes Verhalten, etwas, was ich in der Beziehung zu Mon gelernt und mir angewöhnt hatte. Erst als ich merkte, daß mir die Spannung der Entdeckung einer Lüge fehlte, wußte ich, daß es keine Gewohnheit war, sondern ein Verlangen.

Von Mon war ich gewohnt, daß er um die Zeit, da normalerweise die Post kam, die Ohren spitzte, damit er als erster am Briefkasten war und vorsortieren konnte, was gekommen war. Ein paarmal die Woche war ein Brief oder eine Ansichtskarte darunter, den oder die er vor mir versteckte, aber manchmal war seine Neugierde auch so groß, daß er ein Kuvert schon im Flur aufriß und den Inhalt überflog. Sobald er etwas länger wegblieb, sauste ich in den Flur und ertappte ihn dann so manches Mal dabei, wie er rasch einen Brief oder eine Karte verschwinden ließ.

»Mann, bist du hinterhältig«, schimpfte ich manchmal in meinem Zorn.

Dann sah er mich halb empört und halb entschuldigend an und stotterte irgendwas von seiner Freiheit, von Briefgeheimnis oder vom Recht auf sein eigenes Leben.

»Dein eigenes Leben? Daß ich nicht lache! Du hast doch noch nie dein eigenes Leben gelebt, du lebst von anderen«, höhnte ich.

»Möchtest du, daß ich gehe?«
»Nein«, sagte ich jedesmal.

Im Laufe der Zeit lernte ich, mich zu gedulden, denn Mon las seine Post, zumal wenn es Epistel von mehr als zwei Seiten waren, selten ganz, zerriß Briefe, Karten und Fotos mit Widmung oft schon nach einem kurzen Blick auf das Geschriebene und warf sie in den Abfalleimer. Ich hab nie herausgefunden, ob er je einen Verdacht hatte, daß ich den Müll täglich auf diese Schnipsel hin durchsuchte, oder ob er das womöglich sogar von mir erwartete und ihm der Gedanke, daß ich mir den Inhalt der zahllosen Briefe, die er von Frauen bekam, zu Gemüte führte, noch einen besonderen Kick gab. Ich hatte seine Vielweiberei auf meine Weise zu ertragen gelernt. So tröstete mich zum Beispiel die Achtlosigkeit, mit der er seine Post durchging, eine Achtlosigkeit, die ich nachspielte, wenn ich die zerrissenen Seiten aus dem Abfalleimer fischte, sie aneinanderhielt, durch den Kaffeesatz hindurch die ersten Sätze so eines Briefes las und spürte, wie mich tödliche Langeweile überkam, wenn ich wieder mal so eine kugelrunde, kindliche Handschrift in blaßblauer Tinte vor mir hatte, die Klischees und Nichtigkeiten einer Frau, die eigentlich nichts mitzuteilen hat, außer daß sie völlig verrückt nach ihm ist und spannende Träume hatte in der Nacht danach, oder täppische englische Phrasen wie »You are mine«, »We belong together«, »Call me!«. Manche Frauen versuchten es damit, daß sie ihm suggerierten, sie verstünden ihn besser als irgend jemand anders, und schrieben, daß sich hinter der rauhen Schale eigentlich ein sehr verletzlicher kleiner Junge verstecke. Kurz und gut, ich las die Briefe voller Verachtung für die,

die sie geschrieben hatten, einer Verachtung, die Mon, so stellte ich mir vor, bei der Lektüre genauso empfunden hatte, so daß sie uns nun auf geheimnisvolle, unausgesprochene Weise miteinander verband. Andererseits konnte ich es nicht lassen, Mon mit seiner Eroberungssucht aufzuziehen, und wenn ich was getrunken hatte, kehrte sich meine Verachtung gegen ihn.

»Ach, wieder ein neues Baby geangelt?« giftete ich ihn an, wenn das Faxgerät wieder mal so einen offenherzigen Schrieb ausspuckte, in dem er als »Lieber kleiner Knuffelbär« oder »Mein Auerhähnchen« oder »Mauseschwänzchen« adressiert wurde, und dann ärgerte ich ihn so lange mit diesen Kosenamen, bis er wütend die Wohnung verließ und erst spät in der Nacht betrunken heimkam.

»Klingt immerhin alles sehr viel netter als ›unansehnliches, lahmes Kerlchen‹«, parierte er meine Seitenhiebe oft, und das wirkte, da hielt ich dann reumütig den Mund oder versuchte meine Schuld dadurch auszubügeln, daß ich ihm zum wer weiß wievielten Mal erklärte, wieso ich das damals gesagt und daß ich das natürlich überhaupt nicht so gemeint hätte, sondern daß ich ihn sehr attraktiv gefunden hätte, daß er für mich überhaupt der schönste lahme Mann von Amsterdam und Umgebung sei und auch so klug und geistreich und so ungeheuer begabt, der beste Schriftsteller der ganzen Niederlande, nein, ganz Europas, und so machte ich weiter, bis ich außer Atem war und er sich kringelte vor Lachen.

Innerhalb weniger Monate nachdem Mon bei mir eingezogen war, suchte ich vierundzwanzig Stunden am Tag Gründe dafür, daß ich ihn im stillen verurteilen und für schuldig befinden konnte. In einem kleinen Kassenbuch führte ich Tag für Tag genauestens auf, welche neuen Namen im Absender von Briefen oder Ansichtskarten oder als Unterschrift unter einem Fax auftauchten, um welche Zeit Mon das Haus verließ und wann er wieder da war, an welchem Ort er zu sein behauptete, wenn er mich anrief, und wo und mit wem er angeblich seine Zeit verbracht hatte. Auf der linken Seite listete ich seine Behauptungen und die dazugehörigen Daten auf und auf der rechten Seiten das, was seine Behauptungen zerrüttete. Es war eine Bilanz von Lüge und Wahrheit, gestützt auf die Spuren, die er hinterließ, die Rechnungen von Restaurants und Hotels, die Taxiquittungen und Bahnfahrkarten, die Seufzer der Frauen in den Briefen, daß der vergangene Dienstagnachmittag mit ihm wieder himmlisch gewesen sei, die Kassenbons von Modegeschäften, Parfümerien, Geschenkboutiquen, Juwelieren, Buchhandlungen und Plattenläden.

Dienstag, 24. Juni 1989. tt geht um 15.00. Ruft um 17.15 aus Utrecht an. Sagt, er habe Unterredung mit Koos Vierkant. Ruft um 18.30 an, noch in Utrecht. Sagt, er gehe mit k.v. essen. »Hals- und Beinbruch, Mäuschen!« Spiele (Extravorstellung – die letzte) bis 23.00, rufe zu Hause an: tt nicht da. Versacke bis 01.30. tt kommt um 02.00, betrunken, aber lieb. Sagt, daß k.v. ihn reich machen wird.

Finde am nächsten Tag in seiner Manteltasche Rückfahrkarte Utrecht und Restaurantrechnung von In de Luwte in Haarlem (!): 2 Pers. Fl. 190,–, sowie Taxiquittung Haarlem–Amsterdam: Fl. 95,–.

Mittwoch, 25. Januar 1989. tt *geht um 11.00. Ruft um 13.00, 14.30, 16.10 an, danach nicht mehr. Kommt um 19.00 mit Einkäufen nach Hause. Hatte Interview mit Museumsdirektor über Maler. Ist ausgelassen, möchte, daß ich für ihn singe, wenn er kocht. Singe »Surabaya-Johnny«. Wunderschöner Abend.*

Finde einige Tage später Rückfahrkarte Haarlem und Quittung von Modegeschäft Femme in Haarlem: Fl. 248,– für Strickjacke. Komme mir lächerlich vor, wenn ich daran denke, wie ich den Abend mit ihm genossen habe.

Donnerstag, 26. Januar 1989. tt *geht um 14.00. Interview mit Maler in Atelier Haarlem.* tt *um 18.15 zurück, mit Ente. Stopft Papier und Plastiktüte etwas zu hastig in Abfalleimer. Singe und tanze für ihn. »Du bist zwar 'ne alte Zicke, aber singen kannst du besser als alle anderen Frauen, die ich kenne.« Bin stolz, aber das »anderen Frauen« wurmt mich doch.*

Hole am nächsten Morgen, nachdem tt *gegangen ist, Papier und Plastiktüte aus Abfalleimer. Sind von Geflügelhändler Brons in Amsterdam-Zuid (!).*

Freitag, 27. Januar 1989. tt *um 8.30 weg, Redaktionssitzung De Wereld.* tt *ruft um 13.00 an. Ich gebe mich kurz angebunden. Er: »Sei lieb zu mir, ich hab gestern so lecker gekocht! Ente gut, alles gut. Lach doch mal!« Er kommt um 16.00 nach Hause und hat mir einen wunderschönen Wollschal gekauft.*

Am nächsten Tag Ansichtskarte (Winnie the Pooh!) aus Haarlem in der Post: »Ich würd dich am liebsten in die Tasche meiner neuen Strickjacke stecken, damit ich dich immer bei mir hab. Danke, mein liebes, großzügi-

ges Bärchen! xxx Tanja.« Finde in Manteltasche Kassenbon von meinem Schal (Fl. 198,-), Rechnung für Mittagessen Kasserol: 2 Pers. Fl. 120,-, mit 3 Gin Tonic (für sie) und 3 Whisky (er).

SAMSTAG, *28. Januar 1989. Den ganzen Tag zusammen.* TT *liegt im Bett, sieht fern, ich lese. Bin überglücklich mit ihm.*

Als ich einmal mit diesem Kassenbuch angefangen hatte, konnte ich nicht mehr damit aufhören. An Tagen, an denen er bei mir war und ich keinen Anlaß hatte, ihn zu verdächtigen, war ich zwar sehr glücklich, aber irgendwie beschlich mich auch ein Gefühl der Leere, weil es keine Lügen zu entdecken gab und wir uns in nichts mehr von einem beliebigen Durchschnittspaar unterschieden. Das Schlimme war, daß ich mir langweilig vorkam, wenn alles so geruhsam ablief, so als wäre ich nicht dazu fähig, ihn einen ganzen Tag lang zu unterhalten und zu amüsieren, während ich mich an den Tagen, an denen sich die Betrügereien und Geheimniskrämereien häuften, tugendhaft fühlen konnte, als ein Mensch, der selbst nicht zu solchen dreisten Lügen imstande wäre, dabei aber die Güte besaß, Verständnis für jemanden wie den armen Mon aufzubringen, der keine Ruhe finden konnte und so neurotisch war, daß ich ihm sein Lügen und Betrügen großherzig verzieh. Hin und wieder gab ich Mons Schuldgefühlen neue Nahrung, indem ich frotzelnd durchblicken ließ, daß ich seine Lügen durchschaute, und manchmal hatte das zur Folge, daß er mich mehr denn je bewunderte und mir aus Dankbarkeit für meine Toleranz Geschenke mitbrachte, doch gelegentlich lief es auch auf einen Streit hinaus, und er wies mich in meine Schranken.

So hatte ich zum Beispiel nicht damit hinter dem Berg gehalten, daß ich diese Plastiktüte aus Amsterdam-Zuid gefunden hatte.

»Sie schaute aus dem Abfalleimer hervor, und ich brauchte was, wo ich meine Sachen reintun konnte, und da ich nirgendwo eine Tragetasche finden konnte, hab ich eben diese Tüte von gestern da rausgezogen und sehe, daß du die Ente in Zuid gekauft hast, aber wie bist du bloß nach Zuid geraten, wo du doch ein Interview in Haarlem hattest?«

»Hör auf mit diesem besitzerischen Gehabe, und laß mich nicht für jeden Schritt und Tritt Rechenschaft bei dir ablegen, Juud, das beengt mich, das macht mich ganz rappelig, und dann hau ich ab. Ich bin nicht dein Eigentum. Wenn du es schlecht bei mir hast, mußt du dir eben einen andern suchen.«

»Na, du bist aber verdammt schnell bereit, mich schießen zu lassen!«

»Nicht schnell, aber bereit«, sagte er.

Eines Abends, als ich zuviel getrunken hatte, traute ich mich, ihm an den Kopf zu werfen, was mir gegen den Strich ging. »Diese Damen schlagen ja wirklich gleich zwei Fliegen mit einer Klappe«, sagte ich mit weinerlicher Stimme, »sie vögeln mit dem berühmt-berüchtigten Mon Schwartz und verkackeiern dabei Judit Mendes da Costa, die sie vielleicht noch am Abend davor auf der Bühne gesehen haben.«

Komischerweise mußte er darüber fürchterlich lachen, und das brachte mir eine zwar etwas ungelenke, aber zärtliche Umarmung ein.

Nachdem ich monatelang täglich Leonards Taschen durchsucht, seinen Terminkalender überprüft, seine Post durchgesehen, seine Kontoauszüge und Kassenbons kontrolliert und nicht eine einzige Differenz zwischen dem, was er behauptete, und dem, was mir an Beweismaterial auf Papier vorlag, hatte feststellen können, begann ich mich zu langweilen, und um die Langeweile zu vertreiben, fing ich an zu nörgeln oder zettelte einen Streit mit ihm an. Und dabei zeigte sich, daß ich seine Menschenkenntnis schwer unterschätzt hatte.

»Nie kaufst du mir Geschenke, Blumen oder irgendeine Kleinigkeit, nie.«

»Brauchst du denn etwas?«

»Blöde Frage! Nein, ich brauche nichts, ein Geschenk ist nichts, was man unbedingt braucht, und man sollte auch nicht erst darum bitten müssen, denn wenn man etwas bekommt, weil man darum gebeten hat, kann man sich gar nicht mehr darüber freuen, dann ist es kein Geschenk mehr, sondern man bekommt einfach, was man haben wollte, während ein Geschenk gerade etwas ist, worum man nicht zu betteln braucht, etwas, was jemand einem spontan schenkt, und damit zeigt er einem, daß er an einen denkt, wenn er durch die Stadt geht, oder daß er gut aufgepaßt hat, als man gesagt hat, daß einem dies oder jenes gefällt, und daß es ihm Spaß macht, es einem heimlich zu kaufen, um einen zu verwöhnen. Ich kauf dir doch auch ganz oft was, um dich zu überraschen und dir zu zeigen, daß ich den lieben langen Tag an dich denke, oder?«

»Ja.«

»Und freust du dich nicht darüber?«

»Bis vor ein paar Minuten schon, Judit, aber wenn ich mich jetzt schuldig fühlen soll wegen deiner Geschenke, kann ich mich nicht mehr darüber freuen, dann waren es keine Geschenke, sondern Erpressungsinstrumente.«

»Wie gemein von dir! Du hast mir mit einem Mal die ganze Freude verdorben, dir Geschenke zu kaufen. Jetzt erscheint das in einem völlig schiefen Licht.«

Ich war wirklich traurig, zugleich aber auch perplex über den Verlauf des Gesprächs, weil eigentlich ich ihm eine Unzulänglichkeit hatte ankreiden wollen, und nun war ich es, die sich unbehaglich fühlte, als hätte ich wirklich nicht ganz astreine Absichten verfolgt. Das Schöne an Leonard war, daß ihm überhaupt nichts daran lag, sich in seinem Triumph zu sonnen. Er reagierte vor allem darauf, daß ich litt, sah mir schweigend in die Augen, lächelte, kam zu mir und setzte sich ganz dicht neben mich.

»Möchtest du, daß ich noch etwas dazu sage?« fühlte er sanft bei mir vor.

»Ja«, brachte ich schmollend raus.

Da erzählte Leonard etwas, was mir erst in dem Moment so richtig einging, etwas, was ich davor schon bei Saar de Vries gelesen, aber – wohl um mich zu schützen – in erster Linie auf das Spielen vor anderen bezogen hatte, darauf, daß man immer und überall darum bemüht ist, andere zu unterhalten, damit sie sehen, daß es sich lohnt, einen bei Essen, Feiern und Partys dabeizuhaben, und man seine Einladung doppelt und dreifach verdient hat. In Leonards einfachen Worten kam die Botschaft endlich bei mir an. Dabei redete er nicht mal von Mon. Er redete von einem Freund, einem Schauspieler, dessen Namen er nicht nannte, einem regen Kneipengänger, mit dem er und andere Freunde schon so manchen Abend versackt seien. Dieser Freund sei immer der Mittelpunkt der Gesellschaft, bringe alle zum Lachen, erzähle Anekdote über Anekdote, und wenn man schließlich nur noch zu zweit übrigbleibe, sei er ganz zugewandt, stelle einem Fragen, gebe Ratschläge, analysiere, in welcher Verfassung man gerade sei, überschütte einen mit Lob, und bis man dann Arm in Arm mit ihm in die Nacht hinausgehe, hätten alle bis auf diesen Freund etliche Runden ausgegeben. Die meisten Freunde dächten, das sei Geiz, er (Leonard) anfangs auch, doch je länger er ihn kenne, desto überzeugter sei er, daß mehr als nur Geiz dahinterstecke.

»Für ihn war das Arbeit, und er fand, daß wir ruhig dafür bezahlen konnten. Er hielt sich für spendabel, was andere Dinge anging, und kam sich absolut nicht wie ein Schmarotzer vor, denn er war der Meinung, daß er ausschließlich Aufmerksamkeit schenkte, ohne sie seinerseits zu beanspruchen.«

»Bist du denn auch so?« fragte ich, weil ich nicht gleich begriff, was das mit uns zu tun hatte.

»Nein«, sagte er ruhig, »genau so möchte ich nicht sein, ich möchte mir nichts erkaufen.«

»Wieso erkaufen?«

»Du denkst, daß Geschenke ein Ausdruck dessen sind, was du empfindest, und ich glaube auch, daß das manchmal wirklich so ist, aber genausooft sollen sie ein Gefühl verschleiern. Mon – um wieder einmal die alte Wunde bei dir aufzureißen, denn ich fürchte, dein Vorwurf hat viel mit ihm zu tun –, Mon hat mich am Anfang unserer Freundschaft damit in Erstaunen versetzt, wie hart er den Frauen gegenüber war, die er verlassen hatte. Da stand ich dann wieder einmal mitten in der Nacht oder in aller Herrgottsfrühe mit dem Auto vor der Tür seiner derzeit letzten Wohnung, er kam blaß vor Anspannung und Erregtheit, sein ganzes Hab und Gut in ein paar Taschen zusammengestopft, auf die Straße raus, und ich konnte ihn in ein Hotel bringen oder zum Boot von Schwester Monica oder, wenn er sich schon mit der nächsten Frau einig war, an seine nächste Adresse. Und zu meiner Verblüffung hatte er nie auch nur die geringsten Skrupel. ›Ich hab doch dicke dafür bezahlt!‹ rief er einmal aus, als ich ihn fragte, wie das anginge. ›Wieso sollte man die Kuh kaufen, wenn man bloß die Milch braucht? Ich hab sie mit Witzen und Späßen unterhalten, hab sie mit Kostbarkeiten überhäuft, ich hab gekocht und den Haushalt gemacht, ich bin mit ihr ausgegangen und hab sie mit den nettesten Menschen in Amsterdam bekannt gemacht, ich bin mit ihr verreist und hab ihr die Welt gezeigt, sie hatte die schönste Zeit ihres Lebens. Was könnte ein Mann noch mehr tun?‹«

»Was hast du da gesagt?«

»Bei ihr bleiben.«

Mon hatte auf die Dauer für jede Stadt ein anderes Alibi. In Haarlem war es der Maler, mit dem er Freundschaft geschlossen hatte, in Amersfoort eine besondere Buchhandlung, die auf Biographien spezialisiert war und in der er dank der Beratung durch eine belesene ältere Dame Bücher entdeckte, von deren Existenz er noch gar nichts gewußt hatte, und in Utrecht war es Koos Vierkant. Abstecher nach Utrecht kamen am häufigsten vor, und daher war Mon auch etwas ausführlicher in seinen Informationen über Vierkant, den er als einen außergewöhnlichen Menschen beschrieb, einen in Amsterdam geborenen und nach Utrecht gezogenen älteren Homosexuellen, einen Mann, dessen wohl größter Kummer war, daß er keinerlei Talent fürs Theater besaß, für das er große Bewunderung hegte.

»Koos hat das so für sich gelöst, daß er sich – in der fälschlichen Annahme, Schauspieler liefen in auffälligem Aufzug herum – in flamboyante Verkleidungen wirft, um mit seinen knallroten Jacketts, grellgelben Hosen und giftgrünen Rollkragenpullovern den Eindruck zu erwecken, er sei am Theater oder fungiere dort zumindest als Kostümbildner. Aber Koos hat nur ein Talent, und das ist: Geld. Er ist irgendwie religiös angehaucht, betet meiner Meinung nach auch, aber seine wahre Andacht gilt dem Geld, das merkst du, wenn er darüber spricht. Er ist der einzige Mensch, den ich kenne, der über Geld sprechen kann, als wäre es das größte Gut auf Erden, und das meine ich im ethischen Sinne, also ein gutes Gut. Die meisten Leute kriegen so was Heuchlerisches und Raffgieriges, wenn sie über Geld reden, aber bei ihm passiert genau das Gegenteil, er kriegt etwas Heiliges und Großzügiges, was schon sehr seltsam ist, denn eigentlich ist er ein gerissenes Finanzgenie, reicher als sonst irgendwer, und brüstet sich damit, daß er nie Steuern zahlt.«

»Wie stellt er denn das an?«

»Er sagt, daß er für jede hundert Gulden, die er verdient, hundert Gulden Kredit bei der Bank aufnimmt und dann zweihundert Gulden in etwas investiert, das seiner festen Überzeugung nach demnächst dreihundert Gulden wert sein wird. Frag mich bitte nicht weiter nach dem Wie und Was, denn ich versteh ja doch nichts davon.«

Um mit Tänzern, Kabarettisten, Schauspielern, Regisseuren und Schriftstellern verkehren zu können, hatte Koos sich nicht nur zum Sponsor, Wohltäter, Investor und Koproduzenten gemausert, sondern erbot sich auch als Verwalter der kleineren oder größeren Vermögen der oft chaotischen Künstler, wodurch er sie persönlich an sich band.

»›Gib mir einen Gulden, und ich mache im Handumdrehen zehn draus‹, hat er zu mir gesagt, und ich glaube ihm«, sagte Mon, als er eines Tages aufgeregt nach Hause kam und erzählte, er werde sich ein Apartment in Utrecht kaufen.

»Nur als Investition«, sagte er, als ich erschrocken entgegnete, daß wir doch nichts mit einer Wohnung in Utrecht anfangen könnten, wir als eingefleischte Amsterdamer, die niemals von hier wegwollten. Er erzählte, daß es zu Koos' Wunschbildern gehöre, Besitzer einer ganzen Straße in Utrecht zu sein, der Straße, in der auch sein eigenes Haus stehe, und daß es ihm nun endlich gelungen sei, das Nachbargebäude, eine alte Schule, zu kaufen. Koos werde das erworbene Haus zu einem Apartmentkomplex mit sieben Wohneinheiten umbauen lassen und habe einigen Freunden angeboten, sich für wenig Geld so ein Apartment zu kaufen.

»Klingt ja wie Monopoly«, sagte ich.

»Aber das ist ein Privileg«, sagte Mon mit gespielter Verzweiflung, »er fragt nur Leute, die er kennt und mag.

Wir bezahlen jeder zweihundertfünfzigtausend, und er garantiert uns, daß es binnen zehn Jahren das Dreifache wert ist. Er tut das, um für seine Freunde zu sorgen, sagt er.«

»Komisch«, sagte ich mit wachsender Abneigung.

»Was?« raunzte Mon, was bewies, daß er seiner Sache viel weniger sicher war, als er vorgab.

»So 'ne Salbaderei gepaart mit so 'nem Riecher fürs Geschäft.«

»Du bist ja nur neidisch«, sagte er.

»Na hör mal! Du tingelst von Wohnung zu Wohnung, ohne daß du dich je dazu bequemt hättest, dir selbst irgendeine Behausung zuzulegen und die Verantwortung dafür zu übernehmen, hier in deiner Geburtsstadt, der Stadt, die dich doch dichterisch so beflügelt und die du in deinen Briefen bei jeder passenden und unpassenden Gelegenheit als innig Geliebte beschreibst, deinem Groß-Amsterdam, durch das du streunst, wo du das Pflaster jeder Straßenecke und jedes Zimmer in jedem Puff kennst, und dann kommst du mir mit so 'nem bigotten Gefasel von wegen investieren und dein Kapital verdreifachen und daß das eigentlich ein Freundschaftsdienst sei, eine verkappte Form von Philanthropie, eine Gunst, geh doch weg! Hast du 'n Verhältnis oder so, mit irgend 'nem pickligen Teeny in Utrecht? Die Geschichte nehm ich dir nämlich nicht ab, die stimmt doch vorn und hinten nicht!«

»Ich habe nie Verhältnisse«, sagte Mon, »und ich kann mit meinem Geld machen, was ich will, und ich vertraue es lieber einem Freund an als einer Bank.«

»Nichts gegen geborene Utrechter, aber Amsterdamer,

die nach Utrecht ziehen, das sind Schwächlinge, denen ist nicht zu trauen«, höhnte ich noch, obwohl ich wußte, daß ich die Sache längst verloren hatte. »Fürs Leben in Amsterdam brauchst du nämlich Mumm.«

Schwester Monica

In aller Aufrichtigkeit muß ich bekennen, daß es mir seinerzeit außerordentlich schwergefallen ist, den Habit abzulegen und normale Straßenkleidung zu tragen. Es dürfte in diesen durch und durch demokratischen Zeiten zweifellos als Rest unziemlichen hierarchischen Denkens gewertet werden, wenn man sich für eine Uniform ausspricht, doch dabei wird übersehen, daß die Tracht für uns Nonnen im Kloster nichts mit gesellschaftlichem Status zu tun hatte. Was wir trugen, war nicht für die Welt gedacht. Nur wenige von uns Schwestern hatten eine soziale Aufgabe als Lehrerin, und sie verließen die sicheren Klostermauern in der Kleidung, die wir alle trugen, wenn sie sich frühmorgens zum Schulgebäude im Ort begaben. Aber sie hielten den Blick zu Boden gerichtet wie ein Pferd mit Scheuklappen und wollten mit der Tracht, die sie trugen, weder Aufsehen erregen, noch sich gar Macht verschaffen. Keine von uns war auf derlei profane Beachtung ihrer persönlichen Erscheinung oder äußerlicher Attribute aus. Im Gegenteil, derlei Eitelkeiten hatten wir mit Stumpf und Stiel ausgemerzt, und das erfuhren wir als eine unserer Freiheiten. Wir lebten in unserer Tracht ohne Unterschiede untereinander, als Gleiche vor dem Auge Gottes, und Sein Blick genügte uns für unser Wohlbefinden.

Das Zweite Vatikanische Konzil hat vieles für uns verändert, und zu meinem nicht geringen Erstaunen tat sich die Mehrheit der Schwestern damit weniger schwer als ich, obwohl ich doch innerhalb des Ordens als Freidenkerin mit ein wenig aufmüpfigem Charakter galt, ein Ruf, den ich einigen Zusammenstößen mit der Mutter Oberin zu verdanken hatte, vor der ich nicht in die Knie gehen wollte. Doch trotz dieser kleinen Reibereien mit meinen sogenannten Vorgesetzten aufgrund meiner eigenwilligen Interpretation des Gelübdes des Gehorsams war ich außerordentlich zufrieden mit meinem Klosterleben, mit dem Leben an einem festen Ort, dem Lesen und Beten und dem geregelten Tagesablauf. Ich sehnte mich nicht nach einem weltlichen Leben. Salomon fragte mich einmal, ob das vielleicht daher rühre, daß ich Angst vor einer turbulenten, chaotischen Außenwelt oder womöglich vor den Menschen gehabt hätte, und in der Tat kann es durchaus sein, daß ich mich nach einem so beschützten Leben einem Dasein, das ich selbst in die Hand nehmen mußte und das eine solche Mannigfaltigkeit an Alternativen bot, nicht ausreichend gewachsen fühlte.

»Die Verbannung aus dem Paradies« nennt er es in *Teure Schwester in Gott*, und so empfand ich es seinerzeit, wenn ich es mir heute auch kaum noch vorstellen kann, denn ich würde nicht mehr ins Kloster und die Absonderung zurückwollen.

Damals, 1965, war ich in einem Alter, in dem ich noch genügend Flexibilität und Anpassungsvermögen besaß, um einen neuen Weg einzuschlagen. Die Kongregation hat uns drei Jahre lang auf eine andere Realität vorbereitet, und einige von uns, darunter ich, wurden in Sozialarbeit ausgebildet. Freude daran gewann ich erst durch die Einführung in die Soziologie und die Psychologie, und am Ende der Ausbildung fühlte ich mich für die Außenwelt gerüstet, ja war sogar neugierig darauf geworden, wie die Wirklichkeit der Problematik aussah, die ich anhand der Bücher studiert hatte. In den Jahren davor hatten sowohl die Mutter Oberin als auch die anderen Schwestern, getragen von dem Gedanken, daß eine exklusive Beziehung von anderen und von Gott trennt, genauestens darüber gewacht, daß sich nur ja keine engen Freundschaften zwischen zwei Schwestern entwickelten, doch als die Tore zur Gesellschaft aufgestoßen wurden, mußten wir einfach persönlichen Vorlieben für die eine oder andere Schwester nachgeben, denn keine von uns wollte allein in die Welt hinein. Ich hatte von Anfang an tiefe Sympathie für Schwester Helena empfunden. Im Gegensatz zu den meisten anderen Schwestern hatte sie ein turbulentes Leben geführt, bevor sie mit fünfundzwanzig der Welt den Rücken kehrte und als Novizin in unser Kloster kam. An die abgeklärten Mienen meiner Mitschwestern gewöhnt, fiel mir vor allem ihr Gesicht auf, weil es Spuren von völlig anderen Einflüssen trug als denen, welchen wir ausgesetzt waren. Obwohl das Wissen, das sie ausstrahlte, auch etwas Bedrohliches hatte, war ich froh darüber, daß sie sich unserer Gemeinschaft anschloß. Sie sang deutsche Lieder über Seeleute und Frauen, die vor Toren warteten. Das Singen war außerhalb der dafür vorgesehenen Stunden – vom Inhalt gar nicht erst zu reden – strengstens verboten, und ich sah, daß sie sich nach Kräften bemühte, den Ordensregeln zu gehorchen, aber es fiel ihr doch sehr schwer, sich die geliebten Lieder aus dem Kopf zu schlagen und sie nicht mehr von sich zu geben. Immer wieder ertappte ich sie summend in der Küche. Wenn sie entschuldigend zu mir aufblickte, gab ich ihr mit einem verschwörerischen Lächeln und einem kleinen Nicken zu verstehen, daß sie ruhig weitermachen dürfe, und hielt mich so lange an der Spüle auf, bis sie sich wieder ein Herz faßte, die Melodie erneut aufnahm und weitersummte. Ich schützte eifrige Geschäftigkeit vor und hantierte mit Töpfen und Pfannen, während ich insgeheim die unbekannten Texte und Klänge genoß.

Meine Freude war denn auch groß, als sich Schwester Helena ebenfalls für die Ausbildung zur Sozialarbeiterin entschied, und trotz unserer beinahe schon gegensätzlichen Charaktere stand für uns beide vom Beginn des Studiums an stillschweigend fest, daß wir zusammen ins Leben hinausgehen würden. Sie nennt sich jetzt im Spaß meine Dienerin und Haushälterin, was sie natürlich nicht ist, aber es gibt schon die Verteilung wieder, daß sie über den Geldbeutel regiere und ich die Bücher im Blick behielt.

Salomon hat bei den Menschen, die ihm wichtig waren, immer großes Interesse dafür an den Tag gelegt, in was für einer Zeit sich ihr Leben abspielte, und er besaß auch das nötige Einfühlungsvermögen, um einen anderen in einem größeren Gesamtzusammenhang zu verstehen. Und genau damit, daß er mich in unseren Gesprächen seines Vorstellungsvermögens teilhaftig werden ließ und mir einen gesellschaftlichen Rahmen skizzierte, erleichterte er mir den Zugang zu meinen Erinnerungen.

»So, da standen Sie nun also, vor der Klostertür, mit Ihrem Koffer in der Hand, in dem keine Kleider, kein Makeup, keine Strumpfhalter und Nylonstrümpfe waren, und draußen war es 1968. Die Frauen liefen in Hot pants und Miniröcken herum, die Männer hatten lange Haare, trugen Ohrringe und Holzketten um den Hals, und auf den allerorts asphaltierten Straßen fuhren unendlich viele Autos und Mopeds. Das muß für eine Frau, die seit 1936, also zweiunddreißig Jahre lang, die Welt nicht gesehen hat, ein ziemlicher Schock gewesen sein.«

Mit seiner Vorstellung von den Gegebenheiten versetzte Salomon mich an diesen kalten Januartag 1968 zurück, den Tag, an dem ich mit Schwester Helena in den Zug nach Amsterdam stieg und nicht nur zum erstenmal mit der Bahn fuhr, sondern auch zum erstenmal Geld in die Hand bekam und selbständig für etwas bezahlte. Woran ich mich vor allem erinnere, das sind der Farbenreichtum der Welt und der ohrenbetäubende Lärm, an den ich mich, wie ich dachte, niemals würde gewöhnen können. In den ersten Jahren befiel mich auch regelmäßig Angst, weil ich mich meiner Ruhe und Abgeschiedenheit beraubt fühlte und mir nicht vorstellen konnte, wie es mir möglich sein sollte, in einer derart hektischen, übervollen Welt ein Leben des Gebets und der Kontemplation fortzusetzen. Schwester Helena ist mir damals eine große Stütze gewesen. Sie hatte länger außerhalb des Klosters gelebt als darin und kannte sich in praktischen Dingen natürlich viel besser aus als ich. Sie hatte in einem Café-Restaurant gearbeitet, konnte mit Menschen und mit Geld umgehen, hatte einen Führerschein, kochte gern, war also in jeder Hinsicht besser für das Stadtleben ausgerüstet als ich. Bei unserer ersten Bahnfahrt nahm ich wahr, welche Befremdung der Habit bei unseren Mitreisenden hervorrief. Schwester Helena hatte die Kleider angezogen, die sie bei sich gehabt hatte, als sie ins Kloster eintrat, und an ihrer Erscheinung nahm niemand Anstoß, obwohl sie völlig aus dem Rahmen des gängigen Modebilds fiel. Um mich herum aber kam Gekicher auf, und ich tat, was wir Nonnen gewohnt waren, ich schlug die Augen nieder und versuchte mein Gesicht zu den Seiten weitestgehend durch die Haube abzuschotten, um mich so den Blicken der Leute zu entziehen.

Sie versuchten nichts zu sehen und nicht gesehen zu werden, und Sie entzogen sich damit nicht nur dem Blick der anderen, sondern zugleich auch dem zentralen Gebot der ersten Hälfte des zwanzigsten Jahrhunderts, in der sich das ganze Leben um das Sehen und Gesehenwerden zu drehen begann. Die 60er-Bewegung erwuchs aus dem berechtigten Widerstand gegen eine bürgerliche Kultur der Potentaten, »Säulen«, Stände und Hierarchien, gegen eine dumpfe, von Geld und Geheimniskrämerei bestimmte Ethik des Maulhaltens und Malochens, aber weil der intellektuelle Unterbau fehlte, artete diese Massenbewegung in hemmungslosen Exhibitionismus und falsch verstandene Freizügigkeit aus. Und mitten durch diese Landschaft mitsamt den übelriechenden Räucherstäbchen aus einem plötzlich umjubelten, der Mehrheit der meditierenden Europäer unbekannten Osten hindurch reisen Sie, teure Schwester in Gott, in Ihrem farblosen Habit in das Mekka der Verdorbenheit, um Ihr Leben in den Dienst der Unterdrückten und Verstoßenen zu stellen,

schreibt Salomon.

Nicht wenige Male habe ich meine Dankbarkeit für derlei Beschreibungen zum Ausdruck gebracht, verdeutlichten sie mir doch, daß ein gewisses Verständnis für das Erleben der eigenen Existenz oft erst über einen anderen Menschen herbeigeführt wird. Dank Salomon bin ich so auch besser imstande gewesen, Mitgefühl für andere Menschen aufzubringen und sie dieses Mitgefühls teilhaftig werden zu lassen, damit sie gewahr wurden, daß sie die Liebe Gottes und, durch Gott, meinen ganzen persönlichen Einsatz verdienten. Die Ehrlichkeit gebietet mir zu sagen, daß ich es Salomon verdanke, wieder gelernt zu haben, Menschen zu danken. Ich war es natürlich gewohnt, Gott täglich zu danken, für den Glauben und die Gnade, für die Speisen und all das Gute, das er uns beschert, aber ich hatte verlernt, Menschen offen meinen Dank auszusprechen, für ihren Einsatz, für das Zubereiten der Mahlzeiten, für ihre Andacht und ihr Mitgefühl, für die Bereitschaft, mich an der von ihnen erworbenen Weisheit teilhaben zu lassen. Es liegt mir fern, seine Sünden zu vertuschen, doch ich kenne keinen Menschen, der so von Herzen seine Dankbarkeit zeigen konnte wie Salomon, und er lehrte mich, daß diese Demut etwas damit zu tun hat, eines anderen Kraft und Vermögen anzuerkennen. Für ihn war es nie selbstverständlich, etwas von anderen zu bekommen, nicht einmal die Liebe, oder vielleicht sollte ich sagen, gerade die Liebe nicht. Daß er die bezahlte Liebe bevorzugte, habe ich daher auch immer vor dem Hintergrund verstanden, daß ihm in seiner Kindheit die Erfahrung einer barmherzigen, bedingungslosen, uneigennützigen und daher wahren Liebe gefehlt hat, einer Liebe, die nicht fordert, sondern gibt, einer Liebe in Gottes Sinn.

»Ich wünschte, es gäbe die Liebe in dieser Form, Schwester«, sagte er, »aber ich bin ihr noch nie begegnet. Liebe ist ein Tauschgeschäft, und alles andere ist romantische Einbildung, um über die Qual der Wahl nur eines aus Tausenden hinwegzutäuschen. Niemand ist in der Liebe uneigennützig. Wo zwei Menschen beieinanderhocken, haben zwei Menschen ein Interesse daran; selbst wenn einer der beiden glaubt, in dieser Beziehung fürchterlich zu kurz zu kommen, hat er ein Interesse an diesem Gefühl, immer zu kurz zu kommen.«

Nachdem er Saar kennengelernt hatte und schon geraume Zeit den Eindruck erweckte, glücklicher zu sein als je zuvor, habe ich ihn an diese Anschauung erinnert und gefragt, ob er die Liebe immer noch als Tauschgeschäft ansehe. Er war erstaunt, daß ich mir so genau gemerkt hatte, was er seinerzeit gesagt hatte, gab mir jedoch zu verstehen, daß sich an seiner Auffassung nichts Grundlegendes geändert habe. Allerdings erwähnte er in dem Zusammenhang ein Buch, an dem Saar gerade arbeitete.

»Es wird *Die Ökonomie der Schuld* heißen«, sagte er stolz, »und ich darf wohl sagen, daß die Frau Doktor meine entzaubernde Sicht in dieser heiklen Frage teilt, und sie ist doch um einiges sanftmütiger als ich, wie Sie zugeben müssen.«

»Warum habe ich dann bloß den Eindruck, daß Sie in Schutz die Frau gefunden haben, bei der Sie sich zu Hause fühlen und der Sie endlich Ihre Liebe schenken können, ohne gleich über den nächsten Fluchtversuch zu brüten?«

»Gerade deswegen, Schwester, weil sie sich ein klein wenig besser kennt als all diese romantischen Typen und sich genauso unfähig fühlt wie ich. Zum erstenmal in meinem Leben brauche ich nicht tagtäglich für meine Sünden und Untaten zu büßen, denn sie betrachtet alle meine Schlechtigkeiten als etwas, woraus sie offenbar Nutzen zieht, und ich habe auch noch nie eine Frau auf dem freien Markt getroffen, die sich einfach nicht als Opfer von etwas fühlen möchte, für das sie sich aus freien Stücken entschieden hat, und die immer herauszufinden versucht, wie die Ökonomie so einer Beziehung funktioniert, mit anderen Worten, wie sehr sie von meinen Schwächen profitiert. Sie hält sich für genauso schuldig an mir wie ich an ihr, und ebenbürtiger kann ich es mir nicht vorstellen. Und ich sage Ihnen noch etwas, Schwester, nichts ist so befreiend wie eine gnadenlose, scharfsinnige, schuldige Frau, was mich wiederum zu dem Schluß führt, daß es gar keine gute Idee der Christen war, Gottes Sohn die Schuld der Menschen auf sich nehmen zu lassen. Die, die sich schuldig wissen, sind die Seligmacher, das können Sie Ihrem kleinen Amateurtheologen Sallie Schwartz ruhig glauben.«

Daraufhin habe ich Salomon zu meiner eigenen Bestürzung bekannt, daß ich mich in Gedanken nie an Jesus, sondern immer an Gott wende. Ich hatte immer gemeint, das rühre von meinem Hang zu einer höheren Abstraktion her, weshalb ich mit der so viel konkreteren, historischen, sagen wir ruhig fleischlichen Existenz von Jesus Christus, Seinem Sohn, Probleme hatte, doch bei den Ausführungen meines guten Freundes war mir bewußt geworden, daß es mir von jeher schwergefallen war, es als einen Akt der Liebe zu betrachten, daß Gott Seinen Sohn geopfert hatte, um den Menschen die Schuld zu nehmen.

»Eigentlich sind Sie eine Jüdin, Schwester«, sagte Salomon darauf fröhlich, und dann kreischte er, daß ich ihm das auch ruhig früher hätte erzählen können, denn diese sensationelle Enthüllung einer Braut Christi hätte natürlich in *Teure Schwester in Gott* stehen müssen. »Sie haben mich um Ruhm, Ehre und einen phantastischen Skandal innerhalb der römisch-katholischen Kirche gebracht«, sagte er in gespielt vorwurfsvollem Ton.

Die ersten Monate in Amsterdam habe ich in einem Zustand der Bestürzung verbracht, weil mir die Gesellschaft so verändert erschien. Es war weniger die Gottlosigkeit, die mich erschütterte, als vielmehr die Richtungslosigkeit. Die Menschen glaubten zwar noch, aber in einer vaterlosen Weise, ohne sich dem Höheren zu unterwerfen. Sie suchten ihr Heil in abenteuerlichen Selbsterfahrungen, sie experimentierten mit den Grenzen ihrer psychischen und physischen Gesundheit, und die jungen Leute verloren derweil ihre Verantwortung als Eltern aus dem Auge, namentlich weil auch das Kinderkriegen schon beinahe als Teil des Abenteuers betrachtet wurde, mit einer Leichtsinnigkeit erlebt, die eher zwingendes Gebot der Zeit war als tatsächliche Freude. Schwester Helena und ich begannen unsere Arbeit in einem Heim für gefallene Frauen, wie das damals noch hieß, aber wir haben die Frauen schon bald in gefallene Engel umgetauft, denn es waren oft die lieben, ein wenig naiven, gutmütigen Mädchen, die sich in einem Augenblick der Unbesonnenheit zu einem Mann bekannt hatten und dann während ihrer Schwangerschaft im Stich gelassen worden waren. Schon recht bald begriff ich, daß das vaterlose Kind nur dann eine Chance im Leben hatte, wenn die Mutter keinen Groll gegen den Mann hegte, der ihr junges Leben zerstört hatte und mitverantwortlich dafür war, daß ihr Leben eine ganz andere Wendung nahm, als sie es sich in ihren Jungmädchenträumen ausgemalt hatte. Rachegefühle wirkten sich nämlich stets negativ auf die Beziehung zum Baby aus, das doch die ganze Fürsorge und Liebe der Mutter braucht und unmöglich schuld am Fehltritt zweier heranwachsender Jugendlicher sein kann. Wenn die Natur ihre Arbeit gut machte, hingen die Frauen von Anfang an an dem kleinen Wesen, das sie zur Welt brachten und das vollständig von ihnen abhängig war, doch manche Frauen widersetzten sich ihrem Mutterinstinkt, vernachlässigten ihr Baby gröblich und versagten sich selbst jede zärtliche Regung und machten das Kind somit von Geburt an zum Sündenbock, der alles auszubaden hatte. Je mehr Erfahrungen ich im Laufe der Jahre sammelte, desto deutlicher wurde mir, daß die Mütter, die dazu neigten, ihr Kind auf derart grausame Weise zu verstoßen, an ihren Träumen in bezug auf sich selbst festhielten, welche sie ihrer Auffassung nach – und aus dem menschlichen Bedürfnis heraus, anderen die Schuld zu geben – des Kindes wegen nicht hatten verwirklichen können. Viele von ihnen lebten – nicht zuletzt infolge der billigen Lektüre, die sie verschlangen – in dem Wahn, sie hätten sich einen Arzt, Schloßherrn, Gutsbesitzer oder irgendeine Berühmtheit angeln können oder ihnen sei eine glänzende Karriere als Sängerin, Schauspielerin oder Fotomodell entgangen, obwohl sie in Wahrheit nicht einen Funken von Talent für irgendeinen dieser Berufe aufwiesen. Als ich Mon in diesen Worten mein Bild von einer bestimmten Sorte Frauen kundtat, mußte er lachen.

»Ach, wie ich diese giftige Seite an Ihnen liebe, Schwester«, sagte er zu mir, aber im Geiste hatte er unterdessen bestimmt schon die schöne Formulierung gefunden, mit der er später so treffend beschrieb, um was es ging.

Dem Kind wird die Rechnung für die unerfüllten Träume, Ambitionen und megalomanen Phantasien serviert, die gerade talentlose Mauerblümchen hegen. Während Sie dabei an die zahllosen Säuglinge und Kleinkinder zurückdenken, die Sie kaum vor der Geißel des Wahns und der daraus erwachsenden emotionalen Mißhandlung beschützen konnten, frage ich mich als Experte aus eigener Erfahrung, welche Rechnung ich denn als Kind für das Glück meiner Mutter zu begleichen hatte. Die für den gesamten Zweiten Weltkrieg, die Judenverfolgung in Europa und weit darüber hinaus, die Lager, die Ermordung ihrer Freunde und ihrer Familie? Oder womöglich die für ihre Ehe mit einem tyrannischen Zwangsneurotiker, frustrierten Wissenschaftler, untreuen Charmeur und eifersüchtigen Vater?

Salomon war sein Leben lang bestrebt, die Verstoßung durch seine Eltern rational zu erfassen, in der Annahme, daß er dann seinen Frieden damit machen könne. Doch soviel Einblick er auch in die Beweggründe seiner Eltern, die Persönlichkeit seines Vaters wie seiner Mutter und die Art ihrer ehelichen Verbindung gewann, im Grunde seines Herzens hat er doch nie verstehen können, warum er ihrer Liebe nicht wert war. Es ist ja auch unbegreiflich, und ich verstehe nicht, wie diese Menschen damit leben konnten, zumal ich davon überzeugt bin, daß selbst die Gottlosen täglich mit Gott verkehren. Sie werden vor Gott Rechenschaft ablegen und sich für ihre Taten verantworten müssen, und ich habe sie daher oft in meinen Gebeten bedacht. In dem Bemühen, Salomon über dieses dramatische Unrecht zu trösten, habe ich ihm eines Tages die hypothetische Frage gestellt, ob er, wenn er die Wahl hätte, seine reichen Talente gegen eine andere Kindheit eintauschen würde.

»Stellen Sie sich eine hingebungsvolle, liebe Mutter und einen sanftmütigen, aber dennoch stolzen Vater vor, eine harmonische Familie, in der Ihre Eltern und Sie, ihr ältester Sohn, sowie Ihr jüngerer Bruder Benjamin in Einigkeit und Frieden miteinander umgehen, ohne nennenswerte Konflikte, ohne Demütigungen, ohne physische oder seelische Mißhandlungen, ohne Ihr körperliches Gebrechen, ohne die drückende Last der Vergangenheit von Verfolgung und Ermordung. Würden Sie eine solche Kindheit anstreben, wenn das bedeuten würde, daß Sie ein äußerst normaler, nüchterner, gesunder, mittelmäßig begabter holländischer Mann geworden wären, der mit fünfundzwanzig eine gesunde junge Frau geheiratet und eine beengte Wohnung mit ihr bezogen hätte, Vater von drei Kindern geworden und von neun bis fünf ins Büro gegangen wäre, montags morgens den Müll rausgestellt und die größte Mühe gehabt hätte, drei vollständige Sätze auf eine Ansichtskarte aus Bergen aan Zee an seine nicht weniger unbedarften Freunde zu schreiben?«

»Schwester, Sie haben ein niederträchtiges Wesen«, hat

er darauf grinsend entgegnet und gesagt, daß er sich seine Eltern unmöglich anders vorstellen könne, als wie sie in seiner Kindheit gewesen seien, und daß er sich auch nicht vorstellen könne, selbst anders zu sein, als er sei.

»Sie wollen mir meine Neurosen nehmen, aber das ist das einzige, was mir meine Eltern geschenkt haben! Damit gehe ich sorgsam um!« rief er aus, aber am nächsten Tag suchte er mich wieder auf und kam schon bald auf dieses Gedankenspiel zurück. Und da sagte er mir, daß er zum erstenmal seit langer Zeit ruhig eingeschlafen sei, mit einem Lächeln über den Scherz mit dem gesunden holländischen Jungen auf den Lippen – ein Bild, das er »das Schreckbild der Normalität« taufte.

»Das heißt, Sie würden sich in diesem Dilemma für den Besitz Ihres Talents entscheiden, auch wenn das einen Bruch mit Ihren Eltern impliziert?«

»Darauf antworte ich mit einem uneingeschränkten Ja«, sagte er, und das erfüllte mich mit tiefer Freude, denn ich wußte, daß er durch diese Antwort, mochte es auch nur für kurze Zeit sein, ein wenig mit sich im reinen war. Wenige Wochen danach stattete er mir am Nachmittag gemeinsam mit Schutz einen Besuch ab. »Sie haben ein Wunder vollbracht, Schwester Monica«, sagte sie, »denn seit Sie Mon das Schreckbild des Durchschnittsmannes eingejagt haben, scheint er sich besser mit seinem speziellen Schicksal abzufinden.«

Ich hatte mit Bewunderung Saars Untersuchung *Die Pathologie des Theaters* gelesen und sie eingehend dazu beglückwünscht. Zudem konnte ich ihre Theorie über die theatralische Persönlichkeit von meiner Arbeit in dem Heim her vollauf unterschreiben, denn ich habe nicht wenige Kinder in schwierigen Verhältnissen aufwachsen sehen, ohne Vater und mit einer Mutter, die dem Kleinen ihre bedingungslose Liebe versagte, und häufig waren es gerade diese Kinder, die außergewöhnliche, nicht selten komische Talente entwickelten und später ihren Beruf in der Welt des Tanzes, des Theaters oder des Amüsements fanden. Bevor ich Saars Buch las, war ich von der etwas unbedarften Annahme ausgegangen, es handle sich hier um verwahrloste Kinder, die Beachtung finden wollten und dafür jede sich bietende Erhöhung erklommen, um ihre Künste zum besten zu geben und sich damit die Gunst eines Publikums zu erwerben, doch Saars verstörende Theorie über das Aufsuchen des anonymen Blicks war sehr viel aufschlußreicher. Wenn sie mich mit Salomon besuchte, habe ich ihr meine Überlegungen anvertraut, zu denen mich die Lektüre der *Pathologie des Theaters* anregte.

»Ohne daß ich die Familienkonstellation, die Sie aufzeigen, direkt als die meinige wiedererkenne«, erzählte ich ihr, »erschien es mir doch so, als sei es der Wunsch nach dem anonymen Blick gewesen, der mich dazu bewegte, ins Kloster zu gehen. Im Gegensatz zu Priestern haben wir Nonnen zwar keinerlei Auftritte, die ein Publikum erfordern, aber dennoch erkannte ich Ihre Beschreibung der Vermeidung des liebevollen, persönlichen Blicks wieder, in dem zum Ausdruck kommt, daß man in seinem innersten Wesen erkannt und anerkannt wird. Wir Nonnen umgehen diesen Blick aber nicht dadurch, daß wir die anderen, mit denen wir es zu tun haben, in ein Publikum verwandeln, das jemandem zusieht, der eine Rolle spielt, sondern wir entziehen uns dem Auge der Welt und fühlen uns vor allem durch Unseren Herrn voll Liebe gesehen, erkannt und anerkannt.«

»Aber auch Sie verkleiden sich und stellen sich ins Abseits, und Ihre Rolle ist an strenge Regeln gebunden«, bemerkte Saar, »und damit erfüllen Sie zumindest einige andere Kriterien der theatralischen Persönlichkeit.«

»Eben«, sagte ich, »von daher auch die wachsende Unruhe, die mich beim Lesen Ihres Buches überkam.«

»Es ist für niemanden leicht, sich damit zu konfrontieren, wie tatsächlich in seiner Kindheit mit ihm umgegangen wurde«, sagte Saar. »Die meisten Erwachsenen haben das Bedürfnis, sich an ihre Kindheit als eine angenehme Zeit zu erinnern und an die Eltern als Menschen, die sie um ihrer selbst willen liebhatten, obwohl das selten mit der Wirklichkeit übereinstimmt. Oft sind es gerade die intelligenten, sensiblen Kinder, die grenzenloses Verständnis für die Schwächen ihrer Eltern aufbringen und aus Loyalität zu den unzulänglichen, aber gutmeinenden Erwachsenen, auf die sie sich so lange stützen durften und die ihnen so viel gegeben haben, ihr Licht auch weiterhin unter den Scheffel stellen und nicht so in Erscheinung treten, wie sie es vielleicht gerne wollten.«

»Aufschreiben!« rief Salomon aus. »›Sein Licht unter den Scheffel stellen.‹«

»Hab ich schon«, erwiderte Schutz lachend und erläuterte mir dann, worauf Salomons Bemerkung abzielte, so daß mir unverhofft die Ehre zuteil wurde, mit einer Schriftstellerin über ein noch im Werden befindliches Buch sprechen und überdies meinen bescheidenen Beitrag dazu liefern zu dürfen. Es waren oft sehr heitere Gespräche, die wir für *Die Ökonomie der Schuld* führten, da Salomon unterdessen so in Schutz' Denkwelt eingeweiht war, daß er bei jedem Ausdruck, in dem eine Übereinstimmung zwischen der Seelenwelt und der Welt des Geldes lag, lauthals seine Sammelleidenschaft bekundete.

»Koste es, was es wolle, hast du das, Schutz?«

»Ich rechne es dir hoch an, wenn du ›jemandem etwas hoch anrechnen‹ schon selbst gefunden hast, denn was hättest du sonst von einem Mann, der mitdenkt.«

»Ich hab einen, Schutz: Geteiltes Leid ist doppeltes Leid. Gut, was?«

Aber die Gespräche waren nicht nur fröhlich, sondern auch sehr erhellend, und sie bestärkten mich in der Überzeugung, daß es ein Segen Gottes war, daß sich diese schüchterne Frau und dieser verzweifelte Mann gefunden hatten.

Da Schutz namentlich nach der Bedeutung des Verzichts auf persönliches Eigentum innerhalb des Klosterordens fragte, habe ich ihr erklärt, daß ich bei meiner Einsegnung das Gelübde der Armut, der Keuschheit und des Gehorsams abgelegt hätte. Die Gelübde stehen im Dienst der vollkommenen Hinwendung zu Gott, und sie behüten die Religiosen vor seelischer Zerrissenheit. Wer an Geld und irdischen Gütern hängt, wer vollständig in Anspruch genommen ist von irdischen Kümmernissen, davon, in einem fort nötige und unnötige Bedürfnisse befriedigen und Wünsche erfüllen zu müssen, die eine immer reicher werdende Gesellschaft weckt, kann sich unmöglich mit ganzem Herzen und ganzer Seele dem Ewigen weihen und das geistliche Leben in all seinem Reichtum teilen. Damit wir imstande sind, uns Gott zu geben und uns mit ihm zu vereinen, üben wir Armut, Entsagung und Askese. Während ich sprach, machte Schutz Notizen, und Salomon rieb sich die Hände.

»Reiche Ausbeute für *Die Ökonomie*«, sagte er schmunzelnd.

Es hat eine Weile gedauert, ehe ich genauso wie die beiden darin geübt war, Zusammenhänge zwischen den Sprachfamilien, wie Schutz sie nannte, zu entdecken, und noch länger hat es gedauert, bis ich mich mit dem anfreunden konnte, was Schutz vorsichtig suggerierte.

»Das Außergewöhnliche an Ihrem Fall ist«, sagte sie, »daß Sie sich zwar der Begriffe einer Ökonomie bedienen, aber in einem völlig anderen Verhältnis zu dem stehen, für den Sie die Begriffe geben und teilen, reich und arm benutzen. Ich hoffe, ich beleidige Sie nicht, wenn ich sage, es kommt mir so vor, als müßten Sie vor allem aufpassen, daß Sie nicht bei sich selbst in die Schuld geraten, während doch sonst, wie mir scheint, jeder, der mit Menschen verkehrt, vor allem innerhalb der Liebesbeziehung, im Geiste in bezug auf einen anderen haushaltet und fortwährend eine Bilanz von Investitionen, Gewinn und Verlust, Zinsen, Kredit, Schuld und Sühne aufstellt. In dieser Wechselbeziehung zwischen zwei Personen spiegelt gleichsam die gegenseitige Wertschätzung, genau wie beim Wechselkurs zwischen Ländern, das Verhältnis wider. Nehmen Sie es mir nicht übel, wenn ich es falsch verstehe, aber so, wie ich es sehe, muß diese Wechselbeziehung, Ihr Verhältnis zu Gott, bei Ihnen vollkommen intern vonstatten gehen, innerhalb des geschlossenen Kreislaufs Ihres Geistes.«

»Mein Wesen und mein Geist sind gänzlich auf Gott und das Göttliche gerichtet«, antwortete ich, »und Sie haben recht, wenn Sie sagen, ich trachte so zu leben, daß ich Gott und somit mir selbst gegenüber nicht in der Schuld stehe, weshalb ich versuche das Gute zu tun und das Böse zu lassen. Die Belohnung dafür liegt nicht in irdischem Reichtum, sondern im Reichtum des Geistes. Sie liegen falsch, wenn Sie diesen Reichtum nicht als das Ergebnis einer Wechselbeziehung betrachten, denn ich tue das sehr wohl, ich betrachte ihn als ein Geschenk Gottes.«

»Aber sehen Sie Gott denn als eine Person, die beschließt, Sie aufgrund Ihrer guten Taten zu belohnen?« mischte sich Salomon in das Gespräch ein.

»Nein, Salomon, wie Sie selbst in Ihrem Brief schreiben durften, betrachte ich Gott als das Höchste im Leben, und es geht nicht darum, dieses Mysterium zu ergründen, sondern darum, zu akzeptieren, daß das Leben ein Mysterium ist. Ein dem Höheren geweihtes Leben wird mit der Erfahrung des Reichtums des Lebens selbst belohnt. Halten Sie ein Leben, das am Leben selbst genug hat, für armselig?«

»Und was ist mit der Belohnung durch das ewige Leben?« rief Salomon erstaunt aus.

»Indem ich ein gutes Leben führe, hoffe ich ein starkes Glied in der Kette des ewigen reinen Lebens zu sein«, sagte ich, »aber ich habe nie Hoffnung in ein Leben nach dem Tode gesetzt.«

»Was sind Sie doch für ein seltsamer Mensch«, sagte er.

»Ökonomisch gesehen, gehören Sie zu den Ausnahmen, Schwester«, erwiderte Schutz, »und ich kann das nur bewundern. Allerdings frage ich mich mit wachsender Beunruhigung, wie ich diese Abweichung in *Die Ökonomie der Schuld* wiedergeben soll. Nach meiner Erfahrung und allem, was meine Überlegungen über die Verwandtschaft zwischen der Ökonomie und dem Seelenleben ergeben haben, ist zum Beispiel das Gesehen-, Anerkannt- und Belohntwerden der Opfer, der Gaben, der affektiven Investitionen wesentlich für ein Liebesverhältnis, damit untereinander keine Schuld entsteht und Lasten und Lüste ausgewogen sind. Denn wenn Eltern, Geliebte oder Freunde nicht sehen und offen anerkennen, daß man es gut mit ihnen meint und ihnen etwas Gutes tun wollte, dann war es umsonst, nutzlos, vergeblich. Man hätte es genausogut lassen können. Die Wertschätzung dessen, was man tut, kommt also immer von den anderen, und bleiben, wie ich schon in *Die Pathologie* schreibe, dieser Blick und diese Anerkennung aus, fühlt sich ein Kind – und später der Erwachsene – wertlos und versucht mit einem gespielten Selbst die Anerkennung zu ernten, die es für das, was es einst aufrichtig meinte, nicht bekommen hat.«

»Mit der Folge, daß dieser Spieler von nun an jeglicher Anerkennung mißtraut, weil sie mit Hilfe einer geliehenen Persönlichkeit erworben wurde und er die Liebe als genauso unecht betrachtet wie sich selbst, nicht, Schutziputzi?« fügte Salomon wie ein strebsamer Schüler hinzu, der eine gute Note ergattern wollte.

»Nur keine Bange«, sagte ich zu Schutz, »denn in bezug auf die Hypothese, daß die Honorierung des Guten und somit die Bestimmung des eigenen Wertes von einem anderen kommen muß, stelle ich keine Ausnahme dar, nur schreibe ich den Anderen groß.«

»Und wie steht es mit Ihren Erwartungen an die Menschen, für die Sie so viel tun?« fragte Salomon.

»Das Gute ist gratis, und ich brauche dafür weder Blumen noch Geld, Salomon, denn ihr Glück ist meine Belohnung, und auch wenn der Ausdruck von Glück als Zeichen der Erkenntlichkeit ausbleibt, fühle ich mich nicht benachteiligt, denn mit dem psychologischen Mechanismus, der sich hinter der Redewendung verbirgt, daß man gern in die Hand beißt, die einem gegeben hat, bin ich bestens vertraut, und so bedauerlich ich es finde, ich konnte es immer gut verstehen.«

Lili

Das ist mein Wahlspruch geworden. Mon erzählte, es sei der Titel von einem Buch, das in der Bibliothek seines Vaters stand und um das seine Eltern große Geheimnisse gemacht hätten, wie um etwas, das vor Kindern verborgen zu bleiben habe. Er sagte, er habe überall auf der Welt danach gesucht, es aber nie gefunden, denn er wisse den Namen des Autors nicht und auch nicht, ob es aus Amerika oder aus England stamme.

»You are sitting on your fortune«, sagte er eines Tages, als er reinkam. Ich mußte fürchterlich darüber lachen.

»Was sagst du da jetzt wieder?«

Das Nette an Mon war, daß er, wenn man über ihn lachen mußte, auch immer zu lachen anfing und dann richtig froh aussah.

»Gefällt dir das?« fragte er lachend. »*I'm Sitting on a Fortune* ist der Titel eines Buches über Prostitution, von vor dem Krieg, denn es stand bei meinem Vater im Regal, und der hat seine Bibliothek nach 1945 kaum noch erweitert. Daß er das Buch besaß, war für mich immer ein Beleg dafür, daß er zu den Huren ging, und das mit dem Einverständnis meiner Mutter.«

»Das trifft es haargenau«, hab ich zu ihm gesagt, »daher rührt der Stolz.«

»Souverän«, sagte Mon, »du fühlst dich souverän. Du gibst dich jedem, und deshalb gibst du dich niemandem im besonderen, genau wie ich.«

»Weil ich's für Geld mache.«

»Auch wenn du's für Gott oder für die Öffentlichkeit machen würdest, wärst du souverän«, entgegnete Mon.

»Aber einsam ist es schon«, sagte ich, »mit dieser ganzen Souveränität. Was kauf ich mir dafür?«

»Das ist eine Effektenstörung«, sagte er, aber die Bemerkung verstand ich nicht. Er entschuldigte sich und sagte, er habe nur herumgewitzelt, das sei etwas zwischen ihm und Schutz. Von der hatte er mir schon ausführlich erzählt. »Diesmal ist es anders«, hatte er in bezug auf sie gesagt, und da hab ich für einen kleinen Moment so was wie Eifersucht empfunden, aber nicht lange. Er hatte mich auch gefragt, ob Schutz mal mit mir reden dürfe, irgendwo in einem guten Restaurant, bei einem leckeren Mahl, weil sie an einem Buch arbeite (über Geld und Gefühle, sagte er, glaub ich), und ich hatte zu Mon gesagt, daß ich nichts dagegen hätte, vorausgesetzt, ich bliebe in dem Buch anonym. Seit sie mit dieser Untersuchung befaßt sei, erzählte Mon, fabriziere er am laufenden Band neue Wörter, um sie zum Lachen zu bringen, und er erklärte mir, daß man in der Psychologie von Affektstörung (ja, so hieß das) spreche, er dem aber einen monetären Dreh gegeben habe.

»Und es stimmt«, fuhr er fort. »Jemand, dem Schaden zugefügt worden ist, wird irgendwie versuchen, die Sache zum Guten zu wenden, so daß im Endeffekt ein Gewinn für ihn dabei herausspringt, aber selbst wenn diese Transaktion gelingt, schließt das nicht aus, daß einiges in seinem

Leben gestört ist. Mit anderen Worten: Du würdest nicht hier sitzen, wenn dein Leben anders verlaufen wäre. Die Frage ist jedoch, ob Geld alles ins Lot bringt.«

»Geld macht mich ruhig«, sagte ich.

»Es tröstet dich dafür, daß du ein normales Leben opferst.«

Ich erzählte ihm, daß Geld mich tatsächlich schon immer getröstet hat und ich vom Beginn der Heimsuchungen an, wie ich sie nannte, ein Heft führte, in dem ich aufschrieb, was ich den Herrn Vater kostete, denn er kam schon bald wieder, gleich in der darauffolgenden Woche, glaub ich. Und genau wie beim Mal davor kaufte er mir etwas, ein silbernes Bettelarmband diesmal, mit zwei Anhängern, einem Anker und einem Holzschuh. Es sind noch 'ne Menge Anhänger dazugekommen. Anfangs hatte ich noch die Hoffnung, daß es aufhören würde, sobald ihr Kind geboren war und meine Mutter wieder zur Verfügung stand, doch als das nicht so war, wußte ich, daß es um mich geschehen war, daß das weitergehen würde, bis ich ihm entkommen könnte. Ich führte da schon mein Heft. Von den meisten Sachen, die er für mich kaufte, mußte ich den Preis so in etwa schätzen. Manchmal sah ich mir auch die Auslagen in den Läden an, um zu erfahren, wieviel etwas kostete, und je teurer es war, desto besser fühlte ich mich. Im Grunde berechnete ich einfach, wieviel ich wert war. Das Heft zu führen war für mich ein Mittel, um nicht verrückt zu werden und das Ganze auszuhalten. Schmerzensgeld, das war's. Als ich so etwa vierzehn war, begann er mir Bargeld zuzuschieben, wahrscheinlich weil das weniger auffiel, als wenn er mir so viel schenkte. Mit dem Geld hab ich mir dann einen ganzen Freundeskreis erkauft. In Kneipen, Imbißstuben, Tanzsälen gab ich allen aus und war immer von einer ganzen Korona Jungs und Mädchen umringt, die mich natürlich alle auf Händen trugen. Aber im Grunde meines Herzens war das für mich dreckiges Geld, Geld, für das ich den Mund halten und so tun mußte, als wenn alles in bester Ordnung wäre. Er hat mir immer was gegeben, nach jedem Mal, er hat sich also jedesmal wieder schuldig gefühlt für das, was er mir antat. Nur deswegen kann ich noch ein bißchen Sympathie für ihn aufbringen, dieses Schuldgefühl taugte was. Damit hatte er in meinen Augen noch einen Rest von Menschlichkeit, jämmerlich eigentlich, der Mann. Das Heft hab ich mein Leben lang überallhin mitgenommen.

»Hier, der Beginn meiner Karriere«, sagte ich ganz groß zu Mon, als er fragte, ob er es mal sehen dürfe, aber als ich sein Gesicht sah, nachdem er einen Blick in das Heft geworfen hatte, überkam mich auf einmal ein beklemmendes Gefühl, genauso wie damals, wenn ich sah, wie sich die Klinke von meiner Schlafzimmertür nach unten bewegte. Mons Lippen zitterten.

»So viel«, sagte er und sah mich entsetzt an, »und dann dieser Übergang von der kindlichen Handschrift zu der wütenden Klaue.«

»Es ist mein erstes und letztes Kassenbuch«, sagte ich, weil ich keine Lust mehr auf dieses Gefühl hatte.

»Nein«, sagte Mon sanft, »ein Kassenbuch hat eine Soll- und eine Habenseite. Aber in deinem Heft steht nur, was du bekommen hast, nicht, was es dich gekostet hat.«

Er hat meinem Heft in *Briefe an Lilith* ein, zwei Seiten

gewidmet, aber die überschlage ich meistens. Daß sie von mir handeln, kann ich nicht begreifen, und wenn ich sie lesen würde, als handelten sie von irgendeinem anderen Kind, bräche es mir noch das Herz.

Im Haus von Bep war ich schon bald die Beliebteste, bei den Männern wohlgemerkt, und das trug mir 'ne Menge Brotneid ein. Auf die Dauer war Bep die einzige, die sich mir gegenüber noch normal verhielt, die anderen waren total mißgünstig, und wenn sie an einem Tag nicht auf ihr Quantum kamen, gaben sie mir die Schuld daran. Ich machte nichts Besonderes. Mich an einen Mann ranzuschmeißen und rumzuschleimen hab ich immer als demütigend empfunden, und im Haus galt Gott sei Dank die Regel, daß du dazu nicht verpflichtet warst. Ich saß also immer stocksteif mit einem Buch auf dem Schoß auf dem Sofa, und trotzdem kamen ganz viele zu mir. Ich hatte auch ziemlich schnell ein paar Stammkunden, die oft unten warteten, bis ich wieder frei war, und auch das war nicht gerade förderlich für meine Kontakte mit den anderen Mädchen im Haus. Fünfzig Prozent meiner Einnahmen gab ich an Bep ab, und das begann mich nach einigen Jahren zu wurmen. Ein paar von meinen Stammkunden wußten, wie's im Bordell läuft, und gaben mir meistens was extra, das ich für mich behalten konnte, weil sie dafür nicht mehr Zeit wollten und Bep unten den Normaltarif mit mir abrechnete. Bep witterte schon, daß ich früher oder später auf eigene Rechnung arbeiten würde, schließlich hatte sie selbst im Fenster angefangen. Sie hat mir sehr geholfen, telefonierte mit ein paar Frauen in Amsterdam und organisierte ein Fenster für mich an der Kade. Ich hab ihr ein teures Geschenk gekauft, einen Hut mit Schleier vom Modehaus Modern, wo sie mich damals aufgegabelt hat. Die Begegnung mit ihr hat mein Leben verändert, und dafür war ich ihr dankbar. Daß sie mich ausgewählt und etwas in mir gesehen hat und daß mich danach so viele Männer haben wollten, meinen Körper liebten und mich für eine gute Hure hielten, hat mir zum erstenmal ein gewisses Selbstwertgefühl gegeben. Bevor ich bei Bep anfing, war mein Körper für mich ein verbrauchtes, schmutziges Etwas, wertlose, lumpige Gebrauchtware, der ich kaum noch Beachtung schenken konnte und die mir irgendwie gar nicht gehörte. Aber seit ich anschaffe, gilt das genaue Gegenteil. Mein Körper ist tatsächlich mein Vermögen, meine Einkommensquelle und das Instrument, mit dem ich mein Leben steuere.

An dem Tag, als ich mit dem Taxi zum erstenmal zu meinem Zimmer an der Kade fuhr, war ich sehr nervös, freute mich aber auch wie ein Schneekönig. Von nun an würde ich als Direktorin und Darstellerin zugleich das Zepter schwingen, würde der Puff mein eigenes kleines Theater sein. Dies war meine Domäne, hier würde alles so laufen, wie ich es wollte. Um mir selbst was Gutes zu tun und mir den Übergang zum Fenster zu erleichtern, hatte ich mir für Unsummen nuttige Klamotten gekauft, die teuersten Dessous, die feinsten Seidenstrümpfe, mit falschen Brillanten besetzte Strapse, Umschlagtücher aus Kaschmir und vor allem die schönsten High Heels mit Stilettoabsatz, die in Amsterdam zu kriegen waren, denn ich hatte inzwischen kapiert, daß meine Beine mein Markenzeichen waren und die wichtigsten Lockinstrumente im Schaufenster sein würden. »Unterwäsche ist meine Uniform«, hab ich mal zu Mon gesagt. Sobald ich sie anziehe, fühl ich mich fürs Spiel bereit.

Statt des obligatorischen Barhockers kaufte ich mir einen Stuhl, auf dem ich mich zurücklehnen, die Beine ausstrecken und ein Buch lesen konnte, ohne allzusehr den Kopf senken zu müssen, so daß ich nicht dahocken würde wie ein Kaninchen, das für jede Möhre an den Maschendraht springt. Entspannt, ein bißchen herablassend und mit distanzierter Verfügbarkeit, damit hatte ich es in Beps Haus weit gebracht, und es paßte zu mir, fand ich. Aber schon nach wenigen Tagen dämmerte mir, daß das bei der Schaufensterprostitution ganz anders läuft. Da ist ja eine Glasscheibe dazwischen, und deswegen mußt du alles vergrößern, vor allem, daß dir selbst danach ist, denn damit ziehst du die Männer an, wenn du so tust, als wärst du ganz scharf auf sie. Du mußt dich begehrenswert fühlen und mit ganzer Hingabe spielen, daß du den Mann begehrst, das ist das Geheimnis der Verführung. Außerdem bist du, wenn du im Fenster sitzt, viel neugieriger, was da draußen so alles vorbeiläuft. Diese Art von Publikum muß erst noch hereingelockt werden, und das macht das Ganze spannender als in einem geschlossenen Haus. Ich zieh auch gleich den Vorhang wieder auf, wenn ein Mann zur Tür raus ist, denn ich hab gemerkt, daß ein geschlossener Vorhang anziehende Wirkung hat und dann immer ein paar Männer in der Nähe deines Fensters rumlungern, die sehen wollen, was zum Vorschein kommt, wenn sich der Vorhang öffnet, was für eine Ware es ist, die da gerade noch ein anderer gewollt hat. Viele Männer kommen erst rein, wenn du gerade einen anderen bedient hast.

Jetzt lese ich nur, wenn ich eine Weile meine Ruhe will oder einen, der schaufenstert, hinhalten will. Das ist ein Spiel mit den Augen. Vom Buch aufblicken, ihn ansehen, lächeln und, wenn er genauso lange zurückschaut, das Buch zuschlagen. Das ist wie ein Handschlag, so wie sie's auf dem Pferdemarkt machen. Dann trauen sie sich meistens nicht mehr weiterzulaufen.

Mon schreibt in *Briefe an Lilith*, daß der Tribut für die Souveränität die Aufgabe einer Position innerhalb der sogenannten normalen Gemeinschaft ist und du also für deine Freiheit mit dem Stigma der Außenseiterin bezahlst, und das hört sich alles ganz gewichtig an, so wie es da steht, aber ich kann mich an kein normales Leben erinnern. Trotzdem hatte ich als Kind ganz biedere, bürgerliche Träume, Nullachtfünfzehn-Durchschnittsphantasien, aber am meisten träumte ich von einem hübschen, lieben, netten, reichen, fürsorglichen, starken Mann, der immer für mich dasein, vierundzwanzig Stunden am Tag um mich rumscharwenzeln und mich immer nur verliebt ansehen würde und dem ich mein ganzes Leben widmen könnte. Das letzte, woran ich dabei dachte, waren Sex und Kinder. Wie ich dazu kam, weiß ich nicht, denn so 'nen Mann hatte ich nie gesehen oder erlebt. Wahrscheinlich lernte ich in der Schule, dafür zu sorgen, daß ich dieselben Zukunftswünsche hatte wie alle anderen Mädchen. Sogar in deinen Träumen paßt du dich an. Es ist nichts draus geworden. Das bedaure ich nicht, und ich gebe auch niemandem die Schuld dran. Es ist nun mal so. Seit ich Menschen wie Bep, Schwester Monica, Mon und Schutz kennengelernt hab, bin ich selbstbewußter geworden, denn sie sind auch nicht gerade Mitläufer, und sie sind stolz auf ihre Unangepaßtheit. Ich manchmal auch, aber nicht immer. In den Gesprächen mit Mon hab ich schon hin und wieder eingeräumt, daß so ein Doppelleben auch schlaucht und es 'ne Menge Tage gegeben hat, an denen ich mich nach einem Leben ohne Geheimniskrämerei und Lügen gesehnt hab, nach 'nem einfachen Leben, in dem ich nicht mehr mit dem Gefühl rumlaufen müßte, daß man mich von oben herab ansehen würde, wenn man wüßte, wer ich wirklich bin, wenn man wüßte, daß ich die Hure spiele.

»Schwester Monica findet ihre Belohnung darin, daß sie von Gott und dem gesamten Kadeviertel geliebt wird«, sagte ich zu ihm, »und du findest deine Belohnung in dem, was du schreibst, und im öffentlichen Ruhm, aber ich leb wie 'ne Kakerlake im Dunkeln, und da kann ich noch so stolz darauf sein, wie gut ich in meiner Arbeit bin, teilen kann ich das mit niemandem.«

»Geld, Macht und Freiheit?« äußerte Mon vorsichtig.

»Das Geld ist nicht ganz koscher, darauf ruht ein Fluch. Ich hab das Gefühl, daß es mich entweder verrät oder daß ich jemanden damit kaufen muß. Es mußte verschwendet werden, von jeher. Ich hab nie darauf vertraut, daß ich eine Zukunft ohne die Hurerei hätte genießen können. Die Macht ist schon toll, aber sie gilt nur drinnen; sobald ich rausgeh, ist nichts mehr davon übrig, dann komm ich mir ziemlich machtlos und aufgeschmissen vor.«

»Die Freiheit also?«

»Ja«, sagte ich, »das ist das einzige, was bleibt, Freiheit, Selbständigkeit, sein eigener Chef sein.«

»Nicht ohne, was du da aufzählst«, sagte er.

Ich hab einen Absatz aus Mons *Briefe an Lilith* kopiert, vergrößert, eingerahmt und zu Hause über dem Badezimmerspiegel aufgehängt. Ihn zu lesen war für mich immer das beste Mittel gegen aufkommende Niedergeschlagenheit.

Eigenständig ist man nicht von Natur aus, das muß man werden. Dein Drang nach Eigenständigkeit entspringt dem Wunsch, Dich von anderen zu unterscheiden, und Dich unterscheiden bedeutet, daß Du Dich von der Herde trennen mußt. Es setzt schon einiges an Tatkraft, Mut, Wut, Aversion und Leidensdruck voraus, seinen Weg allein zu gehen und dem Komfort, der Geborgenheit, der Unterstützung und der Gesellschaft der Gemeinschaft entsagen zu können. Nur wenigen ist es vergönnt, zu einer Gruppe zu gehören, weil sie bewußt außen stehen, und zu den wenigen gehörst Du.

Schwester Monica ist sehr wichtig für mich, weil sie mich ganz uneigennützig gern hat und mich nie verurteilt. Mon hat uns mit seinen komischen Einfällen noch näher zusammengerückt. Ich hätte im Boden versinken können, als er das zum erstenmal schrieb.

»Mon, du bist total bescheuert«, sagte ich zu ihm. »Wer vergleicht denn eine Hure mit einer Nonne?«

»Ich.«

»Darauf fällt doch kein Schwein rein!«

»Das ist auch nichts, worauf man reinfallen kann, weil es nämlich wahr ist.«

»Du hast 'ne viel zu hohe Meinung von uns Huren.«

»Nicht höher als von jeder anderen Frau des öffentlichen Lebens.«

Aus Angst, daß er Schwester Monica mit seinem Vergleich verletzen würde, wandte ich noch ein, daß ich schließlich ein Geschäft betriebe, kommerzielle Beziehungen hätte, Sex verkaufte, eine Nummer abzöge, für viel Geld die Illusion von Liebe und Intimität an den Mann brächte und mit meiner Arbeit kein anderes erhabenes Ziel vor Augen hätte als mein eigener Herr zu sein, mich mächtig zu fühlen und viel Geld zu verdienen, und daß es für eine ehrbare Nonne schrecklich beleidigend sei, mit einer Hure verglichen zu werden, denn sie handle aus aufrichtiger Liebe zu den Menschen, und das unentgeltlich und bloß, um Gutes zu tun.

»Das ist eines wie das andere zwischenmenschlicher Verkehr«, sagte Mon da, und wenn einer von uns das Wort »Verkehr« benutzte, mußten wir immer lachen.

Erst nachdem er der Schwester in meinem Beisein die betreffenden Teile aus seinem Brief vorgelegt hatte und sie allen Ernstes damit einverstanden war, begann ich es doch tatsächlich zu glauben. Allerdings machte Schwester Monica eine Bemerkung, die sie mir später, nachdem ich zunächst nichts damit anfangen konnte, mit Verweis auf einen Absatz aus *Teure Schwester in Gott* erklärte.

»Sie versuchen eine einzige große Familie aus uns zu machen, Salomon«, sagte sie auf ihre ältliche, ironische Art, »und warum auch nicht. Wir sind alle Kinder Gottes, wenn wir auch für die Erfahrung unserer Kommunion hin und wieder dringend Ihrer eigensinnigen Interpretation der Befolgung des sechsten Gebots und der Bedeutung des Zölibats bedürfen.«

Es hat mich nie gewundert, daß die Geschichte der Prostitution die heilige Hure kennt, und auch in diesem Jahrhundert kann man für diese weitverbreitete Erscheinung meiner Meinung nach nicht nur psychologische und gesellschaftliche, sondern auch religiöse Erklärungen anführen. Genau wie eine Nonne hast Du Dich geweigert, den breiten Weg zu gehen, der Frauen in diesem Jahrhundert vorgezeichnet war, wenn sie sich Ehrbarkeit erwerben wollten, und hast dem Lockruf der traditionellen Ehe, des Kindergebärens und der Führung einer Familie und eines Haushalts widerstanden. Du hast Dich nicht abspeisen lassen mit dem beschränkten Spielzeug einer durch und durch regulierten Gesellschaft, mit dem eine Frau in den vier Wänden zurückgelassen wird, wenn sie morgens um acht ihren hart arbeitenden Ehemann zur Tür hinausläßt – der dann um neun sehnsüchtig und geil bei Euereins auf der Matte steht.

Du hast Deine Art von Klosterzelle bezogen und mit dem roten Licht der Wärme und des Verbots gelockt. In gewissem Sinne könntest Du Deine Arbeit als umgekehrtes Zölibat auffassen, denn dadurch, daß Du Dich viele Male am Tag denen gibst, die Dich für Deine Dienste bezahlen, und daß Du dies ohne Ansehen der Person tust, entheiligst Du den Sex auf genauso effektive Weise wie eine Religiose das durch ihre strikte Enthaltsamkeit vom Geschlechtsverkehr tut. Nonne wie Hure trennen den Sex von der Liebe, und beide tun dies im Namen der Liebe selbst.

Vor der Begegnung mit Schutz war ich nervöser als vor einem Tag im Fenster. Nicht, weil sie Psychiaterin war, denn ich hatte ein paar Therapeuten als Kunden, sondern vor allem, weil sie eine Frau war. Von Männern weiß ich inzwischen das eine und andere, und ich hab das Gefühl, daß ich Macht über sie hab, zumindest auf einem Gebiet, aber den Umgang mit Frauen aus dem normalen Leben war ich nicht mehr gewohnt, denn Schwester Monica kann ich ja wohl kaum als gewöhnliche Frau ansehen, die ist doch in meinen Augen eine Art Heilige.

»Möchtest du, daß ich eine Weile dabei bin und euch miteinander bekannt mache?« hatte Mon angeboten, als ich durchblicken ließ, daß mir immer mehr vor dieser Begegnung grauste.

»Nein«, hab ich gesagt, »das ist zu peinlich.«

»Sie findet das aber nicht schlimm«, hatte Mon gesagt.

»Doch«, sagte ich, »sie tut nur so, als ob sie es nicht schlimm findet, weil sie dich liebt.«

»Du bist eine weise Frau, und ich lerne viel von dir«, hat er da gesagt.

Es war an einem Sonntagabend im November 1993. Wir hatten uns im Restaurant Casanova verabredet. Wie ich das in Lokalen immer tue, versuchte ich beim Reinkommen so unauffällig und schnell wie möglich einen Überblick zu kriegen, wer alles an den Tischen saß, weil ich doch immer irgendwie fürchte, einem festen Kunden über den Weg zu laufen. Das Restaurant hatte zu beiden Seiten eine Nische, und Schutz de Vries hatte gesagt, daß sie einen Tisch in der linken Nische reservieren würde. Dort ließ ich meinen Blick enden, und da erhob sich eine Frau. Ich weiß nicht, warum, aber ich hatte jemanden erwartet, der genauso dunkel und östlich sein würde wie Mon, eine hochgewachsene Urfrau mit langem, schwarzem Haar und wunderschönem Teint, einen Typ wie Bep eigentlich, nur in jüngerer, sittsamerer Version, aber die Frau, die sich da erhob, um mir entgegenzukommen, war ganz anders. Sie war älter und kleiner, als ich gedacht hatte, sie hatte ihr halblanges Haar ohne Form und Schnitt aus dem Gesicht gebürstet, wodurch ihre hohe Stirn frei war, sie trug eine altmodische Brille, so eine wie die, mit der Nana Mouskouri ein für allemal verschmolzen zu sein schien, und sie wirkte zugleich weiblich und männlich, weshalb ich mich wahrscheinlich sofort wohl fühlte. Sie erinnerte mich sehr an die Frau, die auf dem Umschlag eines Buches abgebildet war, das Mon mir geschenkt hatte, *Das tägliche Leben* von Marguerite Duras. Ohne mich vorzustellen, war das das erste, womit ich in meiner Nervosität herausplatzte: »Sie sehen aus wie Marguerite Duras.« Ich hätte mich sofort dafür ohrfeigen können, denn das klang ja so, als müßte ich raushängen, daß ich nicht nur anschaffen ging, sondern Bücher las, Duras kannte.

»Das hat man mir schon öfter gesagt«, entgegnete Schutz mit verlegenem Lachen, »und zum Glück bewundere ich sie auch. Vielleicht trage ich dadurch unbewußt noch meinen Teil zu dieser Ähnlichkeit bei.« Danach bat sie mich, sie zu duzen, weil sie sich sonst so alt vorkommen würde.

»Du und Schutz«, sagte sie und gab mir die Hand.

»Du und Lili«, sagte ich.

»Berufsname?«

»Ich hab nur noch einen Berufsnamen«, antwortete ich.

»Hast du denn auch nur noch deinen Beruf?«

Schutz ist nach Schwester Monica zur zweiten Frau in meinem Leben geworden, die ich ins Vertrauen zog, vor der ich keine großen Geheimnisse hatte, bei der ich das Gefühl hatte, mehr zu sein als nur eine Hure, und die mir eine Welt außerhalb vom Puff eröffnet hat. Sie wurde meine Freundin, und ich war stolz auf diese Freundschaft, und Schutz sagte ihrerseits, daß sie stolz sei, mich zu kennen.

»Lili ist auch eine Stubengelehrte«, sagte sie oft, wenn sie mich Freunden und Bekannten vorstellte.

Schon am ersten Abend trank mich diese Kette rauchende Frau haushoch mit Whiskys unter den Tisch, löcherte mich mit Fragen und überschüttete mich mit Deutungen meiner Antworten, nannte mir unzählige Bücher, die mir vielleicht gefallen würden oder aus denen ich etwas lernen könnte, und erzählte mir Witze.

»Kommt eine Hure zu einem Psychiater. Sagt der Psychiater zur Hure: ›Legen Sie sich hin.‹ Sagt die Hure: ›Ich werd mich hüten.‹

Kommt ein Psychiater zu einer Hure. Sagt die Hure zum Psychiater: ›Legen Sie sich hin.‹ Sagt der Psychiater: ›Ich werd mich hüten.‹«

Sie sah mich lachend an, und ich lachte ein bißchen verdutzt zurück.

»Wir werden öfter mit Huren verglichen, von daher«, fuhr sie fort. »Wir machen's für Geld, im Prinzip mit jedem, wir sind austauschbar, weil wir uns einem strengen Verhaltenskodex unterwerfen, der Kontakt ist im Rahmen dieser Spielregeln einseitig, wir wahren diskret das Berufsgeheimnis, und wir bieten uns für jederlei Projektionen an, man kann in uns hineindichten, was einem gerade beliebt.«

»Aber du kommst damit zu Ehren«, sagte ich, »eine Psychiaterin ist angesehen, eine Hure nicht.«

»Noch vor weniger als zehn Jahren haben die meisten Klienten es vor ihrer Umgebung geheimgehalten, daß sie zum Psychiater gingen.«

»Mag sein, aber du hast nicht verschwiegen, daß du Psychiaterin bist, das ist der Unterschied.«

»Da hast du recht«, sagte sie. »Hättest du es lieber, daß es anders wäre?«

»Manchmal ja, manchmal nein. Ja, weil ich nach außen hin gern freier und offener leben würde, ohne diese ganzen Lügen und die Geheimniskrämerei und ohne daß man mich verurteilt und verachtet, und nein, weil ich fürchte, daß Männer weniger Spaß dran hätten, zu den Huren zu gehen, wenn nichts Heimliches und Verbotenes mehr dran wär.«

»Das Verbot ist für die Männer also Teil des Vergnügens, aber gilt das auch für dich?« fragte Schutz da, und darüber hatte ich mir komischerweise noch nie Gedanken gemacht.

Wir sind an diesem ersten Abend kaum dazu gekommen, über ihr Buch zu reden. Schutz hatte auch nicht mal ihren Kassettenrecorder dabei, später schon. Ich kam mir irgendwie richtig bedeutend vor, daß ich einer Wissenschaftlerin was über meine Arbeit erzählte, und vor allem dadurch, daß Schutz sich wirklich bemühte, mich, meinen Hintergrund und das Warum dieser Arbeit zu verstehen, half Schutz mir über meine Scham und mein Mißtrauen hinweg. Was auch half, war, daß sie oft lachen mußte, da machte es mir dann richtig Spaß, ihr die ganzen komischen Sachen zu erzählen, die ich in fast zwanzig Jahren Prostitution miterlebt hatte. Bis dahin hatte ich das nur mit Kolleginnen gekonnt, aber die machten ja selbst auch die verrücktesten Situationen mit, die konntest du also kaum noch mit was überraschen, und da übertrumpfte man sich dann manchmal nur noch gegenseitig mit seinen Geschichten. Aber Schutz fiel manchmal fast vom Stuhl, so baff war sie, und das machte mich richtig stolz auf diese verrückten Seiten vom Gewerbe. Anfangs hatte ich schon ein bißchen Schuldgefühle gegenüber Mon, aber mit ihm konnte ich schwer über Männer reden, weil er ja selbst einer ist und ich ihn um keinen Preis beleidigen wollte. Ich schätze, wenn einer, der zu den Huren geht, wüßte, wie wir manchmal über Männer reden und denken, würde ihm angst und bange werden.

»Außer Band« wurde zwischen Schutz und mir zum Standardausdruck, wenn ich nicht wollte, daß sie die jeweilige Geschichte aufnahm. Sobald sie mich das sagen hörte, stellte sie den Kassettenrecorder ab.

Was Schutz für mich getan hat, ist nicht mit Gold aufzuwiegen. Bevor ich sie kennenlernte, dachte ich, ich wär außerhalb von meinem Bordellzimmer keinen Cent wert, weil das, was mir an der Kade ein Gefühl von Macht gab, mein Körper und meine Sexkünste, mir da draußen nichts bringen würde, aber jetzt saß ich stundenlang einer Frau gegenüber, die mir vermittelte, daß ich durchaus was anderes zu bieten hatte, und mich unheimlich aufmöbelte. Weil unsere Arbeit im Grunde hauptsächlich darin besteht, daß du möglichst gut vorspiegelst, du wärst geil, interessiert, lieb und begeistert, mußte ich erst mal ein ziemlich großes

Mißtrauen überwinden, denn wer sagte mir, daß sie nicht auch von Berufs wegen so tat, als fände sie mich interessant, schließlich wollte sie ja was von mir. Aber Schutz konnte ich einfach nicht lange mißtrauen. Ich hab sonst nur Frauen um mich, die meisterhaft schauspielern können. Sobald ein potentieller Kunde naht, verändert sich plötzlich alles an ihnen, sie richten sich gerade auf, strecken Po und Busen raus, öffnen leicht die Lippen, machen was mit ihrem Haar und – das können sie alle besonders gut – zaubern einen Ausdruck totaler Verfügbarkeit in ihren Blick. »Wenn du mich willst, Schätzchen, gehör ich dir.« Und diese Zurschaustellung dient dazu, für eine halbstündige Fortsetzung des präsentierten Vorspiels zu werben.

Schutz hatte, wie mir ziemlich schnell klar wurde, nicht das geringste Talent, sich zu verstellen, ja nicht mal für einen simplen Flirt, und das weckte mein Vertrauen. Sie achtete überhaupt nicht auf das, was um sie herum war, sie schaute nur auf mich, und wenn das Gespräch mal stockte, hatte ich den Eindruck, daß sie ganz in ihre Gedanken versunken war. Sie hatte dann so was Wehrloses, daß ich die Tendenz hatte, um so mehr auf das zu achten, was um uns herum ablief, damit ich sie vor unerwarteten Angriffen schützen konnte.

Schmeicheln gehört bei mir zum Handwerk. »Oh, bist du groß! O ja, das machst du gut, schön, ja, ja, mach weiter.« Da sind sie ratzfatz gekommen. Daher hab ich den Komplimenten, die Schutz mir machte, anfangs nicht so richtig getraut. Es fiel mir schwer, zu glauben, daß sie es wirklich ernst meinte, daß ich tatsächlich was zu melden hatte. Mon war auch nicht kleinlich mit seiner Bewunderung, aber dem ging es immer eher um witzige Sätze, also darum, wie du was sagtest, und Schutz kam es mit einem Mal auf das an, was du wußtest, um Kenntnisse, um was Intellektuelles, will ich mal sagen.

»Du gibst mir meinen Kopf zurück«, hab ich irgendwann zu ihr gesagt.

»Wem zuliebe hattest du den denn ausrangiert?« fragte sie. »Deinem Stiefvater oder deiner Mutter zuliebe?«

Mon hatte das besondere Talent, daß er total in dich hineinschlüpfen konnte. In *Briefe an Lilith* hat er mir Worte in den Mund gelegt, die ich so nie sagen würde, so als spräche er aus mir heraus.

»Hab ich das so gesagt?« fragte ich immer wieder, wenn ich einen Abschnitt gelesen hatte.

»Nein«, sagte er, »das sage ich als du.«

Dabei nahm er gleichzeitig auch sich selbst unter die Lupe, sich selbst als Puffläufer, mein ich, und ab und zu fragte er mich, ob ich wüßte, wie die Männer, die zu mir kamen, denn so gestrickt seien, wieso sie zu mir kämen, was sie bei mir suchten. Ja, das wüßte ich schon, hab ich gesagt, zumindest würd ich meine Pappenheimer ziemlich schnell kennen, wenn sie erst mal drinnen waren, und ich würd auch genau wissen, wen ich besser draußen ließ, obwohl das auch mal gründlich danebengehen konnte. Türken und Marokkaner überließen wir an der Kade zum Beispiel den türkischen, marokkanischen oder surinamischen Mädchen, denn die konnten mit ihnen umgehen und wir nicht. Bei denen mußtest du dir immer den Mund fußlig reden, bis sie 'n Kondom benutzen wollten, und die wurden aggressiv, wenn du nicht über den Preis verhandeln wolltest, und wenn du nach langer Feilscherei endlich mit ihnen einig geworden warst, behandelten sie dich wie was Minderwertiges, wie Abfall. Ich laß mich in meinem Bordell von niemandem als »dreckige Hure« oder »dummes Weib« beschimpfen, und von dem, was die sonst so in ihrer Sprache rauszischen, versprech ich mir auch nicht viel. Okay, ich spiel die Hure in erster Linie des Geldes wegen, aber ich möchte schon, daß einer zufrieden rausgeht und sich besser fühlt, als wie er reinkam, und daß er findet, daß ich was von meinem Fach versteh. Man möchte doch für seine Arbeit gelobt werden. Zu Mon sagte ich, daß die kulturellen Unterschiede zu groß seien, aber er meinte, es habe was damit zu tun, daß sie einer Minderheit angehörten.

»Jemand, der sich einer Mehrheit gegenüber minderwertig fühlt, sucht sich jemanden, den er noch weiter unten ansiedelt als sich selbst, damit er sich für einen Moment überlegen fühlen kann, fürchte ich.«

»Gilt das nicht für alle Männer, die zu uns kommen?« fragte ich.

»Das ist eine gute Frage«, sagte er. »Ich würde sie vorerst mit ›Nein‹ beantworten, aber ich werde zu Hause darüber nachdenken.«

Ein paar Tage später kam er mit zwei Seiten an und las mir vor, was er draus gemacht hatte. Ich glaube, im Zusammenhang mit diesem Gespräch über Minderwertigkeitskomplexe hat er zum erstenmal den Vergleich zwischen TT und der Prostitution gezogen. Er war selbst ganz entzückt darüber und strahlte. Allmählich würden sich die Puzzlesteinchen zu einem Ganzen zusammenfügen, sagte er, und daß er durch die Arbeit an diesen Briefbüchern und auch durch Schutz von Tag zu Tag besser verstand, warum er machte, was er machte, und daß er sich dadurch langsam besser fühlte, »beinahe glücklich«, sagte er.

Wenn wir den persönlichen Brief als Versuch des Schreibenden sehen, über das Wort einen intimen, vertraulichen Kontakt mit dem Empfänger zustande zu bringen, dann steht die Veröffentlichung des Briefes im Widerspruch zu dem, was ihn im wesentlichen definiert. Zweifellos hat das Briefgeheimnis mit dem persönlichen Charakter des Schreibens zu tun: Der Schreibende verpackt die Botschaft in einen geschlossenen Umschlag und geht in bezug auf den Inhalt und manchmal sogar den Absender davon aus, daß der Empfänger strikte Geheimhaltung gegenüber Dritten wahrt. Die vorausgesetzte Geheimhaltung macht es dem Schreibenden möglich, sich auf eine Weise zu äußern, die in einem direkten Zwiegespräch, das heißt in der Realität, wahrscheinlich nicht im Bereich des Möglichen läge, und diese Offenherzigkeit wäre ebenso unmöglich, wenn der Brief von anderen als dem Empfänger gelesen würde.

So, wie der öffentlich zugängliche Brief die Gesetze von Intimität, Vertraulichkeit und Exklusivität mit Füßen tritt, spottet auch die öffentlich zugängliche Frau, die Prostituierte, der Gesetze von Intimität, Vertraulichkeit und Exklusivität, in die die Sexualität seit Jahr und Tag verpackt wird. Was haben beide gemein? Was haben Du und ich, die Hure und der Kunde, gemein?

Da ich, wie man weiß, nicht nur Verfasser zahlloser

offener Briefe an ebenso zahllose Adressaten bin, sondern auch ein renommierter Puffläufer, darf ich mir in diesem Punkt einige Sachkenntnis zuschreiben. Du hast mich mal »die Hure unter den Autoren« genannt, und daß ich Deine Bemerkung als Kompliment aufgefaßt habe, sagt ohne Zweifel alles über mein permanentes Empfinden, daß ich in diesem Leben einfach nicht echt werden will. Die Erfahrung eines permanenten Zustands der Unechtheit hat mit der Ablehnung einer erstickenden, beklemmenden Wirklichkeit zu tun, einer Welt, die andere als normal bezeichnen, mit der aber weder Du noch ich etwas anfangen können. Was für andere normal ist, ist uns fremd. Erst in der paradoxen Welt, in der die Kunst des Spiels, die Öffentlichkeit und Austauschbarkeit ja gerade Voraussetzungen für ein kurzfristiges Eintauchen in Intimität und Vertraulichkeit sind, fühlen wir uns zu Hause. Der Lohn für unser Hurentheater ist die Aufrechterhaltung einer unmöglichen Wirklichkeit, einer Wirklichkeit, in der uns niemand der Lust der Unechtheit berauben wird. Öffentlich sein, für jedermann zugänglich sein, uns jedem x-Beliebigen geben heißt unpersönlich werden, und nur in dieser gesuchten Anonymität finden wir den Mut zum Leben. Ich bin ganz der Ihre, damit ich unerreichbar sein kann.

Eine Frau war dazu nötig, mich mit dem Gesicht zur Welt zu drehen, und diese Frau bekam ich von einem Mann, so seh ich's mittlerweile. Schutz lud mich nach einer Weile zu ihren Vorträgen ein, ich war bei Festen und Essen von ihr und Mon zu Gast, und sie machte mich mit der Mitbegründerin einer Gruppe für Frauen aus der Prostitution bekannt.

Ich war über vierzig und hatte ein kleines Vermögen auf der Bank, und zum erstenmal kam mir eine Idee, wofür ich das Geld verwenden könnte.

C.

In der zweiten Hälfte der achtziger Jahre begann unsere Ménage à trois die ersten Sprünge aufzuweisen. Daß ich erst spät registrierte, wie melancholisch mich das drohende Auseinanderfallen unseres Triumvirats stimmte, wird wohl damit zu tun gehabt haben, daß ich mich vorzugsweise in das Leben anderer vertiefte und so auch diese Wehmut lange dadurch abwehrte, daß ich mich mit den Triebfedern und Sehnsüchten und der seelischen Befindlichkeit meiner Freundinnen befaßte. Cis und ich saßen an unseren Examensarbeiten, Catherina war in Rückstand geraten und wußte nicht so recht, ob sie noch die Mühe auf sich nehmen und ihre kostbare Zeit damit vertun sollte, einige Scheine nachzuholen und eine Examensarbeit zusammenzuschreiben. Das mit der kostbaren Zeit war vorgeschoben. Sie erinnerte sich zwar, in der zurückliegenden Periode jede Menge glorreiche Eingebungen gehabt zu haben, doch sie verstand ihre eigenen Notizen nicht mehr, wie sie schließlich gestand, und suchte mit panischem Verlustgefühl nach den weltumspannenden Zusammenhängen, die sie damals so in Begeisterung versetzt hatten. Die Wahrheit sah so aus, daß sie sich in ihrer Wohnung verschanzte, uns soweit wie möglich aus dem Weg ging und widersprüchliche Geschichten darüber von sich gab, wie sie den Tag verbrachte.

Es war ihr so ergangen, wie ihre Mutter es uns vorhergesagt hatte. Sie hatte einige Wochen lang mit unbändiger Energie Ideen versprüht, Gedichte geschrieben, in Restaurants und Kneipen Leute um sich geschart, Männer aufgegabelt, mit denen sie nach Paris flog oder ganze Wochenenden in der Hochzeitssuite teurer Hotels verbrachte. Sie hatte ihre gediegenen Twinsets gegen freche Kleider und verwaschene Jeans mit engen T-Shirts eingetauscht, sie hatte manchmal ein ziemlich derbes Mundwerk und schien gar nichts mehr auf die wohlformulierten Sätze zu geben, auf die sie sonst patentiert gewesen war, sie sang Loblieder auf jeden, den sie gerade kennenlernte, und sie glaubte, die Rätsel des Lebens eines nach dem anderen lösen zu können. Sie sah Zusammenhänge zwischen den äußersten Extremen. Jedes Buch, das sie las, begeisterte sie und regte sie wiederum zu einer Flut von Gedanken an, und sie war davon überzeugt, daß ihr das betreffende Werk nicht ohne Grund ins Auge gefallen war. »Ein Buch sucht sich dich seinerseits aus.«

Cis und ich nahmen das Anna den Caem gemachte Versprechen, auf ihre Tochter aufzupassen, zwar sehr ernst, doch in der Realität erwies sich das als schwierige Aufgabe. Catherina entzog sich jeder Kontrolle und war einfach unbelehrbar. Für Cis war das Maß voll, als Catherina sie eines Tages, nachdem sie leise vorgefühlt hatte, ob Catherina sich bei all den Männern denn auch ein bißchen vorsah, brüsk abfertigte.

»Eifersüchtiges Biest!« fuhr sie Cis unvermittelt heftig an. Cis wurde kreidebleich, ihr Blick verhärtete sich, und sie stand auf und rauschte ohne ein weiteres Wort hinaus.

»Hab ich sie beleidigt, die arme Kleine? Ihr gönnt mir aber auch nichts. Cis bumst verdammt noch mal alles, was 'n Loch hat, da werd ich doch wohl auch mal dürfen!«

»Sie macht sich Sorgen um dich, genau wie ich. Du bist einfach nicht mehr du selbst, so abgedroschen das auch klingen mag.«

»Und wer bitte bin ich dann? Oder spaziert vielleicht noch jemand neben mir her, der ich ist?« sagte Catherina mit scharfer Stimme und fuhr theatralisch mit den Armen durch den leeren Raum um sich herum.

»Nein«, sagte ich mit mühsam aufgebrachter Geduld, »du bist du, aber, wie soll ich sagen, in entfesselter Gestalt.«

»Genau«, sagte Catherina, »du triffst den Nagel auf den Kopf: Ich habe meine Fesseln abgeworfen, ich genieße jede einzelne Minute des Tages, ich bin zutiefst glücklich, und das können meine umnachteten Freundinnen offenbar ganz und gar nicht vertragen.«

Es stimmte, ihr Glück war kaum noch mit anzusehen, denn wir sahen, was Catherina verborgen blieb: daß die Ekstase eines der vielen Gesichter des Schmerzes ist. Cis verglich Catherina mit einem zu stark aufgedrehten Spielzeugtier, das wie wild kreuz und quer durch den Raum ratterte, überall anstieß, aber so lange weitermachen mußte, wie die Feder noch gespannt war.

Catherina ängstigte mich und machte mich wütend. Mich ängstigten die Unberechenbarkeit ihres Verhaltens, ihre funkelnden Augen, ihre unkontrollierten Bewegungen, ihre beleidigenden Ausbrüche, ihr verändertes Äußeres, ihre Hybris, ihre enthemmte Sprache, ihre Szenen, ihre absonderlichen Hirngespinste, und wütend machte mich, daß sie mich damit ängstigte und dadurch beeinflußte, gefügig machte, ständig auf der Hut sein ließ und so verunsicherte, daß ich überhaupt nicht mehr wußte, wie ich mich ihr gegenüber verhalten sollte und was ich sagen konnte und was nicht. Bei Cis beobachtete ich das gleiche Unbehagen. Ihr Umgang mit Catherina war behutsam und überlegt, keine Haltung und keine Gebärde war selbstverständlich, alles war von Catherina manipuliert – was meine Wut auf Catherina noch steigerte, denn sie war mit ihrem theatralischen, pompösen Glück das Zentrum ihres eigenen Universums, und anderen konnte sie da keine Beachtung mehr schenken. Sie sah nicht, daß Cis litt, und das nahm ich ihr übel.

»Man braucht schon einen Preßlufthammer, um durch den Beton um deine Seele zu dringen«, hatte ich, einige Monate nachdem wir auf dem Kongreß über Transsexualität gewesen waren, zu Cis gesagt. Sie hatte kein Wort mehr über diesen Tag verloren und wehrte jede Diskussion über die Frage ab. Wie sehr sie das Ganze beschäftigte, konnte ich lediglich aus dem Fanatismus ablesen, mit dem sie sich in das Thema hineinkniete, das die Endphase ihres Studiums in allgemeiner Literaturwissenschaft einläutete. Sie wurde zur Spezialistin in Sachen Bedeutung der Geschlechtsidentität um das Fin de siècle, las das gesamte Œuvre von Colette, Virginia Woolf, Marguerite Yourcenar und Oscar Wilde, vertiefte sich in Otto Weiningers *Geschlecht und Charakter* und besorgte sich alles, was Luce Irigaray, Jacques Lacan, Julia Kristeva und andere moderne Philosophen und Psychoanalytiker über Identität geschrieben hatten.

»Ich bin, glaub ich, von Natur aus postmodern«, hatte sie spöttisch dazu angemerkt, doch das Literaturstudium diente ihr als willkommener Vorwand dafür, selten über sich selbst und um so häufiger über andere zu reden.

»Ist denn irgendein inspirierendes Rollenmodell für dich dabei?« fragte ich sie eines Morgens, als wir zusammen in der Institutsbibliothek saßen.

»Foucault«, sagte sie.

»Wieso Foucault?«

»Das wirst du nachher sehen.«

Als sie mittags in die Bibliothek zurückkehrte, hatte sie sich den Kopf kahlscheren lassen.

Anna den Caem hatte sich vorsichtig ausgedrückt, als sie sagte, daß Catherina nach so einer Phase »ein bißchen trübsinnig« werden könne. Catherina war nicht nur ein bißchen trübsinnig, sondern geradezu selbstmordgefährdet. Wenn sie Cis und mir überhaupt die Tür aufmachte, fanden wir sie in einem wüsten Durcheinander vor, immer im gleichen Bademantel und mit dunklen Ringen unter den Augen. Auf dem Fußboden stapelten sich neue Bücher zu den unterschiedlichsten Themen (darunter zum Beispiel fünf Bücher über das Glühwürmchen, drei Bücher über die schöne Helena, ein Sprachkurs Chinesisch, eine Shakespeare-Gesamtausgabe, die Bibel in verschiedenen niederländischen Fassungen sowie in französischer, deutscher und englischer Übersetzung). Bett und Stühle waren mit achtlos hingeworfenen Kleidungsstücken bedeckt, und an sämtliche Wände hatte sie Zeitungsausschnitte und beschriebene Seiten gepinnt. Sie konnte sich kaum dazu aufraffen, ein paar

Sätze mit uns zu sprechen, und das Obst, das wir ihr bei einem früheren Besuch mitgebracht hatten, lag unangerührt in einer Schale. Sie sagte, sie könne sich nicht auf die Bücher konzentrieren, die sie noch für ihre Scheine durcharbeiten müsse, sie müsse sich noch erholen von der turbulenten Zeit, die sie hinter sich habe, es tue ihr leid, wenn sie uns in den vergangenen Wochen beunruhigt oder beleidigt habe, am besten ließen wir sie einfach eine Weile in Ruhe.

»Mir fehlt nichts«, sagte sie, »aber ich muß mich erst wieder sammeln.«

Getreu dem abgegebenen Versprechen und unserer Freundschaft ignorierten Cis und ich ihren Wunsch. Wir bemächtigten uns beide eines Schlüssels zu Catherinas Wohnung, so daß wir uns – nachdem wir zur Vorwarnung kurz an die Tür getrommelt hatten – selbst Zutritt verschaffen konnten, und besuchten sie möglichst regelmäßig. In Cis erwachte wieder der alte loyale Beschützerinstinkt. Sie kümmerte sich nicht um Catherinas Proteste und fegte stumm ihre Küche aus oder scheuchte sie aus dem Bett, um es frisch zu beziehen, oder forderte sie auf, sich etwas anderes anzuziehen, damit sie auch den schmutzigen Bademantel mitwaschen könne, sie kochte eine Kleinigkeit, blieb bei Catherina sitzen, bis sie den Teller wenigstens halb leer gegessen hatte, und öffnete die Post, damit Catherina ihre Rechnungen bezahlte. Als sich herausstellte, daß Catherina hohe Schulden hatte und ihr kein Kredit mehr eingeräumt wurde, bat mich Cis (die es haßte zu telefonieren), Kontakt mit Catherinas Mutter aufzunehmen. Catherina, der wir das sagten, weil wir fanden, daß wir es nicht ohne ihr Wissen tun sollten, nahm es mit der gleichen Ergebenheit hin, die sie auch auf andere Vorschläge kaum reagieren ließ.

»Ruft ruhig an, sie wird bestimmt gern was lockermachen«, sagte sie müde, »aber sie soll ja nicht auf die Idee verfallen, mich hier zu besuchen, denn ich will sie nicht sehen.«

Im Gegensatz zu Cis versuchte ich Catherina zum Reden zu bringen, denn ich hätte nicht gewußt, wie ich ihr sonst beistehen sollte. Meine Versuche, ein Gespräch anzuleiern, waren von wechselndem Erfolg gekrönt. Mal sagte sie unumwunden, daß sie zu müde zum Nachdenken sei, und mal zog sie mich ins Vertrauen, wobei sie mühsam nach Worten suchen mußte, um zu beschreiben, was mit ihr los war. Ihre unvermittelten Ausbrüche noch frisch im Gedächtnis, war ich zurückhaltend. Es war nicht so sehr Mitleid, was mich diese Energie aufbringen ließ, sondern vielmehr meine Sehnsucht nach der Catherina, mit der ich vor Jahren Freundschaft geschlossen hatte. Ich konnte den Tag nicht erwarten, da sie wieder selbst die Tür aufmachen, den unförmigen Bademantel gegen ein Wolltwinset eingetauscht und die Haare zum Knoten aufgesteckt haben würde und vor allem wieder so sprechen würde, wie ich es von ihr gewohnt war. Erst als dieser Tag tatsächlich kam und sie Cis und mich angezogen und mit gepflegtem Äußeren an der Tür empfing, merkte ich, wie sehr ich sie vermißt hatte und daß sie mich in ihrem kranken, hilfsbedürftigen Zustand weniger rührte als in ihrer Rolle der souveränen Biederfrau von Stand. Auch in den Jahren danach, als sich die milde Manie, die wir im Sommer 1986 kennengelernt hatten, allmählich in wilden Wahnsinn verwandelte, konnte ich kein Mitleid für eine Catherina empfinden, die uns verschleiert in ihrem schummrigen Wohnzimmer erwartete, Kerzen, Kreuze, Heiligenbilder und Bibeln um sich herum, oder die unter Hinterlassung eines Altars voller Symbole außer Haus gegangen war, aus denen Cis und ich schließen mußten, wo sie sich wohl befinden und was in ihr vorgehen mochte. Ich empfand erst wieder Mitgefühl, Liebe und Freundschaft für sie, wenn sie erschöpft zu ihrem lakonischen Ton zurückfand und erzählte, daß sie als Kind nur vor einem wirklich Angst gehabt habe, und zwar vor ihrem eigenen Schatten.

»Sobald ich meinen Schatten sah, erstarrte ich, denn er klebte an mir, und sosehr ich auch mit den Füßen wedelte, um ihn abzuschütteln, ich wurde ihn nicht los, und das versetzte mich in Panik, wobei ich zugleich eine Heidenangst hatte, auf ihn draufzutreten und ihm weh zu tun. Ich bin zig Kilometer rückwärts gelaufen.«

»Es ist ganz einfach«, sagte sie an dem bewußten Mittag. »Selbst die Erbsünde findet erst nach der Erschaffung Evas statt, aber ich war schon vor meiner Geburt schuldig, und das macht mich von Zeit zu Zeit ziemlich nervös.«

»Schuldig woran?« fragte Cis gespielt naiv.

»Am Mord an meinem lieben, unschuldigen Schwesterlein natürlich«, sagte sie lässig.

Der Trost der Biographie liegt in der Ganzheit. Nur dadurch, daß er die begrenzte Anzahl der Jahre überschaut, ist der Verfasser einer Biographie dazu in der Lage, sich den Weg durch die Milliarden Sekunden eines Lebens zu bahnen, und sogar innerhalb des größeren Ganzen benötigt er eine Richtschnur, die ihm hilft, ein Muster zu entdecken, die Daten zu selektieren, Erklärungen für die Entwicklung seines Protagonisten zu suchen und dem eine Bedeutung zu geben. Unverständnis ist eine Bankrotterklärung. Kein Biograph wird sich gestatten, über seine Protagonistin zu schreiben, sie habe mit einem Mal außergewöhnliches Interesse für das Glühwürmchen an den Tag gelegt und er habe nicht die leiseste Ahnung, woher dieses Interesse rühre, oder die Tatsache, daß sie als Kind Angst vor ihrem eigenen Schatten hatte, mit der Bemerkung zu quittieren, das komme bei Kindern ja häufiger vor. Er wird alle diese Fakten zu deuten versuchen und weiß sich dabei an seine vorhergehenden Interpretationen gebunden, an das Erklärungsschema, das er entworfen hat, um Einblick in das Leben eines anderen zu gewinnen. Nachdem ich nun schon einige Jahre lang Biographien gelesen und studiert hatte, waren mir die Grenzen des Biographen deutlicher geworden. Ihm standen nicht nur die eigene Persönlichkeit und der Wunsch im Weg, seinem Untersuchungsgegenstand zu ähneln oder sich von ihm zu unterscheiden, er war auch von Zeiteinflüssen abhängig, davon, welche Figuren ihm die Literatur, das Theater und der Film boten, um seinen Protagonisten vergleichen oder manchmal auch danach modellieren zu können. Eine Frau schöpft eine andere Sylvia Plath als ein Mann und ein Jude einen anderen Lenny Bruce als ein Protestant. Es ist kennzeichnend für den Biographen, daß er sich seiner Subjektivität, seiner eigenen Unzulänglichkeiten und Grenzen kaum bewußt ist. Ich sah das bei den Biographen, die ich bewunderte, ganz genau, doch irgend etwas hinderte mich daran, die Unzulänglichkeiten, die ich ihnen zuschrieb, auch bei mir selbst zu erkennen.

Ich hatte, glaubte ich, den idealen Charakter für eine Biographin: Meine Wißbegierde richtete sich auf etwas außerhalb meiner selbst, und ich wollte mich dem ganz widmen; ich war ehrlich neugierig darauf, wie das Eigene anderer entstanden und beschaffen war, während ich für die einsame Erforschung meiner eigenen Seelenregungen weder die Geduld noch das Interesse aufbrachte. Über mich selbst konnte ich nur auf dem Umweg über meine Versuche, andere zu begreifen, nachdenken.

Die zunehmende Wehmut über die Veränderungen in unserer Freundschaft versuchte ich dadurch abzuwehren, daß ich nach Übereinstimmungen suchte zwischen der Frau, die plötzlich eine ganz andere werden konnte, der Frau, die fand, daß ihr Körper nicht zu ihr passe, und mir selbst. Catherina und Cis fand ich verrückt und außergewöhnlich, mich selbst aber hielt ich für weit von ihrer Außergewöhnlichkeit entfernt, und so versuchte ich mich ihnen näherzudenken. Da ich den lieben langen Tag mit dem Studium des Genres Biographie verbrachte, war es nicht verwunderlich, daß ich über die Theorie wieder Anschluß an meine Freundinnen fand und der Entfremdung entgegentreten konnte. Und so lautete der erste Satz meiner Examensarbeit:

Ist unser Leben unser persönliches Eigentum?, lautet die ethische Frage, vor die der Biograph gestellt ist. Jeder Biograph muß diesen Gedanken verneinen, denn betrachtete er den Protagonisten seiner Untersuchung als den einzig legitimen Eigentümer der persönlichen Lebensfakten, müßte er sich ja als Sünder fühlen, da er sich etwas angeeignet hätte, das ihm nicht gehört, und eine derartige illegitime Aneignung nennen wir Diebstahl.

Mit dem Glücksgefühl von jemandem, der denkend zu einer Einsicht gelangt ist, sah ich auf einmal, daß diese Frage, ob wir Eigentümer unseres Geistes, unseres Körpers, unseres Lebens waren, Catherina, Cis und mich miteinander verband.

Deutlicher wurde mir diese Gemeinsamkeit, als ich auf Anraten von Anna den Caem zum erstenmal telefonisch Kontakt mit Dr. Isaac Spiegelman aufnahm, von dem ich mir einige richtungweisende Ratschläge in bezug auf Catherinas Betreuung erhoffte. Er lud mich ein, mal eben zwischendrin auf eine Tasse Kaffee zu ihm zu kommen. In der festen Überzeugung, daß es mir nur darum ging, etwas mehr Einblick in den Geisteszustand meiner Freundin zu gewinnen, machte ich mich mit der typischen bigotten Selbstgefälligkeit von jemandem, der ganz uneigennützig (aus reiner Anteilnahme am Wohl und Wehe eines anderen) zu handeln meint, zu seiner Praxis auf. Ich ahnte nicht, daß ich auf dem Weg zu einem Umschlag in meinem Leben war.

Wie er es bewerkstelligte, ging mir erst auf, als ich wieder draußen stand, aber es gelang Dr. Spiegelman, mich mit der Nase auf meine persönlichen Motive zu stoßen und mir dabei die Beschämung zu ersparen. Daß mein Unternehmen auch noch andere Seiten hatte als den altruistischen Wunsch, einer Freundin in Not die helfende Hand zu reichen, und der Besuch bei Dr. Spiegelman womöglich damit zu tun hatte, daß ich ein persönliches Bedürfnis legitimieren wollte, war das letzte, woran ich dachte, als ich an jenem Dienstagmorgen im Oktober 1986 zu dem Herrenhaus am Park spazierte.

Der Mann, der mir dann dort gegenübersaß, hatte ein schönes, freundliches Gesicht und forschende Augen. Wie alt er war, ließ sich nicht ablesen. Um seinen Mund spielte immerzu ein Lächeln, das einladend und ermunternd wirkte, zugleich aber auch ein großes Relativierungsvermögen verriet, ja vielleicht sogar eine gewisse Spottlust.

»Ich lege am besten zuerst meine Karten auf den Tisch«, begann er, »und danach möchte ich gern das eine und andere von Ihnen hören. Wie Sie vielleicht wissen, bin ich an mein Berufsgeheimnis gebunden, und nicht nur das, ich bin auch an den freien Willen meiner Klienten gebunden. Das heißt, daß ich nur dem helfen kann, der mich darum bittet. Catherina bittet nicht mehr um Hilfe, also kann ich sie ihr auf direktem Wege auch nicht mehr bieten. Soweit ich Anna den Caem verstanden habe, machen Sie sich Sorgen um sie und haben sie mit Ihrer Freundin Cis Dithuys zusammen in Ihre Obhut genommen. Da Sie nun Kontakt mit mir gesucht haben, betrachte ich Sie als diejenige, die um meine Hilfe bittet. Halten Sie das für fair?«

Abgesehen davon, daß mich sein deutscher Akzent ein bißchen benommen machte, war mir das zu schnell gegangen, und ich zögerte, weil ich mir nicht sicher war, ob ich ihn richtig verstanden hatte.

»Ich möchte wissen, was ich für Catherina tun kann«, sagte ich.

»Natürlich«, antwortete er, »und damit ich Ihnen darin beistehen kann, möchte ich wissen, was ich für Sie tun kann.«

Er sah, daß ich verdattert war, und kam mir schnell zu Hilfe.

»Ein Mensch gerät nie allein in eine Krise«, sagte er, während seine Augen weiterhin forschend auf mir ruhten. »Er reißt immer andere mit in die Tiefe, und das ist, so grausam es vielleicht klingt, häufig auch beabsichtigt. Sagen wir es einmal so: Jemand, der ein verworrenes Verhalten an den Tag legt, ist auch darauf aus, seine Umgebung in ihrem Verhalten zu verwirren, denn die Umgebung wird, ob nun zu Recht oder zu Unrecht, bewußt oder unbewußt, unter Anklage gestellt. Dazu neigen wir alle, aber Patienten haben besonders raffinierte Methoden, wie sie den Menschen in ihrem direkten Umfeld Gefühle der Unzulänglichkeit, Minderwertigkeit, Angst, Unsicherheit und vor allem der Schuld aufladen können, kurzum Gefühle, mit denen sie eigentlich selbst ins reine kommen müssen, die sie aber gleichsam anderen besorgen, damit die das erledigen. Eine ehemalige Studentin von mir hat das einmal die Ökonomie der Schuld genannt. Ich nehme an, daß Sie in letzter Zeit viel über Ihre Freundin nachgedacht haben.«

Das bejahte ich.

»Das ist nett von Ihnen, dann braucht Catherina das selbst nicht mehr zu tun«, sagte er daraufhin prompt, und dabei kräuselten sich seine Lippen zu einem ironischen Lächeln. »Es könnte natürlich auch so sein, daß Sie aus Selbstschutz nach der Logik des abweichenden Verhaltens Ihrer Freundin forschen und daß Sie vor allem deshalb so bemüht sind, Ihre Freundin zu begreifen, weil Sie buchstäblich etwas zu begreifen versuchen, was Sie verwirrt, ja vielleicht sogar abstößt.«

»Ja, es stößt mich ab«, bekannte ich errötend. »Ich fühle mich erpreßt.«

»Jemand, der sich unberechenbar verhält, ist bedrohlich.«

»Ja, und nicht nur das, sie beraubt mich meiner Freiheit, denn ich weiß nicht mehr, wie ich mich ihr gegenüber verhalten soll, sie macht mich unecht. Bei allem, was ich sage, fürchte ich, daß sie mich gleich anfaucht oder daß sie noch trübsinniger wird oder daß sie… Ach, was weiß ich. Ich sage nicht mehr, was ich denke, und ich benehme mich in ihrer Gegenwart völlig unnormal, ich verrenke mich förmlich«, sagte ich mit wachsender Entrüstung und drohendem Selbstmitleid.

»Sie hat Sie also verloren.«

Diese Bemerkung verwirrte mich.

»Ich gehe jeden zweiten Tag zu ihr«, sagte ich zu meiner Verteidigung.

»Aber dann gehen Sie zu einer Frau, die Sie kaum noch als die erkennen, mit der Sie befreundet sind, und Sie benehmen sich unecht und unnormal, also sind Sie auch nicht mehr die, mit der sie befreundet ist.«

»Das kann ich nicht beantworten«, sagte ich.

»Es war auch keine Frage«, sagte er sanft, aber ernst. Er wartete, bis ich den Blick wieder hob und ihn anzusehen wagte. Sein Gesicht wirkte so einnehmend auf mich, daß ich mit Bedauern daran dachte, wie kurz mir seine Gesellschaft vergönnt sein würde, während ich das für mein Gefühl sonderbarste, persönlichste, intimste Gespräch führte, das ich je mit irgendwem geführt hatte.

»Sie kamen mit der Frage, was Sie für Catherina tun

können, und an Sie zurückgegeben, lautet diese Frage anders, dann kommen Sie mit der Frage, was ich für Sie tun kann, damit Sie besser in der Lage sind, das Richtige für Catherina zu tun. Im Zuge unserer kurzen Unterhaltung bekennen Sie in aller Aufrichtigkeit, daß Ihnen jede Form von Manipulation zuwider ist, und ich darf Ihnen nunmehr verraten, daß Sie alle Ratschläge, die ich Ihnen in bezug auf den Umgang mit Ihrer Freundin geben würde, in den Wind schlagen würden, denn die würden Sie gleichfalls als Druckmittel betrachten, welche Sie zu jemandem machen, der Sie nicht sein wollen, so wie das unverantwortliche, kranke, beängstigende, fordernde, egozentrische Verhalten einer Ihnen nahestehenden Person es tut. Ich bin ein alter Mann. Meine Erfahrung sagt mir, daß Sie durch die Krankheit Catherinas in eine Situation geraten sind, die Sie nur allzugut kennen. Es ist nicht das erste Mal, daß Sie mit dem Gefühl herumlaufen, emotional erpreßt zu werden.«

»Hunderttausendmal«, sagte ich mit zugeschnürter Kehle, und da war mir plötzlich klar, wieso neben seinem Sessel eine Schachtel Papiertücher stand.

»Sie sind ein guter Psychiater«, fuhr ich fort.

»Und daher bin ich auch ganz wild auf Komplimente«, sagte er lachend, »obwohl mich mein Beruf andererseits so deformiert hat, daß ich den, der mich lobt, ganz genau beobachte, ob es nicht vielleicht ein schlauer Trick ist, um aus einer bedrängten Situation herauszukommen.«

Dr. Spiegelman schaute auf seine Armbanduhr, und aus Verlegenheit griff ich sofort nach meiner Tasche, die auf dem Fußboden stand, und stellte sie schon mal auf meinen

Schoß. Er sah ruhig zu und zauberte ein schönes, ungreifbares Lachen hervor.

»In zehn Minuten habe ich den nächsten Termin«, erklärte er, »aber ich lasse Sie nicht gehen, ohne Ihnen ans Herz gelegt zu haben, daß Sie mich jederzeit anrufen können. Das müssen Sie ganz bestimmt tun. Sie würden mir einen großen Gefallen tun, wenn Sie mich von Zeit zu Zeit über den Stand der Dinge auf dem laufenden hielten. Sie stehen kurz vor dem Abschluß Ihres Studiums. Mit welchem Thema befassen Sie sich in Ihrer Examensarbeit?«

»Mit der Biographie oder, genauer gesagt, mit der Erzählperspektive in der Biographie.«

»Interessant«, sagte er mit aufrichtigem Enthusiasmus. »Haben Sie schon einen Titel für Ihre Arbeit?«

»*Das verborgene Ich*«, sagte ich, und als ich ihn dabei ansah, mußte ich plötzlich so fürchterlich lachen, daß ich jedesmal, wenn ich etwas zu sagen versuchte, um mein Lachen zu erklären, erneut nach Luft schnappen mußte und schallend weiterlachte, bis ich nicht mehr konnte.

»Es ist nur, weil Sie Psychiater sind«, brachte ich nach einigen Minuten mühsam hervor.

»Ja, lustig«, sagte er, während er zu meiner Unterstützung mitlachte und mich zugleich genauestens beobachtete. »Wer verbirgt sein Ich?«

»Der Biograph«, antwortete ich.

»Gehe ich zu weit, wenn ich annehme, daß Sie Biographin werden möchten?«

»Nichts lieber als das«, sagte ich wahrheitsgemäß.

»Ergo hätten Sie genausogut Psychiaterin werden können«, sagte er und grinste jungenhaft.

Noch in derselben Woche habe ich Dr. Spiegelman angerufen und ihm meinen Vorschlag gemacht. In etwa einem halben Jahr, im April oder Mai 1987, würde ich mein Studium beenden, erzählte ich ihm, und am liebsten gleich danach anfangen. Der Professor, der meine Examensarbeit betreut, werde mein Projekt unterstützen und mir auch bei der Promotion über eine literarische Biographie helfen.

»Höre ich da eine gewisse Angst vor freier Zeit heraus?« fragte er.

»Freie Zeit gibt es nicht«, antwortete ich.

Es blieb einen Moment still. Er fühle sich geschmeichelt, sagte er dann, aber er wolle doch gerne wissen, wieso (abgesehen von seinem »würdigen Alter«) ich mir gerade ihn zum Gegenstand einer Biographie auserkoren hätte. Und ich bekannte mit der Begeisterung einer, die Zusammenhänge entdeckt, welche sie vorher nie gesehen hat, wie sehr mir sein Fingerzeig, daß auch der Psychiater mit einem verborgenen Ich arbeite, die Augen geöffnet habe.

»Sie müssen das Ganze als Suche sehen«, fuhr ich im Eiltempo fort, »als Suche nach der Funktion des verborgenen Ichs am Beispiel des Psychiaters, bei der die Unterschiede und Übereinstimmungen zwischen Ihrem Beruf und dem Beruf des Biographen herausgearbeitet werden sollen. Es wird also nicht nur eine Biographie von Ihnen, sondern auch eine Analyse der Biographie im allgemeinen und des Anliegens des Biographen im besonderen.«

»Gehe ich recht in der Annahme, daß Sie die Rollen vertauschen wollen, daß Sie den, der von Berufs wegen Fragen stellt, befragen möchten, um auf diesem Wege dahinterzukommen, was an dieser Position so befriedigend ist?«

»So könnte man es sehen«, antwortete ich, »aber ich habe echte Fragen.«

»Auch über sich selbst?« fragte er, und ich sah dabei sein Schmunzeln vor mir.

»Ja.«

»Eine echte Frage ist eine, auf die man selbst keine Antwort hat. Trifft das auch auf Sie zu?«

»Doch, ja«, sagte ich zögernd, »zumindest, wenn ich es auch so interpretieren darf, daß ich auf manche Fragen keine Antwort zu geben wage und das daher gern von anderen erledigen lasse. Die Ökonomie der Schuld, wie Sie sagten.«

»Sie lernen schnell«, sagte er und legte eine Sprechpause ein. »Ich würde das gern mit meiner Frau Helen besprechen«, fuhr er fort, »denn ich nehme an, daß eine Biographie von mir auch sie berührt, und ich ziehe nicht gern jemanden unfreiwillig mit in die Fallgrube meiner Eitelkeit.«

»Sie braucht dabei nicht berührt zu werden«, sagte ich hastig, »bei meinem Ansatz ließen sich, wenn nötig, auch eine fiktive Frau, fiktive Eltern oder fiktive Kinder verwenden. Es geht darum, einen bestimmten Aspekt Ihres Lebens freizulegen, der muß der Wahrheit entsprechen, aber mit welchen Mitteln wir ihn ans Licht bringen, ist ansonsten völlig egal. Ich könnte mir sozusagen eine Biographie vorstellen, in der vorn angemerkt wird, daß mit Ausnahme des Subjekts der Biographie jede Übereinstimmung mit lebenden Personen rein zufällig ist.«

»Sie erinnern mich mit Ihrer Liebe zu Ideen und Ihrem Engagement an eine ehemalige Studentin und heutige Freundin von mir«, sagte er, und ich hörte seiner Stimme an, daß er mit dieser Bemerkung Zeit gewinnen wollte.

»Sie gibt mittwochs nachmittags ein Seminar für angehende Psychoanalytiker. Da müßten Sie mal hingehen.«

»Machen Sie's?«

»Gegen den Geltungsdrang junger Frauen, die ihre Talente umsetzen möchten, war ich schon immer machtlos«, sagte er, und damit besiegelte er meine Zukunft.

Im September 1987 schloß Cis das Studium mit der Arbeit *Zwei in einem. Nature und nurture im Fin de siècle* ab und ich mit *Das verborgene Ich*. Wir gaben in Catherinas Wohnung ein Fest für unsere Freunde und Verwandten, und als wir drei spätnachts beschwipst wieder unter uns waren, machten wir die letzte Flasche Sekt auf und legten das feierliche Gelöbnis ab, einander niemals aus den Augen zu verlieren und immer füreinander dazusein, was immer auch geschah. Wir wußten noch nicht, wie schwer es in der nächsten Zukunft sein würde, dieses Versprechen zu halten.

Cis stürzte sich nach dem Studium auf den Film. Sie schrieb originelle Artikel über alte und neue Filme, über das Phänomen des Typecasting, über Männer in Frauenrollen und umgekehrt, über Greta Garbos Unnahbarkeit und Marilyn Monroes tragischen Irrtum. Sie fand einen so individuellen Ton, daß ihre Artikel in den verschiedensten Zeitungen und Kulturmagazinen erschienen. 1991 wurde sie von David Alexander entdeckt und als Filmrezensentin bei *De Wereld* eingestellt, wo sie in der Redaktion Salomon Schwartz über den Weg lief, und von der ersten Begegnung an weihte sie diesem Mann, von dem sie sagen sollte, er sei »zarter, sanfter und wehrloser als alle Frauen Westeuropas zusammengenommen«, ihr Talent als Diener und Leibwache.

Catherina hatte ihre erste kurzfristige Einweisung in die Valeriusklinik, bewarb sich bei einer Frauenzeitschrift als Astrologin für die Seite *Ihr Horoskop für diese Woche* und wurde dank ihres klaren, gepflegten Niederländisch genommen, und angeblich legte sie unterdessen letzte Hand an ihre Examensarbeit. Sie lernte Salomon Schwartz kennen, als sie an einem Sommerabend 1991 spontan bei Cis hereinschneite, und diese Begegnung war der Beginn ihres definitiven Absturzes.

IV

Der verlorene Vater

»*Er mußte seinen Vater erniedrigen und zerstören, damit er als unabhängiger Künstler in Erscheinung treten konnte, der dem Überkommenen, der Vergangenheit und seinen Vorfahren nichts schuldete.*«

ARIANNE STASSINOPOULOS HUFFINGTON,
Picasso. Genie und Gewalt

»*Mickey did give Lenny an abundance of love, but it was Jewish love. Full of alien emotions: pity, fear, and scorn. These poisons destroyed the wholesomeness of that love. They made the loved one reject his costly gifts. Eventually, they made him reject the giver.*«

ALBERT GOLDMAN,
Ladies and Gentlemen – Lenny Bruce!

Schutz

Innerhalb eines Jahres nach Erscheinen von *Die Pathologie des Theaters* setzte sich mein bewußt klein gehaltener Klientenbestand plötzlich zu über der Hälfte aus Männern und Frauen zusammen, die ihr Geld im Bereich der Kunst verdienten und somit mehr oder weniger großes öffentliches Ansehen genossen. Die Beschwerden, die sie zu mir führten, waren nahezu immer gleichlautend, daß sie fürchteten, nicht mehr zwischen echt und unecht unterscheiden zu können, daß sie unter ihrer eigenen Unechtheit litten und daß sie ständig das Gefühl hätten, sich in einem selbstinszenierten Theaterstück zu bewegen, was dazu führte, daß sie nicht nur ihren eigenen, sondern auch den Reaktionen anderer mißtrauten. Dennoch unterschied sich das Muster ihrer Beschwerden nicht signifikant von dem meiner übrigen Klienten, die keine öffentliche Funktion bekleideten. Als Wissenschaftlerin fürchtete ich den Effekt des geschriebenen Wortes und die Faszination von Benennungen. Von dem Moment an, da das Borderline-Syndrom zu einem gängigen Begriff wurde, tauchten reihenweise Menschen auf, die glaubten, daß dieses Krankheitsbild genau auf sie zutreffe. So mußte ich nun damit rechnen, die Klienten zu bekommen, die ich mir mit dem Buch über die theatralische Persönlichkeit verdient hatte. In *Die Patholo-*

gie des Theaters befasse ich mich recht ausführlich mit der Rolle des Wahnsinnigen, mit Menschen, die erst bei einem Psychiater Hilfe suchen, nachdem sie sich zuvor ausgiebig in Psychiatriebücher vertieft haben und alle Merkmale eines bestimmten Krankheitsbildes sowie etliche Fallbeispiele auswendig kennen. Sie üben gleichsam eine Rolle ein, um einem Arzt gegenüber glaubwürdig zu wirken. Daß ich das Studium der psychoanalytischen Literatur, um als Hilfesuchender gut vorbereitet zu sein, als typisch für eine theatralische Persönlichkeit beschrieben habe, machte die Aufnahmegespräche mit neuen Klienten reichlich kompliziert.

»Es besteht ein großer Hunger nach Wirklichkeit«, sagte ich eines Abends ermüdet zu Mon.

»Was du nicht sagst«, sagte er. »Und das, wo man doch so viel davon haben kann, gratis und frei Haus.«

Weil ich darüber lachen mußte, wurde mir gar nicht gleich klar, daß mir diese Bemerkung ein gutes Stück weiterhelfen würde.

Es begann im Winter 1991, und anfangs waren weder Mon noch ich alarmiert. Es kam öfter vor, daß das Telefon läutete und sich am anderen Ende niemand meldete. Meistens hegte ich dann die Vermutung, daß es jemand war, der vorhatte, sich bei mir in Therapie zu begeben, und der sich dann im letzten Moment doch nicht traute und den Hörer auflegte. Verdächtig wurde uns das Ganze erst nach etwa drei Monaten, weil sich die Anrufe in störendem Maße häuften. Als das Telefon eines Abends schließlich alle fünf Minuten läutete und wir uns abwechselnd mit unserem Namen gemeldet hatten, ohne daß jemand antwortete, beschlossen wir, den Stecker rauszuziehen, obwohl ich das beruflich kaum verantworten konnte, denn ich möchte für Notfälle prinzipiell rund um die Uhr erreichbar sein. Wir hatten noch keine Viertelstunde die nun eingetretene Ruhe genossen, als das Faxgerät läutete und wir auch hier dumpfe Stille am anderen Ende der Leitung wahrnahmen. Ein Fax wurde nicht geschickt, statt dessen läutete das Gerät, wenige Sekunden nachdem die Verbindung automatisch unterbrochen wurde, erneut. Wir stellten den Ton ab, doch das Klicken, das wir jedesmal hörten, wenn das Gerät ansprang, verriet uns, daß der anonyme Anrufer unsere Nummer stundenlang weiter anwählte.

»Das ist krank«, sagte ich zu Mon, »da will jemand bewußt terrorisieren. Er ist so besessen von dem Gedanken an dich oder mich, daß er Stunden seiner Zeit am anderen Ende der Leitung vertut.«

»Ich hoffe, an mich« war das einzige, was Mon beiläufig bemerkte, aber von dem Wunsch ist er gründlich bekehrt worden. Am nächsten Morgen läutete das Telefon neben unserem Bett, kaum daß wir es wieder eingestöpselt hatten.

Es dauerte eine Woche, bevor uns auf unseren Antrag hin eine neue Telefon- und Faxnummer zugeteilt wurde. Wir ließen beide als geheim registrieren, teilten unseren Freunden die Änderung mit, und meine Klienten bat ich eindringlich, meine Privatnummer auch ganz bestimmt für sich zu behalten. Aus der Tatsache, daß ich in meiner Praxis nicht belästigt wurde, schloß ich, daß es dem Anrufer um Mon ging.

Anderthalb Monate nach Zuteilung unserer neuen Nummer klingelte das Telefon erneut unaufhörlich, ohne daß sich am anderen Ende jemand meldete. Wir beantragten erneut eine andere Nummer, waren noch vorsichtiger mit ihrer Verbreitung und genossen drei Monate lang unsere Ruhe, bis sich das Anrufen und Schweigen wiederholte. Diesmal fragten wir in dem inzwischen äußerst kleinen Kreis derer, die unsere Nummer hatten, nach, und Vera de Waal gestand errötend, bei ihr habe vor wenigen Abenden eine völlig konfuse Frau angerufen, die behauptete, eine meiner Klientinnen zu sein. Halb schluchzend habe sie erzählt, sie rufe aus der Notaufnahme des Lucas-Krankenhauses an, da sie auf dem Fahrrad von einem Motorradkurier angefahren worden sei, und dabei habe sie zu allem Unglück auch noch ihre Handtasche mit ihrem Terminkalender und meiner Geheimnummer verloren.

»Es war Nora Engels«, sagte Vera, »zumindest behauptete sie das, und sie klang auch wie Nora Engels, mit dieser rauchigen Stimme, und da die Engels ja in jedem Interview verlauten läßt, daß du ihre Psychiaterin bist, habe ich ihr geglaubt, vor allem auch, weil sie sagte, sie habe deine Geheimnummer unter einem Decknamen notiert, weil du sie dringend gebeten hättest, sie ja niemand anderem zu verraten.«

»Weißt du auch, welchem Decknamen?«

»Lies de Vries.«

Ich habe Nora Engels noch am selben Tag angerufen. Sie wußte von nichts.

Im Spätsommer 1992 wußten wir immer noch nicht, wer der Anrufer war. Nur, daß es eine Frau war, die kein Mittel scheute, um an unsere Telefonnummer zu gelangen, war uns inzwischen hinreichend bekannt. Sie gab sich gegenüber unseren Freunden für meine Schwester aus, die aus dem Ausland anrufe und unsere Nummer nicht greifbar habe, die aber umgehend mit Mon sprechen müsse, weil sie Kontakt mit Stanley Kubrick habe herstellen und arrangieren können, daß Mon ihn jetzt, in diesem Moment, telefonisch für ein TT interviewen könne. Ein andermal gab sie vor, eine Mitarbeiterin im Sekretariat von *De Wereld* zu sein, die etwas länger gearbeitet habe als die anderen und nun niemanden mehr finden könne, der unsere neue Nummer kenne, daß sie aber unbedingt mit einem von uns sprechen müsse, weil sie gerade eine alarmierende Nachricht bezüglich des Gesundheitszustands meiner Mutter erhalten habe. Ein weiteres Mal behauptete sie, eine Journalistin zu sein, die eine wichtige Verabredung mit Mon habe, aber ihren Zug verpaßt habe und ihn informieren müsse, daß sie gut zwei Stunden später kommen werde. In unserem Freundeskreis fand sich immer irgendwer, der ihr ihre Geschichten glaubte und ihr die Nummer gab.

Wir hatten inzwischen mit der Telefongesellschaft vertraglich geregelt, daß wir bei Bedarf innerhalb von vierundzwanzig Stunden über eine neue Nummer verfügen konnten, wir hatten die Polizei eingeschaltet und zu hören bekommen, daß man nichts für uns tun könne, solange wir nicht wußten, wer uns belästigte, und daß man, selbst wenn wir den Namen und die Adresse hätten, gegen diese Art von Terror so gut wie machtlos sei. Ich hatte Mon gebeten, zu rekapitulieren, ob unter seinen Frauenbekanntschaften nicht vielleicht eine gewesen sei, die irgendwelche Verhaltensauffälligkeiten gezeigt habe, eine, die er unsanft zurückgewiesen oder vielmehr in dem Glauben gewiegt habe, daß sie etwas Besonderes für ihn sei, eine, die nervöser gewesen sei als andere oder auch eine außergewöhnliche Beherrschtheit an den Tag gelegt habe, ob ihm nicht an irgendeiner etwas sonderbar oder beängstigend vorgekommen sei. Ich hatte in unserer Beziehung von Anfang an meine Methode gehabt, Mon, den tiefe Beschämung befiel, wenn seine Weiberjagd zur Sprache kam, zur Offenheit zu animieren. Wenn ich ihn auf eine Lüge hinweisen oder ihm zu verstehen geben wollte, daß ich von einer Affäre wußte, nahm ich die Rolle der Psychiaterin an und schuf damit eine Distanz, die es ihm erleichterte, die Wahrheit zu sagen. Ich schlug einen sachlicheren Ton an, um ihm zu signalisieren, daß er mich in der Position des Arztes nicht mit seinen Geständnissen verletzen würde.

»Ich frage dich das als dein Arzt«, sagte ich geübt, »denk mal nach.«

Mon verteidigte sich und sagte, es seien gar nicht so viele gewesen und er könne sich keine einzige mehr in Erinnerung rufen.

»Du hast ein gutes Gedächtnis«, sagte ich so vertrauenerweckend wie möglich, »und meistens beläßt du es auch nicht bei nur einem Mal, sondern triffst dich mehrmals mit einer Frau. Versuch dich zu konzentrieren. War zum Beispiel eine Frau darunter, bei der du dich schon nach einem Mal nicht mehr gemeldet hast, oder eine, mit der du gerade länger weitergemacht hast als gewöhnlich?«

Ich kann nicht leugnen, daß ich es genoß, ihn mit meinen Fragen und damit, daß ich beiläufig durchblicken lassen konnte, wie gut ich sein Verhalten kannte, ein bißchen zu quälen, und ich nutzte auch die Gelegenheit, ihn unter dem Deckmäntelchen, daß die Bedrohung durch eine möglicherweise obsessive Frau abgewendet werden müsse, wieder einmal über sein vermeintlich verborgenes Leben auszuhorchen. Aber überempfindlich für jede stimmliche Nuancierung und die leiseste Doppelzüngigkeit meinerseits, spürte Mon wohl, daß ich zu wenig seine Psychiaterin und zu sehr seine Frau war.

»Sie waren alle gleich verrückt«, sagte er mürrisch, »und jetzt dreh ich 'ne Runde um den Block!«

Ende August 1992 kamen wir von einem langen Urlaub in Südfrankreich zurück. Als erstes fielen uns die tiefen Kratzer im Anstrich der Haustür auf und eine merkwürdige Schmiere um Briefkastenschlitz und Türknauf herum. Zunächst bekamen wir die Tür kaum einen Spaltbreit auf, aber nach langem, festem Drücken konnte ich mich durch eine schmale Öffnung hineinzwängen. Der Boden unserer kleinen Diele war mit Briefen, Päckchen, Büchern, Zeitungen, Zeitschriften, Monatsbinden und Damenslips übersät. Als ich kurz darauf beim Säubern von Briefschlitz und Türknauf den Gestank von Exkrementen roch, lief ich würgend ins Haus zurück.

»Du hast eine gefährliche Stalkerin«, sagte ich zu Mon.
»Ist das meine Schuld?« fragte Mon beklommen.
»Schön wär's«, sagte ich müde.

In diesem Sommerurlaub in Frankreich hatten Mon und ich endlose Gespräche über die Bücher geführt, die sich für uns abzeichneten, aber bis dato noch ungeschrieben waren. Mon sagte, sobald er über den Brief an seinen Vater nachzudenken versuche, gerate er in einen mörderischen Zwiespalt.

»Dann fühle ich mich wie ein Marathonläufer im Rollstuhl«, sagte er, »alles in mir möchte rennen, aber meine Beine sind gelähmt.«

Ich versuchte dahinterzukommen, was das größte Hindernis für ihn darstellte, doch sobald wir über seinen Vater sprachen, verhedderte Mon sich in seinen Sätzen und redete unzusammenhängend, und darüber geriet er so aus der Fassung, daß er ins Orakeln verfiel oder abrupt verstummte, sich an den Kopf faßte und nach einem Aspirin schrie.

»Wie soll ich denn bloß je einen Brief an meinen Vater schreiben, wenn ich meine Erinnerungen nicht strukturieren kann?« fragte er verzweifelt.

»Meinst du eine richtiggehend historische Ordnung, oder meinst du eine Hierarchie?« fragte ich.

»Mach weiter«, sagte Mon.

»Schwankst du zwischen der Stimme des hassenden Sohnes und der des liebenden Sohnes? Mit anderen Worten: Schwankst du, ob du einen schlechten oder einen guten Vater haben sollst?«

»Als könnte ich mir das aussuchen«, sagte er mit aufkeimender Entrüstung.

»Beim Schreiben kannst du es dir doch in gewissem Sinne aussuchen. Wenn du über deinen Vater schreibst, erschaffst du ihn doch auch entsprechend deinem Bild und deiner Erinnerung, oder nicht?«

»Was machst du denn mit deinem?« fragte Mon und

spielte damit auf mein sogenanntes Vaterbuch *Die Ökonomie der Schuld* an.

»Ich komme langsam dahinter, daß Haß und Anbetung beides Methoden dafür sind, nicht wirklich lieben zu müssen, denn sie dienen dazu, den anderen zu entfernen und eine reale Beziehung somit hinterlistig zu umgehen. Wirkliches Lieben erzeugt keine so eindeutigen, einseitigen und halsstarrigen Gefühle wie tiefe Verachtung oder blinde Verehrung. Lieben tut man zu zweit. Hassen und anbeten meistens allein.«

»Warum sollte ich dann das eine oder das andere wollen?«

»Es geht nicht so sehr ums Wollen, Schatz, aber du hast schon so lange ganz für dich allein eine Beziehung zu deinen Eltern. Und vielleicht ist die Beziehung zu den Eltern selten eine wirkliche Beziehung, denn welche Beziehung hat schon das gesunde Ziel, mit einer Scheidung zu enden?« sagte ich. »Wenn man endlich selbständig genug ist, um eine erwachsene Beziehung zu seinen Eltern zu haben, muß man von ihnen weggehen. – Hast du gehört, was ich da eben gesagt habe?« fragte ich selbst überrascht hinterher.

»Ich glaube, du hast da was Wichtiges gesagt, Schutz«, sagte Mon, »aber im Moment bin ich dem überhaupt nicht gewachsen.«

»Ich auch nicht«, sagte ich, während ich meine Aufregung nur mühsam bezwingen konnte.

Erst als wir am Abend unserer Heimkehr auf den Stapel Post vor uns auf dem Tisch starrten und beide bekannten, das sei wie ein Haufen Dreck und uns ekle so sehr davor, daß wir die Umschläge nicht mit bloßen Händen anfassen wollten, erst da fiel mir das Gespräch wieder ein, das wir eine Woche zuvor in Frankreich geführt hatten.

»Diese Stalkerin wird uns noch viel Freude machen«, sagte ich und ging auf die Suche nach Gummihandschuhen.

»Wieso?« fragte Mon, der mit einem Parfümflakon durchs Haus lief und Chanel No. 5 versprühte.

»Daraus werden wir etwas lernen«, sagte ich und begann mit dem Sortieren der Postsendungen, was leichtfiel, da ihre wütende, eckige Blockschrift aus Tausenden zu erkennen war.

»Du scheinst ja ganz wild darauf zu sein«, sagte Mon mit leichtem Neid, den er immer empfand, wenn er eine Stimmung nicht mit mir teilen konnte, »da kannst du wieder mal Detektiv spielen.«

Mon grauste noch mehr davor als mir, daher nahm ich es auf mich, die Post der Stalkerin auf einen gesonderten Stapel zu legen. Mit einem Messer öffnete ich alle Päckchen und Kuverts, tat die Umschläge in eine Plastiktüte und legte den Inhalt weitestgehend in der chronologischen Reihenfolge des Versands aufeinander, was bei vielen Briefen allerdings nicht möglich war, da sie sie offenbar eigenhändig zugestellt hatte. Aus der datierten Post ging hervor, daß sie manchmal mehrere Briefe am Tag verschickt hatte, und ein Teil davon kam aus Frankreich und trug einen Stempel von der Côte d'Azur. Das erschreckte mich.

»Sie war auch noch bei uns in der Nähe«, sagte ich zu Mon, »ich hoffe ja, daß sie dich nicht beschattet.«

Der Rekord lag bei zwölf an ein und demselben Tag abgeschickten Briefen. Bei deren Lektüre stellte sich heraus, daß es sich um einen Gedichtzyklus mit dem übergeordneten Titel *Was dir gefallene Engel alles antun können* handelte. Jedem Gedicht war ein Bibelzitat vorangestellt.

»Sie ist belesen, intelligent und ziemlich geistesgestört«, sagte ich.

»Mal wieder typisch für mich«, sagte er, aber ich sah seinem Gesicht und seiner geduckten Haltung an, daß er Angst hatte und eingeschüchtert war. Er rieb sich sein steifes Bein.

»Ich kann nicht mal schnell vor ihnen wegrennen«, sagte er beklommen.

Es versetzte mir einen Stich, daß er den Plural benutzte, und um die Last der unzähligen Frauen von mir abzuschütteln, die ich hin und wieder plötzlich so scharf spürte, wollte ich seine Angst vergrößern und erreichen, denke ich, daß er sich noch mehr nach der Geborgenheit sehnte, die ich ihm bieten konnte.

»Sie haßt dich«, sagte ich obenhin, während ich den Inhalt eines der Briefe studierte. »Sagt C. C. dir etwas?«

Wieder und wieder las ich, was ich mir als Anhaltspunkt aufgeschrieben hatte, und jedesmal verlor ich beim Lesen meiner eigenen Worte die Konzentration. Es kostete mich die größte Mühe, zu erfassen, was dort stand. Um von mir befreit zu sein, gab ich es aus der Hand und ließ Mon lesen, was dort stand.

Ausgangspunkt von Die Ökonomie der Schuld *ist, daß Sprache wie Geld dazu geeignet sind, andere an seinem – geistigen beziehungsweise materiellen – Reichtum zu beteiligen. Kurz gesagt, nicht nur die Psychoanalyse ist abhängig von der Sprache des Klienten, sondern jegliche Beziehungen gründen auf unserem Vermögen, mittels der Sprache andere an der Geschichte unserer Erfahrungen teilhaben zu lassen. In einem größeren Zusammenhang findet dieses Teilen und Mitteilen durch ein anderes Medium statt: National und international verhält sich jedes Mitglied einer Gemeinschaft mittels Geld zu einem größeren Ganzen. Sowohl intime Beziehungen als auch solche auf globaler Ebene funktionieren kraft unseres Vermögens, zu teilen und Anteil zu nehmen am Leben anderer. Karl Marx nannte das Geld nicht umsonst das Band aller Bande.*

»Sind das deine Einleitungssätze? Du schweifst ja jetzt schon ab«, höhnte er.

»Ja?«

»Die Notwendigkeit, dieses Buch zu schreiben, entspringt doch, sagen wir mal, der Sehnsucht nach deinem Vater. Na, dann solltest du auch mit deinem Vater beginnen und ihn nicht hinter Karl Marx verstecken. Dann schreibst du also einfach, Doppelpunkt, Anführungszeichen auf: ›Mein Vater handelte als Immobilienmakler mit materiellen Bedürfnissen, ich behandle als Psychiaterin immaterielle Bedürfnisse, und jetzt möchte ich doch mal sehen, ob diese beiden Welten nicht irgend etwas gemein haben, denn ich finde den Gedanken, daß ich so gar nichts mit meinem Vater zu schaffen habe, unerträglich, und wenn ich nichts finde, was Geld und Gefühle miteinander verbindet, habe ich meinen Vater, fürchte ich, endgültig verloren.‹ Punkt.«

»Du bist für mich von unschätzbarem Wert«, sagte ich.

»Mehr, mehr«, sagte er strahlend.

»Jetzt mußt du den Satz formulieren, der für dich gilt, den Satz, der besagt, warum du deinen *Brief an meinen Vater* schreiben möchtest.«

»Es ist der gleiche Satz in etwas anderen Worten«, sagte Mon ergeben. »Bist du jetzt zufrieden?«

»Ja«, sagte ich.

»Ich tue alles für dich, was gut für mich ist«, sagte er, und das munterte ihn merklich auf.

Die Briefe von der Stalkerin waren an TT gerichtet und mit CC, CCC Inc. TT und vereinzelt auch mit »Dein Alter ego« unterschrieben. Die ersten Briefe wimmelten von Verweisen auf Passagen aus seinen TTs, welche sie als verkappte Liebeserklärungen an sie interpretierte, die Mon, ein Idol in der Größenordnung eines Heiligen, nur in offenen Briefen von sich geben könne, weil er mir den Kummer ihres großen Glücks ersparen wolle. Darauf folgten Briefe mit detaillierten Plänen und Strategien, wie er sich von mir befreien könne, ohne sich dafür schuldig fühlen zu müssen, weil das, was ihn und sie verbinde, vorbestimmt und vollkommen einmalig sei und die, die ihn davon abhielte, mit ihr zu verschmelzen und eins zu werden, schwer dafür würde büßen müssen. Diese Person würde sich damit der Verhinderung seiner Erlösung und seines größtmöglichen Glücks schuldig machen, eines Glücks, das ihm voll und ganz zustehe und das nur sie ihm schenken könne. Die Briefe neueren Datums hatten einen grimmigen, vorwurfsvollen und gefährlichen Ton angenommen. Sie warf ihm Feigheit vor, weil er, während doch alle seine TTs nach wie vor versteckte Botschaften an sie seien – die Frau, für die er bestimmt sei –, einfach nicht seinem Schicksal ins Auge sehen, den Knoten durchhacken und mir sagen wolle, daß er sich dafür entschieden habe, mit ihr zu leben. Sie seien füreinander gemacht, sie bildeten ein kosmisches Zwillingspaar, dem die göttliche Chance vergönnt sei, ihre grausame Trennung und damit ihren Tod aufzuheben und sich für immer wiederzuvereinigen. »Ohne einander leben wir nur halb, das weißt Du genausogut wie ich«, schrieb sie. In den letzten Briefen schrieb sie, er schulde ihr zwei Millionen Gulden.

Mon graute vor den Briefen, und daher überließ er es mir, sie zu lesen. Sie machten mir angst, faszinierten mich aber zugleich. Gerade weil es sich um eine krankhafte Variante von Idolisierung und Fan-Sein handelte, trugen die Briefe von CC für mich zur Erhellung dieses interessanten Phänomens bei, das ich auch dadurch besser zu verstehen lernte, daß ich in Begriffen der Ökonomie dachte.

»Einen Fuffziger für deine Gedanken«, sagte Mon, als er mich mitten in der Nacht vor mich hin starrend hinter dem Stapel Briefe antraf, die ich Stück für Stück durchgesehen hatte.

»Ich denke an mehrere Dinge gleichzeitig«, sagte ich, »an die Fotos von Fans bei einem Popkonzert, an Lies, an Schwester Monica, an ›Every Time We Say Goodbye‹ von Cole Porter und an die Verfasserin dieser Briefe natürlich.«

»Ist es sehr schlimm?« fragte er beklommen.

»Ja«, sagte ich, »es ist sehr schlimm. Erinnerst du dich an den Abend in Valbonne, als wir über *Brief an meinen Vater* geredet haben?«

Froh, daß es endlich wieder etwas mit ihm zu tun hatte, setzte Mon sich mir gegenüber an den Tisch. Er lehnte sich auf seinem Stuhl zurück, um den vollgekrakelten Seiten möglichst fern zu bleiben. Ich nahm den Stapel und legte ihn auf den Fußboden.

»Wir reden jetzt schön tiefschürfend über mich, hm, Schutzi, und nicht über diese gestörte Type, ja?«

»Ist gut«, sagte ich.

»An dem Abend in Valbonne hast du was Schreckliches suggeriert, aber da hab ich 'ne kapitale Rezession gekriegt, denn mir ist nichts davon im Kopf geblieben. Ich hab, ehrlich gesagt, keine Ahnung mehr, was du damals behauptet hast«, sagte Mon.

»Ich sagte, daß die Beziehung zu deinen Eltern schon so lange zwangsläufig deiner Einbildung überlassen ist, daß du wohl notgedrungen zwischen anbeten und hassen schwankst. Du bist jetzt sechsundvierzig. Du hast deine Eltern seit deinem achtzehnten Lebensjahr nicht mehr gesehen.«

»Fast dreißig Jahre, und es ist kein Tag vergangen, an dem ich nicht an sie gedacht habe.«

»Es vergeht auch kein Tag, an dem diese Briefeschreiberin nicht an dich denkt.«

»Nein, Schutz, nicht!« schrie Mon. »Wir wollten jetzt mal fein, ausführlich, ausschließlich, exklusiv, superluxusmäßig, einzig und allein von mir reden!«

»Wir reden von dir, Schatz, wir machen nur einen kleinen Schlenker zu den Exzessen, okay? Kurz das Abnormale ansehen, um das Normale herauszuarbeiten.«

»Also weißt du, jetzt beleidigst du mich auch noch, als wenn mein Fall normal wäre.«

»Du bist total abnormal.«

»Wieso?« fragte er amüsiert und gespielt empört.

»Zwanghaftes Verführen ist abnormal, weil es zwanghaft ist, aber das vielfache Verführen ist eine normal gewordene Abnormität, die du dir im zwanzigsten Jahrhundert mit vielen Männern teilen mußt.«

»Siehst du, du bist bösartig drauf und willst mich bestrafen. Du sagst, ich kann nichts dafür, daß so eine Frau auf mich fixiert ist, und dabei schreibst du's doch auf mein Konto.«

»Du hattest das Pech, daß sich unter diesen Frauen eine befand, die in dem Wahn verkehrt, ihr Ebenbild gefunden zu haben«, sagte ich, »und da du für sie unerreichbar bist und sie dich nicht haben kann, ist sie durch dich zur Einseitigkeit ihrer Einbildung verdammt. In der Einbildung werden auch die Gefühle monoman, denn sie entwickeln sich nicht im Hin und Her der realen Beziehung, sie kann dich also nur anbeten oder hassen, und am Ende wird sie dich zerstören wollen.«

Mon war ganz still geworden, und ich fragte mich, wo mein Mitgefühl geblieben und was von meinem Wunsch übrig war, ihm beizustehen und ihm bei dem Buch auf die Sprünge zu helfen, mit dem er sich schon so viele Jahre trug.

»Das hab ich gemeint, als ich sagte, daß wir was von dieser Stalkerin lernen würden«, fuhr ich mit sanfterer Stimme fort. »Es könnte sein, daß du, wenn du Frauen aufreißt, um sie dann abrupt zu verlassen, in einem fort wiederholst, was dir selbst passiert ist. Du läßt diese Frauen gleichsam an deinem Leid leiden, du verurteilst sie zum Abgeschnittensein, zu dem dein Vater dich verurteilte, als er dich als Sohn verstieß.«

Es beunruhigte mich, daß Mon beharrlich schwieg, aber ich wußte nicht, was ich anderes hätte tun sollen, als fortzufahren.

»Ich mußte so an die Fotos und Fernsehbilder von den weiblichen Fans bei Popkonzerten von den Beatles oder den Rolling Stones denken. Sie stehen dicht gedrängt hinter den Absperrgittern, strikt getrennt von ihren Idolen, und strecken die Arme nach diesen Männern auf der Bühne aus, wie man es bei kleinen Kindern sieht, die von ihrer Mutter hochgehoben werden möchten. Und ihre Gesichter nehmen den gleichen weinerlichen, gequälten Ausdruck an, den auch Kinder haben, wenn sich ihre Mutter zu weit von ihnen entfernt – der Schmerz der Distanz, die Angst vor dem Verlust, die Unerträglichkeit des Alleinseins und das Verlangen, den anderen als immerwährenden Besitz ganz nah bei sich zu haben. Zum Publikum zu gehören tut erst weh, wenn das Verlangen nach dem, was auf der Bühne geschieht, allzugroß ist, wenn man etwas von dem besitzen möchte, was man dort sieht, wenn die Verliebtheit zuschlägt, dann ist man Fan, und Fan zu sein tut weh. Fan zu sein tut deswegen weh, weil man abgeschnitten ist von dem, den man bewundert und, wie man glaubt, zu seinem Glück braucht, weil er es einem mit seinen Fähigkeiten und seinem Talent besorgen kann. Der Stalker ist der krankhafte Auswuchs dieses Verlangens. Der Stalker findet sich nicht ab mit seiner Anonymität, seiner Rolle als kleines Teilchen eines uniformen Publikums, seiner fehlenden Anerkennung, Exklusivität und Bekanntheit, der einseitigen Beziehung. Es hört sich vielleicht merkwürdig an, aber in der Beziehung zu deinem Vater bist du mit dem Fan zu vergleichen.«

Ich wußte, daß ich viel zuviel in viel zu aufgeregtem Ton sagte und schwer damit beschäftigt war, eine Erklärung für Mons Hemmungen zu finden, wobei ich mich zugleich selbst bediente, weil ich einem Aspekt meiner eigenen Arbeit und meines eigenen Interessengebiets auf der Spur war.

»Im Amerikanischen wird ein Schürzenjäger nicht von ungefähr Player oder Playboy genannt. Es ist derselbe Spieler wie der aus *Die Pathologie des Theaters*. Für dich ist die Eroberung von Frauen ein Spiel, ein kleines Theater der Geilheit und Begierde, und du möchtest, daß die Frau mitspielt, solange es währt. Aber in der Liebe spielen Frauen selten, und du hast ein Interesse daran, das zu vergessen, so zu tun, als sei die Frau, mit der du spielst, genausowenig aufrichtig wie du. Im Grunde deines Herzens weißt du, daß es sich bei den meisten von ihnen anders verhält. Du weißt es, weil du beim Spielen wieder etwas von dem auffängst, was damals war, als es dir noch ernst war mit der Liebe, als du noch ein Kind warst und nicht anders konntest, als deine Eltern, diese gequälten Menschen, aufrichtig und von ganzem Herzen zu lieben. In dem Moment, da die Frauen dir zu verstehen geben, daß sie nicht spielen, sondern wirklich eine Beziehung mit dir wollen, verläßt du sie. Damit zeigst du ihnen in aller Grausamkeit, daß es nur Theater war, daß sie von Mitspielerinnen zu Publikum werden und daß sie wie alle anderen Frauen sind, die du je aufgerissen hast, mit anderen Worten, daß du sie nicht mit Einzigartigkeit und Einmaligkeit auszeichnest und belohnst.«

Gerade als ich ihn besorgt fragen wollte, ob ich ihn mit alldem nicht überfahre, nahm er ein Blatt Papier aus dem

Schrank neben dem Tisch, zog seinen Stift aus der Innentasche seines schwarzen Sakkos und schrieb schweigend etwas auf. Von meiner Seite des Tisches aus konnte ich den Anfang lesen: »Lieber Vater«. Er blickte kurz darauf und strich dann unwirsch das »Lieber« durch. Nach drei, vier Sätzen hielt er inne, legte den Stift nieder und sagte: »Ich liebe dich wirklich.«

Er erwartete nicht, daß ich etwas darauf sagte. Dann erhob er sich, stützte sich auf den Tischrand und sah mir direkt in die Augen.

»Wenn mich nicht alles täuscht, heißt sie Catherina«, sagte er.

Judit

Wahrscheinlich hat für ihn eine große Rolle gespielt, daß ich auf dem Gymnasium zwei Jahre lang seinen Vater als Lehrer hatte. Mon fragte mich praktisch jeden Tag einmal nach ihm und war enttäuscht, wenn ich mich nicht mehr ganz genau an das Wie und Warum bestimmter Vorfälle in der Klasse erinnerte oder Bemerkungen nur noch bruchstückhaft zitieren konnte. Dagegen hatte ich schon bald ein Rezept, denn ich tue von Kindesbeinen an nichts lieber, als Leute nachzuahmen, wie sie reden und lachen, wie sie gehen, welche Gesichter sie ziehen, was sie mit den Händen machen und wie sie einen ansehen können, das geht bei mir ganz von selbst, und ich muß immer aufpassen, daß ich nicht schon anfange jemanden nachzumachen, während er noch dabei ist, oder daß ich mit einem Limburger nicht auch gleich mit limburgischem Akzent rede, so schlimm ist das schon bei mir, und wenn du damit dann auch noch viele Lacher auf deiner Seite hast, läßt sich dieser Hang zum Imitieren nur schwer unterdrücken. Bei Mon war ich in der Hinsicht genau an der richtigen Adresse, denn ich brauchte ihm nur in einem anderen Dialekt auf eine Frage zu antworten, und er gluckste schon vor Lachen, und dann wollte er am liebsten, daß ich den ganzen Abend so weitermachte.

Dank seiner unverkennbaren Bewegungen und nervösen Gebärden und seines schroffen Tons ließ sich Mons Vater für mich im Handumdrehen treffend darstellen. Das hatte was Gruseliges, denn Mon war sich, glaub ich, nicht darüber im klaren, wie sehr er seinem Vater ähnelte, und deshalb hatte ich manchmal das Gefühl, nicht nur den alten Schwartz, sondern auch Mon selbst zu spielen. Ich muß irgendwie gewußt haben, daß mein Talent, seinen Vater so gut nachzumachen, für Mon ein Grund war, bei mir zu bleiben, denn je mehr ich ihn an die Straße zu verlieren drohte, desto öfter spielte ich Mosje Schwartz für ihn, und dann redete ich mir ein, ich könnte ihn auf diese Weise halten. Er biß sich vor Spannung auf die Fingerknöchel, wenn ich diese Stimme anschlug, und im Laufe der Zeit erfand ich drei Viertel von dem, was ich seinen Vater sagen ließ, hinzu, weil es mich glücklich machte, wenn ich Mon amüsierte und er an meinen Lippen hing und nach mehr kreischte, sobald ich aufhörte, diesen seltsamen Mann zu spielen, der mein früherer Geschichtslehrer und sein Vater war. Mon wollte alles wissen, was sein Vater angehabt hatte, welchen Stoff er durchgenommen hatte, wie er gerochen hatte, ob er Pausenbrote bei sich gehabt hatte und ob ich auch wußte, was drauf gewesen war, welche Witze er gemacht hatte, wie er gewesen war, wenn er freundlich sein wollte, und wie er sich aufgeführt hatte, wenn er böse war. Mosje Schwartz in Harnisch darzustellen war ein Pappenstiel, denn er war in jeder Stunde aus der Haut gefahren, und das nicht nur einmal.

»Genau!« schrie Mon dann. »Das ist er haargenau.«

So bin ich denn etliche Male mit den Händen auf dem

Rücken an imaginären Schulbänken vorbeigepirscht, hab mit unterdrückter Wut prägnante Sätze an die Tafel geknallt und beim Punkt des obligatorischen Ausrufezeichens die Kreide zerbrechen lassen, hab mir, fassungslos über ein solches Maß an Dummheit, laut vor die Stirn geklatscht oder spöttisch die Hand hinters Ohr gehalten, weil ich ja wohl nicht richtig gehört haben konnte, welch himmelschreiendes Unwissen mir da gerade präsentiert worden war. Oder ich schimpfte mit unvermittelter Wut einen Schüler aus und scheute mich nicht, dabei auch seinem »nichtswürdigen« Vater eins zu verpassen, der besser daran getan hätte, sein verweichlichtes Söhnchen gleich zum Fließbandaufseher in seiner popligen Konservenfabrik aufsteigen zu lassen, da er den minderbemittelten Schwachköpfen dort intellektuell gerade eben so viel voraushabe, daß er ihnen Dampf machen könne.

Mons Vater war launenhaft, ulkig und verrückt, und die ganze Klasse hatte ein bißchen Angst vor ihm. Er konnte toll erzählen und spickte seine Erzählungen mit beißendem Zynismus, mit dem er jeden Staatsmann oder historischen Helden und jedes sogenannte beeindruckende geschichtliche Ereignis auseinandernahm. Helden wurden zu lächerlichen Trotteln, Erfinder verwandelten sich in gewiefte Diebe, berühmte Schriftsteller wurden als listige Plagiatoren entlarvt, Mut entpuppte sich als Opportunismus, und hinter Ruhm verbarg sich der verkappte Nationalismus der Geschichtsschreiber. Im Unterricht von Lehrer Mosje Schwartz blieb in der gesamten vaterländischen Geschichte kein Standbild auf seinem Sockel, und nichts war so edel, wie es auf den ersten Blick geschienen hatte. Durch seine Brille gesehen, waren Ideale nichts anderes als die arglistige Bemäntelung von Selbstbereicherung, Interessensverquickung, Lügen, Betrug, Berechnung, Egoismus, Eitelkeit, Wucher, Schwindel und Gewinnstreben.

»Nenn mir deinen historischen Helden, und ich lasse kein gutes Haar an ihm«, sagte er regelmäßig mit genüßlichem Ingrimm, und dann rieb er sich vergnügt die Hände und leckte sich die Lippen. Oder er kündigte an, und dabei leuchteten seine Augen vor diebischer Freude, daß demnächst ein Buch aus seiner Feder erscheinen werde, in dem endgültig kurzer Prozeß mit diesem oder jenem Aufschneider, Geschichtsfälscher oder Antisemiten gemacht werde, und daß sich der niederländische Leser noch wundern werde, wenn er die Wahrheit erfahre.

Das war 1971, wir waren vierzehn oder fünfzehn Jahre alt und reif für die Entzauberung unseres Weltbildes durch den Zynismus von Lehrer Schwartz.

Mon hat mal zu mir gesagt, er könne gut verstehen, daß ich Schauspielerin geworden sei, denn uns Nachkriegskindern, zumal Kindern von Überlebenden, bleibe nur die Welt des Theaters und des Luxus. Das echte Echte, wie er es halb spöttisch nannte, sei unseren Eltern vorbehalten. Er hat das später auch in seinem *Brief an meinen Vater* geschrieben, und in dem, was er da so schmerzlich beschrieben hat, hab ich den alten Schwartz nur allzugut wiedererkannt. Und obwohl mein eigener Vater so ziemlich das Gegenteil von diesem übellaunigen, zerstörerischen kleinen Mosje war, war das Lesen von Mons Brief für mich eine höllische Offenbarung. Mein Vater war kein mißhandelnder, schimpfender, strenger, scharfsinniger, zynischer, grausamer, polternder Mann, sondern ein vom Leben gebeutelter, sanftmütiger, still vor sich hin schuftender Mensch. Mein Vater hielt den Mund, aber so, daß du das Empfinden haben mußtest, es sei reine Einbildung, daß du was Bedeutendes erlebtest, weil nämlich alles, was in deinem Leben passierte, ein Klacks war gegen das, was er in seinem Leben gesehen, mitgemacht und durchgestanden hatte.

Der einzige Angehörige, der nach dem Krieg zurückkehrte, war ein Bruder vom Vater meines Vaters. Dieser Onkel hat die Polsterei meines ermordeten Großvaters wieder in Gang gebracht, und mein Vater hat bei ihm im Geschäft angefangen, obwohl er vor dem Krieg andere Träume gehabt hatte und eigentlich Architekt hatte werden wollen.

»Man war froh, daß man noch Verwandte hatte« war das einzige, was er dazu sagte.

Innerhalb von zehn Jahren hatten sie die kleine Polsterei auf mehrere Einrichtungshäuser erweitert, und mein Vater hatte sich auf den Einkauf von Stoffen und Lampen verlegt. 1955 lernte er meine Mutter kennen, die tagsüber in einem der Einrichtungshäuser als Verkäuferin arbeitete und abends eine Weiterbildung zur Innenarchitektin machte. Sie heirateten, und nach meiner Geburt, 1957, hörte meine Mutter auf zu arbeiten und zu studieren.

»Das war damals so«, sagte sie dazu, »man wollte für seine Kinder dasein.«

In den darauffolgenden Jahren wurden meine beiden Schwestern und mein Bruder geboren. Meine Mutter war tatsächlich immer da, und mein Vater selten.

Mons *Brief an meinen Vater* hat mich schrecklich traurig gemacht, ich war danach völlig fertig.

Sie glaubten, völlig im Recht zu sein, weil Sie rigide die Wahrheit für sich beanspruchten und mir nur die Brosamen einer verlogenen, unwürdigen Existenz ließen, auf die Sie schon im voraus mißbilligend herabsahen. Von meiner frühesten Kindheit an machten Sie es mir unmöglich, irgend etwas zu tun, was in Ihren Augen gut gewesen wäre, und eigenständig ein Leben zu gestalten, in dem ich kraft eigenen Zutuns und eigenen Vermögens einen berechtigten Anspruch auf Ansehen und Bewunderung hätte erwerben können. Wie Sie viele Stunden des Tages darauf verwandten, die Reputation namhafter und ehrbarer Männer zu zerstören, nutzten Sie den spärlichen Rest Ihrer Zeit dazu, jegliches Ehrgefühl Ihres erstgeborenen Sohnes im Keim zu ersticken. Wenn ich Ihre Stimme höre, dann nie ohne hämischen Unterton. Sogar meinen Namen sprachen Sie mit Hohn aus.

Dieser *Brief an meinen Vater* hat ihn umgebracht, hab ich immer gedacht, und da bin ich nicht die einzige.

Das Beleidigen lag bei Mon in der Familie, anders kann ich es leider nicht sagen. Nachdem er meinen Vater kennengelernt hatte, sagte er: »Du hattest den Massel, daß dein Vater nicht klug genug ist, um ein Zyniker zu sein, und sich mit skeptischer Duldsamkeit zufriedengibt. Ich fürchte, das ewige Lächeln um seine Lippen soll einen gehörigen Mangel an Scharfsinn und Mut kaschieren.«

Stinkwütend wurde ich auf ihn, als er das sagte. Ich ärgerte mich zwar von Zeit zu Zeit maßlos über meinen Vater, aber ich konnte es absolut nicht haben, daß Mon oder wer auch immer etwas Negatives über ihn sagte, denn dann schnürte sich mir das Herz zusammen vor Wut und Mitleid.

»Tragen wir jetzt einen Wettkampf aus, wer am meisten unter seinen Eltern zu leiden hatte?« konnte ich gerade noch hervorbringen, ehe ich in Tränen ausbrach. Darüber war er sogar noch erstaunt.

»Was ist denn jetzt los?« fragte er.

»Du bist genau wie dein Vater«, platzte es aus mir heraus. »Andere total runtermachen, damit ihr euch überlegen fühlen könnt.«

»Ich fühle mich deinem Vater überhaupt nicht überlegen«, sagte er verteidigend, »ich habe mich nur gefragt, was wohl schlimmer ist: passive Aggressivität oder regelrechte Grausamkeit.«

»Du hast ausdrücklich gesagt, daß mein Vater zu dumm sei, um grausam zu sein, Mon, das meinte ich.«

Er lachte nervös auf, wie immer, wenn ich einen Wutausbruch hatte. Dann sah er mich an, als wenn ich ihm völlig fremd wäre, neugierig und mißtrauisch, wachsam, ob da nicht irgend etwas auf einen Fallstrick oder nur vorgetäuschte Empörung hindeutete.

»Ich finde dich ja schon goldig, wenn du so für deinen Vater in die Bresche springst«, sagte er schüchtern.

Zu der Zeit glaubte ich, daß wir vom Charakter her so verschieden seien wie Tag und Nacht. Im Vergleich zu mir war

Mon ein Ausbund an Aufruhr und Widerstand, einer, der schimpfte und zeterte und kein Blatt vor den Mund nahm, der sich erlaubte, seine Eltern zu kritisieren, anstatt vor Mitleid zu vergehen, wie ich es mein Leben lang getan habe. Er machte etwas, wovor ich zurückscheute, ich konnte kaum fassen, daß er sich das traute, aber insgeheim bewunderte ich ihn für seine brutale Unverfrorenheit. Jetzt, nachdem ich Saars zweites Buch gelesen habe, wird mir schon deutlich, daß ich ihn auch darum beneidete und er mir durch seinen Aufruhr viel von meiner Wut abnahm.

Ich kann es mir fast nicht mehr vorstellen, weil die Rollen schon so bald vertauscht waren, aber als wir frisch zusammen waren, hab ich doch ab und zu gedacht, daß er sich genauso beglückwünschen konnte wie ich mich. Mon humpelte, war einen Kopf kleiner als ich und bestimmt nicht der Schönste, und nun hatte er eine Frau an seiner Seite, die von ihrem Vater ihr Leben lang zu hören bekommen hatte, daß es wohl einen Gott geben müsse, denn so viel Schönheit könne nicht Menschenwerk sein. Damit zog mein Vater natürlich auch eine direkte Verbindungslinie zwischen sich und dem Allerhöchsten, denn den größten Anteil an meinem Aussehen schrieb er sich zu. Er brüstete sich mit der *Gravidade* der Frauen und Männer in seinem Zweig der Familie und nannte mich ein Geschenk des Himmels, weil ich das Ebenbild seiner bildschönen ermordeten Mutter sei. Er sagte das so oft, daß ich seine Komplimente schließlich haßte wie die Pest. Ich zuckte zusammen, sobald ich ihn das Wort *Gravidade* murmeln hörte, denn ich schämte mich nicht nur für seine Angeberei, sondern auch für die Mißachtung meiner Mutter, die daraus sprach.

Meine Mutter kam in jeder Hinsicht schlecht weg. Rein äußerlich war ich ihr überhaupt nicht ähnlich, das konnte man ihr also nicht positiv anrechnen, sie war im Krieg versteckt gewesen, und darauf wurde herabgesehen, das zählte gar nicht zum wahren Leid, sie war belesen und intelligenter als mein Vater, durfte das aber nicht zeigen, weil sie ihn nicht ausstechen wollte, sie war mit vier Kindern zum Hausfrauendasein verurteilt und hatte deren Erziehung eigentlich von frühmorgens bis spätabends allein zu meistern, ohne je Beifall dafür zu ernten, ja ich möchte fast sagen, sie hätte es nicht einmal gemerkt, wenn wir den ganzen Tag geklatscht hätten, um ihr unsere Dankbarkeit zu zeigen.

Es klingt naiv, aber als ich mit neunzehn von zu Hause wegging, hatte ich keinen blassen Schimmer, warum ich so unglücklich war und mich zu allem Überfluß noch schuldig dafür fühlte. Auch Jahre später, als mein Bruder Felix mit Blaulicht ins Krankenhaus kam, weil er eine Überdosis Medikamente geschluckt hatte, war mir noch schleierhaft, wieso mich, anstatt daß ich Mitleid mit dem Ärmsten hatte oder bedachte, daß zu Hause das eine und andere schiefgelaufen war, die helle Wut packte und ich derartig schäumte, daß ich es ablehnte, ihn im Krankenhaus zu besuchen, und mich erst wieder mit ihm konfrontieren wollte, wenn er bei sich zu Hause war. Meine Eltern und meine beiden Schwestern gingen schon hin, aber keiner von uns traute sich offen auszusprechen, was passiert war. Wenige Stunden nach seiner Einlieferung ins Krankenhaus habe ich Saar angerufen und ihr von meinem Bruder erzählt. Sie ist noch am selben Tag ins Krankenhaus gefahren und hat sich um ihn gekümmert, als er entlassen wurde. Sie rief mich auch regelmäßig an, um sich zu erkundigen, wie es mir gehe, aber ich war blöderweise zu stolz und hab den Schein gewahrt, obwohl ich in Wahrheit kurz vorm Zusammenbrechen war. Ich war hypernervös, aß kaum noch, schlief schlecht und mußte den ganzen Tag heulen, ohne irgendwem erklären zu können, warum. Im einen Moment wurde ich tieftraurig, wenn ich an meinen armen Bruder dachte und was ihm alles im Kopf herumgegangen sein mußte, und im nächsten Moment wurde ich stinkwütend auf ihn und betrachtete ihn als egozentrischen Mistkerl, als Schlappschwanz und undisziplinierten Blindgänger, der die ganze Familie ins Unglück stürzte und unseren ohnehin schon bedauernswerten Eltern ein Leid hatte antun wollen, das sogar das des Krieges noch bei weitem übertraf. Womöglich war es ihm auch gerade darum gegangen.

Ich war damals, 1980, in meinem letzten Jahr auf der Schauspielschule und nahm an einem Projekt zum amerikanischen Theater – Steinbeck, Williams, Miller – teil. Kurz nachdem Felix eingeliefert worden war, las ich Arthur Millers *Tod eines Handlungsreisenden*, und das brachte mich ziemlich in Verwirrung. Es war das sicher schönste, schmerzvollste Theaterstück, das ich je gelesen hatte, und als es später in der Gruppe mit verteilten Rollen gelesen wurde, hab ich mir als Zuhörerin die Tränen nur bis zu der Szene verkneifen können, in der Biff nicht mehr an sich halten kann und seinen Vater anschreit und ihm unter die Nase reibt, daß er überhaupt nicht wisse, wer Biff und sein Bruder wirklich seien, daß bei ihnen zu Hause nie die Wahrheit gesagt worden sei, daß sein Vater etwas aus ihm mache, was er gar nicht sei, daß er genau wie sein Vater ein Dreck sei, ein Nichts, eine Null, daß er sei, was er sei, und mehr nicht. Ich dachte, es brächte mich so aus der Fassung, weil es mich an Felix erinnerte, an Felix und seine Beziehung zu meinem Vater. Auch da ging mir noch nicht auf, daß es etwas mit mir selbst zu tun hatte, damit, wie ich über meinen Vater und meine Mutter dachte, aber nicht denken durfte. Das einzige, was ich empfand, wenn ich an meine Eltern dachte, war überwältigendes Mitleid, knirschende Dankbarkeit für ihre Aufopferung, für die Schufterei und Plackerei, die sie für uns auf sich genommen hatten, und für die Güte, die sie sich hatten bewahren können, obwohl ihnen so viel Böses angetan worden war.

Am Abend nach dieser Gruppenlesung von *Tod eines Handlungsreisenden* hab ich mich so komisch gefühlt, als sei ich gefährlich nahe an etwas, was ich nicht mehr in der Gewalt haben würde, daß ich schließlich Lies angerufen hab, und Lies hat Saar angerufen, aber Saar konnte mich nicht mehr in Therapie nehmen, weil Felix schon bei ihr war, und empfahl mir, Vera de Waal anzurufen und mit der einen Termin auszumachen. Das war bitter, denn ich hatte wieder mal den einzigen Therapeuten weggegeben, den ich kannte. Andererseits nahm ich meinen aufgelösten Zustand nicht so ganz ernst und hatte mich selbst im Verdacht, daß ich übertrieb und mich anstellte. Bei Vera hab ich dann aber gelernt, daß diese Einstellung genau dem entsprach, was mir mein Vater mein Leben lang unterschwellig vermittelt hatte, nämlich daß ich alles, was ich für mich als schlimm oder traurig empfand, jeden Schmerz, ja selbst die kleinste Unzufriedenheit, als unechtes, eingeredetes, übertriebenes, gesuchtes, vorgeschütztes, minderwertiges Luxusproblem abzutun hatte. Das Leiden gebührte ihnen, das stand uns nicht zu. Vera sprach in dem Zusammenhang vom »Joch des Glücks«, das die Nachkriegskinder zu tragen hatten. Letztlich konnten wir unsere Eltern nur dadurch für ihren immensen Einsatz, ihre ewige Plackerei, ihre erstickende Fürsorge, ihre lieb gemeinte Bevormundung, ihre guten Absichten und ihre Selbstlosigkeit belohnen, daß wir nie und nimmer auch nur den kleinsten Hauch von Kummer hatten und den lieben langen Tag strahlten vor Glück und Zufriedenheit. Denn nicht wir litten, wenn wir litten, sondern sie würden leiden, wenn wir litten. Sie verkehrten in der Zwangsvorstellung, daß es uns an nichts fehlen durfte und uns alles Leid der Welt erspart bleiben mußte und daß sie dafür alles geben würden, aber sie ließen uns nur das Glück, und der Rest gehörte ihnen. Wir waren die verwöhnte Generation, die Wohlstandsjugend, die sorglosen Hedonisten, die Kinder, die sich ins gemachte Bett legten und sich um nichts anderes zu kümmern brauchten als um ihr eigenes Vergnügen. Unglücklich zu sein war eine Sünde, und daß wir je Trost brauchen sollten, war undenkbar. Wenn wir hinfielen, tat es ihnen weh. Dadurch, daß Felix offen seine Verzweiflung bekundet hatte, hatte er verbotenes Terrain betreten und nicht nur die Illusionen meiner Eltern in die Luft gejagt, sondern auch Verrat an seinen drei Schwestern begangen, die sich allesamt dem Traum meines Vaters und meiner Mutter unterworfen hatten und von morgens bis abends hart daran arbeiteten, den Schein des Glücks zu wahren, um die Eltern damit für ihre Opfer zu entschädigen.

Bei Vera de Waal, Anfang der achtziger Jahre, begann ich

diesen Plot erstmals aufzudröseln und eine Wut freizusetzen, die ich nur ansatzweise an mich heranzulassen wagte. Was sich mir besonders eingeprägt hat, ist ein Satz, den sie über Felix sagte.

»Er wollte das Spiel nicht mehr mitspielen.«

Das zwang mich, der Tatsache ins Auge zu sehen, daß wir, meine Schwestern, meine Eltern und ich, ihm keinen anderen Ausweg aus dem Theater gelassen hatten, als ganz von der Bühne abzutreten. Damit, daß er die Pillen geschluckt hatte, hatte er auf seine Weise die Marionettenfäden gekappt und das Leben an sich gezogen. Spielen oder sterben lautete die Devise. Meine ganze Kindheit und Jugend hindurch war ich Handlangerin einer falschen Idylle. Als Spionin des Glücks kontrollierte ich den Gesichtsausdruck meines Bruders und meiner Schwestern, bestrafte jede Andeutung von Zorn, sang und tanzte, um unerträgliche Stillen auszufüllen, teilte Rollen zu, wenn irgendwer für einen Moment nicht am Theater teilnahm. So half ich mit, die Gefängnismauern um unsere Familie aufzurichten, und war mitschuldig am erstickenden Schweigen über das eine.

So richtig fiel der Groschen aber trotzdem erst Jahre später, als ich *Die Ökonomie der Schuld* las und in der Stimme von Saar de Vries plötzlich eine andere Stimme wiedererkannte, eine aus meiner Jugend, nämlich die von Lehrer Mosje Schwartz.

Den romantischen Mythos von der bedingungslosen Liebe um jeden Preis aufrechtzuerhalten stiftet mehr Schaden als Gutes. Nur eine Liebe ist bedingungslos, und zwar die der Kinder zu den Eltern, darüber hinaus gibt es keine bedingungslose Liebe. Schlimmer noch, gerade die allererste Liebe, mit der wir es zu tun haben, wird an Bedingungen geknüpft wie keine andere, und zwar die Liebe der Eltern zu den Kindern. Sie mag sehnlich, tief, innig, treu und immerwährend sein, aber bedingungslos ist sie nicht.

In einem TT schrieb Mon, daß er zum erstenmal im Leben nichts lieber tue, als nach Hause zu kommen, weil er sich immer danach sehne, ihre Stimme zu hören, zu erfahren, was sie den Tag über gedacht habe, ihre Meinung zu etwas Bestimmtem kennenzulernen, sich mit ihr zu unterhalten und zu lesen, was sie geschrieben habe – und trotz glühender Eifersucht begriff ich mit einem Mal, daß er bei Saar auch die Stimme seines Vaters wiedergefunden hatte. So, wie der alte Schwartz gegen den in seinen Augen unverdienten Ruhm und Status intellektueller Scharlatane wütete, zog Saar gegen falsche Mythen und romantische Illusionen zu Felde. Erst durch Saars Bücher wurde mir klar, warum ich es in meiner Kindheit insgeheim genossen hatte, wenn Mosje Schwartz zu seinen Tiraden ausholte und uns zu verdeutlichen versuchte, daß hinter dem vermeintlichen Guten haufenweise Böses steckte. Ich sah eine andere Seite des Mitleids, das mir immer zu schaffen machte, und zum erstenmal war dieses Gefühl nicht mehr ausschließlich für meine Eltern bestimmt, sondern kam auch für uns in Frage.

Die Vertuschung des Eigeninteresses der Eltern, ihrer Ansprüche und Wünsche, das Verstecken dieser ganzen Ökonomie des Gebens und Nehmens unter der Maske der bedingungslosen Liebe der Eltern zu ihren Kindern und dem Bild von Eltern, die immer nur gegeben und angeblich nichts von ihren Sprößlingen genommen oder verlangt haben, brachte eine Generation hervor, die ausschließlich Mitleid für ihre uneigennützigen Versorger empfindet und in dem fortwährenden Irrtum verkehrt, sie hätte nur von den Eltern profitiert und müßte unweigerlich in deren Schuld stehen. Zu grenzenloser Dankbarkeit verdammt, da ja die Eltern für ihr Glück so große Opfer brachten, kann diese Generation nicht erkennen, welche Opfer sie selbst gebracht hat, um die Träume der Eltern zu verwirklichen, und wie sehr sie ihrerseits zurückgesteckt und das eigene Licht unter den Scheffel gestellt hat. Ihr Leben war der kostbarste Besitz der Eltern und wollte einfach nichts werden, was ihnen gehörte.

Seit ich spielte, bedeutete Nachhausekommen für mich, ins Theater zu gehen, die Welt des Halbdunkels zu betreten, des gedämpften Lichts, der Spiegel und Kulissen. Wirklich ruhig wurde ich erst, wenn die schwere Tür des Schauspielhauses hinter mir zufiel und Tageszeit und Tageslicht aussperrte und ich die Treppen zum Probenraum oder zu einer Vorstellung hinaufging – zur gespielten Zeit. Das Theater dreht sich um dich und die Menschen, mit denen du spielst. Es ist klein, überschaubar, weltentrückt. Als ich ein paarmal fürs Fernsehen arbeitete, hatte das Betreten des Studios den gleichen Effekt auf mich. Im Theater wie im Studio herrscht diese feierliche Erregung von Leuten, die ein Publikum oder die Fernsehzuschauer mit dem Produkt einer Gemeinschaftsleistung unterhalten werden. Alle sind aufeinander bezogen, weil alle wissen, daß sie voneinander abhängig sind, und diese Abhängigkeit kann leicht dazu führen, daß du verrückt bist nach diesen Leuten, denen, mit denen du zusammenspielst, oder denen vom Licht oder denen hinter der Kamera oder dem Regisseur.

Beim Fernsehen hab ich Hein de Waal kennengelernt, Ehemann der Frau, die mir Jahre davor aus meiner Not geholfen hatte, und Mons ältester Freund. Nur gut, daß ich schon mit Leonard zusammen war und durch ihn eine neue Art des Nachhausekommens kennengelernt hatte, sonst hätte ich mich bestimmt in diesen hochgewachsenen, immer gutgelaunten, gelassenen und dennoch strengen Mann verliebt, der die Fäden fest in der Hand hielt und dem nichts entging. Von ihm stammt der Satz, daß der Kamera vor Unechtheit und Übertreibung graut.

»Du stehst nicht für jedermann zur Schau, um so gut wie möglich zu verbergen, wer du bist, sondern um so gut wie möglich rüberzubringen, wer du bist. Und wenn dich das schreckt, weil dir im Hinterkopf herumspukt, daß dich irgendwer dafür bestrafen wird, denkst du einfach daran, daß du zu deinem Richter sagen kannst: ›Es war nicht echt, Vater, es war bloß Theater.‹«

Die besten Schauspielstunden bekam ich von ihm dort in den Studios in Hilversum. Er war mit Schauspielern groß geworden, mit einer singenden Mutter und einem Theater spielenden Vater, und man hatte ihn von klein auf in Garderoben und Theatersäle mitgeschleppt, wo er von den Darstellern der alten Garde verhätschelt wurde, die er alle als seine Onkel und Tanten betrachtete. Von ihnen habe er vor allem das Spaßmachen gelernt, sagte er.

»Sie waren wie Kinder«, sagte er über seine Eltern und ihre Freunde, »manchmal war ich der einzige Erwachsene. Wahrscheinlich bin ich deshalb Regisseur geworden, denn schon damals mußte ich mir meine Schlafenszeit selber einrichten, weil sie schlichtweg vergaßen, daß ein echtes Kind in ihrer Mitte war.«

Als Fernsehregisseur war Hein ein Paterfamilias, der nicht nur das Rudel der Beachtung verlangenden Schauspieler an der Hand nehmen und umsorgen mußte, sondern auch achtgab, daß sich die Kameraleute nicht zurückgesetzt fühlten, daß ihre Aufmerksamkeit geschärft blieb, daß ihnen auch gefiel, was da vor ihren Augen ablief, und sie es bestmöglich abbildeten. Denn nicht zuletzt vertrat er ja auch das Auge der Zuschauer.

»Ich betrachte jeden, der in dieses Studio kommt, als jemanden, der einen Vorwand sucht, um Spaß zu haben und nicht draußen mitspielen zu müssen«, hat er gelegentlich zu uns gesagt.

Ich merkte Hein schon an, daß er sich, was Mon betraf, anfangs bewußt zurückhielt und ihn lieber nicht zur Sprache brachte, aber als Leonard dann häufiger auf dem Set erschien und schließlich sogar an einer Produktion mitwirkte, fiel Mons Name des öfteren. Unter schallendem Gelächter erzählte Hein zum Beispiel, wie er Mon für eine Autowerbung hatte einspannen können, wo doch die gesamten Niederlande wußten, daß Mon nicht mal ein Dreirad lenken konnte, weil er zu lahm, zu nervös und zu neurotisch dafür war.

»Ich kann nur rückwärts fahren«, zitierte er Mons erste

Reaktion auf sein Angebot, für viel Geld ein Auto anzupreisen. Aber er machte es natürlich doch, und es wurde ein urkomischer Werbespot, in dem man Mon, während er bewundernd die Vorzüge des Wagens aufzählt, leicht zögerlich um einen blitzenden Mazda herumhumpeln sieht, bis er schließlich behutsam die Hand ausstreckt, um die Nase des Autos zu streicheln. In dem Moment wirft ein unsichtbarer Fahrer den Motor an, und Mon prallt erschrocken zurück.

»Aber mit Samthandschuhen anfassen, das Kätzchen«, sagt er dann mit seinem unwiderstehlichen Grinsen in die Kamera.

Als das Thema Mon nicht länger tabu war, kam ich dahinter, daß mich noch etwas mit Hein verband: Er ging auf dasselbe Gymnasium wie ich und hatte ebenfalls Mosje Schwartz zum Lehrer gehabt, wenn auch lange vor mir.

»Er war ein richtiges Arschloch und ein Erzsadist«, sagte Hein eines Abends, als wir nach einer gelungenen Aufnahme noch in der Studiokantine saßen und etwas tranken. »Davon konnte ich mich mit eigenen Augen überzeugen, als Mon und ich ihn ein Jahr als Lehrer hatten. Irgendwas in dem Mann wollte seinen Sohn kaputtmachen, vernichten. Er hat Mon systematisch gedemütigt, und das trieb er sehr weit. Vor versammelter Klasse hat er Mons Arbeiten und Aufsätze zerrissen und schimpfte ihn dann Versager, Faulpelz, Schwachkopf, Nachäffer und was er sich nicht noch alles einfallen ließ, um Mon zu demütigen und lächerlich zu machen. Er dachte nicht daran, ihn bei seinem Namen zu nennen, sondern sagte so was wie ›Hänschen klein, Hinkebein‹, ›das watschelnde Wunderkind‹, ›unser behinderter Denker‹ zu ihm, immer geringschätzig und höhnisch. Die Apotheose seiner Grausamkeit hat er sich für den letzten Tag aufbewahrt. Wir waren in der sechsten und nahmen Abschied von der Sekundarschule und Lehrer Schwartz. Zuerst trichterte er uns noch einmal seine Lebenslehren ein, zum Beispiel, daß wir uns nie von sogenannten Besserwissern an der Nase herumführen lassen sollten, daß wir jedem mißtrauen sollten, solange wir nicht vom Gegenteil überzeugt wurden, daß das einzig Gute an der Ehe der Ehebruch sei, und was er noch so alles an zynischen und sogenannt witzigen Weisheiten auf Lager hatte. Und dann zieht er zehn Minuten vor dem Ende der letzten Unterrichtsstunde ein Blatt Papier aus seiner abgewetzten Ledermappe. Alle sehen seinem Gesicht an, daß er was Böses im Schilde führt. Mit breitem Grinsen sagt er, daß er eine Liste mit zehn von ihm persönlich auserkorenen Schülern in der Hand halte, die in diesem Schuljahr den größten Einsatz und den schärfsten Verstand bewiesen hätten, Jungen, von denen er sich etwas erwarte, die es noch weit bringen könnten. Mon war natürlich nicht darunter und ich schon gar nicht. Dann bückt er sich noch einmal und zieht ein Buch aus seiner Tasche. In dem Moment höre ich Mon, der neben mir sitzt, ein unterdrücktes Wimmern von sich geben. Ich wende mich zu ihm hin und sehe, daß er kreidebleich wird. Er schaut mich an und deutet mit dem Finger auf sich, ohne etwas sagen zu können. Und da erkenne ich das Buch. *Vierzig Sportarten und Spiele in Wort und Bild*, ein Sammelband aus zehn Einzelheften, Mitte der fünfziger Jahre von Blue Band herausgegeben. Wir bewegten unsere Mütter mit allen Mitteln dazu, Margarine von Blue Band zu kaufen, denn zu jeder Packung bekam man beim Milchmann ein knisterndes Zellophantütchen mit Farbfotos von Sportlern in Aktion oder von Fußball-, Eishockey- und Turnmannschaften. Die Hefte konnte man gratis bestellen, darin standen Artikel über die verschiedenen Sportarten. Alle Jungen sammelten damals diese Abbildungen, es existierte ein reger Tauschmarkt, und das Blue-Band-Buch wurde zu unserem kostbarsten Besitz. Dann passiert etwas Grauenvolles. Mons Vater macht zehn Lose, wirft sie in einen leeren Papierkorb und geht triumphierend von einem Auserkorenen zum nächsten. Da erhebt sich der kreidebleiche Mon, zitternd vor Nervosität und Angst und Wut, und beginnt mit gellender Stimme rasend schnell aus dem Buch zu deklamieren.

›Alle kennen Blue Band, die Margarine, die *anders* schmeckt, unendlich viel besser; die Margarine mit reichlich Sonnenscheinvitaminen. Sonnenscheinvitamine – Gesundheit. Der Sport und sein Nutzen, die Freude, die er schenkt, seine Vor- und Nachteile. Die niederländische Nationalmannschaft 1931–1935. Dies ist eines von hundertfünfzig prachtvollen Farbfotos, die in das große Blue-Band-Sportbuch, *Vierzig Sportarten und Spiele in Wort und Bild*, gehören. Darin finden Sie einhundert interessante Artikel über wichtige Themen rund um Sport und Spiel. Wie Sie dieses schöne Werk erhalten? Schreiben Sie eine Briefkarte an Blue-Band-Sportbuch, Sekretariat. Frankieren Sie diese mit 7 Cent und legen Sie 15 Cent für Rückporto- und Verwaltungskosten bei. Blue Band, die Margarine, die *anders* schmeckt, unendlich viel besser; die Margarine mit reichlich Sonnenscheinvitaminen. Sonnenscheinvitamine – Gesundheit.‹

Sein Vater hört zuerst perplex zu und stürmt dann mit wutverzerrtem Gesicht auf Mon los. Der kleine Kerl duckt sich halb, als er seinen Vater auf sich zukommen sieht, fährt aber unverdrossen mit dem Zitieren des Blue-Band-Sportbuchs fort, und ehe sein Vater ihm eine Ohrfeige verpassen kann, bin ich aufgestanden und hab Mosje Schwartz den Arm festgehalten.«

Schwester Monica

Daß ich Salomons Theaterstück *Hiob* erst so spät kennenlernte, läßt sich wohl am besten dadurch erklären, daß er die typische Eigenheit hatte, nichts aufzuheben. Ich werde ihn gewiß sofort, als sein Stück zur Sprache kam, darum gebeten haben, und ich kann förmlich hören, wie Salomon achtlos antwortet, es sei in irgendeiner der Wohnungen zurückgeblieben. Nie sagte er: bei einer der Freundinnen. Im Moment, da er sie verließ, schienen sie nicht mehr für ihn zu existieren.

Ich bin es gewohnt, enthaltsam zu leben und nichts auf irdische Güter und sentimentale Relikte aus der Vergangenheit zu geben, doch so ganz kategorisch habe ich mich nicht daran halten können, denn das steinerne Kreuz, das meine Eltern mir zu meinem Eintritt ins Kloster schenkten, hüte ich mit tiefer Wärme, weil ich auch heute noch daraus ablesen kann, daß sie bereit waren, auf ihr Kind zu verzichten und es Gott zu schenken, und mir bei dieser wichtigen Entscheidung ihren Segen mitgaben.

Lili wußte von meiner Neugierde auf Salomons Theaterstück, und das gute Kind hat alles darangesetzt, es für mich zu beschaffen. Über eine Annonce ist es ihr schließlich gelungen, das Textbuch für die Bühnenfassung von *Hiob* zu bekommen, und das überreichte sie mir am Morgen meines zweiundsiebzigsten Geburtstags freudestrahlend als Geschenk. Der knallblau eingebundene Text im Din-A4-Heftformat war Salomons Bruder Benjamin gewidmet. Salomon schaute an jenem Tag auch kurz bei uns herein, um mir zu gratulieren, und war sehr gerührt über Lilis Suchaktion.

»Darf ich eine Kopie davon machen?« fragte er und wurde ganz verlegen, als ich ihm auch die bereits überreichen konnte, weil Lili schon selbst daran gedacht hatte, ein Duplikat für Salomon zu machen.

»Was ist das nur bei mir, daß ich nichts aus der Vergangenheit aufbewahrt habe?« sagte er. »Ich habe keine Fotos, keine Briefe, keine Terminkalender, keine Bücher, keine Bilder, keinen einzigen von den bestimmt zigtausend Buchstaben, die ich geschrieben habe, nichts.«

Er sagte das mit der für ihn charakteristischen leichten Verzweiflung und Bestürzung, die immer mein Erbarmen und den Wunsch weckten, ihm aus seiner Not zu helfen.

»Als erste mögliche Ursache fällt mir dazu ein«, sagte ich, »daß Sie keinen Kontakt mehr mit Ihrem Vater haben. Ich las kürzlich bei einem modernen Philosophen, daß wir eine Verbindung zwischen dem Archiv und dem Vater ziehen können. Dann könnte man vielleicht auch denken, daß ein Archiv sinnlos wird, wenn man keinen Vater hat.«

»Ich halte nichts für aufbewahrenswert«, sagte er, »nicht einmal mich selbst.«

»Ach, Salomon, was sagen Sie denn da wieder. Ein Mensch darf sich nicht so wertlos fühlen. Sie bedeuten anderen so viel, mir zum Beispiel, Lili, Schutz. Ich freue mich jedesmal, wenn Sie da sind, und jedesmal lerne ich wieder etwas von Ihnen.«

»Das mit dem Archiv, das ist mir zu hoch«, sagte er, »aber daß es etwas mit meinen Eltern zu tun hat, da könnten Sie durchaus recht haben. Wenn man selbst für die Eltern von so geringem Wert ist, daß sie einen nie mehr wiedersehen wollen, dann fällt es einem schon sehr schwer, sich noch irgendeine Wichtigkeit einzureden.«

Salomon wollte noch mehr sagen, aber er wußte nicht, wie. Er rieb sich sein schlechtes Bein, blickte kurz niedergedrückt auf und zauberte dann wieder dieses große Lächeln in sein Gesicht.

»Wertlos zu sein hat auch seine Vorteile, Schwester, denken Sie nicht? Ich brauche niemanden zu schonen, auch mich selbst nicht, denn ich habe nichts zu verlieren, keine Reputation, keine Ehre, keinen Stolz oder sonstigen bürgerlichen Nonsens. Das kann mir alles gestohlen bleiben, denn es bedeutet nichts. Ich habe weder Kind noch Kegel und bin niemandem etwas schuldig, auch meinem Vater nicht, denn der will die Schuld nicht eintreiben. Mir scheint, damit habe ich die Definition für die absolute Freiheit gegeben.«

»Es gibt keine Freiheit ohne Verpflichtung, Salomon.«

Durch den Geburtstagstrubel, das Kommen und Gehen von Freunden und Bekannten aus der Nachbarschaft hatte eine gewisse Bedrücktheit, die nach dem Gespräch mit Salomon geblieben war, nicht viel Raum, sich auszubreiten. Erst am nächsten Morgen nahm ich eine wehe Traurigkeit wahr, die ich recht schnell auf unser Gespräch zurückführen konnte. Unruhe erfaßte mich, aber auch Verärgerung. Die Unruhe entsprang dem Wunsch, Salomon beizustehen und ihn von dem abscheulichen Gedanken zu befreien, daß er ein wertloser Mensch sei, aber mit der Verärgerung wußte ich mir vorerst noch keinen Rat, zumal ich davor zurückschrecke, sie gegen Menschen zu richten. Beim Morgengebet schweiften meine Gedanken so heftig ab, daß ich mich nur mit Mühe und Not auf das Ehren des Allerhöchsten konzentrieren konnte. Meine Gebete waren nicht mehr als Fragen, auf die ich sehr gerne eine Antwort gehabt hätte.

Warum die Gesellschaft so richtungslos auf mich wirkte, als ich das Kloster verließ, habe ich im Laufe der Jahre besser verstehen können. Die Welt, die ich mit sechzehn zurückließ, war eine Welt selbstverständlicher, klarer Verhältnisse gewesen. Niemand wagte die Autorität des Vaters und das Lenkungsvermögen der Mutter anzuzweifeln. Dreimal täglich saßen wir mit der gesamten Familie bei Tisch, und da wurde erst gesprochen, wenn unser Vater uns das Wort erteilte. Er bestellte das Land und fütterte das Vieh, Mutter kümmerte sich um die Kinder und den Haushalt, und von uns Kindern hatte jedes seine Aufgabe, um ihnen bei den je nach Jahreszeit wechselnden Verrichtungen zur Seite zu stehen. Wir fragten uns nicht, ob wir Wunschkinder waren, denn Kinder zu haben lag in der Natur der Ehe. Daher fragten wir uns auch nicht, ob sich die Ehe unserer Eltern auf Liebe und Zuneigung gründete, denn wir selbst waren ja die Krönung der eingegangenen Verbindung und belegten deren Zielsetzung.

Zugleich, und das ist vielleicht das wichtigste, waren wir uns als Kinder dessen bewußt, daß wir alle, auch unsere Eltern, einer höheren Macht untergeordnet waren. Bei den täglichen Gebeten übten wir alle gleichermaßen Demut vor

Gott, im Gebet waren wir unseren Eltern gleich, hier sahen wir sie als Menschen, die ihrerseits die Abhängigkeit von einer Autorität und einem alles Menschliche übersteigenden Mysterium bekundeten. Der Mensch war nichtig und klein. Ein trockener Sommer brachte uns an den Rand des Abgrunds – da fiel es nicht so schwer, anzuerkennen, daß es Mächte und Kräfte gab, die das begrenzte persönliche Vermögen überstiegen.

Als ich Ende der sechziger Jahre das Kloster verließ, glaubte ich, ich müsse in den mir fremden gesellschaftlichen Turbulenzen das Resultat davon sehen, daß man Gott für tot erklärt hatte. Durch meine Studien und den Umgang mit den Menschen habe ich im Laufe der Jahre begriffen, daß man nicht nur in immer breiteren Kreisen ohne Gott auskommen mußte, sondern daß auch in so gut wie allen Wissenschaften und Wissensgebieten der Vater vom Thron gestoßen und seiner Macht beraubt worden war. Mit welchem Werk ich mich auch befaßte, das väterliche Prinzip wurde aufgehoben: Der Autor war tot, wir waren nicht mehr Herr im Haus unserer Seele, die großen Geschichten hatten ihre Gültigkeit verloren, die historische Wirklichkeit war eine Frage der Interpretation geworden, die physikalischen Gesetze wurden relativiert, die Immigration entwertete den Begriff Vaterland, und selbst die Realität schien für tot erklärt und ins Reich des Unmöglichen verbannt worden zu sein.

Bei meinen Gesprächen mit Salomon kam ich auf den Gedanken, daß wir die leibhaftigen Väter und Mütter im zwanzigsten Jahrhundert übermäßig mit Schuld befrachtet und ungenügend erkannt hatten, wie sehr auch sie einfach nur schwach waren und ihre Unzulänglichkeiten hatten und Mächten unterworfen waren, die das Menschliche überstiegen.

Es ist, als hätte man Gott für tot erklärt, um dann, aus einer natürlichen Sehnsucht nach dem Väterlichen, den leibhaftigen, naturgemäß schwachen, weil menschlichen Vater an Gottes Statt anzurufen und anzuklagen. Und da geschah, was ich das Uneigentliche dieses Jahrhunderts nenne. Die zuerst idealisierten und vergöttlichten leibhaftigen, menschlichen Väter wurden verachtet, weil sie naturgemäß keine göttlichen Gaben und keine göttliche Macht besaßen und die überzogenen Wünsche ihrer Kinder nicht erfüllen konnten. Wer sich nach dem Hohen sehnt, muß das Hohe anbeten und nicht das Menschliche, scheint mir, denn das reimt sich nicht.

Bei einem dieser Gespräche habe ich mir Salomon gegenüber die scherzhafte Bemerkung erlaubt: »Einen Guten Vater sieht man nicht.« Daraus haben sowohl Schutz als auch Salomon Gewinn gezogen. Salomon griff diese Äußerung begierig auf und hat sie später in *Brief an meinen Vater* als eines seiner Mottos verwandt, und Schutz erzählte mir, daß ihr dieser Satz geholfen habe, eine Verbindung zwischen ihrem ersten und ihrem zweiten Buch herzustellen.

Was ich mit meiner Äußerung meinte, habe ich Salomon ausführlich erläutert, und ich glaube, daß ich mit dieser Frage bei keinem anderen Mann soviel Gehör hätte finden können wie bei ihm.

»Das einzige Buch, das ich je mit meinem Vater geteilt habe, war die Thora«, sagte er, »und ich glaube tatsächlich, daß ich als kleiner Junge nur schwer zwischen Gott und meinem Vater unterscheiden konnte. Damit haben wir Juden in unserer Kindheit nämlich Probleme: Wir denken alle vorübergehend, daß unser Vater der Messias sein könnte, und unsere Väter denken alle vorübergehend, ihr Sohn sei der Messias. In diesem Vorübergehenden liegt die Tragödie. Aus theologischer Sicht müssen wir uns grundsätzlich getäuscht sehen, und aus psychologischer Sicht sind wir dazu geboren, einander zu enttäuschen.«

Dennoch wird mir erst bei der Lektüre seines Theaterstücks *Hiob* wirklich bewußt, wie sehr Salomons Ringen mit dem Vater seinem Ringen mit Gott verwandt ist. Der Gedanke, daß er dieses Werk mit achtundzwanzig geschrieben hatte und es ihn heute, achtzehn Jahre danach, immer noch lebhaft beschäftigte, welche Ursachen seine Verstoßung haben mochte, stimmte mich außerordentlich betrübt. Seit einiger Zeit sprach er von seinem großen Buch, *Brief an meinen Vater*, und von den Schwierigkeiten, die es ihm bereitete, Klarheit über seine Gefühle zu einem Mann zu gewinnen, den er, wie er sagte, zutiefst geliebt habe und den er zugleich mehr hasse als irgendwen sonst, für den er Mitgefühl hatte, den er aber zugleich verachtete, an den er sich im einen Moment als besessenen Wissenschaftler und scharfsinnigen Gottesgelehrten erinnerte und der ihm im nächsten Moment als Schlemihl und Trottel erschien, als jämmerlicher, beschränkter, bösartiger, eifersüchtiger Versager, als Despot, der mit einer Mischung aus Charme, kindlicher Abhängigkeit und reinster Tyrannei seine Umgebung terrorisierte. An diesen emotionalen Zwiespalt denkend, unter dem Salomon litt, las ich also am Tag nach meinem Geburtstag sein Theaterstück und erhielt auf diesem Wege erstmals ein Bild von dem Mann, der er vor achtzehn Jahren gewesen war. Ich kann nicht leugnen, daß mich das erschreckte.

»Was war ich für ein böser Junge, hm?« rief er schon vom Steg aus, in der festen Überzeugung, daß ich *Hiob* gelesen hatte. Ich hatte ihn durchs Fenster kommen sehen und erwartete ihn in der Türöffnung. In der Tat hatte ich das Heft kaum eine Stunde zuvor zugeschlagen.

»Ist Ihnen schon einmal aufgefallen, daß nur Männer mit unverhohlener Rührung von sich als Jungen und kleinen Jungen sprechen und sich eine Frau selten als das kleine Mädchen schildert, das sie einmal war?« fragte ich neckend und bremste ihn damit bewußt in seiner Neugierde. »Sie sprechen von einem achtundzwanzigjährigen, erwachsenen Mann und ziehen es trotzdem vor, sich als Jungen zu sehen.«

»Es ist ein schlechtes Stück«, sagte er, »es hat Ihnen nicht gefallen. Ich schäme mich ein bißchen dafür, aber es stehen doch auch wunderbare Sachen darin, oder?«

»Sie werfen sich zu einem wahren Gläubiger Gottes auf«, antwortete ich, »aber wie blasphemisch und platt Sie in Ihrem jungen Leben waren! All diese derben Witze, die unverhüllte Abfälligkeit gegenüber Frauen, der provokative Spott über das Leid, das Ihren Eltern angetan wurde. Sie wollten das Publikum schockieren, das ist mehr als deutlich, und ich nehme an, daß es Ihnen seinerzeit auch vorzüglich gelungen ist.«

»Das Stück wurde in Grund und Boden verdammt und ich dazu«, sagte Salomon und holte tief Luft. »Ich war ein Nestbeschmutzer, ein Nabelschau betreibender Neurotiker, ein egozentrischer Psychopath, der an jüdischem Selbsthaß litt, ein schweinigelnder Masochist, der sich in Selbstmitleid wälzte und den wahren Opfern des Zweiten Weltkriegs aus krankhafter Eifersucht ihr Leid abspenstig machte, indem er sich selbst zum Opfer stilisierte; ich war ein Unsinn faselnder Kunstartist, der jahrelang hemmungslos auf das niederländische Theater geschimpft hatte und nun, mit diesem wertlosen Ramsch, ein für allemal bewies, daß er selbst nicht das geringste vom Theater verstand, weshalb man mir ab sofort und definitiv das Recht darauf absprechen müsse, meine arroganten Scheißartikel von mir zu geben. Kurzum, Schwester, die vaterländische Kritik benahm sich genau so, wie sich mein Vater mir gegenüber benommen hatte, und dennoch: ›Nie im Leben werde ich Euch beipflichten, bis zum letzten Atemzug trete ich für meine Unschuld ein. Gerecht bin ich, darauf beharre ich; kein Tag meines Lebens kann mir etwas vorwerfen. Noch lieber würde ich behaupten: Mein Widersacher ist im Unrecht, mein Feind ist der Schuldige. Denn was darf ich als Sünder erwarten? Gott schneidet dich weg, Gott fordert dein Leben ein.‹ Tja, liebe Schwester, in seinem neunundzwanzigsten Lebensjahr hat der schiefe Sally Gott vorgeladen, über ihn befunden und ihn für schuldig erklärt.«

Perplex über seine Wut und die Geschwindigkeit, mit der ihm die Worte entströmten, starrte ich Salomon an. Ich wußte nichts anderes zu sagen als: »Gott segne Sie, mein Junge«, und da sah ich, daß kurz seine Lippen bebten.

»Vorhin haben Sie mich mit dem gleichen Blick angesehen, den ich früher bei meiner Mutter auslösen konnte«, sagte er, als er sich beruhigt hatte und mit etwas geistesabwesendem Ausdruck in einem Sessel saß und vor sich hin starrte. »Eines Tages entdeckte ich, wie ich einen Blick des Erstaunens, der Bewunderung und, so hoffe ich doch, der Rührung in ihre Augen zaubern konnte. Da ich mich mit all meinen angestauten Gefühlen und Defiziten nicht an sie und meinen Vater wenden konnte, weil jede Aufrichtigkeit meinerseits mit beschwörenden, suggestiven Formeln über das durchstandene Leid im Lager bestraft wurde – daß sie dieses ganze Elend nicht überlebt hätten, um von ihren eigenen Kindern geplagt zu werden, daß ich froh sein könne, überhaupt einen Vater und eine Mutter zu haben, daß ich nicht die Stimme gegen meinen Vater erheben dürfe, weil ss-Leute ihn in seinem Leben zur Genüge angeschrien hätten, daß ich mich schon anders benehmen würde, wenn ich mitgemacht hätte, was sie mitmachen mußten, daß ich meinen armen Vater, mein eigen Fleisch und Blut, noch umbringen würde mit meiner Aufsässigkeit –, da dieses Opfersein sie also unantastbar machte, was ihnen einen Freibrief dafür gab, ihre gesamten Aggressionen auf mich zu übertragen und mir jede Chance zu nehmen, auch nur die Spur eines eigenen Willens, eigener Wünsche, einer eigenen Persönlichkeit zu äußern, griff ich zu dem bewährten Mittel, unsinniges, wirres Zeug zu faseln. Ich sitze neben ihm am Tisch. Ich bin so um die acht, neun Jahre alt, und er hört mich ab. Dutzende von Gebeten habe ich schon auswendig gelernt, in perfektem Hebräisch, und ich schnurre sie tadellos herunter, ängstlich und nervös, denn er ohrfeigt mich, wenn ich auch nur einen Buchstaben falsch ausspreche. Wie immer sitzt meine Mutter mit dieser typischen unterwürfigen Haltung, diesem gekrümmten Rücken und diesem ewig verzerrten, scheinheiligen Gesicht, in einer Ecke des Zimmers und blickt sogenannt liebevoll auf das friedliche Bild von ihrem lehrenden Mann und ihrem ältesten Sohn. Da lasse ich in einem Satz ein Wort aus, und mein Vater gibt mir eine Ohrfeige. Ich höre meine Mutter einen gackernden kleinen Schrei ausstoßen, und mein Vater schaut dabei strahlend zu ihr hinüber. In dem Moment stehe ich auf, gehe zu meiner Mutter, stelle mich direkt vor sie und sprudele rasend schnell und mit prophetischer Theatralik drauflos, ohne zu wissen, woher die Worte kommen. Ich spreche nichts von dem aus, was ich in Wahrheit gern sagen würde, ich deklamiere puren Unsinn, Bibelgeschwätz, male ihnen apokalyptische Bilder aus, flechte Kinderverse ein, ganz egal, ich rede und rede, bis ich außer Atem bin. Und erst als ich aus dieser Ekstase heraus bin, kann ich meine Mutter wirklich ansehen, und zum erstenmal in meinem Leben sehe ich etwas in ihren Augen, wonach ich mich mein ganzes junges Leben lang schrecklich gesehnt habe, einen Schimmer von Bewunderung, ja vielleicht sogar Liebe. ›Was bist du doch für ein seltsames Kind‹, sagt sie dann.«

Sprachlos über Salomons für seine Begriffe sehr lange Erörterung und die Szene aus seiner Kindheit, die er mir geschildert hat, bekreuzige ich mich gewohnheitsgemäß.

»Was machen Sie denn da?« ruft er aus. »Steht es so schlimm um mich?«

»Glossolalie, sagt Ihnen das Wort etwas? Daran muß ich denken, wenn ich Sie so höre. ›Alle wurden mit dem

Heiligen Geist erfüllt und begannen, in fremden Sprachen zu reden, wie es der Geist ihnen eingab.‹ So steht es in der Apostelgeschichte geschrieben.«

Salomon hörte andächtig zu. Er bat mich, den Satz aus der Apostelgeschichte zu wiederholen, und das tat ich.

»Das ist es!« rief er darauf mit unerwarteter Begeisterung aus. »Ich habe mich oft gefragt, weshalb ich mich damals so verrückt aufgeführt habe, und ich bin nur darauf gekommen, daß ich damit diesen Blick meiner Mutter hervorrufen und für kurze Zeit meinen Vater verstummen lassen konnte. Aber gerade durch dieses seltsame Reden, gerade dadurch, daß ich außer mir war, war ich für einen Moment ganz und gar ich selbst, denn ich übersetzte, was mein Geist mir eingab, mochte es auch in eine unidentifizierbare Sprache und verdrehte Phrasen sein.«

»Daß das in der Apostelgeschichte so gemeint ist, wage ich zu bezweifeln, Salomon«, sagte ich, »aber ich sehe, daß Sie dieser Gedanke zumindest glücklich macht.«

»Ich muß das aufschreiben«, sagte er plötzlich in Eile, »ich muß das Schutz erzählen.«

Während ich im weiteren Verlauf des Tages meine festen Aufgaben verrichtete, wanderten meine Gedanken immer wieder einmal kurz zu Salomon, zu dem Bild, das er von seinem Vater und seiner Mutter gezeichnet hatte, und dem Zustand, in den er sich hineinsteigerte, wenn er sich in exorbitanten Schilderungen erging. Gleichzeitig waren meine Gedanken bei Schutz und ihrer Hingabe an ihr Buch. Ich fühlte mich geehrt, daß sie mich an ihrer Ideenwelt teilhaben ließ und mich aufgefordert hatte, ihr bei der Entwicklung ihrer Gedanken behilflich zu sein. Obwohl ihre Mutter von Haus aus katholisch und ihr Vater protestantisch gewesen war, war sie gänzlich atheistisch erzogen worden und empfand das als ein Manko, da es ihr dadurch an bestimmten historischen Kenntnissen und einem gewissen selbstverständlichen Umgang mit dem Denken in überlieferten Stilfiguren, Parabeln und gebräuchlichen Metaphern fehlte. Je vertrauter wir miteinander wurden, desto öfter wagte sie, von meiner Zeit, meinem religiösen Erbgut und meiner Bibliothek Gebrauch zu machen. Es war eine Wohltat, sie anleiten und auf Passagen in der Bibel, in philosophischen und theologischen Werken hinweisen zu dürfen, die meiner Meinung nach Bezug zu ihrer Untersuchung der Unterschiede und Übereinstimmungen zwischen dem Umgang mit Geld und dem Umgang mit Gefühlen hatten. Je besser ich sie kennenlernte, desto deutlicher sah ich, was diese beiden Seelen beieinander gefunden hatten, und beim Jäten des Unkrauts in den Blumenkästen, die unser Boot zieren, kam mir dazu eines Tages ein Gedanke, der mich in aufgeregte Begeisterung versetzte.

Schwester Helena und ich haben uns nach langem Zögern einen Telefonanschluß zugelegt, allein zu dem Zweck, daß wir für Menschen in Not erreichbar sind. Wir selbst machten nur sporadisch von dem Apparat Gebrauch. Diesmal aber mußte ich mich mühsam beherrschen, um nicht sofort zum Hörer zu greifen und Salomon und Schutz zu mir aufs Boot einzuladen. Das gelang mir nur, weil ich hinter diesem Wunsch nach einigem Zögern die Eitelkeit erkannte. Offenbar hatte ich meine Anwandlung von Ungeduld jedoch ungenügend unter Kontrolle, denn als ich ins

Boot hineinging, warf ich die Tür mit allzu großer Wucht hinter mir zu. Das Kreuz, das ich von meinen Eltern geschenkt bekommen hatte, sprang dadurch vom Haken und fiel auf den Boden. Ich sah mit einem Blick, daß nur das obere Stück des Längsbalkens abgebrochen war und der Boden nicht mit kleinen Steinsplittern übersät war, so daß die Bruchstelle leicht zu kleben sein würde. Tiefe Dankbarkeit durchströmte mich, als ich den größeren Teil des Kreuzes aufhob und ein T in der Hand hielt.

»Du verstehst aber auch alles«, betete ich.

In *Die Pathologie des Theaters* stellt Schutz einen Zusammenhang zwischen der Entwicklung einer theatralischen Persönlichkeit und der Vaterlosigkeit her. Um gut für Salomon und sie gerüstet zu sein, schlug ich noch am selben Abend einige Passagen in ihrem Buch nach und machte mir Notizen zu dem, was ich den beiden erzählen wollte. Obwohl Schwester Helena daran gewöhnt war, mich abends studieren zu sehen, spürte sie, daß ich diesmal mit einer Unruhe arbeitete, die sie von mir nicht kannte. Meine Wangen glühten vor Anspannung, sagte sie. Daraufhin hat sie, ohne mir etwas davon zu sagen, zum Hörer gegriffen und bei Schutz angerufen, um sie und Salomon einzuladen, am nächsten Tag zu uns zum Kaffee zu kommen.

»Natürlich mit etwas Leckerem dazu«, hörte ich sie im Wohnzimmer auf eine zweifellos von Salomon kommende Frage antworten.

»Bei Schwester Monica weiß man nie«, sagte sie anschließend, und danach betrat sie mit einem zufriedenen Zug um den Mund mein Arbeitszimmer.

»So«, sagte sie beherzt, »jetzt können Sie den Abend etwas beruhigter hinter sich bringen.«

»Was weiß man bei mir nie?« fragte ich.

»Ob Sie endlich die Lösung für das Welträtsel gefunden haben«, sagte sie, wandte sich um und ging aus dem Zimmer, während sie neckend »Junge, komm bald wieder« summte.

Am nächsten Tag saß ich gegen vier bereit und erwartete meine beiden Freunde mit leichter Aufgeregtheit und einem irgendwie feierlichen Gefühl. Ich hatte mir in einem Heft Notizen gemacht, und im Geiste repetierte ich die Grundzüge dessen, was ich ihnen darlegen wollte. Schwester Helena hatte ihren famosen Apfelkuchen gebacken, Kaffee gekocht, Erfrischungsgetränke besorgt und in den Kühlschrank gestellt und hatte danach das Boot verlassen, um sich in der Stadt ihren guten Werken zu widmen. Bereits beim ersten Klopfen war ich in meiner Nervosität an der Tür, um aufzumachen. Schutz lächelte ein wenig verlegen, und Salomon kaschierte seine Befangenheit mit lautem Kreischen.

»Ich sehe schon, ich sehe schon, Sie hatten die Erleuchtung!«

»Ach«, sagte ich, während ich ihnen ins Wohnzimmer voranging, »es geht nur um einige Zusammenhänge.«

»Nur! Schwester, Zusammenhänge sind alles.«

»Da haben Sie wiederum recht«, antwortete ich, und nun begann ich wirklich Gefallen daran zu finden.

Kurz darauf saßen wir zusammen um den Holztisch, auf den ich mein Heft und einige Bücher gelegt hatte und auf den Salomon, nach guter Gewohnheit, seinen Kassettenrecorder stellte. »Für alle Fälle.«

Bevor ich mein Heft aufschlug, war es mir ein Bedürfnis, Salomon und Schutz für ihr Kommen und ihre Freundschaft zu danken.

»Was sind Sie auf einmal bigott, das bin ich ja gar nicht von Ihnen gewohnt. Sie haben doch wohl nicht vor zu sterben?« rief Salomon aus.

Schutz mahnte ihn zur Ruhe. »Immer sehnt er sich nach Lob und Ernst«, sagte sie zu mir, »aber wenn er bekommt, was er möchte, erträgt er es nicht.«

Dank Salomon war ich jedoch von meiner in der Tat etwas frömmlichen Stimmung befreit und konnte nun mit größerer Ruhe erzählen, daß mich die noch ungeschriebenen Werke von ihnen beiden in den letzten Wochen auf angenehme Weise beschäftigt hatten. Aus der Tischschublade zog ich die zwei Teile des steinernen Kreuzes und zeigte sie meinen Freunden mit leichtem Lachen.

»Das zerbrochene Kreuz meiner Eltern hat mir alles noch ein wenig klarer gemacht«, sagte ich. »Es ist, als sei dieser Teil des Kreuzes, der Teil, mit dem wir zu Gott oder dem Heiligen Geist oder dem Vater, oder wie immer Sie es nennen wollen, hinauflangen, in diesem Jahrhundert abgebrochen, und ich glaube, daß Sie beide in Ihren Büchern nach dieser Verbindung suchen wollen, wenn auch unter der Maske der Suche nach Verständnis für Ihren leiblichen Vater und die zwiespältigen Gefühle, die Sie für diesen Vater hegen. Als ich 1968 in die Welt ging, konnte ich mich nur schwer an den Aufstand der Jugend gegen Gott, gegen die Väter und Mütter, gegen die Obrigkeit, gegen die traditionellen Werte gewöhnen. Für mein Gefühl geschah da etwas Widersinniges. Einerseits war Gott für tot erklärt, wähnte sich der Mensch im Besitz göttlicher Allmacht, war die Rede vom Machbarkeitsprinzip, von individueller Freiheit und Entfaltung, von Autonomie und Selbstbestimmung, und andererseits ist im zwanzigsten Jahrhundert wie nie zuvor die Ohnmacht des Menschen offenbar geworden.«

»Wollen Sie uns auf Ihre alten Tage noch bekehren?« sagte Salomon.

»Keineswegs«, entgegnete ich. »Wenn die Menschen glauben wollen, daß die Erde eine flache Scheibe ist, von der man herunterfallen kann, wenn man zu lange nach Norden geht, fühle ich mich nicht im geringsten versucht, sie davon abzubringen, aber ich werde sie darauf hinweisen, daß sie einen Glauben haben. Es gibt Menschen, die glauben, daß sie glauben, und es gibt Menschen, die glauben, daß sie nicht glauben, hat einmal jemand weise bemerkt, und ich denke, daß die Vertreter letzterer Kategorie, die Menschen, die meinen, daß sie nicht glauben, große Abhängigkeiten leugnen müssen, weil sie ihre eigenen Götzenbilder nicht sehen. Daher ist in der modernen Zeit heilig erklärt worden, was nicht heilig ist, und vergöttlicht worden, was nicht göttlich ist. Das Selbst, nach dem so eifrig gesucht wird, ist nicht göttlich, und Ihre Väter waren nicht heilig.«

»Ich hätte mich schon über ein wenig Menschlichkeit gefreut«, murmelte Salomon.

»Das wollte ich Ihnen ja gerade sagen, Salomon, er war menschlich in all seiner Grausamkeit.«

Schutz hatte bis dahin schweigend zugehört und, wie gewöhnlich, eine Zigarette nach der anderen angezündet.

»Es gibt nicht mehr so viel, was die Menschen nicht können, Gott aber schon vermag«, sagte sie zögernd.

»Es geht auch nicht darum, was Gott tut oder kann, es geht nicht um die Taten Gottes, denn die sind nicht vorhanden. Es geht darum, was der Glaube vermag und was unersetzlich ist an der Haltung oder dem Gefühl zu glauben. Sie versuchen den Menschen doch dadurch zu helfen, daß Sie sich ihre Geschichte anhören, nicht? In dieser Geschichte spüren Sie Gedanken auf, die die Psyche in einem Szenario gefangenhalten, das Unglück, Schmerz, persönliches Leid und ein Übermaß an Unfreiheit verursacht. Und Sie versuchen etwas an dieser Psyche oder, wie Sie selbst schreiben, an diesem ›Regisseur des Kummers‹ zu verändern, indem Sie den leidenden Menschen entdecken lassen, an welche Geschichten er glaubt.«

»So in etwa.«

»Was der Geist ihnen eingab«, bemerkte Salomon grinsend.

»Jetzt kommen wir der Sache allmählich näher«, sagte ich zufrieden zu ihm. »Ich habe eine Passage in Ihrem Buch nachgeschlagen, Schutz. Sie fiel mir ein, nachdem Salomon mir eine Probe seiner Fähigkeiten gegeben hatte, die Eingebungen des Geistes zu übersetzen.«

Im Bereich der Kunst wurde vielfach registriert, daß große Schauspieler immer die gleichen Rollen spielen, große Schriftsteller immer das gleiche Buch schreiben, Bildhauer die gleiche Skulptur machen, Maler das gleiche Bild, Komponisten die gleiche Musik, Choreographen den gleichen Tanz und Musiker immer an ihrer Interpretation zu erkennen sind, egal, um welche Partitur es sich handelt. Ich glaube, daß diese Beobachtung richtig ist und daß sie den

Kern der Pathologie des Theaters wiedergibt. Die theatralische Persönlichkeit wird ihr Wesen immer über die Fiktion zum Ausdruck bringen, und in diesem Sinne stellt das andere – die Rolle, das Buch, das Bild usw. – keine falsche Identität dar, sondern ist Mittel zum Ausdruck einer individuellen Wahrheit.

»Schwester, da hängt wieder mal eine gewaltige theologische Apotheose in der Luft, das fühle ich!« sagte Salomon.

»Ich glaube im Grunde, daß man das, was in den vergangenen fünfzig Jahren um mich herum geschehen ist, als eine heillose Suche nach Selbstfindung betrachten muß. Sie ist deshalb heillos, weil das Selbst nicht im eigenen Nabel zu finden ist. Der Geist ist das Selbst, sagt Kierkegaard, und je mehr Gottesvorstellung, desto mehr Selbst, je mehr Selbst, desto mehr Gottesvorstellung. Mit anderen Worten, wir können in diesem Leben nur über eine Vorstellung vom gänzlich anderen, vom Ideal, von Gott, auf rechtschaffene Weise wir selbst sein und uns anderen weihen. Man könnte sagen, das Selbst liegt hauptsächlich außerhalb von uns selbst. Der Mensch ist kein Maßstab für den Menschen, nur Gott kann das sein.«

Ich nahm die beiden Teile des Kreuzes vom Tisch und überreichte Schutz das T und Salomon das abgebrochene obere Stück Stein.

»Im Prolog von *Die Pathologie* fragen Sie sich, warum manche Menschen der Welt zeigen wollen, wer sie wirklich sind, indem sie in eine andere Rolle schlüpfen. Nun, es wird Sie nicht erstaunen, daß ich dabei sogleich an Gott denken mußte, der Mensch und Geist wurde, um sich zu erkennen zu geben. In der Synagoge wird im Thoraschrein Das Wort aufbewahrt, und bei uns in der Kirche liegt im Tabernakel die geweihte Hostie«, sagte ich. »Das Allerheiligste ist in beiden Fällen das Symbol einer Transformation. Bei den Christen spricht man bei dieser verschleierten Erscheinungsform auch von Heilsökonomie. – So, und jetzt machen Sie was daraus, meine teuren Freunde, wenn ich es einmal so platt ausdrücken darf.«

Lili

Wir werden beide im Vorwort genannt, die Schwester und ich, und das find ich toll. Gewidmet hat Schutz das Buch ihrem Vater, aber im Vorwort führt sie eine Reihe von Leuten auf und dankt jedem einzeln für das, was sie von ihm gelernt hat. Als sie mich fragte, hab ich es mir erst noch kurz überlegen müssen, ob ich zustimmen sollte, daß sie meinen richtigen Namen benutzt, also meinen alten Namen, den Namen, den ich von meiner Mutter bekam. Schutz hat gelacht und gemeint, mein richtiger Name sei ein perfektes Pseudonym, weil sowohl ihre Freunde als auch meine Kunden mich nur als Lili kennen. Es ist komisch, aber dadurch, daß sie mich in ihrem Buch erwähnt, hat sie mir noch einmal einen zusätzlichen Anstoß gegeben, aus dem Milieu auszusteigen. Voll ausgeschrieben stand mein alter Name in *Die Ökonomie der Schuld*, und als ich das Buch in der Hand hielt und es später unverhüllt im Laden liegen sah, hatte ich zum erstenmal das Gefühl, für die Welt erreichbar zu sein, die ich lange von mir ferngehalten hatte. Wie neu geboren fühlte ich mich. Gleichzeitig kam auch diese verzweifelte Hoffnung zurück, daß mich mein richtiger Vater nun finden konnte, wenn er mich suchte. Johnnie Walker hab ich ihn in Gedanken immer genannt. Weil er schon aus meinem Leben gegangen war, bevor ich ihn kennenlernen konnte. Schutz hat mich gefragt, ob ich mir schon mal ausgemalt hätte, er würde eines Tages als Kunde zu mir kommen und ich würde ihn auf wundersame Weise als meinen leiblichen Vater erkennen, aber der Gedanke ist mir nie gekommen. In meiner Vorstellung ist er ja immer so eine Art Filmstar gewesen, der es nicht nötig hatte, zu den Huren zu gehen, weil er Frauen haben konnte, ohne dafür bezahlen zu müssen. Ein treuloser Schürzenjäger natürlich, aber einer, der im Grunde seines Herzens was anderes von einer Frau wollte als bezahlten Sex, was Echtes.

»Und sobald er die wahre Liebe gefunden hatte, verlangte er nie mehr nach einer anderen, sondern blieb dieser einen treu, und sie lebten glücklich bis an ihr Ende«, sagte Schutz da sarkastisch. »Man merkt, welche Filme du dir angesehen hast.«

Das war so schön an dieser Freundschaft mit ihr, daß wir in derselben Zeit aufgewachsen waren. Schutz war 1950 geboren, und ich war nur ein paar Jahre jünger, so daß wir uns über die Musik unterhalten konnten, die wir gerne hörten, und über die Filme, die wir uns angesehen hatten, über die Spiele, die wir als Kinder gespielt hatten, über das, was damals in gewesen war, über die verschiedenen Kleidermoden, die ersten Fernsehsendungen und über unsere Idole. Sie erzählte mir, daß sie ihre Klienten zum Test oft fragte, welchen männlichen oder weiblichen Filmstar sie in ihrer Pubertät am meisten bewundert hätten.

»Bei den Frauen bildeten Humphrey Bogart, Marlon Brando, Sean Connery, Jean-Paul Belmondo, Alain Delon und Clark Gable auf der einen sowie Gregory Peck, Burt Lancaster, James Stewart, Kirk Douglas, Gary Cooper,

Rock Hudson und Spencer Tracy auf der anderen Seite die Pole. Bei den Männern reichte die Skala von Doris Day über Debbie Reynolds, Audrey Hepburn, Lilli Palmer und Ingrid Bergman bis hin zu Mae West, Rita Hayworth, Elizabeth Taylor, Brigitte Bardot, Lauren Bacall, Marlene Dietrich und Greta Garbo. Das ist sehr erhellend. Draufgänger und zwanghafte Verführer haben oft eine Vorliebe für brave, verläßliche Hausmütterchen, und die emanzipiertesten Frauen schwärmen für treusorgende Familienväter und hingebungsvolle Ehemänner. Umgekehrt wird den biederen Büroangestellten bei Vamps wie Zsa Zsa Gabor der Mund wäßrig, und die Mauerblümchen träumen von unerreichbaren Männern wie Marlon Brando.«

Sie fragte mich, ob ich auch einen Film oder einen Filmstar vor Augen hätte, wenn ich an meinen Vater dächte, und ich antwortete wie aus der Pistole geschossen, daß mir meistens Clark Gable in *Vom Winde verweht* vorschwebe, daß mich der Film immer tieftraurig und geil mache und daß das meiner Meinung nach was mit meinem Vater zu tun habe.

»Vielleicht nimmst du es deiner Mutter ja doch übel, daß sie sich nicht genug Mühe gegeben hat, deinen Vater zu halten, und denkst insgeheim, daß du das viel besser angepackt hättest«, sagte Schutz da.

Sie verblüffte mich oft mit ihren Bemerkungen. So sagte sie zum Beispiel mal über das Schreiben ihrer Bücher, sie fürchte, daß eine gewaltige Wut sie dazu antreibe.

»Bei anderen bereitet es mir keinerlei Probleme, derartige Triebfedern aufzuspüren, zu analysieren und zu tolerieren«, sagte sie, »da werde ich ganz schwach vor Nachsicht, aber bei mir selbst kann ich es kaum ertragen. *Die Pathologie des Theaters* habe ich noch in der Illusion schreiben können, ich befaßte mich mit einer Persönlichkeit, die vollkommen anders sei als die meine. Aber seit ich mit Mon lebe, kann ich mich nicht mehr damit herausreden. In meinem Umfeld denken alle, Mon habe seine Psychiaterin geheiratet, aber andersherum trifft das mindestens genauso zu.«

»Also, wenn einer nicht theatralisch ist, dann du«, sagte ich erstaunt.

»Nicht alles Theater spielt sich auf einer Bühne ab«, sagte Schutz. »Wenn ich mich zum Schreiben zurückziehe und absondere, tue ich das, weil ich etwas anderes nach außen kehren möchte als meine Person, aber ich möchte damit dennoch einem Publikum das meiste von mir vermitteln. Kurzum.«

»Das Gesetz des Theaters.«

»Neulich stellte Mon sich neben mich, als ich an einem Absatz für *Die Ökonomie der Schuld* schrieb, beugte sich zum Bildschirm hinunter und las mit. Es ging um diesen Zorn. Ich behauptete, daß die Ambition jedes Künstlers, Schriftstellers, Schauspielers und so weiter letztlich dem simplen Wunsch entspringe, Eindruck zu machen, zu zeigen, daß man für andere von Wert sein und Liebe und Bewunderung ernten kann, und daß dieser Wunsch um so größer sei und um so mehr im Als-ob gesucht werde, je hartnäckiger der Eigenwert und das Vermögen, sich die Liebe anderer zu erwerben, in der Kindheit negiert wurden. Das sei Ökonomie, ein Defizit ausgleichen, aus dem Minus ein Plus machen. Gut, das habe ich also geschrieben und bildete mir allen Ernstes ein, ich hätte es gleichsam für Mon

bedacht. Sagt der: ›Guter Abschnitt. Schöne Selbstanalyse.‹
– ›Wieso?‹ frage ich noch. ›Ich bin Wissenschaftlerin und
auf der Suche nach ein wenig Klarheit.‹ – ›Du schreibst
doch, oder?‹ sagt Mon. ›Na, dann bist du Schriftstellerin.‹«

Weil sie Psychiaterin ist und demnach ja wohl darauf aus,
Menschen zu helfen, hab ich sie manchmal im Verdacht gehabt, daß sie mir Sachen über ihren Vater und die Väter
unserer Generation erzählte, um mich zu trösten, aber das
war nicht so, denn sie hat das später alles in ihrem Buch
aufgeschrieben. So erzählte sie zum Beispiel, daß sie am
meisten unter dem Betrug der Väter gelitten habe, und damit meinte sie nicht an erster Stelle das Fremdgehen. Sie
sagte, die Männer der Generation ihrer Eltern seien unter
dem Deckmantel in die Welt hinausgegangen, daß sie das
alles für ihre Kinder taten, während sie sich dabei ohne
jedes Schuldgefühl sowohl dem Blick ihrer Frau als auch
dem Blick ihrer Kinder entzogen. Sie nahmen diesen Blick
nicht, und sie gaben ihn auch nicht. Sie sahen nichts von
dem, was sich in der kleinen Psychoökonomie des Hauses
abspielte, hatten keine Ahnung von der seelischen Entwicklung ihrer Kinder und mieden jede wirkliche Konfrontation. In *Die Ökonomie der Schuld* schreibt Schutz, daß
unsere Mütter ihre Zeit für uns hergaben, die gingen mit
uns um, im positiven wie im negativen Sinne, aber sie waren da, sie kamen uns unter die Augen, das war ein realer
Kontakt. Währenddessen führten die Väter ein öffentliches
Leben und ernteten mit ihren beruflichen und sozialen
Kompetenzen Anerkennung und Bewunderung.

Wir waren ein Restposten in ihrem Zeithaushalt. Während wir mit dem Schuldbewußtsein lebten, daß diese kostbare Zeit ausschließlich unserem Wohlbefinden zuliebe mit schwerer Arbeit außer Haus zugebracht wurde, wurde uns zugleich vermittelt, das ließ sich nicht leugnen, daß wir, daß die physische Anwesenheit von Frau und Kindern, keine Voraussetzung für ihr Glück, ihr Selbstvertrauen, ihre Freude und ihr Vergnügen und für ihre Wertbestimmung darstellten. Das ist die verwirrende Ökonomie dieses Jahrhunderts: der Einsatz der Väter für uns, der Väter, die alles für uns taten, uns aber entflohen, weil sie ohne uns glücklicher waren als mit uns. Sie flüchteten sich in ihre Arbeit, sie flüchteten zu anderen Frauen; außer Haus gab es einen Markt für Männer, und das Geld, das für uns aufgebracht wurde, diente als Vorwand für ihre Abwesenheit. Aus einem anderen ökonomischen Grund warfen sich die Mütter mit nie gekannter Intensität in die Sorge für ihre Kinder, weil sich ab Mitte der fünfziger Jahre ein Markt für die Jugend auftat, ein Markt, von dem die Mütter selbst keinen Gebrauch machen konnten, den sie aber ihren Kindern gönnten. Es ist der Beginn einer Wissensökonomie, in der eine Nachfrage nach gebildeten Männern und Frauen entsteht. Das trägt dazu bei, daß Kindererziehung mit einem Mal zu etwas wird, was man gut oder schlecht machen kann, worin man erfolgreich sein oder versagen kann, je nachdem, wie strebsam, stabil, gut ausgebildet, sozial einsatzfähig die Kinder sind, die man als Mutter liefert. Und da diese neue Mutter allein vor der Erziehungsaufgabe steht, bekommt man überbewußte, überbesorgte, überlastete, nervöse Mütter, die ständig fürchten zu versagen, und versagen heißt, die Kinder nicht reif machen für die Wohlstandsgesellschaft, weil man etwas an ihrer Seele verpfuscht hat. Die Mütter werden zu modernen Märtyrerinnen des Fortschritts. Der abwesende Vater, dem sogar die Mutter weniger Autorität zuerkennt, weil sie im Grunde ihres Herzens weiß, daß die Seelenarbeit und damit die Zukunft ihrer Nachkommen in ihren Händen liegt, gewinnt für die Kinder den Status eines Idols. Denn was man nicht sieht und nicht erreichen kann, das idealisiert man.

Ich hab ungefähr drei Jahre gebraucht, um ganz damit aufzuhören. Anfangs hielt ich's keine zwei Tage ohne das Fenster aus, da mußte ich wieder anschaffen, um mich gut und stark zu fühlen. Macht eben süchtig, dieses Gewerbe. Mon hat mich in der Zeit gefragt, was ich, abgesehen vom Geld, am meisten vermißte, wenn ich nicht arbeitete, und das ist doch die Spannung, die Macht des Spiels. In meinen Augen hatte es immer irgendwie was von Betrug, die Hure zu spielen, das war eine Art Schwindelei, worin man von Tag zu Tag mal besser und mal weniger gut sein konnte. In *Briefe an Lilith* stellt Mon es etwas schicker als das Verkaufen einer Fiktion hin, aber was er damit meinte, hab ich erst später begriffen, oder besser gesagt geglaubt, daß es stimmte, was er da behauptete. Mon hat Huren immer in den Himmel gehoben, und deshalb hab ich seine Komplimente oft nicht so ganz ernst genommen. Für mich braucht keiner die Prostitution schöner hinzustellen, als sie ist. Huren, die darauf pochen, daß sie im Grunde Sozialarbeiterinnen sind, daß sie der Gesellschaft einen Dienst erweisen oder ihretwegen so manche Ehe intakt geblieben ist, kann ich auf den Tod nicht leiden. Da halt ich's lieber mit Mon.

Die Welt der Kunst und die Welt der Prostitution haben miteinander gemein, daß der Konsument Geld für ein flüchtiges Eintauchen in die Fiktion hinlegt, und wie jede andere Fiktion ist der Besuch einer Hure eine Form der Unterhaltung, die darin besteht, daß man auf magische Weise die Wirklichkeit verschwinden läßt.

Schutz erzählte mir, daß sie dank *Briefe an Lilith* den Mut gefunden hat, Mon zu bitten, uns miteinander bekannt zu machen.

»Ich wußte nicht, daß es ein solches Theater ist«, bekannte sie. »Du hättest glatt in *Die Pathologie* gepaßt.«

»Darin ist mir auch 'ne Menge bekannt vorgekommen«, sagte ich, »nur kriegst du als Hure nie öffentliche Anerkennung, geschweige denn Ruhm. Dein einziges Publikum sind die Puffläufer, und ansonsten bist du von der normalen Welt abgeschnitten.«

»Ruhm schneidet die Menschen auch ab«, sagte Schutz zu meiner Beruhigung. »Jeder, der sich anderen auf theatralischem oder künstlerischem Wege widmet, gerät in eine gewisse Absonderung und bekommt es dann mit dem merkwürdigen Phänomen zu tun, daß man sich exponiert, um unantastbar zu werden. Ich meine, du stehst halbnackt in einem Fenster, und der einzige Grund, der mir dafür einfällt, ist, daß du dich damit verstecken willst.«

»Da ist was Wahres dran. Zweigleisigkeit nennt Mon das.

Ich knips mich aus, wenn ich im Fenster sitz, und trotzdem fühl ich mich von dem Moment an besser und mächtiger, als wenn ich in T-Shirt und Jeans beim Fleischer steh und 'n Steak kauf.«

»Vielleicht fühlst du dich nie mehr normal«, meinte Schutz. »Du hast einen anderen Blick gesucht, einen Blick auf eine andere, eine symbolische Stellvertreterin von dir, die Hure, und du kannst dir nicht vorstellen, daß es außer diesem auch einen Blick geben könnte, der dir das Gefühl verleiht, so, wie du wirklich bist, der Mühe wert zu sein.«

»Außerhalb vom Fenster ist auch nicht mehr viel von mir übrig«, sagte ich.

»Doch«, sagte sie, und dann folgte noch ein vorsichtiges: »Marleen.«

»Hat Mon das verraten?« entfuhr es mir ein bißchen zu scharf.

»Nein, nein«, besänftigte mich Schutz, »das war nicht so schwer zu erraten. Dieselben Filme gesehen, dieselbe Musik gehört, weißt du noch?«

»Mon erzählte, daß der Mann, der das Lied geschrieben hat, zwei Geliebte hatte, zwischen denen er sich nicht entscheiden konnte, und daß er da halt von beiden Gebrauch gemacht hat.«

»Die Geschichte deines Lebens«, sagte Schutz mit mitfühlendem Lächeln, und da wurde mir erst bewußt, was ich gesagt hatte.

Marleen Treffers war mir dabei behilflich, größeren Einblick in den Zusammenhang zwischen Geld, Fiktion und Autonomie zu gewinnen, wie ich ihn im Kapitel »Käuf-

liche Liebe« ausgearbeitet habe. Darin geht es mir um die Frage, welche Funktion das Geld im Fall der Veräußerung einer fiktiven, symbolischen Persönlichkeit an einen Kunden hat, und mein Grundgedanke ist, daß sich die Person, die dieses symbolische Gut veräußert, ein hohes Maß an Autonomie erwirbt, weil die nicht symbolische Persönlichkeit vor der Inbesitzname bewahrt wird. Davon ausgehend zeige ich Parallelen zwischen so unterschiedlichen Bereichen wie der Kunst, der Literatur und der Prostitution auf und betrachte die Schauspielerei, das Schreiben und das Malen wie das Sich-Prostituieren unter dem Aspekt der käuflichen Liebe.

Für ein besseres Verständnis der Bedeutung der symbolischen Persönlichkeit schulde ich Schwester Monica großen Dank. Mit ihrer weitgespannten Sicht hat sie es mir ermöglicht, eine Reihe spezifischer Aspekte unserer Zeit zu erkennen, worin das Symbol immer stärker zum Tragen kommt, zugleich aber nicht mehr als Symbol erkannt wird. Wir verhalten uns zu Symbolen, als handle es sich um eine Realität. Für eine gründlichere Unterscheidung zwischen dem einen und dem anderen plädiere ich im Kapitel »Der verlorene Vater«.

Erst als ich versuchte, aus dem Milieu auszusteigen, wurde mir klar, daß die Arbeit alles für mich gewesen war, und genauso wie mir früher erst nach Jahren aufgegangen war, was man in meiner Umgebung wirklich damit gemeint hatte, wenn man von einem »unechten« Kind sprach, dämmerte mir erst jetzt so richtig, was dieses »Milieu« bedeutete. Im Grunde war man da eingesperrt wie im Knast, denn von einem Leben außerhalb vom Milieu konnte kaum die Rede sein. Komischerweise muß ich Mon gegenüber schon 1988, während unserer Gespräche für *Briefe an Lilith*, irgend so was Ähnliches erzählt haben.

Einer meiner Stammkunden war dagewesen, ein belgischer Geschäftsmann, der jeden zweiten Freitag in Amsterdam zu tun hatte und dann zu mir kam. Er kam schon seit Jahren zu mir, und ich mochte ihn. Ich freute mich, wenn er kam, vor allem weil er immer tausend Sachen erzählte, ziemlich geistreiche Sachen, und das in diesem wundervollen Flämisch, das ich besonders genoß. Er pflege die Sprache in ihrem ganzen Reichtum, hat er selbst gesagt. Einmal benutzte er einen Ausdruck, den ich zuerst nicht verstand, den ich dann aber aus irgendeinem Grund nicht mehr vergessen hab, nachdem er ihn mir erklärt hatte. Er sprach von einem Freund, der wegen Betrug und Steuerhinterziehung ein paar Jahre »op secreet geplaatst« worden war.

»Was heißt denn das jetzt wieder?« frage ich. Er ist verwundert, daß ich diesen Ausdruck nicht kenne, aber auch stolz, daß er mir etwas aus seiner Sprache erklären kann. Fragt mich, ob wir im Niederländischen denn nicht auch so was hätten wie »op het secreet zitten«, das komme ursprünglich aus dem Französischen, von »chambre secrète«, womit damals das Klo gemeint war, woraus im Flämischen aber später ein Ausdruck wurde, mit dem man verdeckt darauf anspielte, daß einer im Gefängnis gelandet war.

Als ich Mon das erzählte, mußte er zugeben, daß er den Ausdruck auch nicht kannte, aber er fand ihn sehr witzig.

»Die Schätze der Sprache«, sagte er grinsend, »daraus machen wir was Hübsches fürs Buch. Da du nicht von hier kommst, weißt du auch nicht, daß ›secreet‹ noch dazu in der Gaunersprache Hure heißt.«

Er ächzte, und dann kam rasend schnell so 'ne richtige Litanei raus.

»Tausenderlei Bedeutungen haben sich mir offenbart. Ich muß nach Hause, ich muß das alles aufschreiben und der Welt die geheimen und heiligen Zusammenhänge kundtun, die unter der gemeinen Oberfläche versteckt sind, die Schönheit, die sich in der schmuddligen Welt der käuflichen Liebe verbirgt, die sublime Bedeutung der Absonderung, die erlösende Wahrheit von Scheiße, Schweiß, Blut, Tränen, Samen, die Enthüllungen der Sekretion, von allem, was herauskommt.«

»Moment, Moment«, sagte ich, »jetzt nicht gleich davonrennen in deinem Überschwang und mich hier mit leeren Händen stehenlassen.«

»Liebe Lili, laß mich gehen, ich kann das nur schreibend bedenken«, flehte er entschuldigend, »nur so kann ich mich ein bißchen konzentrieren und beisammenhalten. Sobald es zu Papier gebracht ist, komme ich zu dir und lasse dich alles lesen, jeden Buchstaben, please, bitte.«

Was macht man, wenn jemand vor einem steht und so hysterisch kreischt? Man läßt ihn gehen und wartet ab, was er draus macht. Und das muß ich Mon lassen, er hat immer Wort gehalten und unverhohlen seine Dankbarkeit gezeigt, wenn man ihm etwas gegeben hatte, worüber er schreiben konnte.

Du und ich, wir wissen uns zutiefst verbunden durch Schande, Scham und Schuld, mit anderen Worten, durch das Geheime. Dabei fragt sich, ob die Notwendigkeit der Geheimhaltung der Scham entsprang oder umgekehrt, ob wir ein Leben voller Heimlichkeiten suchten, um uns die Empfindung einer alten Scham – unsere stärkste Emotion – zu bewahren, sie hegen und pflegen zu können. Denn was verheimliche ich dadurch, daß ich im Dunkeln zu Dir gehe, und was verheimlichst Du dadurch, daß Du mich in Deinem kleinen Zimmer empfängst? Du hast mir selbst die Antwort darauf gegeben, als Du mir ein altes Wort in Erinnerung gerufen und es mit einer Bedeutung verknüpft hast, die ich noch nicht kannte: das Wort »secreet«, Gaunersprache für Hure, ist im Flämischen offenbar ein Euphemismus für Gefängnis. Und plötzlich verstand ich besser als je zuvor, daß das Geheimnis, das wir gemein haben und miteinander teilen, die Schande unserer Verstoßung ist, einer schon früh vollzogenen Trennung zwischen uns und den anderen, einer Separation, die für Dich vielleicht gar nicht begann, als Dein Stiefvater dich heimsuchte, sondern als Deine Mutter Dir verbot, zum Geburtstagsfest einer Mitschülerin zu gehen, mit der Begründung: »Sie wollen dich ja doch nicht wirklich dabeihaben, sie tun nur so als ob, um dich angaffen und auslachen zu können.«

Jahre später sagte Schutz, daß Mon mich mit diesem Buch ins Leben geschrieben hat, aber zu der Zeit damals ist mir so mancher seiner Briefe auf den Darm geschlagen, und ich war immer hin und her gerissen zwischen Stolz und Widerwillen. Manchmal hab ich ihn das auch spüren lassen, und einmal ist er darüber furchtbar wütend geworden. Ich wollte ihm wieder mal sagen, daß ich mich zwar ab und zu sehr geehrt fühlte, wenn er mich beschrieb, daß mir das aber noch viel öfter angst machte, und begann mit: »Hör zu, Mon, auf der einen Seite...«

Da fiel er mir wütend ins Wort. »Was heißt hier auf der einen Seite? Welche eine Seite? Die Vorderseite, die Rückseite, die wichtigste Seite, die unwichtigste Seite? Was liest du neuerdings? Red verdammt noch mal nicht so politisiererisch mit mir, ich bin nämlich allergisch gegen solches andragogische, diplomatische, zickige Gewäsch. Sag doch einfach, daß ich aufhören soll, Briefe an dich zu schreiben, dann wissen wir wenigstens, woran wir sind.«

Ich hab 'nen Mordsschreck gekriegt und wußte erst gar nicht, was ich sagen sollte. Aber dann packte mich die Wut.

»Jetzt hör mir mal zu, du schwarzer Hitzkopf! Immerhin ziehst du mit meinem Leben ab. Du verdienst dein Geld mit diesen Briefen, ich nicht. Du sagst zwar, du schreibst Briefe an mich, aber du weißt genausogut wie ich, daß du das nicht für mich tust, denn dann könntest du so einen Brief ja auch in einen Umschlag tun, zukleben, Briefmarke drauf und ab in den Briefkasten, und dann wird er mir am nächsten Tag tadellos von der Post hier an der Kade zugestellt, oder du könntest ihn auch eigenhändig bei mir einwerfen, wenn dir die Briefmarke zuviel ist, denn du streunst ja sowieso den ganzen Tag hier im Viertel rum, komm mir also bloß nicht mit so 'nem Scheißschmus. Du schreibst die Briefe für die *Wereld*, für deine Leser, für dein Publikum, und weiß Gott nicht für mich. Du benutzt mich, das ist es. Ich bin eine interessante Figur, mehr nicht, und wenn du das Thema leid bist, gehst du zum nächsten über.«

»Jetzt reicht's!« schnauzte er, schaltete den Kassettenrecorder ab, klemmte ihn sich unter den Arm und rauschte humpelnd davon. Ich war viel zu entrüstet, um ihn aufzuhalten, ich bebte direkt. Ein, zwei Minuten später kam er zurück, stieß die Tür auf und blieb auf der Schwelle stehen.

»Es ist vielleicht nicht sehr viel Liebe und gewiß auch eine unzulängliche Liebe, aber es ist Liebe, und wenn du das nicht siehst, dann hab ich dich schwer überschätzt!«

Dann knallte er die Tür laut zu und ließ mich allein zurück. Ich hab ein paar Stunden gebraucht, bevor ich wieder ins Fenster konnte. Ich kriegte einfach seine zitternde Lippe nicht von der Netzhaut.

Mein Stolz hielt vierundzwanzig Stunden stand, dann hab ich ihn angerufen und gebeten, zu mir zu kommen. Er kam sofort, so war er dann auch wieder.

»Jetzt reden wir mal miteinander«, sagte er. »Auf der einen Seite...«

Er war sehr lieb, sehr sanft für seine Begriffe. Der Kassettenrecorder blieb in der Tasche. Das, was er später darüber schrieb – und das hat er natürlich sehr wohl getan –, hat er also aus seiner Erinnerung hervorgekramt. Ich fände, daß ich ziemlich viel zu verlieren hätte, hab ich zu ihm gesagt.

»Du bekommst die Hälfte von meinem Honorar, wir teilen uns die Einkünfte von dem Buch, fifty-fifty, keine Widerrede«, sagte er edelmütig.

»Ums Geld geht es mir nicht«, sagte ich, »es ist, als nähmst du mir was anderes weg. Als ich in die Prostitution ging, war das, wenn ich das so im nachhinein betrachte, für mich die einzige Methode, das zurückzubekommen, was der Herr Vater mir gestohlen hatte. Vom allerersten Mal an, als ich mit einem Mann aufs Zimmer ging, in dem Club, bei Bep, war mir so, als forderte ich meinen Körper zurück, als etwas, das mir gehörte, womit ich tun konnte, was ich wollte, worüber ich Macht hatte und womit ich Geld verdienen konnte. Aber du holst dir was bei mir, was ich gar nicht hergeben möchte. Du richtest einen Scheinwerfer auf etwas, was keiner sehen soll.«

»Verheimlichtes?«

»Nein, nicht unbedingt Verheimlichtes. Es ist eher separat, und das soll es auch bleiben. Es darf nicht auch noch öffentlich werden, es darf sich nicht mit diesem Leben vermischen.«

»Was ist dieses ›Es‹?«

»Es, das bin ich.«

»Dann sitzt dieses ›Es‹ im Gefängnis«, sagte er.

»Siehst du, da haben wir's«, blaffte ich ihn an, »genau damit, mit dieser Art von superschlauen Bemerkungen, damit tust du mir keinen Gefallen, auf die kann ich gerne verzichten. Ich bin die ganzen Jahre gut mit dir ausgekommen, weil du kein so scheinheiliger Trottel warst und nicht mal ansatzweise versucht hast, mich aus dem Milieu rauszuholen. Und jetzt entpuppst du dich mit einem Mal doch noch als Missionar, verdammt.«

»Ich will dich doch gar nicht aus dem Milieu rausholen«, sagte Mon darauf ganz gelassen, »ich möchte dir nur vielleicht ein anderes Leben wiedergeben, dazugeben, aber da bin ich mir nicht mal so sicher. Und es könnte auch sein, daß ich das alles nur für mich tue, weil ich dadurch, daß ich dich verstehe, etwas mehr von mir selbst verstehe, daß ich also dem vollkommen egoistischen Wunsch folge, selbst aus dem Gefängnis auszubrechen.«

»Siehst du, Maus, damit kann ich leben«, sagte ich.

Ohne zu ahnen, daß es das letzte Mal sein würde, waren wir am Donnerstag, dem 7. Dezember 1995, allesamt bei der feierlichen Präsentation von *Die Ökonomie der Schuld*. Schutz hielt eine kurze Ansprache und schenkte das erste Exemplar ihrem Vater, Mon lief geschäftig herum und rief dauernd: »Sie hat alles von mir geklaut, aber das durfte sie«, Schwester Monica saß kerzengerade auf ihrem Stuhl und hielt Audienz, Lies spielte mit noch jemand eine Szene aus *Wer hat Angst vor Virginia Woolf?*, die, in der George das erfundene Kind umbringt, Benjamin saß anfangs ein bißchen verlegen in einer Ecke, las dann aber nach wenigen Minuten ganz versunken in *Die Ökonomie*, Hein und Vera de Waal kümmerten sich um die alte Frau Spiegelman, und Schutz' Mutter flatterte girrend von einem Bekannten zum nächsten. Ich war inzwischen so gut wie allen schon mal bei einem Essen oder einem Fest von Mon und Schutz begegnet, so daß mir der gesamte Freundeskreis ziemlich vertraut war. Der einzige Neuling, eine hübsche junge Frau mit kahlgeschorenem Kopf, war auch den meisten anderen unbekannt. Mon stellte sie als seine persönliche Sekretärin bei *De Wereld* vor.

»Sie recherchiert für mich«, sagte er, und das klang aus seinem Mund genauso angeberisch wie damals bei den Aufnahmen für einen kleinen Werbespot, als er dauernd rief, er wolle nicht gestört werden, weil er seinen Text noch lernen müsse, wo doch jeder wußte, daß der aus genau sechs einzelnen Wörtern und nur einem vollständigen Satz bestand.

Die größte Überraschung des Abends war die alte Schwester Monica, die in einem geeigneten Moment bescheiden darum bat, ein paar Worte sagen zu dürfen, zwei sorgsam gefaltete Blätter Papier aus ihrer Handtasche zog, kurz Halt suchte bei dem Kreuz, das sie um den Hals trug, und sich dann an Schutz und Mon wandte.

Liebe Freunde, ich möchte einige kurze Worte an Sie richten, vor allem um meiner Dankbarkeit dafür Ausdruck zu verleihen, daß ich hier sein darf, im Kreise so vieler außergewöhnlicher Menschen, namentlich Ihnen, die ich als zwei überaus beseelte, suchende Menschen kennengelernt habe. Von uns Religiosen wird zu Unrecht angenommen, wir hätten schon über alles Gewißheit. Dabei steht unser Leben doch im Zeichen der Suche. Dort, wo andere das Böse sehen, suchen wir das Gute, dort, wo andere das Fehlende sehen, suchen wir das Vorhandene, dort, wo andere das Scheitern sehen, suchen wir das Gelingen, dort, wo andere den zerbrochenen Bund sehen, suchen wir, was uns bindet. Ihr Buch, Schutz, Die Ökonomie der Schuld, *könnte das Buch einer Nonne sein, denn Sie haben es mit der Passion der Suchenden geschrieben und mit dem gottesfürchtigen Wunsch, zu geben und zu vergeben, mit dem Wunsch, nicht Schulden einzutreiben, wo sie nicht gemacht wurden.*

Es versteht sich fast von selbst, daß ich mir niemals vorgestellt hätte, ein Buch über Geld könnte mich so tief bewegen. Da Sie mir gestattet haben, am Zustandekommen Ihres Werkes beteiligt zu sein, habe ich genügend Zeit gehabt, über diese nicht geringe Bewegtheit nachzudenken. Ein Schriftsteller hat es natürlich nie gern, wenn an seiner Schöpfung auch nur ein Wort verändert wird, aber dennoch habe ich beim Lesen Ihres Buches jedesmal ganz für mich das Wort ›Geld‹ durch das Wort ›Geist‹ ersetzt und konnte wunderbarerweise mühelos dasselbe lesen. Nicht umsonst führen Sie Shakespeare an, der das Geld die sichtbare Gottheit nennt, und Marx, der das Geld danach als Gott der Waren bezeichnet, weil das Geld ausnahmslos alle Warenwerte verkörperte. Und so, meine ich, sind wir alle, ohne Ansehen der Person, in Gott, im Heiligen Geist, verkörpert. Mag Geld auch das Band sein, das uns mit dem menschlichen Leben und der Welt verbindet und das den Verkehr untereinander regelt, im Geiste ist es, worin wir uns alle gleich und aufs engste miteinander verbunden wissen müssen. Geld kann etwas schaffen, sagt man, weil es aus einem Wunsch, einer erdachten Vorstellung etwas konkret Vorhandenes machen kann. Sie wünschen sich ein Auto und können es haben, wenn Sie es sich kaufen. So verhält es sich auch mit unserem Geist. Nur wenn wir alle anderen Leben, ohne Ausnahme, als heilig betrachten, als einheitlich in ihrer vollkommenen Gleichheit mit uns, schaffen wir die Anwesenheit Gottes.

Ich sehe nun schon einige Ungeduld in der Miene meines guten Freundes Salomon, weil schon zu lange nicht die Rede von ihm ist. Nun denn, Salomon, ich weiß, daß Sie gerade letzte Hand an Ihren Brief an meinen Vater *legen, und für die Schönheit dieses Werkes werden wir Sie zu seiner Zeit ehren und preisen. Im Moment möchte ich Ihnen nur danken für Ihre Freundschaft und das, was ich in den letzten Jahren bei Ihnen habe mit ansehen dürfen, daß Ihr Geist endlich heimgefunden hat in der Liebe und Sie mich an dieser Liebe teilhaben ließen. Gott segne Sie alle.*

C.

Sie nannte ihn TT, wie jeder bei *De Wereld*, und bekannte, daß sie noch nie so auf einen Mann abgefahren sei wie auf ihn. Allein schon wie er auf ihren Tisch zugekommen sei, mit seinem unwilligen Fuß, seinem klobigen Körper und seinem dunklen Schopf, und aus noch geraumer Entfernung bereits über ihren letzten Essay losschwadroniert habe, da habe sie einen dicken Kloß im Hals gekriegt.

»Laß Freudentränen fließen, Dithuys, denn ich werde dir ein Kompliment machen«, hatte er gerufen, »du hast viel von mir gelernt, du traust dich, persönlich zu sein!« Er hatte sich einen Stuhl an ihren Tisch gezogen, hatte sich nah zu ihr herübergebeugt und sie mit Fragen gelöchert. Noch am selben Abend hatte er sie zum Essen eingeladen, und am nächsten Tag war er erneut in der Redaktion aufgetaucht.

»Nur daß ich David Alexander mag, das kann er nicht vertragen«, erzählte Cis. Den meidet er wie die Pest. Er kommt immer, wenn David zum Mittagessen ist, oder nachmittags, während die Chefredaktion tagt. Da hat er den Rest der Redaktion für sich, und wenn er hereinkommt, leben auch alle auf, da gibt's mal ein bißchen Abwechslung. ›Da bin ich wieder, meine kleinen Sklaven der Literatur. Schön, hm?‹ schreit er dann.«

Ich habe Cis gefragt, ob sie wußte, was zwischen Alexander und Schwartz vorgefallen war. Sie war sich nicht ganz sicher.

»TT hat sich zweimal dazu geäußert. Einmal hat er mir angedroht: ›Wenn ich noch einmal diesen seligen Blick in deinen Augen sehe, sobald du von dem Saukerl redest, bist du mich los, also red besser gar nicht von ihm.‹ Und einmal hat er was gesagt, was ganz schmerzhaft gewesen sein muß: ›David Alexander ist jemand, der dir Liebe abnötigt und dich dafür bestraft, wenn du ihm diese Liebe auch tatsächlich gibst.‹«

»Gilt das nicht auch für Schwartz selbst?« fragte ich Cis.

»Für gutgemeinte Warnungen ist es zu spät«, sagte Cis mit trotzigem, aber auch glücklichem Gesichtsausdruck, »mich hat's schon voll erwischt. Ich würde alles für ihn geben.«

»Du müßtest dich selbst mal hören.«

»Daß ich alles für ihn geben würde, ja«, erwiderte sie ungerührt. »Ich weiß, daß du nicht viel davon hältst, Charlie, weil du noch nichts von der korrupten Demut des Sklaven verstehst, aber mir ist die Rolle des Dienenden am liebsten.«

»Seit wann bezieht sich dieses Verlangen auch auf Männer?« fragte ich, kratzbürstiger, als ich es beabsichtigt hatte.

»Ach, TT ist gar kein echter Mann, den spielt er nur, als Stereotyp. Solchen Mumpitz erkenne ich auf einen Blick.«

Cis' Bemerkungen verwirrten mich. Wieso, wußte ich zu dem Zeitpunkt noch nicht.

Anfang der neunziger Jahre hatten wir alle drei mehr oder weniger unseren Platz gefunden. Catherina lieferte der Frauenzeitschrift *Frau* wöchentlich ihre Rubrik »Ihr Horoskop für diese Woche«, Cis schrieb jede Woche ihren Filmessay und machte hin und wieder ein Interview mit einem Regisseur oder Schauspieler, und ich arbeitete als wissenschaftliche Assistentin an der Universität und hatte mit der Biographie von Dr. Isaac Spiegelman begonnen. Catherina, Cis und ich telefonierten regelmäßig miteinander und trafen uns an jedem zwölften des Monats zum Essen, Trinken und Reden. Catherina hatte inzwischen davon abgesehen, doch noch das Examen machen zu wollen. Sie sagte, sie sei mit der Chefredakteurin der Frauenzeitschrift im Gespräch über eine Erweiterung ihrer Rubrik durch eine spezielle Art von Interview, basierend auf einem vorab von ihr geweissagten Porträt des zu Interviewenden, das dieser dann bestätigen oder widerlegen könne. Sie würde die Interviews einfach »Stars« nennen, und sie habe schon eine Liste von bekannten niederländischen und ausländischen Größen angefertigt, die sie gerne dazu einladen würde. Salomon Schwartz stand ganz obenan.

Bei unseren abendlichen Treffen hielt Cis sich bedeckt, wenn das Gespräch auf TT kam. Später bekannte sie mir gegenüber, daß sie damals schon so ein Vorgefühl gehabt habe, was sich zwischen Mon und Catherina abspielen würde. Nicht, daß sie geahnt hätte, welche grauenhaften Formen das Ganze annehmen sollte, aber sie habe sich immer irgendwie gehemmt gefühlt, wenn es um ihn gegangen sei.

»Und ich hatte mich noch im Verdacht, daß ich das aus Eifersucht machte«, sagte sie, »daß ich ihn für mich behalten wollte und es mir unerträglich wäre, wenn Catherina mit ihm durchbrennen würde.« Cis hatte ein gutes Mittel gefunden, wie sie von TT ablenken konnte: Sie erzählte Catherina soviel wie möglich von David Alexander, mit dem Catherina während ihrer bewußten »Phase« ein Wochenende in Paris verbracht hatte und mit dem sie auch danach noch einige Monate lang eine Affäre, wie sie das nannte, gehabt hatte. Die hatte sie schließlich beendet, nachdem er zum x-ten Mal nicht zu einer Verabredung erschienen war und sie am nächsten Tag das x-te riesige Entschuldigungsbukett erhalten hatte, mit dem x-ten Entschuldigungskärtchen voller Ausreden, die er schon einmal benutzt hatte.

»Es war sein dritter Lieblingsonkel innerhalb von drei Monaten, der das Zeitliche gesegnet hatte«, sagte sie dazu lakonisch, »wo er doch regelmäßig seufzte, daß ihm nach dem Zweiten Weltkrieg kaum noch Angehörige geblieben seien.«

»Warum suchst du dir nicht mal jemanden ganz für dich?« hatte Cis sie gefragt.

»Dann bin ich gebunden«, hatte sie geantwortet. »Ich ziehe von jeher die zweite Stelle, die Rolle der Geliebten, der Maitresse, der heimlichen Liebe vor, je zweiter, desto besser.«

An diesem Abend sprachen wir zum erstenmal übers Kinderkriegen (beziehungsweise Nichtkriegen). Daß sich Cis kaum an dem Gespräch beteiligte, fiel mir erst im nachhinein auf.

»Ich will keine Kinder, ich will mich nicht bewahren«, leitete Catherina die Diskussion ein, »und daher brauche ich mir auch keinen verläßlichen, gesunden, fruchtbaren, stabilen, hart arbeitenden Mann zu suchen, bei dem ich mir sicher sein kann, daß er ein lieber und treusorgender Vater für meine Sprößlinge sein wird, den ich im Grunde meines

Herzens aber vielleicht langweilig finde. Kurz gesagt, ich wittere einen unzuverlässigen, charmanten, verlogenen, verführerischen Neurotiker auf einen Kilometer Entfernung und renne nur so zu ihm hin.«

»Das Verführerischste am Verführer ist, daß du dir sicher sein kannst, ihn eines Tages los zu sein, weil er dich nicht besitzen will«, sagte ich. »Und weil du niemandes Besitz zu sein wagst, fühlst du dich zu Verführern hingezogen.«

»Für jemanden, der alles aus Büchern hat, wieder mal gut erfaßt«, sagte Catherina.

»Da meine beiden Freundinnen eins a Schlampen sind, konnte ich dieses Verhalten in mehr als zehnjähriger Feldforschung ausführlich studieren«, parierte ich.

»Und für dich selbst hast du bestimmt wieder eine hübsche Ausnahmestellung bedacht und wirst Cis und mir jetzt verraten, wieso du, obwohl du ja keine Schlampe bist, mit uns die Einsicht in die Notwendigkeit eines kinderlosen Daseins teilst.«

Das war so gemein und so wahr, daß ich kurz rot wurde und danach laut auflachte. Genau solcher Bemerkungen wegen war ich so gern in Catherinas Gesellschaft, und ich fand es auch nicht schlimm, wenn sie mir so von gewissen Anmaßungen abhalf. Solche scharfen Beobachtungen von ihr haben mir während unserer jahrelangen Freundschaft regelmäßig zu denken gegeben, und sie fehlten mir am meisten, als ich Catherina endgültig an den Wahnsinn verlor.

Ich habe ihr an jenem Abend kleinlaut recht gegeben, mich aber zugleich auch wieder mit ihr auf eine Stufe gestellt.

»Wir haben uns alle drei dem Naturgesetz des weiblichen Tieres entzogen, das wirft, säugt und sich kümmert«, sagte ich, »und uns dem Geist, dem Schein und der Illusion zugewendet. Die sich nicht einem Mann schenken, widmen sich der Kunst.«

»Ich wär eigentlich gern Vater geworden«, sagte Cis da beinahe unhörbar.

1988 hatte ich die Recherchen für meine Biographie von Dr. Isaac Spiegelman aufgenommen, bei der ich mich ganz an die in meiner Examensarbeit, *Das verborgene Ich*, dargelegten Grundsätze halten wollte. In *Das verborgene Ich* teile ich Biographen je nach ihrer Beziehung zu dem, dessen Leben sie beschreiben, in die Kategorien Vater oder Mutter, Detektiv, eine Hälfte eines symbiotischen Zwillings, schwärmerischer Fan, Moralist, Vatermörder, Philosoph und Psychoanalytiker ein. Spiegelman war von der Arbeit sehr angetan gewesen und hatte netterweise zu mir gesagt, daß sie ihn auf unser gemeinsames Vorhaben neugierig mache. Zwar habe er sich in keiner der Kategorien so ganz wiederfinden können, hatte er hinzugefügt, aber das untermauere ja vielleicht meine These, daß sich Biographen und Psychiater deshalb so gern auf das Leben anderer stürzten, weil sie dabei die eigene Persönlichkeit verhüllen könnten.

Als ich ihn seinerzeit fragte, ob er sich denn nicht in dem psychoanalytischen Biographen wiedererkenne, sagte er, daß er noch nie für sich in Anspruch genommen habe, er könne das Leben eines anderen mit Bestimmtheit bis in alle Einzelheiten deuten. Daraufhin fragte er mich, zu welchem Biographen ich mich denn meiner Meinung nach entwickeln würde, und ich erwiderte, daß ich den in meiner Arbeit unerwähnt gelassen hätte. Er lachte.

»Sie machen den Titel Ihrer Arbeit aber sehr wahr«, sagte er.

Ich fand mich nun jeden Mittwochnachmittag um fünf Uhr in seiner Praxis ein, und wir unterhielten uns einige Stunden lang. Ich nahm die Gespräche auf und arbeitete sie aus. Gemäß Absprache stellte ich nicht allein die Fragen, sondern war selbst auch Bestandteil der Untersuchung. Spiegelman beantwortete in aller Ruhe Fragen zu seinen Eltern, seiner Erziehung, seiner Zeit, und anschließend gab er sie an mich zurück.

»Und wie war Ihre Beziehung zu Ihrem Vater? Wie sehen Sie heute die Zeit, in der Sie aufwuchsen?«

Weil die Atmosphäre an diesen Nachmittagen so besinnlich war und der Austausch, der dort stattfand, so wichtig, beschloß ich, niemanden aus seinem Umfeld zu interviewen, sondern mich ganz auf das zu beschränken, was ich während der Stunden in diesem Raum von einem Individuum über sein Leben vernehmen konnte. So unterwarf ich mich als Biographin den Beschränkungen des Psychoanalytikers selbst. Ich hatte mir vorgenommen, nach etwa zehn Gesprächen das Leitmotiv der Biographie klar abzustecken. Doch was mir vorschwebte, konnte ich noch niemandem recht erklären.

Catherina hat Cis und mich gut anderthalb Jahre lang hinters Licht führen können. Wir hatten keine Ahnung von ihrem flüchtigen Verhältnis mit Mon Schwartz und noch weniger von ihrer geheimen Mission. Allerdings trug sie uns gegenüber eine Glückseligkeit zur Schau, die beklemmend war, und machte ab und zu vielsagende Andeutungen, daß ihr Leben demnächst eine phantastische Wendung nehmen würde. Sie wolle jetzt noch nichts Näheres darüber sagen, um den betreffenden Mann (der öffentliche Bekanntheit genoß) zu schützen, aber die Einzelheiten würden wir zu gegebener Zeit bestimmt erfahren, denn sie sei sich sicher, daß es schon bald an die große Glocke gehängt werden würde.

»Er gibt mir schon öffentlich Zeichen«, sagte sie, »aber ich fürchte, daß nur ich sie verstehe.«

Während unserer gemeinsamen Abende beließ sie es bei solchen kryptischen Andeutungen und verstand es dann, dem Thema eine Wendung zu geben, so daß wir auf etwas anderes zu sprechen kamen. Ich glaube, Cis und ich hatten auch unsere Gründe, nicht sehen zu wollen, was wir sahen. Wir hatten Angst vor einer neuerlichen Entgleisung, weil wir wußten, daß wir niemals wieder soviel Zeit wie früher dafür aufbringen konnten, Catherina in ihrer Verrücktheit beizustehen.

Später hat Cis mir erzählt, daß sie es vor ihren Augen hatte passieren sehen, es aber einfach nicht hatte sehen wollen.

Einmal war TT abends unverhofft bei ihr hereingeschneit, und sie hatte ihm ein Glas Whisky eingeschenkt. Als es kurz darauf an der Haustür klingelte, war sie erstarrt.

»Laß es ruhig klingeln«, hatte sie zu TT gesagt.

»Ach wo«, hatte der ausgerufen, »je größer die Gesellschaft, desto größer das Vergnügen!«

Mit kaum verhohlenem Widerstreben hatte sie Catherina hereingelassen und TT vorgestellt.

»Sie hat sofort an ihm geklebt«, erzählte Cis, »mit ihrem Blick, mit ihrem Körper, mit ihrem honigsüßen Gesäusel, sie hat ihn vor meinen Augen eingewickelt. Keine Viertelstunde, und sie hatte sich seine Hand geschnappt, erzählte ihm, was sie darin las, suggerierte mysteriöse Übereinstimmungen mit den Linien in ihrer eigenen Hand, fragte nach seinem Geburtsdatum und der genauen Zeit seiner Geburt und dem ganzen Firlefanz und köderte ihn sich noch am selben Abend für ein Interview. Am schlimmsten war, daß sie mich total ignorierte und TT sie vollauf genoß.«

»Eifersüchtig?«

»Nein, viel schlimmer. Ich haßte Cat sogar ein bißchen, und trotzdem wär ich in dem Moment gern sie gewesen, so verführerisch, so gerissen, so ekelhaft weibisch.«

»Bist du verliebt?«

»Nein, es ist viel schlimmer«, sagte Cis, und zum erstenmal in all den Jahren, die ich sie kannte, schlug sie die Hände vors Gesicht und weinte.

»Es ist seine Schuld«, sagte sie, als sie mich wieder ansah, »er macht, daß ich schwach sein möchte.«

Ohne eine Spur von Sentimentalität oder Selbstmitleid hatte Dr. Spiegelman mir erklärt, daß er und Helen keine Kinder haben konnten. Seine Frau war derart geschwächt aus dem Lager gekommen, daß sich ihre Fortpflanzungsorgane nie mehr regenerierten.

»Sie sind jetzt dreißig. Wie steht es mit Ihren Kinderwünschen? Denn ich gehe doch davon aus, daß Ihr freier

Wille nicht durch brutale Gewalt ausgeschaltet wurde, wie es bei meiner Frau und mir der Fall war.«

»Ich habe mich vor zwei Jahren sterilisieren lassen«, sagte ich, und zum erstenmal genierte ich mich deswegen ein bißchen.

»Und was hat Sie zu dem gewaltigen Schritt veranlaßt, die Unfruchtbarkeit zu wählen?« fragte er. Er hatte meine Beschämung bemerkt und sah mich freundlich an, als er diese Frage stellte.

»Um mich der Ökonomie der Schuld zu entziehen?«

Ich war seiner Empfehlung gefolgt und ging seit einigen Wochen als Gasthörerin zu den Vorlesungen von Dr. Saar de Vries. Jeden Mittwochnachmittag suchte ich mir im Hörsaal ein Plätzchen, von wo aus ich mir ihre Ausführungen über das Verhältnis zwischen Geld und Gefühl anhören konnte, ohne allzusehr aufzufallen, denn ich konnte mich der unangenehmen Empfindung nicht erwehren, daß es irgendwie hintenrum und link war, was ich da tat. Das unschöne Gefühl, eine Art Einbrecherin oder Spionin zu sein, hatte ich gleich nach dem ersten Mal mit Dr. Spiegelman besprochen.

»So, so«, sagte er nachdenklich, »eine Spionin. Das ist eine interessante Wortwahl. Wo es doch als so unschuldig erscheint, aus reinem Interesse und überdies mit dem legitimen Motiv, daß Sie an einem Buch arbeiten, einer Vorlesung beizuwohnen. Welche geheimen Informationen könnten Sie denn dort im Hörsaal auffangen?«

»Es ist eher so, als säße ich dort mit zu vielen geheimen Informationen«, sagte ich. »Sie ist die Frau von Salomon Schwartz.«

»Haben Sie das Gefühl, daß Sie ihn über sie ausspionieren?«

»Ja, ich glaube schon. Aus für mich nicht ganz ersichtlichen Gründen taucht er überall um mich herum auf und spielt mit einem Mal eine Rolle im Leben der Menschen, mit denen ich zu tun habe. An alles, was ich über ihn weiß, gelange ich also durch die Hintertür, und ich genieße das, während ich von einem felsenfest überzeugt bin, nämlich daß ich mich von diesem Mann weitestmöglich fernhalten muß.«

»Könnte das etwas mit Ihren biographischen Bestrebungen zu tun haben? Sie haben in *Das verborgene Ich* den Prototyp weggelassen, aber es ist doch nicht so abwegig, einen Biographen einen Spion zu nennen, oder?«

»Nein.«

»Wenn das so ist, könnte das Widerstreben, das Sie jedesmal überwinden müssen, wenn Sie die Vorlesungen von Frau de Vries besuchen, auf eine gewisse Ambivalenz im Hinblick auf Ihre biographischen Ambitionen hindeuten. Sind Sie nicht viel zu diskret für diesen Beruf? Der Biograph ist ein Spion, und Sie sind gerne Spionin, aber Sie verachten diese Position auch.«

»Verdammt«, sagte ich, »wenn es eins gibt, was ich nie sein wollte, dann ambivalent.«

An einem herbstlichen Abend im September 1993 sahen Cis und ich unsere schlimmsten Vermutungen bestätigt. Mit allerlei Lügen und Vorwänden hatte Catherina uns gut ein Jahr den Zutritt zu ihrer Wohnung verwehren können. Ein paarmal war sie am zwölften nicht erschienen, und wenn sie an der Reihe war, uns bei sich zu empfangen, verlegte sie das Treffen in ein Restaurant, weil sie angeblich gerade die Maler in der Küche hatte, ihr Herd kaputt war, sie wegen eines Abgabetermins keine Zeit zum Kochen hatte oder vorübergehend eine Kollegin bei ihr einquartiert war. Was die wirklichen Gründe dafür waren, daß sie ihre Wohnung vor uns verschlossen hielt, entdeckten wir, nachdem Anna den Caem mich telefonisch darüber informiert hatte, daß Catherina erneut in die Valeriusklinik eingewiesen worden sei. Diesmal war sie nicht nur in einer ernsten Phase, sondern hatte auch eine Lungenentzündung.

»Sie saß nackt vor der Haustür eines Psychiaters.«

Anna den Caem war in ihrem Haus in Frankreich und konnte erst einige Tage später in die Niederlande kommen. Sie bat mich, ob ich, falls ich noch einen Schlüssel zu Catherinas Wohnung hätte, so freundlich sein könne, ein paar Kleidungsstücke und sonstige Dinge für Catherina zu holen und sie ihr in die Klinik zu bringen. Mir war nicht wohl bei dem Gedanken, ganz ohne Begleitung in Catherinas Wohnung zu gehen, und daher bat ich Cis um Hilfe. So kam es, daß wir am Nachmittag des achtundzwanzigsten September den Schlüssel im Schloß umdrehten und uns unter nervösem Gekicher Zugang zu Catherinas Wohnung verschafften. Das Kichern verging uns schon im Flur. Wir schrien erschrocken auf, als wir im Halbdunkel eine Männergestalt bemerkten, die an einem Pfosten des Treppengeländers lehnte. Nachdem Cis das Licht angemacht hatte, sahen wir, daß es eine Puppe war. Catherina hatte eine schwarze Männerhose und ein schwarzes T-Shirt mit Sakko drüber mit Lumpen ausgestopft, den aus Pappmaché geformten Kopf zierte eine schwarze Baseballkappe, die nagelneuen Turnschuhe an den Füßen hatte sie durch den Sand gezogen und den rechten nach innen gekehrt.

»Total verrückt«, murmelte Cis.

»Nach deinem TT«, fügte ich hinzu.

Als ahnten wir, daß uns im Wohnzimmer noch größere Überraschungen erwarteten, hielten wir uns übertrieben lange bei der Puppe auf und besahen sie uns von allen Seiten. TTs feste Gewohnheiten kennend (»Er steckt mindestens zwanzigmal die Stunde die Hand in seine Innentasche«), fand Cis den Mut, die linke Sakkoseite zurückzuschlagen und vorsichtig zu fühlen, ob etwas in der Innentasche war. Daß sie dort ein Foto von Catherina fand, wunderte sie gar nicht mal besonders. Automatisch schaute sie auf dessen Rückseite.

»Meine bessere Hälfte – untrennbar« stand da, und darunter die Unterschrift von Salomon Schwartz.

»Das ist gar nicht seine Handschrift!« sagte Cis empört.

Erst als sie das Sakko zum zweitenmal zurückschlug, um das Foto wieder zurückzutun, sahen wir etwas, was wir zuvor übersehen hatten. Die Herzgegend war mit lauter kleinen Stecknadeln gespickt.

Danach haben wir stumm die Wohnzimmertür geöffnet und sind minutenlang wie erstarrt auf der Schwelle stehengeblieben. Cis schlug die Hände vor den Mund, und ich legte eine Hand auf ihre Schulter, um ihr Halt zu geben und zugleich selbst Halt zu suchen. Was wir da sahen, war der Ausdruck reinsten Wahnsinns, das Gefängnis einer Obsession. Jeder Quadratzentimeter der vier Wände war mit dem Konterfei von Salomon Schwartz zugehängt. Es waren

Kopien von einem Dutzend verschiedener (aus Zeitungen und Zeitschriften herausgeschnittener) Fotos, manche vergrößert, andere verkleinert und zwanzigmal nebeneinandergesetzt. In der Mitte des Zimmers war ein Tisch zum Altar hergerichtet. Unter einem Miniaturbaldachin aus roter Seide standen eingerahmte Fotos von TT und Catherina, sekundiert von einer Menora und einem Kreuz. Der Fußboden war übersät mit aus *De Wereld* herausgerissenen TTs voller rot unterstrichener Sätze, mit beschriebenen Seiten, die irgendwelche Berechnungen oder auch Gedichte enthielten, und mit aufgeschlagenen Büchern, in denen sie Passagen umrandet hatte.

»Samt und sonders Hinweise und Fährten«, sagte ich.

»Ich hab keinen Bock auf dieses Buch«, sagte Cis und stapfte rücksichtslos über den Papierteppich hinweg in Catherinas Schlafzimmer, um dort mit brüsken Bewegungen einige Kleidungsstücke zusammenzuraffen.

Ich saß zu der Zeit meistens abends an meinem Computer und arbeitete die Bandaufnahmen der Gespräche mit Dr. Spiegelman aus. Das war ziemlich anstrengend, zumal mir manchmal erst beim Abhören eines Gesprächs klar wurde, was genau gesagt worden war und wie geschickt ich Themen zu umgehen verstand, die mir offenbar zu verfänglich waren. Doch gerade durch die Konfrontation mit diesem ausweichenden Verhalten bekam ich immer besser in den Griff, welchen Charakter das Buch annehmen würde. Genau wie ein Biograph war auch Dr. Spiegelman in seinen Deutungen abhängig von dem, was ein anderer über sein Leben zu erzählen hatte. Als geschulter Zuhörer, glühender Anhänger von Freud und Liebhaber der Literatur sowie als Immigrant, der sich eine fremde Sprache hatte aneignen müssen, achtete er auf die Wortwahl, die Satzbildung und darauf, welche Themen angeschnitten oder eben gerade nicht angeschnitten wurden. Bei so einem Gespräch schien er sich immer zu fragen, warum man das – jetzt – so sagte, und darüber hinaus zu hören, was man auf diese Weise nicht sagte. Nur über die Sprache konnte er das Heilen bewerkstelligen, das bei ihm so großgeschrieben wurde, und wie das vonstatten ging, durchschaute ich bei unseren Gesprächen von Mal zu Mal besser. Aus dem, was gesagt wurde, hörte er das Ungesagte heraus und versuchte zu bewirken, daß dieses Ungesagte ausgesprochen wurde, damit eine Geschichte oder zumindest ein Teil davon vollständig wurde.

»Mit allem, was man sagt, sagt man etwas über sich selbst, auch wenn man es nicht ausspricht«, lautete seine These, und das Bewußtsein, daß er so dachte, gestaltete die Unterhaltung mit ihm ungeheuer spannend. So hörte ich auf Band wieder, wie ich zu Dr. Spiegelman sagte, daß ich Schwierigkeiten mit der Unterscheidung zwischen einem echten und einem unechten Selbst hätte, auf die ich in etlichen Biographien gestoßen sei und auf die auch Saar de Vries in *Die Pathologie des Theaters* abhebe.

»Ich finde so eine Unterscheidung etwas unselig«, sagte ich, »denn wir gehen in gewissem Sinne alle von einem echten Selbst aus, das sich unter bestimmten Umständen maskiert, verstellt, verkleidet und damit, wie manche meinen, nach außen hin unecht gibt, dabei zeigt sich das echte Selbst doch aber gerade dank der speziellen Vermummung unverfälschter denn je. Dort, wo Saar de Vries in *Die Pathologie*

Othello zitiert, der sagt, daß er nicht ist, was er ist, müßte das Motto meiner Meinung nach lauten: ›Selbst wenn man nicht ist, was man ist, bleibt man, wer man ist.‹«

»Ich habe in meiner Praxis öfter erlebt, daß Menschen ihre inneren Widersprüche verherrlichen, als daß sie sich so heftig dagegen sträuben wie Sie«, hörte ich Spiegelman darauf sagen, und sogar auf dem Band klang dabei ein Lächeln durch.

Cis und ich erschraken, als wir Catherina wiedersahen. Sie hing am Tropf, war blaß, und die glänzenden Augen, aus denen sie uns verschreckt und befremdet ansah, glühten nicht nur vom Fieber. Es war unverkennbar, daß man ihr eine hohe Dosis Antidepressiva gegeben hatte, denn ihre Gliedmaßen und ihre Zunge waren ganz steif. Ärger und Ekel, die wir beim Betreten ihrer Wohnung empfunden hatten, waren auf der Stelle vergessen. Ich dachte wieder an die Frau, die mir einmal die Vereinigung eines Paars getrennter Socken als höchstes Glück beschrieben hatte.

»Ich kipp den Wäschekorb auf dem Bett aus, und all die bunten Socken, die eigentlich paarweise zusammengehören, liegen getrennt und völlig durcheinander da, und wenn ich dann die eine rote, gelbe, blaue oder schwarze Socke wieder mit der anderen zusammenbringe und sie hübsch zusammenrolle, bin ich jedesmal für einen Moment überglücklich.«

Cis traute sich genausowenig wie ich, Catherina auf das anzusprechen, was wir gesehen hatten. Wir warfen uns aber vielsagende Blicke zu, als sie den rechten Arm ausstreckte, uns ein goldenes Gliederarmband zeigte und sagte, das habe er ihr geschenkt.

»›Close forever‹ heißt so ein Armband, hat er aufs Kärtchen geschrieben«, brachte sie schwerfällig und mit Mühe hervor.

Ich sah, daß Cis etwas entgegnen wollte, es sich aber verkniff. Draußen auf dem Flur, als wir nach dem Zimmer des behandelnden Arztes suchten, hielt Cis mich an. »Weißt du, wie man so 'n Armband wirklich nennt?«

»Nein.«

»Closed forever.«

»Mein Gott, sie kann einem schon leid tun«, sagte ich.

Wir haben ihrem Psychiater an jenem Nachmittag von ihrer Obsession erzählt. Er wußte davon, daß ihr Straßenverbot erteilt worden war. Catherinas Erzählungen hatte er entnommen, daß sie in dem Wahn verkehrte, tatsächlich ein Verhältnis mit dem Mann zu haben, dessen Namen sie nicht nennen wollte, weil sie ihm Zeit geben wollte, seine Ehe aufzulösen.

»Sie stalkt ihn ganz fürchterlich«, sagte Cis.

»Das wird sie in den kommenden Monaten nicht können«, sagte der Arzt.

»Und danach?« fragte ich.

»Kommt darauf an, wie erfolgreich die Behandlung ist und ob sie selbst einsieht, daß sie die Medikamente täglich einnehmen muß, ihr Leben lang«, war die Antwort. »Aber zu dieser Einsicht kommen die Patienten meiner Erfahrung nach nicht so leicht. Patienten wie Catherina fühlen sich durch die Einnahme der Medikamente ihrer Außergewöhnlichkeit beraubt, und wenn Catherina nun jemanden gestalkt hat, verliert sie auch noch das letzte eingebildete persönliche Band. Sie nennt seinen Namen nicht und sagt ›er‹ und ›ihn‹, als müßte es mit Großbuchstaben geschrieben werden. Wenn man einem Stalker seine einsame Investition an Liebe, Zeit und Energie nimmt, bleibt das nicht ohne Folgen. Es ist ja oft das einzige, was sie haben. Sie sind genauso schwierig zu behandeln wie religiöse Fanatiker, denn sie lassen sich nicht mehr von realen Bezugspersonen leiten und korrigieren, sondern von einem eingebildeten Ideal, und von einem Ideal kommt, wie Sie wissen, nie eine Erwiderung.«

Kaum etwas ist so unangenehm, wie sich auf Band in Schluchzen ausbrechen zu hören. Es ist nur einmal passiert und kam ganz unerwartet. Dr. Spiegelman hatte mit Bewunderung von seinem Vater erzählt, von den Erinnerungen, die er mit ihm verknüpfte, das Vorlesen am Kaminfeuer, jeden Abend, bevor er schlafen ging, ihre Spaziergänge, die Besuche in der Schul in einer deutschen Kleinstadt, die Vorbereitungen auf seine Bar-Mizwa und die Geduld, die sein Vater dabei aufbrachte, ihm die richtige Aussprache des Hebräischen beizubringen, die in Wiesen eingebettete Heilanstalt, wo er mit den kranken Kindern spielen durfte und wo er sah, wie beliebt sein Vater bei Personal und Patienten war. An dem bewußten Nachmittag schilderte er eine zentrale Szene seiner Kindheit, wie er als kleiner Junge neben seinem Vater am Tisch saß und diese fremde Sprache zu lernen versuchte.

»Meine Mutter hatte die hebräischen Buchstaben auf einen großen Teller gemalt, in Kästchen. Auf jedem Buchstaben lag eine Süßigkeit. Wenn ich den Buchstaben wußte, durfte ich den Keks oder das Stück Obst nehmen. So lernte ich, daß Lernen süß ist.«

Ich entsinne mich, daß ich sofort daran dachte, diese Szene an den Anfang von *Helen* zu setzen.

»War Ihr Vater beliebt?« fragt er darauf. Ich bringe gerade noch heraus: »Mein Vater war ein Heiliger«, und dann ist minutenlang nur noch Schniefen zu hören. Wieder bei Atem, entschuldige ich mich. Dr. Spiegelman geht gar nicht darauf ein. Er sagt: »Ein Heiliger ist sehr hoch, nicht wahr?«

»Manchmal sehe ich es so«, sage ich nach einer kurzen Stille, »daß es ist, als hätte in der zweiten Hälfte des zwanzigsten Jahrhunderts ein gigantischer Staubsauger über den Häusern gegangen, der die Väter heraussaugte, von uns weg. In der Welt außerhalb der Mauern unseres Hauses stellten sie wer weiß was dar, aber von dem, was sich innerhalb einer Familie abspielt, kapierten sie allem Anschein nach gar nichts. Sie hatten keine Ahnung von den Streitereien und der Eifersucht und der Wut und der Rührung und dem Mitleid und all dem anderen, was so wichtig war für unser Leben und was weh tat und glücklich machte.«

Ich will fortfahren und fange auch den nächsten Satz mit einem »Wir« an, als Dr. Spiegelman mich mit sanfter Stimme unterbricht und sagt: »Versuchen Sie ›ich‹ zu sagen, Charlie.«

»Ich, ich hätte gern mehr von ihm gehabt, mehr von ihm gelernt, aber er zählte nur in meinem Kopf mit, nicht im wirklichen Leben. Jedes Jahr am Sinterklaasabend klingelte es ein paarmal an der Haustür. Dann lagen Päckchen für meinen Vater vor der Tür, von Sint und Piet natürlich.

Es waren Dankesbezeigungen von Leuten, denen er etwas Gutes getan hatte, gratis und aus freien Stücken. Dann strahlte mein Vater, und der Rest der Familie war stolz auf ihn, aber ich kochte vor Wut, weil er seine Zeit und Güte Fremden geschenkt hatte und nicht uns. Und für die Fremden wurde er dadurch zum Heiligen, zum achtenswerten Mann.«

»Und für Sie?«

»Ich liebte meinen Vater über alles, und ich sah seine unendliche Güte, aber ich fand ihn weltfremd, naiv, unbedarft. Der Status, den er außer Haus hatte, verlor innerhalb unserer vier Wände seine Gültigkeit, denn da ging es um Dinge, von denen er nichts verstand, seelische Dinge, charakterliche Fragen, Liebesangelegenheiten, die Art von Wahrheiten, und deshalb mußte ich immer gegen ein Gefühl ankämpfen, das ich nicht haben wollte, weil ich ihn doch so sehr liebte.«

»Und hat das Gefühl auch einen Namen?«

»Fehlende Achtung«, sagte ich mit Mühe.

»Sie versuchen das Wort ›Verachtung‹ zu umschiffen, nicht?«

»Nein, nein, es war keine Verachtung, es war so, wie ich sage, ein Nicht-Vorhandensein, ein Zuwenig, ein Nicht-Können. Ich konnte ihm nicht geben, was ihm da draußen so großzügig geschenkt wurde, und das machte mir zu schaffen, meine ganze Kindheit hindurch, und ich hatte Mitleid mit ihm, weil ich ihm etwas vorenthielt, aber ich konnte es nicht geben, weil ich diese Liebe aus der Distanz so bequem fand, so billig, so kostenlos. Wir verloren unsere Väter an die Welt und haben sie ohnmächtig geliebt.«

»Mir wird plötzlich wesentlich klarer, was der Kern unseres Vorhabens ist«, sagte Dr. Spiegelman amüsiert, »und ich muß zugeben, es beginnt mir Spaß zu machen. Das verborgene Ich des Biographen nimmt im Gespräch mit dem Psychoanalytiker Gestalt an, und sie spiegeln gegenseitig die Arbeit und die Persönlichkeit des anderen wider. Darf ich Sie kurz erschrecken? Freud hat sich ja mit vielem befaßt, also auch mit den Triebfedern des Biographen. Er war der Meinung, daß es bei jeder Biographie unbewußt um Vatermord geht und den Wunsch, den Heldenstatus zu zerstören.«

»Ach, wissen Sie, Freud sprach dabei von Männern und nicht von Frauen. Männer machen aus Männern Helden, aber die Frauen, die aus Männern Helden machen, wissen, daß sie die Männer damit verlieren.«

»Versuchen Sie ›ich‹ zu sagen, Charlie.«

»Cis hat mal gesagt, daß sie gerne Vater geworden wäre. Das verstehe ich jetzt plötzlich. Plötzlich verstehe ich uns, die kinderlosen Frauen. Wir sind allesamt Väter geworden, Erzeuger von etwas anderem als Kindern, weil Vater zu werden der einzige Weg war, wie man zu einem Idol werden und Liebe haben konnte, aber auf Distanz.«

»Frau Bleeker«, sagte Dr. Spiegelman feierlich, »Sie wollen gar nicht Biographin werden. Sie werden einen Roman schreiben. Sie haben die Welt Ihrer Mutter mit der Wirklichkeit verknüpft und die Welt Ihres Vaters mit der Fiktion, und Sie haben sich schon vor langer Zeit für die Welt Ihres Vaters entschieden.«

Epilog

I

Am Morgen des einundzwanzigsten Dezember 1999 erhalten sieben Empfänger per Kurier einen Brief. Er trägt keinen Absender. Die Identität des Verfassers können die Empfänger in etwa zur gleichen Zeit dem Brief entnehmen. Sein Inhalt ist teils persönlich und teils allgemein.

Der allgemeine Teil besteht aus zwei Dokumenten. Das eine ist eine Kopie vom Befund eines Gehirnscans, der am einundzwanzigsten März 1999 im Universitätskrankenhaus Amsterdam gemacht wurde. Das andere ist ein achtseitiges getipptes Schreiben. Es ist nicht datiert. Die erste Zeile lautet: *Brief an meine Familie und meine Freunde. Als Bilanz.*

Der persönliche Teil besteht aus einem an den jeweiligen Empfänger gerichteten, kurzen handgeschriebenen Brief, der mit jeweils unterschiedlichem Datum versehen und mal mit Saar, mal mit Schutz unterschrieben ist.

Schwester Monica bekommt an diesem Morgen, nach dem Lesen des Briefes, einen leichten Schlaganfall, ohne sich dessen bewußt zu sein. Die einzige, der etwas an ihrem Gesicht auffällt, ist Lili, die, gleich nachdem sie den Brief erhalten und gelesen hat, zum Boot der Schwester geeilt ist. Sie schenkt dem aber genausowenig Beachtung wie Schwester Helena, da beide davon ausgehen, daß der herabhängende Mundwinkel und das schlaffe Augenlid Ausdruck von Schwester Monicas Trauer um den Tod von Saar de Vries sind.

Hein de Waal ist an diesem Morgen früh ins Studio gefahren, und Vera ist allein zu Hause, als es klingelt. Sie öffnet die Tür und nimmt von dem Kurier den Brief in Empfang. Nachdem sie ihn gelesen hat, schwankt sie, wen sie als erstes anrufen soll: Lies de Vries, um Trost zu spenden, oder Hein, um sich trösten zu lassen. Sie entscheidet sich für letzteres, und Hein stoppt sofort alle Aufnahmen und kehrt nach Amsterdam zurück. Während Vera auf sein Kommen wartet, ruft sie ein paarmal bei Lies an, doch die Leitung ist besetzt.

Lies hat als erstes ihre Eltern angerufen. Ihre Mutter nimmt den Hörer ab, und dann hören sie sich nur noch gegenseitig weinen. In der Annahme, daß ihr Mann ihrer Tochter eine größere Stütze sein kann, übergibt Maria de Vries ihm den Hörer, doch als Hendrik de Vries Lies' Stimme hört, kann auch er kein Wort mehr herausbringen. Es dauert mindestens zehn Minuten, bevor er sagen kann, daß sie jetzt ins Auto steigen und zu ihr kommen werden. Nachdem Lies wie ein ruheloses Tier auf und ab gelaufen ist, ruft sie ihre Freundin Judit an, die noch mit Leonard im Bett liegt, aber sofort zusieht, daß sie in einer Viertelstunde bei ihr ist.

Cis ist an diesem Morgen früh aufgewacht und arbeitet schon seit einigen Stunden an einem Artikel über Mae West, als der Kurier klingelt und ihr den Umschlag aushändigt. Sie muß die Briefe dreimal lesen und immer wieder auf den Befund des Universitätskrankenhauses schauen, ehe wirklich bei ihr einsickert, daß Dr. Schutz tot ist und sie damit innerhalb von fünf Jahren alle Menschen verloren hat, denen sie ihre Liebe widmete. Gegen zwölf Uhr ruft sie mich an, weil sie große Ratlosigkeit erfaßt hat und dieses Gefühl ihr angst macht und sie sich nach einer Geborgenheit sehnt, wie sie sie früher kannte, als wir noch zu dritt nicht wußten, wie unsere Zukunft aussehen würde.

Der einzige, der den Kurier verpaßt, ist Benjamin Schwartz. Ganz gegen seine Gewohnheit hat er an diesem Morgen beschlossen, einen langen Spaziergang zu machen, bevor er Saar de Vries seine Aufwartung macht. Ihn verlangt nach Bewegung und frischer Luft, weil er aufgeregt ist über das, was er ihr nachher wird erzählen können, und von sich weiß, daß er ins Stottern verfällt, wenn er zu angespannt ist. Außerdem hat er sich überlegt, daß ihm ein Spaziergang die Zeit gibt, noch einmal in Ruhe zu überdenken, wie er die Antwort auf ihre Frage formulieren wird, denn ihm ist an einem präzisen und korrekten Sprachgebrauch gelegen, das erachtet er als eines der wenigen wertvollen Resultate der Erziehung durch seinen Vater. Unsicher tastet er immer wieder in die linke Innentasche seines Sakkos, um zu fühlen, ob sich der Brief noch dort befindet. Auf der Suche nach diesem kostbaren Kleinod, das (aufgrund zahlloser Umzüge und der ihm eigenen Zerstreutheit) zunächst unauffindbar war, hat er in seiner Wohnung in der vergangenen Woche sämtliche Schränke und Kartons durchsucht, bis er schließlich zufällig an dem Ort fündig wurde, der am naheliegendsten war, nämlich im Manuskript von *Hiob*. Es ist ein Brief von seinem Bruder, und er freut sich darauf, ihn Saar leihweise zur Verfügung zu stellen. Der Brief enthält eine Antwort auf die Frage, die sie ihm in der vergangenen Woche gestellt hat, nämlich ob er wisse, warum Mon sein Theaterstück 1974 ihm gewidmet habe. Die Rührung beim Wiedersehen der Handschrift seines Bruders und beim Lesen des Inhalts war größer, als er gedacht hätte, und er hofft, bei Saar auch in der Hinsicht auf Verständnis zu treffen. Eine Passage aus dem Brief hat er sich eingeprägt, weil er sie behalten möchte.

Es klingt viel zu nett für jemanden mit meinem Charakter, und ich schreibe es Dir mit seinem hämischen, verächtlichen Blick vor meinem inneren Auge, aber dennoch, ich habe mit dieser Anklage gegen unseren Vater auch Deine Erlösung im Sinn gehabt. Du konntest nicht schimpfen, Du konntest Dich überhaupt nicht verteidigen, in meiner Erinnerung bist Du ein stummes, verschüchtertes, ängstliches Kind, das unter den Tisch kroch, wenn Vater und ich unseren ungleichen Kampf austrugen. Ich kann mich nicht erinnern, daß Du je ein Wort gesagt hast. Mit der Arroganz und Eifersucht eines älteren Bruders war ich der Meinung, ich würde Dir die Dreckarbeit abnehmen, wenn ich den Sündenbock spielte, und war fassungslos, als Dich mit zwanzig das gleiche Schicksal ereilte und Du ebenfalls von unseren Eltern verstoßen wurdest. Wirklich, ich lebte in der Illusion, daß sie ein anderes Kind als mich schon lieben könnten, und es tut mir leid für Dich, daß es sich tatsächlich als Illusion erwiesen hat.

2

Zwei Wochen nach der Beerdigung von Saar de Vries beginne ich die Kassetten abzuhören, und gleich bei den ersten Bändern ebbt die Wut ab, die ich anfangs auf die hatte, die sie mir vermacht hat. Schon nach einem Monat weiß ich mich von einem Chor von Stimmen begleitet, einer Gesellschaft, die mich in den darauffolgenden drei Jahren nicht verlassen wird. Als ich mich dann zu meinen eigenen Interviews mit Lili, Schwester Monica und Judit Mendes da Costa aufmache, glaube ich sie bereits gut zu kennen, und dank der ursprünglichen Interviewer Saar und Salomon sehe ich mich auch nie darin getäuscht. Das Material, das mir von Saar zur Verfügung gestellt wurde, sowie alle sonstigen Dokumente, deren ich mich bedienen konnte, sind beispielhaft für die Errungenschaften des vergangenen Jahrhunderts: Wir konnten alles auf lichtempfindliches Material, auf Tonband und Zelluloid bannen und bewahren. Das hat zugleich zum Verschwimmen von echt und unecht geführt, einer Unterscheidung, der sich Saar de Vries beruflich genauso gewidmet hat wie Salomon Schwartz, der immer demaskieren wollte. Da es Bilder und Tondokumente von so gut wie jedem Krieg gibt und wir Zeugen von Hungersnöten und Guerillakämpfen, von Verhaftungen und Liquidationen werden, ja neuerdings sogar des täglichen Lebens eines Häufleins vollkommen uninteressanter Schwachköpfe, die sich wie Gefangene in einem kamerabestückten Container einsperren lassen, ist unsere Vorstellung von Echtheit verfälscht.

Wenn Saar de Vries vom verlorenen Vater spricht, spielt

sie auch hierauf an, auf den abhanden gekommenen Eichpunkt, auf den verlorengegangenen Unterschied zwischen Fiktion und Wirklichkeit. Was die Bilddokumente, auf denen die sogenannte Wirklichkeit wiedergegeben ist, verhüllen, sind die Eingriffe des Regisseurs – Kameraposition, Bildausschnitt, das Weglassen redundanten Materials –, mit anderen Worten: die persönlichen Entscheidungen, welche die Schaffung einer Fiktion kennzeichnen. Saar de Vries sah im Verlust dieses Unterschieds eine Gefahr, auf die sie immer wieder aufmerksam machte, weil sie wußte, daß der Mensch ohnehin schon Mühe hat, die Wirklichkeit, wie sie im Fernsehen gezeigt wird, als Wirklichkeit zu sehen.

Medien machen aus normalen Sterblichen Schauspieler, Stars und Halbgötter, die für das Publikum nicht mehr echt sind. Es begeht den Irrtum, zu denken, daß die Menschen, die es im Fernsehen sieht, dem Gesetz des Theaters unterliegen, mit anderen Worten, daß sie Stars sind, geschützt durch die Immunität des Als-ob und unverletzlich wie Götter. Sogar das verbrannte, nackte Kind, das vor dem Napalm davonläuft, ist zu einer Ikone geworden, und Ikonen leiden nicht,

schreibt sie in *Die Pathologie des Theaters*.

Namentlich diese Passage sowie mein Gespräch mit Salomon während einer Bahnfahrt von Amsterdam nach Maastricht am ersten Dezember 1995 haben mich veranlaßt, dieses Buch in dieser Form zu schreiben.

3

Er sagte, ich spräche in Klammern, und ich fragte ihn, was denn das nun wieder heißen solle. Er sagte, ich bräuchte gar nicht so pikiert zu reagieren, er habe so was schon häufiger erlebt. Und dann fragte er, ob ich bei uns zu Hause zufällig die Jüngste gewesen sei. Das bin ich.

»Gut erkannt, hm?« sagte er und strahlte vor Stolz. »Hör zu, was mich an manchen Frauen am allermeisten fasziniert, ist, wie sie es fertigbringen, ein solches Überlegenheitsgefühl an den Tag zu legen, während sie doch eine so schrecklich geringe Meinung von sich selbst haben, und interessanterweise zeichnen sich alle diese Frauen dadurch aus, daß sie in Klammern sprechen. Das erklärt sich einfach aus dem Streben nach Beachtung: In dem Bemühen, so lange wie möglich am Wort zu bleiben, wenn du es einmal hast, mogelst du die vermeintlich unwichtigen Dinge in eine Klammer, so daß du keine Kommata zu setzen brauchst und so tun kannst, als müßtest du zwischendrin nicht mal Luft holen. Das tust du, weil du dich vor dem fürchtest, was du möglicherweise in den Augen anderer liest, sobald du eine Pause einlegst: Langeweile, Gleichgültigkeit, Desinteresse. Du hältst dich für sehr wichtig, und glaubst, daß es lohnt, dir zuzuhören, aber so ganz sicher bist du dir doch wieder nicht, und du hast eine Heidenangst davor, von anderen vermittelt zu bekommen, daß du dich in der Tat irrst und völlig uninteressant bist.«

Mir fiel nur ein Mensch ein, der manchmal so mit mir redete, und das war Catherina. Aber das sagte ich nicht. Ich verheimlichte während der gesamten Fahrt, daß ich die

Freundin von Catherina und Cis war und daß ich die Vorlesungen seiner Frau besucht hatte. Als er mich nach meinem Namen fragte, sagte ich, ich hieße Charlotte, und als er darauf entgegnete, an Vornamen habe er nichts, wir lebten schließlich in einer Markengesellschaft und seit Napoleon drehe sich die ganze Welt um Nachnamen, fügte ich nach kurzem Zögern »Jansen« hinzu, weil mir gerade kein anderer Familienname einfiel. Da brach er in glucksendes Gelächter aus und sagte, er habe noch nie jemanden so miserabel lügen hören.

»Warum sagst du nicht die Wahrheit?« fragte er.

»Die Wahrheit mußt du dir verdienen«, sagte ich, aber ich verschleierte meinen Namen, weil ich mir sicher war, daß er mich sonst als Autorin von *Helen* erkennen und dann leicht die Verbindung zu Catherina, Cis und seiner Frau ziehen könnte. Nach Erscheinen des Buches hatte er mir über meinen Verleger ausrichten lassen, daß er sich mit mir über *Helen* unterhalten wolle, um eventuell ein TT darüber zu machen, als Fortführung seiner *Briefe an Dr. Isaac Spiegelman*. Doch so wie ich es abgelehnt hatte, ein Autorenfoto für Umschlag und Öffentlichkeitsarbeit zu liefern oder bei einer Fernsehsendung mitzuwirken, war ich auch nicht auf die Anfrage von Salomon Schwartz eingegangen.

»Ich möchte mein Gesicht für mich behalten und meine Seele erst recht«, hatte ich dem Verleger als Erklärung gegeben, und er hatte das (für eine, die »das verborgene Ich« studierte) nicht weiter befremdlich gefunden.

»Es ist schon erfrischend, mal jemandem zu begegnen, der die Gelegenheit zu fünfzehn Minuten Ruhm einfach schießenläßt«, hatte er gesagt.

Nun sitzt mir Salomon Schwartz mit den Ellenbogen auf den Knien gegenüber und sieht mich durchdringend an.

»Du hast ein Geheimnis«, sagt er.

Ich erröte leicht, gehe aber nicht darauf ein, was ihn unerwartet in Verlegenheit bringt. Er lehnt sich zurück und nimmt die Biographie von Lenny Bruce in die Hand. Er fragt, ob ich Biographien mag, und um etwas wiedergutzumachen, eröffne ich ihm mit leicht übertriebener Begeisterung mein Faible für die Biographie. Ich erzähle ihm, daß ich meine Examensarbeit über dieses Genre geschrieben habe, lasse mich darüber aus, welche Biographien ich gut und welche ich schlecht finde, und verkünde schließlich (und das stimmt nicht mal), daß ich am liebsten den ganzen Tag nichts anderes tun würde, als über die Leben anderer zu lesen.

»Um kein eigenes Leben haben zu müssen«, murmelt er vor sich hin. Dann richtet er sich auf, sieht mich an und sagt, daß ich jetzt mal einen Moment sehr gut aufpassen müsse, daß er mir etwas erzählen werde, wovon ich vielleicht was hätte, für mein weiteres Leben.

»Hör zu, ich bin mit einer scharfsinnigen Seelenklempnerin verheiratet, die durch das Lesen unendlich vieler Biographien eines Tages zu der Entdeckung kam, daß die meisten Lebensgeschichten von Menschen, die ein gewisses Maß an Ruhm erworben haben, ein gemeinsames Merkmal haben: In diesen Leben haperte es irgendwie am väterlichen Blick, und der mütterliche Blick wurde überstrapaziert. Der Vater war nur zur Zeugung dagewesen und danach nicht mehr in Erscheinung getreten, er war immer zur Arbeit außer Haus gewesen oder war früh gestorben oder mit einer anderen durchgebrannt, er war ein Tyrann und wie alle Tyrannen nur mit sich selbst beschäftigt, oder ein Schlappschwanz und wie alle Schlappschwänze nur mit seiner Frau beschäftigt und nicht mit den Sprößlingen. Als sie mich darauf aufmerksam gemacht hatte, wußte ich plötzlich, warum mir Biographien grundsätzlich nahegehen. Nicht, weil ein bestimmter Lebenslauf überwältigende Emotionen auslöst, das ist sogar selten der Fall, nein, es ist das Werk, das mich ergreift, der Wunsch des Biographen, einen anderen kennenzulernen und zu verstehen, ihn zu sehen. Mit anderen Worten, ich begriff, daß jeder Biograph den väterlichen Blick verkörpert, an dem es im Leben des Protagonisten der Biographie gefehlt hat. So, Frau Jansen, das steck dir jetzt mal in die Tasche.«

4

Als zwei Wochen nach Saars Tod in *De Wereld* ein Brief abgedruckt wird, in dem eine anonyme Frau behauptet, daß nicht Saar, sondern sie die einzige wahre Liebe von Salomon Schwartz gewesen sei und daß er sie habe heiraten wollen, wissen Cis und ich sofort, daß dieser Brief aus einer psychiatrischen Klinik abgeschickt wurde und von Catherina stammt. David Alexander hat den Brief in Kursivdruck in seine wöchentliche Kolumne aufgenommen. Er leitet ihn ein, als hätte er weder eine Ahnung, wieso dieser Brief gerade ihm zugestellt wurde, noch, wer die Verfasserin dieses boshaften, rachsüchtigen Schreibens ist. Mit der gewundenen Rhetorik eines Missetäters, der sich von seiner Schuld reinwaschen möchte, versucht er die Veröffentlichung des Briefes dadurch zu verharmlosen, daß er anführt, zwar würde jeder andere sich im Grab umdrehen, wenn nach seinem Ableben so über ihn geschrieben würde, doch dies gelte nicht für den nach Aufmerksamkeit süchtigen Salomon Schwartz, der jeden ihm zugedachten Brief mit freudigem Kreischen begrüßt hatte. Nur Cis und ich wissen, wie schuldig er ist, denn mit der anonymen Veröffentlichung dieses Wahnsinnsbriefes von Catherina schändet er sowohl das Andenken an Mon Schwartz als auch an Saar de Vries.

Cis war, seit sie TT kennengelernt hatte, soviel wie möglich mit ihm zusammengewesen und hatte die Rolle Leonard Schragens übernommen, das heißt, sie hatte sich Tag und Nacht auf Abruf für ihn bereitgehalten und den Chauffeur für ihn gespielt, sie war sein Knecht und Faktotum gewesen, und sie hatte ein Archiv von allem, was er je publizierte, angelegt. Cis hatte sich diesem Mann mit Leib und Seele verschrieben, aber nicht nur ihm, sondern auch seiner Frau. Sie verging fast vor Scham bei der Erinnerung, als sie mir von ihrer unglücklichen ersten Begegnung mit Schutz erzählte, wie sie damals sofort das Haus verlassen hatte, als TT sie darum bat, ihm am nächsten Tag tüchtig den Kopf gewaschen und dann selbst die Initiative ergriffen und Schutz aufgesucht hatte, um mit ihr zu reden. Zu ihrer Verblüffung hatte Schutz einem Treffen zugestimmt, und von dem Tag an hatte sich Cis' Leben nicht nur um TT gedreht, sondern auch um die Frau, die sie konsequent »Dr. Schutz« nannte und der sie nach dem Tod von Salomon Schwartz nicht mehr von der Seite wich.

Cis marschiert, als die *Wereld* erschienen und ihr die Kolumne von David Alexander zu Gesicht gekommen ist, schnurstracks zu dessen Büro, öffnet, ohne anzuklopfen, die Tür und kündigt fristlos. Wutschnaubend beschimpft sie Alexander dabei als »hinterhältiges Journalistenaas«, »talentlosen, neidischen Giftzwerg«, »scheinheiligen, infamen Leichenfledderer«, »verlogene Kanalratte«.

»TT hatte völlig recht, als er dich als rachsüchtigen, falschen, üblen Charmeur beschrieb, der jeden, der ihn liebt, dafür büßen läßt. Du weißt nur allzugut, daß dieser Brief von Catherina den Caem kommt und daß sie total verrückt ist. Du stehst nämlich auf einer ihrer vielen Listen, unter der Überschrift ›Männer, mit denen ich's mehr als einmal gemacht hab‹, und wo ich schon mal dabei bin, du tauchst auch auf der Liste ›Männer, die nichts davon verstehen‹ auf, und da stehst du, falls es dich interessiert, ganz obenan, da bist du einsame Spitze, also wenigstens etwas, worin du die Nummer eins bist, denn du besitzt nicht den Bruchteil von TTs Talent und Originalität, sosehr du dir das auch wünschen würdest. Du bist ein Parasit und ein Ausbeuter, und du hast den bösen Blick. Ich will dich nie mehr sehen. Bis ans Ende meines Lebens werde ich ausspucken, wenn ich deinen Namen höre.«

Sie ließ ihren Worten die Tat folgen und schlug mit lautem Knall die Tür hinter sich zu.

5

Dem neurologischen Befund des Universitätskrankenhauses Amsterdam ist zu entnehmen, daß bei Frau S. A. M. de

Vries mittels Gehirnscan ein bösartiger Tumor nachgewiesen wurde und dieser inoperabel ist. Dem Befund ist eine Erklärung von Saar de Vries angefügt, daß sie von jeder weiteren Behandlung absieht und auch keine eingehendere Untersuchung wünscht.

In dem Dokument, das die sieben Empfänger erhalten haben, schreibt sie dazu, sie denke zwar auch, was alle dächten, lege aber keinen Wert darauf, Gewißheit zu haben. Saar beginnt ihren *Brief an meine Familie und meine Freunde* mit einer versuchten Tröstung.

Es tut mir leid für Euch, daß ich tot bin. Es hört sich jetzt vielleicht eigenartig an, aber was ich mir selbst und Euch ersparen wollte, war die Erschütterung durch das Schicksal. Man kann sehr wohl schuld sein an seiner Krankheit, und Ihr dürft ruhig dasselbe sagen und denken wie ich, nämlich daß ich meine Krankheit verdient habe, ich habe sie mir sozusagen hart erarbeitet. Aber ich konnte nicht anders. Ich habe das Leben genossen, weil ich dabei nachdenken, rauchen und trinken konnte. Ich habe das Leben auch genossen, weil ich selbst darüber verfügen und rücksichtslos und verschwenderisch damit umspringen durfte – eine Freiheit, die ich mir dadurch erworben habe, daß ich mich nicht mit Nachkommen belastet habe, die zu Recht ein Interesse an der Instandhaltung und Konservierung meines Körpers hätten.

Ich habe niemanden von mir abhängig gemacht und mich damit dieser familiären Ökonomie der Schuld entzogen, und ich tat das, um an meinem eigenen Leben schuld sein zu können. Der einzige, von dem mein Glück je abhängig wurde, ist tot, und ich hoffe, es ist Euch ein Trost, wenn ich bekenne, daß ich mich nicht für imstande hielt, noch einmal so umfassend glücklich zu sein. Seit Mons Tod mußte ich nicht nur ohne ihn weiterleben, sondern ich lebte auch ohne mich, wie er mich kannte, und ich bin froh, daß diese ermüdende Aufgabe, ganz allein jemanden aus mir zu machen, nun beendet ist. Ich habe Glück gelegentlich beschrieben als das Sich-auf-die-Zukunft-freuen-Können, und Ihr werdet verstehen, daß ich das nicht mehr tue.

Was mich in den Jahren nach Mons Tod aufrecht hielt, war das Schreiben an seiner Geschichte, das Eintauchen in seine Lebensfakten, die Anhäufung von Wissen und das weitere Nachdenken über den tragischen Charakter des Mannes, den ich mehr geliebt habe als das Leben selbst. Da ich nun seine Geschichte nicht schreiben kann, möchte ich auch die meine beenden, und ich möchte, daß sie in dem Jahrhundert endet, in dem er lebte und starb, einem Jahrhundert, das ich haßte und liebte und das immer in meinen Gedanken war und mich bis zum letzten Tag faszinierte.

6

Einen Monat nach dem Tod von Saar de Vries laden Vera und Hein de Waal zu einem Abendessen zu sich ein. Lies de Vries, Benjamin Schwartz, Lili, Schwester Monica und Cis haben offensichtlich alle denselben Gedanken gehabt: Sie haben, bevor sie von zu Hause aufbrachen, den handgeschriebenen Brief eingesteckt, in dem sich Saar de Vries an sie persönlich wendet. Bewegt und noch voller Trauer lesen sie ihre Briefe nacheinander den anderen vor. Lies hat Saar nur ein ganz kurzes Brieflein geschrieben, in dem sie ihr sagt, daß sie sie immer geliebt hat. Schwester Monica versucht sie in einer Sache zu trösten, die dieser immer auf der Seele gelegen hat, nämlich daß sie Mon Schwartz an dem Tag, als sie ihn zum letztenmal sah, nicht ihren Segen gab.

Ich weiß, daß Mon in einem seiner Briefe an Sie schrieb, wie wichtig ihm dieser rituelle Abschied war und daß er glaubte, er würde sterben, wenn Sie ihn eines Tages nicht mehr im Namen Gottes segnen würden, aber das war eine seiner typischen Dramatisierungen. Er schwor sogar, daß er vor Kummer verrückt werden würde, wenn die Frau vom Lebensmittelladen im Süden des Landes vergessen würde, zu ihm zu sagen, daß so ein Viertel Leber so gut auf Weißbrot mit Butter schmecke, mit ein bißchen Salz und Pfeffer drüber. Sie haben ihm den Segen ja nicht enthalten, weil Sie meinten, er verdiente ihn nicht. Machen Sie sich also bitte keinen Vorwurf. Sie waren so überaus gut, für ihn wie für mich.

Lili zögert am längsten mit dem Vorlesen ihres Briefs, aber gerade weil alle Verständnis dafür haben und sagen, sie dürfe ihn ruhig auch für sich behalten, überwindet sie sich doch und läßt die anderen an dem teilhaben, was für sie persönlich bestimmt war. Saar schreibt ihr, daß sie nicht nur viel von ihr gelernt, sondern auch Trost bei ihr gefunden habe. Lili habe wohl intuitiv erfaßt, daß sie sich dem Sog von Mons Scheinwirklichkeit widersetzen mußte und nicht zur Mitspielerin in seinem Theater von Geilheit, Sex und Supermännlichkeit werden durfte.

Mon hatte seinen Kummer, seine Einsamkeit und seine Trauer in Sex umgemünzt. Wirklich lieben konnte man ihn nur auf paradoxe Weise: indem man sich nicht von ihm verführen ließ, indem man nicht darauf hereinfiel. Eines Abends erzähltest Du mir, daß es Dir nie mehr gelungen sei, Liebe und Sex miteinander zu vereinen, und daß die Männer, mit denen Du Sex hattest, nie die Männer waren, mit denen Du intim warst und in die Du Dich verliebtest. Damit hast Du mir klargemacht, daß das Gesetz der Hure zugleich auch für den gilt, der zu Huren geht. Für Mon schlossen Sex und Liebe sich gegenseitig aus, und dank Dir habe ich begriffen, warum es mir überhaupt nicht schwerfiel, mich damit zu versöhnen.

Cis schreibt sie, daß sie ihr dankbar sei für ihre liebevolle Zuwendung und froh sei, daß sie ihren Körper nicht habe umwandeln lassen und die wundervolle, ungreifbare Frau geblieben sei, die das Spiel der Männer gut beherrsche.

Behalte diesen Unterschied zwischen Film und Wirklichkeit gut im Auge, Cis, denn ich fürchte, daß das einundzwanzigste Jahrhundert noch weiter mit diesem Unterschied davonzieht und eines Tages alle Wirklichkeit wie Film aussehen wird und keiner mehr seinen Augen traut. Und solltest Du tatsächlich das Buch über Don Juan schreiben, denk daran, daß Spieler die Frauen, die auf die Avancen von Männern eingehen, nur deshalb verachten, weil sie sich selbst und das gesamte männliche Geschlecht verachten und somit auch die Achtung vor jedem verlieren, der sich davon angezogen fühlt und sich vom Betrug verführen läßt.

Der einzige, der sich außerstande fühlt, seinen Brief selbst vorzulesen, ist Benjamin Schwartz, der fürchtet, daß er stottern könnte. Er reicht seinen Brief Cis und bittet sie, ihn den anderen vorzulesen.

Du bist sein Bruder, und ich fühle, daß Du ein Recht darauf hast, daß ich diese Erinnerung an seine letzten Sekunden nicht mit ins Grab nehmen darf, sondern sie nun Dir geben muß, so schwer das auch für mich ist.
  Mon war sehr blaß und brach neben dem Sofa im Wohnzimmer zusammen. Mir war sofort klar, daß es ein schwerer Herzanfall war, und ich habe mich neben ihn gesetzt, die Arme um ihn geschlungen, ihm mit der Hand den kalten Schweiß von der Stirn gewischt und sanfte Dinge zu ihm gesagt. Er sah mich einen Moment voller Todesangst an und lächelte dann über das ganze Gesicht.
  »Hab keine Angst«, sagte er, »es ist nicht echt.«

Amsterdam, Juni 2002

Nachweis der zitierten Literatur

Die Bibel, Einheitsübersetzung, Hiob 27, 5–9.

Brodkey, H., *Die Geschichte meines Todes* (Hamburg, 1998), 98.

Chabot, B., *Broodje halfom* (Amsterdam, 2001), 44.

Farson, D., *The Gilded Gutter Life of Francis Bacon* (London, Vintage edition, 1994), 4.

Goldman, A., *Ladies and Gentlemen – Lenny Bruce!!* (New York, 1991), 105.

Madsen, A., *Chanel. Die Geschichte einer emanzipierten Frau* (München, 2001), 20.

Maerker, C., *Marilyn Monroe und Arthur Miller. Eine Nahaufnahme* (Hamburg, 2002), 164.

Sartre, J.-P., *Saint Genet, Komödiant und Märtyrer* (Hamburg, 1982), 22.

Stassinopoulos Huffington, A., *Picasso. Genie und Gewalt* (München, 1991), 38.

*Bitte beachten Sie
auch die folgenden Seiten*

Connie Palmen
im Diogenes Verlag

Die Gesetze
Roman. Aus dem Niederländischen von
Barbara Heller

Die Gesetze ist eine Sammlung unkonventioneller Liebesgeschichten, ein moderner Bildungsroman, eine brillant ausgedachte Geschichte von der Suche nach Selbstfindung und Glück.

»Das Wunder eines gelungenen modernen Entwicklungsromans. Tiefsinn und Selbstironie, Gedanke und Einfachheit, distanzierte Subjektivität und lakonische Feinheit der szenischen Beschreibung können miteinander bestehen. Und nicht zuletzt: Das Buch ist ein Findebuch, temporeich, lakonisch, voll Überraschungen.« *Dorothea Dieckmann/Die Zeit, Hamburg*

Die Freundschaft
Roman. Deutsch von Hanni Ehlers

Die Freundschaft ist ein Roman über Gegensätze und deren Anziehungskraft: Über die uralte und rätselhafte Verbindung von Körper und Geist; über die Angst vor Bindungen und die Sehnsucht nach Zugehörigkeit; über Süchte und Obsessionen und die freie Verfügung über sich selbst.

Ein Buch über eine ungewöhnliche Beziehung und über die Selbsterforschung einer jungen Frau, die lernt, ihrem eigenen Kopf zu folgen und sich von falschen Vorstellungen zu befreien. Es erklärt, warum Schuldgefühle dick machen und warum einen die Liebe in den Alkohol treiben kann. Warum man sich vor allem von der Liebe nicht zuviel versprechen darf. Und daß die Erregung im Kopf – das Denken – nicht weniger spannend ist als die im Körper. Ein aufregend wildes und zugleich zartes Buch voller Selbstironie, das Erkenntnis schenkt und einfach jeden angeht.

»Die selten gelingende Verbindung erzählerischer Lebendigkeit und philosophischer Nachdenklichkeit wird gerühmt. Sie gehört auch zum Roman *Die Freundschaft*. Wer sich Lesen als Animation der Sinne und des Geistes wünscht, dem sei dieses Buch empfohlen.«
Walter Hinck / Frankfurter Allgemeine Zeitung

I.M.
Ischa Meijer – In Margine, In Memoriam
Deutsch von Hanni Ehlers

Im Februar 1991 lernen sie sich kennen: Ischa Meijer, in den Niederlanden als Talkmaster, Entertainer und Journalist berühmt-berüchtigt, macht mit dem neuen Shooting-Star der Literaturszene, Connie Palmen, anläßlich ihres Debüts *Die Gesetze* ein Interview. Es ist zugleich der Beginn einer *amour fou*, die ein Leben lang andauern würde, wenn sie die Zeit dafür bekäme: Im Februar 1995 stirbt Meijer überraschend an einem Herzinfarkt. *I.M.* ist Connie Palmens bewegende Auseinandersetzung mit einer großen Liebe und einem Tod, der sie selbst fast vernichtet hat.

»Der ungeheuer intime Bericht einer glühenden *amour fou* gehört zum Schönsten und Ergreifendsten, was je im Namen der Liebe zu Papier gebracht wurde.«
Beate Berger / Marie Claire, München

»Connie Palmen versucht, den Schmerz mit Worten zu erfassen, das Gefühl, allein nicht mehr leben zu können, die Sehnsucht nach dem Geruch des Partners, die Abneigung dagegen, umarmt zu werden – auch in Zeiten der Trauer und des Trost-Brauchens. Der Tod ist eine schriftstellerische Herausforderung für Connie Palmen, die sie mit einer stupenden Meisterschaft besteht.« *Alexander Kudascheff / Deutsche Welle, Köln*

Die Erbschaft
Roman. Deutsch von Hanni Ehlers

Als die Schriftstellerin Lotte Inden erfährt, daß sie unheilbar krank ist, stellt sie einen jungen Mann ein, der sich nicht nur um ihren zunehmend geschwächten Körper, sondern auch um ihre geistige Hinterlassenschaft kümmern soll. Max Petzler wird zum ersten Leser und Archivar ihrer lebenslangen Aufzeichnungen und Gedanken, die Bausteine für ihren letzten großen Roman. Da Lotte weiß, daß sie dieses Werk nicht mehr vollenden wird, bereitet sie Max darauf vor, daß seine Hände die ihren ersetzen können, ja, daß er ihren Roman zu Ende führen kann.
Je mehr sich Max auf diese ›Erbschaft‹ einläßt, desto mehr beginnt ihn die ungewöhnliche Frau zu faszinieren.

»Connie Palmen schreibt so leichtfüßig, so lakonisch und ironisch über Leben, Liebe und Tod – die großen Menschheitsthemen –, daß ihre Bücher zu Bestsellern wurden und sie selbst zur meistgelesenen niederländischen Autorin.«
Karin Weber-Duve / Brigitte, Hamburg

Doris Dörrie
im Diogenes Verlag

»Doris Dörrie ist als Erzählerin Spezialistin in diffizilen Angelegenheiten der kleinen Rache und gezielten Ohrfeigen zum Zwecke der Unterstützung des eigenen Selbstwertgefühles. Sie ist eine sehr gute Kurzgeschichten-Schreiberin mit der erforderlichen Prise Selbstironie und mit stilistischer Eleganz.«
Annemarie Stoltenberg/Die Zeit, Hamburg

»Eine der gegenwärtig besten Erzählerinnen in deutscher Sprache.« *Walter Vogl/Die Presse, Wien*

»Es ist vollkommen gleichgültig, ob Sie Doris Dörrie in der Badewanne, im Intercity-Großraumwagen, im Lehnstuhl oder in der Straßenbahn lesen, nur: Lesen Sie sie!« *Deutschlandfunk, Köln*

*Liebe, Schmerz und
das ganze verdammte Zeug*
Vier Geschichten

»Was wollen Sie von mir?«
Erzählungen. Mit Fotos von Helge Weindler

Der Mann meiner Träume
Erzählung

Für immer und ewig
Eine Art Reigen

Love in Germany
Deutsche Paare im Gespräch mit Doris Dörrie. Unter Mitarbeit von Volker Wach. Mit 13 Fotos

Bin ich schön?
Erzählungen

Samsara
Erzählungen

Was machen wir jetzt?
Roman

Happy
Ein Drama

Männer
Eine Dreiecksgeschichte

Das blaue Kleid
Roman

Jessica Durlacher
im Diogenes Verlag

Das Gewissen
Roman. Aus dem Niederländischen
von Hanni Ehlers

Sie sieht ihn zum ersten Mal an der Universität: Er ist wie sie jüdischer Abstammung, beide Familien haben traumatische Kriegserinnerungen, sie erkennt in ihm ihren Seelenverwandten. Mit aller Wucht wirft sich die junge Edna in die Katastrophe einer Liebe, die sie für die ihres Lebens hält. Ein bewegendes Buch über eine Frau, die erst lernen muß, ihr Leben und Lieben in die richtige Bahn zu lenken.

»Jessica Durlacher schreibt mit Gespür für Situationskomik und Selbstironie. Wer sich darauf einläßt, kann verstehen, mitfühlen und mitlachen.«
Ellen Presser/Emma, Köln

Die Tochter
Roman. Deutsch von Hanni Ehlers

Im Anne-Frank-Haus in Amsterdam lernen sie sich kennen: Max Lipschitz und Sabine Edelstein, beide Anfang Zwanzig. Ungewöhnlich und schicksalhaft wie der Ort ihrer Bekanntschaft ist auch die Liebesbeziehung, die sich zwischen ihnen entspinnt. *Die Tochter* ist ein wunderbarer Liebesroman, eine faszinierende Geschichte mit unerwarteten Verwicklungen und ein wichtiges Buch über die großen Themen des Jahrhunderts.

»Ein besonderes Buch, das in die gleiche Kategorie von Meisterwerken gehört wie der legendäre Film *Casablanca* mit Humphrey Bogart und Ingrid Bergman.« *Max Pam /HP/DE TIJD, Amsterdam*